BASTEI
LÜBBE

CHERYL BIGGS

Die Macht der Sehnsucht

Roman

Ins Deutsche übertragen
von Bettina Albrod

BASTEI LÜBBE

BASTEI LÜBBE TASCHENBUCH
Band 18 234

Erste Auflage: September 1999

Sie finden uns im Internet unter
http://www.luebbe.de

Lektorat: Martina Sahler / Katharina Woicke
Titelbild: ??? / Agentur Thomas Schlück GmbH
Umschlaggestaltung: Roland Winkler
Satz: KCS GmbH, Buchholz / Hamburg
Druck und Verarbeitung: 47478
Groupe Hérissey, Évreux, Frankreich
Printed in France
ISBN 3-404-18234-0

Der Preis dieses Bandes versteht sich einschließlich der gesetzlichen Mehrwertsteuer

Dieses Buch ist meinen Eltern gewidmet, weil sie mich fast jeden Sommer meines Teenagerlebens in die alte Minenstadt Virginia City geschleppt haben und weil sie mich immer bei allem unterstützt haben, was ich getan habe oder tun wollte.

Und Philip Earl, Kurator der Nevada Historical Society, weil er mir so freundlich und geduldig dabei geholfen hat, Informationen über das Leben der Ritter zu suchen, sowie Lee Mortensen, Bibliothekarin der Nevada Historical Society, die ebenfalls geholfen hat.

Ich danke den Damen der Bibliothek von Carson City, Nevada, dafür, daß sie so hilfsbereit waren und alle Unterlagen schon bereitgelegt hatten, als ich erschien.

Ich danke den Bürgern von Virginia City – den früheren wie den gegenwärtigen –, weil sie so ein faszinierendes Stück Geschichte geschaffen und tradiert haben.

Und wie immer Dank an Jack,
weil er mich zurückgenommen hat und die alte Dame
auf dem Berg genauso genossen hat wie ich.
Ich liebe dich.

1

Virginia City, Nevada
Frühjahr 1862

»Ich habe es dir doch gesagt, Charlie, ich bin kein Vereinsmensch«, erklärte Travis. Er zog eine goldene Uhr aus der silberverbrämten Tasche seiner Weste, ließ den Deckel aufschnappen und betrachtete die römischen Ziffern, die auf das Zifferblatt gemalt waren.

»Richter Terry ist nicht allzu glücklich, daß du ...« Charles Mellroy sah sich nach beiden Seiten um, um sicherzustellen, daß sie nicht belauscht wurden, trank den Rest seines Whiskys aus und knallte das Glas auf den Tisch. »... daß du nach wie vor seine Einladungen ablehnst, am Ritter-Treffen teilzunehmen, Travis.«

»Dann sollte er vielleicht aufhören, mich immer zu fragen.« Travis ließ den Deckel der Taschenuhr zuschnappen und steckte sie wieder in die Westentasche. Dann zog er an den Aufschlägen seines schwarzen, eng geschnittenen Rockes, der sich zur Taille hin verjüngte, zupfte sich die weißen Manschetten zurecht und warf einen Blick in den großen, goldgerahmten Spiegel über der Bar. Er rückte seine schwarze Krawatte gerade und strich sich die schwarzen, welligen Haare glatt. Er war bereit. »Der Süden hat meine Unterstützung, Charlie, und David weiß das. Ich sehe die Dinge einfach nicht so wie er. Wenn du mich jetzt entschuldigen würdest, ich treffe mich mit jemandem, der mit der Postkutsche kommt.«

Travis trat durch die Schwingtüren des *Mountain Queen* auf die überdachte Veranda hinaus. »Wo zum Teufel bleibt die Postkutsche?«

Er trat an den Rand des Bürgersteiges und sah die Straße hinunter, die zweite der beiden offiziellen Hauptstraßen von Virginia City. Es herrschte reger Betrieb, denn eine Schicht in den Minen war gerade zu Ende, und die Arbeiter schwärmten über die Straße und verteilten sich auf das Dutzend Saloons, die den engen Weg säumten. Andere, deren Arbeit erst begann, verließen die Frühstücks-Gaststätten und Pensionen und trotteten auf die Mineneingänge zu, deren Gänge direkt hinter den Häusern begannen, in denen sie wohnten. Lastpferde und Reittiere waren überall vor den Häusern festgebunden.

Ein Blitzen von Grün auf der gegenüberliegenden Seite weckte Travis' Aufmerksamkeit. Seine Lippen verzogen sich zu einem Lächeln, als er die Frau aus dem Schatten des überhängenden Daches treten sah. In der Sonne nahmen das Smaragdgrün ihres Kleides und die schwarze Borte, mit der es verziert war, noch eine intensivere Farbe an. Die langen Strähnen ihres kastanienfarbenen Haares waren mit grünen und schwarzen Bändern durchflochten und fielen ihr in einer Kaskade von Locken auf die Schultern und den Rücken, so daß der Blick des Betrachters auf ihren gewagten Ausschnitt und die üppige Schwellung ihrer goldenen Brüste gelenkt wurde. Und genau das war auch Magnolias Absicht.

Sie warf ihm eine Kußhand zu und lachte. Der rauhe, tiefe Laut schwebte über den Lärm der Straße, der zur täglichen Routine gehörte, zu ihm herüber.

Travis lachte leise und winkte zurück. Magnolia Rochelles Saloon, das *Silver Lady,* lag seinem *Mountain Queen* direkt gegenüber und hatte sich als seine größte Konkurrenz erwiesen, aber dennoch hatten Travis und Magnolia es geschafft, Freunde zu bleiben ... Gute Freunde. Er lächelte. *Sehr* gute Freunde. Es half, daß sie beide aus New Orleans stammten, daß ihre Sympathien in dem Krieg, der das Land teilte, auf derselben Seite lagen und daß Magnolia, trotz der Tatsache, daß sie vier oder fünf Jahre älter war als Travis, einen der schönsten Körper in der Stadt hatte.

»Na, *mon cher*«, rief Magnolia ihm zu, »wo ist nun dieser kleine Singvogel, den du importierst, um mein *Silver Lady* überflüssig zu machen?«

Travis zuckte die Achseln. »Die Postkutsche hat Verspätung.« Wieder sah er die Straße hinunter. In der Ferne war eine Staubwolke zu erkennen, die über der Kurve schwebte, die in die Stadt hineinführte. Travis' Lächeln wurde breiter, und er setzte hinzu: »Aber ich glaube, da kommt sie endlich.«

Magnolia folgte seinem Blick. »Nun, *mon cher,* wenn du merkst, daß dein kleiner Kanarienvogel seine Meinung geändert hat und woanders hingeflogen ist, dann kannst du ja noch einmal über meinen Vorschlag nachdenken, ja?« Sie lächelte ihn verführerisch an.

Travis lachte. »Wir sind beide zu dickköpfig und hartnäckig, um jemals Partner werden zu können, Magnolia.«

»Ah, ein Jammer«, Magnolia seufzte, »aber wer weiß, was die Zukunft noch bringt, nicht wahr, *mon cher*?«

Am Ende der Straße kam die Postkutsche aus Sacramento in Sicht.

»Ich wette, daß Georgette Lindsay kommt, Magnolia, und daß sich heute abend bei mir die Kunden drängen.«

Magnolia zog einen Schmollmund. »Dann werde ich allein sein.«

»Du wirst nie allein sein, Maggie«, sagte Travis. »Aber falls du dich heute abend einsam fühlst«, er zwinkerte ihr zu, »oder an einem anderen Abend, dann weißt du ja, wo mein Zimmer ist.«

Sie lächelte ihn zweideutig an, und dann wandten sie sich beide der Postkutsche zu, die sich ratternd näherte.

Der Kutscher, ein schmieriger alter Mann in Lederhosen, thronte auf seinem Bock hoch über der Kutsche, die Lederzügel fest um die knotigen Finger gewickelt. Er trat mit einem Fuß auf die Bremse und zog hart die Zügel an. »Stillstehen, ihr knochenköpfigen Nichtsnutze!« brüllte er den Pferden zu. Sein Fuß trat härter auf die Bremse, und sein Körper versteifte sich, als er sich über das Kutschendach zurücklehnte und die Zügel noch fester anzog. »Halt! Stopp! Anhalten!«

Sechs muskulöse Pferde, die schlanken, braunen Körper schweißbedeckt, warfen protestierend die Köpfe hoch, so daß ihre schwarzen Mähnen durch die Luft peitschten. Der Kutscher warf sein ganzes Gewicht in die Zügel, zog noch fester und bremste noch stärker. Die großen Räder der Kutsche quietschten, und die Pferde warfen wild die Köpfe hin und her. Dann schnaubten sie und kamen endlich zum Stehen. Die Kutsche schwankte in den Lederriemen, als die Räder zum Stillstand kamen.

Ein Beamter kam aus dem Büro neben dem *Mountain Queen* gelaufen und rief einen Gruß. Der Kutscher wickelte die Zügel um den Handgriff, sprang vom Bock und trat an die Tür der Kutsche.

Travis trat breit lächelnd einen Schritt vor. Vor ein paar Monaten hatte er einen Vertrag abgeschlossen, daß Georgette Lindsay im *Mountain Queen* auftreten würde. Obwohl er sie nie kennengelernt oder persönlich gesehen hatte, war er zuversichtlich, die richtige Entscheidung getroffen zu haben. Bekannte hatten sie Travis empfohlen; sie hatten ihren Auftritt in San Francisco und Denver gesehen. Als ihr Manager sich bei Travis gemeldet und gesagt hatte, sie sei an einem Auftritt in Virginia City auf dem Weg nach Norden interessiert, war er nur zu froh gewesen, daß sie bei ihm Station machen würde. Travis machte sich große Hoffnungen, daß ihr Auftritt ihm einen Gutteil des Geldes einbringen würde, das, wie sein Bruder Trace geschrieben hatte, von den Konföderierten so dringend gebraucht wurde.

»Viel Glück, *mon cher*«, rief Magnolia ihm zu.

Travis winkte ihr zu, aber seine Aufmerksamkeit war auf die Postkutsche gerichtet, deren Tür sich gerade öffnete. Dic Hand des Kutschers lag auf der Klinke, und darüber, im Fenster, war eine zierliche Damenhand in braunem Leder zu sehen, das die Finger frei ließ.

Vor Monaten hatte Travis ein Plakat von Georgette Lindsay gesehen, als er in San Francisco war, und er hatte sie nicht nur sehr schön, sondern auch verwirrend vertraut gefunden. Aber er wußte, daß die Plakate nie sehr genau waren, und hatte deshalb das Gefühl, sie schon einmal gesehen zu haben, verworfen.

Die Kutsche schaukelte sacht, als sie einen zierlichen Fuß, der nur einen Moment lang unter der spitzenbesetzten Krinoline und dem Überkleid aus kakaofarbener Seide zu sehen war, auf den Tritt der Kutsche setzte und hervorkam. Unter einem kleinen Strohhut, der mit gelben und braunen Federn besetzt war, fielen ihre dunklen Locken in einem dicken Strang über eine ihrer Schultern. Als die Sonne auf ihre Haare fiel, blitzten rot-goldene Lichter darin auf.

Travis erhaschte einen Blick auf ihr Profil und erkannte sofort, daß die Plakate, die er gesehen hatte, ihr nicht gerecht wurden. Ihre Wangenknochen waren exquisit und anmutig geschwungen, die Nase klein, aber aristokratisch, und die cremefarbene Haut, die in reizvollem Kontrast zu den dunklen Locken stand, erinnerte ihn an eine Gardenie, wundervoll weiß mit einem winzigen Hauch von Gold darin.

Travis blieb auf dem Bürgersteig über ihr stehen und beugte sich hinab, um ihr die Hand zu reichen. Dichte, dunkle Wimpern hoben sich flatternd, als sie ihn ansah.

»Oh, danke, Travis«, sagte sie.

Travis erstarrte. Er spürte, wie ihre Finger sich sacht auf seinen Arm legten, hörte ihre sanfte, melodische Stimme und war sich vage des Jasminduftes bewußt, der sie umgab. Seine Stimme versagte, gelähmt durch Schock und Unglauben, während sein Blick ihren traf, mitternachtsgrau und himmelblau; eine Flut von Erinnerungen brach über ihn herein.

Es war sieben Jahre her, seit er Suzanne Forteaux zuletzt gesehen hatte, seit er sich geweigert hatte, sie zu heiraten, und New Orleans verlassen hatte.

Er spürte, wie sein Körper sich versteifte und jeder Muskel und jede Zelle sich anspannten. Er sah ihr tief in die blauen Augen. Sie lächelte, und Travis riß sich mit einem Ruck aus seinen Gedanken.

Das war nicht Suzanne. Etwas an der Frau erinnerte ihn nur an sie. Das war es, ihre Augen. Dieses klare, leuchtende Blau. Er lächelte das schöne Wesen an, das da aus der Kutsche stieg … Georgette Lindsay.

Sie hob mit der einen Hand den violetten Saum ihres Reisekleides und ließ die andere in seinem Griff, als sie auf den Bürgersteig trat. »Travis?« sagte sie noch einmal, als er nicht antwortete. Ihre Augen funkelten so blau wie der Nachmittagshimmel.

Er verließ sich auf seine Selbstbeherrschung, die so sehr ein Teil von ihm war, und zwang sich zu einer Gelassenheit, die ihm in Wahrheit äußerst fern lag. »Verzeihung, ich habe für einen Moment geglaubt, Sie wären jemand anderes, ich meine …« Er schüttelte den Kopf und verneigte sich leicht, ehe er ihre Hand zu einem eleganten Kuß an die Lippen hob. »Es tut mir leid. Lassen Sie mich neu anfangen. Willkommen in Virginia City, Miss Lindsay.«

Eine Spur Belustigung und Befriedigung funkelte in ihren Augen, und als hätte sie gewußt, was er gedacht hatte, sagte sie: »Du hattest recht, Travis.«

Er runzelte die Stirn. Sie nannte ihn hartnäckig Travis. Sie wußte, wer er war, aber wie war das möglich? Sie hatten einander noch nie kennengelernt. Er suchte nach einer Antwort und fand keine außer der, daß sie für seinen Saloon singen würde und mit ihm an der Postkutsche verabredet war. Und doch war sie so sicher. Seine Augen verdunkelten sich vor Verwirrung. Was hatte sie da gesagt, daß er recht hatte ... sie konnte nicht wissen, was er gedacht hatte.

Sie lächelte.

Travis sah sie für einen langen Moment nur an, einen Moment, in dem es um sie herum sehr lebendig zuging, als der Kutscher einen gemurmelten Fluch ausstieß, während er ihr Gepäck und das der anderen Reisenden ablud.

Es konnte nicht sein. Nein. Das war unmöglich. Und doch stand sie da vor ihm, die Hand noch immer vertraut in seine gelegt. Und endlich begriff er, daß das, was sie gesagt hatte, stimmte, sein erster Eindruck war richtig gewesen. »Suzanne?«

Sie nickte. »Ja, Travis, Suzanne.«

»Suzanne Forteaux? Aus New Orleans?«

Sie lächelte und nickte wieder. »Ja. Suzanne Forteaux aus New Orleans.« Dann seufzte sie übertrieben und legte eine Hand auf ihr Herz. »Das Mädchen, das du vor so vielen Jahren zurückgelassen hast.« Sie kicherte fröhlich.

Travis schüttelte den Kopf. »Nein. Ich glaube es nicht. Was? Ich meine, wie ...?« Er wappnete sich gegen die Flut von Emotionen, die bei ihrem Anblick in ihm hochgeschossen waren. Sie war eine der schönsten Frauen, die er je gesehen hatte … Und trotz ihres Lächelns und Lachens mußte sie ihn aus tiefstem Herzen verabscheuen. Er konnte ihr keinen Vorwurf daraus machen. Sie hatte gute Gründe dafür. Sehr gute Gründe. »Was machst du hier, Suzanne?« brachte Travis hervor. »Ich meine hier, in Virginia City? Was machst du hier?«

2

Suzanne lächelte süß und sah ihn unter dunklen Wimpern hervor an. »Nun, Travis, du hast doch mit meinem Manager Kontakt aufgenommen, damit ich in deinem Saloon, *Mountain Queen*, auftrete. Weißt du nicht mehr?«

Ihre Worte trafen ihn wie eine Kanonenkugel, die ihm auf den Kopf fiel. Ungläubig starrte er sie an. »Kontakt aufgenommen?« Er schüttelte den Kopf. »Nein, tut mir leid, Suzanne, aber da muß ein Mißverständnis vorliegen. Ich habe Georgette Lindsay verpflichtet, damit sie im *Mountain Queen* auftritt.«

Suzanne lachte hell und melodisch. »Aber Travis, ich *bin* Georgette Lindsay.«

Er spürte, wie ihm der Mund vor Überraschung aufstand. Er hatte sie seit sieben Jahren nicht gesehen, und jetzt verstand er, warum ihm ihr Plakat so vertraut vorgekommen war, auch wenn sie nicht mehr die schüchterne Sechzehnjährige war, als die er sie zuletzt gesehen hatte. Suzanne Forteaux war erwachsen geworden – und atemberaubend schön.

Einen kurzen Moment lang erlaubte Travis sich, wieder an den Sommer 1855 zu denken. Sein Vater Thomas Bragette hatte dafür gesorgt, daß ein Gerücht in der Stadt die Runde machte, ein übles Gerücht, das besagte, daß Travis Suzanne Forteaux verführt hätte und sie nun mit seinem Kind schwanger wäre. Travis hatte vor Wut gerast, als er den Klatsch hörte. Er hatte seinen Vater verflucht, der nur gelacht und dann verlangt hatte, daß Travis das einzige

Ehrenhafte tun und das Mädchen heiraten solle. Suzanne war zufällig die einzige Tochter des reichsten Mannes in New Orleans, der Thomas Bragettes politische Ambitionen angemessen hätte unterstützen können. Es war keine Überraschung gewesen, daß die Frau, die Travis damals geliebt hatte und hatte heiraten wollen, ihn daraufhin zurückwies. Travis widersetzte sich seinem Vater und weigerte sich, Suzanne zu heiraten, denn er wußte, daß sie, wenn sie schwanger war, es nicht von ihm war. Aber Thomas Bragette war ein dickköpfiger Mann und verfolgte seine Pläne weiter.

Also hatte Travis am Hochzeitstag das einzige getan, was ihm einfiel: er war weggerannt. Er hatte die Shadows Noir Plantage verlassen, seiner Familie den Rücken gekehrt und Suzanne vor dem Altar versetzt.

»Um Himmels willen, Travis«, sagte Suzanne, löste ihre Hand aus seinem Griff und legte sie auf seinen Arm. Sie kicherte, und ihre Augen funkelten vor Vergnügen. »Mach den Mund zu, ehe eine Fliege hineinfliegt.«

Der Kutscher berührte grüßend seinen Hut. »Da steht Ihr Gepäck, Ma'am.«

»Danke.«

Travis warf dem Kutscher eine Münze zu.

Der alte Mann nickte dankend und ging in Richtung Büro, während Suzanne sich wieder Travis zuwandte. »So, bringst du mich zum Hotel, oder muß ich den Weg selber finden?«

»Suzzzzzanne.«

Die Stimme, die eher nach dem Gejammer eines liebeskranken Kojoten klang, weckte ihrer beider Aufmerksamkeit. Travis sah zur Postkutsche zurück. Ein kleiner, dicker Mann mit rundem Bauch und den zierlichsten, kleinen Händen, die Travis je gesehen hatte, stieg aus der Postkutsche. Sein grauer Nadelstreifenanzug war leicht zerknautscht, und der steife Kragen seines Oberhemdes sah aus, als würde er ihn gleich erdrosseln. Der schwarze Hut saß ein wenig schief auf seinem Kopf, und die Brille auf seiner spitzen Nase war mit Staub bedeckt.

»Oh, Clarence.« Suzanne sah Travis verschmitzt an. »Es tut mir leid, Travis, in der Überraschung, dich wiederzusehen, habe ich ...« Sie zuckte die Achseln. »... meine Manieren ganz vergessen. Travis, das ist Clarence Lonchet, mein Manager.«

Travis streckte die Hand aus. »Freut mich, Ihre Bekanntschaft zu machen, Mr. Lonchet. Ich bin Travis Bragette.«

»Clarence«, unterbrach Suzanne ihn eilig, »hilf Addie, ehe sie hinfällt.«

Der kleine Mann runzelte die Stirn bei dieser Bitte, wandte sich aber zur Kutsche zurück und ergriff den Arm einer Frau, die versuchte, aus der Kutsche auf den Bürgersteig zu treten.

»Oh, Mr. Lonchet, ich scheine meine ...« Sie glitt mit dem Absatz vom Tritt der Kutsche ab und verfing sich in ihren Röcken. Haltsuchend klammerte sie sich an den Rahmen der Tür.

»Um Himmels willen, Addie!« quietschte Lonchet. Er hob den Arm und wehrte ihr sich blähendes Cape ab.

Travis trat vor, um der Frau zu helfen, als ihr Gewicht und ein Ruck von der Hand des Managers sie vorwärts schleuderten. Ihre freie Hand fuhr auf der Suche nach etwas, woran sie sich festhalten konnte, durch die Luft, und ein Ausdruck von Panik breitete sich auf ihrem Gesicht aus.

»Addie!« keuchte Suzanne.

Travis griff nach Addies Arm, erwischte eine Handvoll Stoff und riß sie hoch. Dadurch fand sich Clarence plötzlich im Weg einer fliegenden Frau. Mit einem Fluch quittierte er die Stoffbahnen in seinem Gesicht und den Tritt, der ihn an der Schulter traf. Sein Hut flog davon, als er mit dem Hintern auf der Straße landete.

Suzanne blickte die Frau besorgt an. »Bist du in Ordnung?«

Addie strich ihre Röcke glatt, zupfte an ihren Ballonärmeln und griff sich an die Stirn, um eine Locke zurückzustecken, die unter einer prüden grauen Haube hervorgeglitten war. Sie lächelte strahlend, als sie Suzanne antwortete, hielt den Blick aber dabei auf Travis geheftet. »Ja, Miss Suzanne, mir geht es gut, dank dieses Gentlemans.«

»Von allen schwerfälligen ...« Clarence erhob sich mit wutverzerrtem Gesicht.

»Travis, das ist mein Mädchen und meine persönliche Assistentin Adelina Hays«, stellte Suzanne vor. »Addie, das ist Mr. Travis Bragette, der Besitzer des *Mountain Queen.*«

Keiner achtete auf Clarence.

»Sehr erfreut, Sie kennenzulernen, Miss Hays.«

»Oh«, flötete Addie, »nennen Sie mich doch Addie, Mr. Bragette. Jeder tut das.« Sie streckte ihm die Hand hin.

Travis ergriff sie, hob sie an die Lippen und küßte sie. »Sehr erfreut, Addie.«

»Ohhh!« Sie flatterte mit den Wimpern und sah aus, als wollte sie gleich in seinen Armen ohnmächtig werden.

»Erfreut? Ha!« stieß Clarence hervor. Er klopfte sich seine Kleidung ab, so daß eine kleine Staubwolke aufstieg, und starrte Travis an. »Sie haben in Ihren Telegrammen nicht erwähnt, Mr. Bragette, daß Virginia City ganz oben auf einem Berg liegt. Oder daß hier knietief Schnee liegt, obwohl es fast Frühling ist. Oder daß die Postkutsche so ... so antiquiert ist.«

»Clarence!« wies ihn Suzanne zurecht. »So schlimm war es gar nicht.«

»Also wirklich, Suzanne, die Kutsche war nicht einmal gefedert, um Himmels willen.« Er setzte die Brille ab und zog ein Taschentuch hervor, schüttelte es dramatisch aus und begann, die Gläser heftig damit zu bearbeiten. »Wir konnten uns nicht mal vor dem Wind schützen. Wir können nur von Glück sagen, daß es nicht geschneit hat, sonst wären wir jetzt durchnäßt.« Er schüttelte sich vor Widerwillen. »Die Sitze! Es gab fast keine Polster. Und der Kutscher hat die ganze Strecke über fürchterlich geflucht und mit den Zügeln geschnalzt, damit die Pferde schneller laufen und ...«

»Ich hatte den Eindruck, Mr. Lonchet, daß Georgette, ich meine Suzanne, schon auf einer Reihe von Bühnen im Westen aufgetreten ist«, unterbrach ihn Travis.

»Das ist sie auch, aber nichts davon ...« Clarence fuhr mit der Hand durch die Luft und deutete auf die Stadt, »war so abgelegen wie diese hier. Ich meine, hier ist man mitten im Niemandsland und ...«

»Clarence!« warf Suzanne ein.

Travis bemühte sich um Beherrschung. Immerhin war Lonchet derjenige gewesen, der ihn angesprochen hatte, damit Georgette in Virginia City auftreten konnte, nicht andersherum. »Virginia City liegt nur fünfzehn Meilen von Kansas City entfernt, Mr. Lonchet. Das ist nicht so weit.«

»Nun, mir kam es aber weiter vor. Die Bergstraße hier hoch ist fürchterlich, einfach fürchterlich. Ich habe jeden Moment damit gerechnet, daß wir über den Rand fahren und zur Hölle ...«

»Clarence!« unterbrach ihn Suzanne erneut, und ihre Stimme klang schärfer.

»Wir sind in Kalifornien aufgetreten. Und in Texas. Und

sogar in Arizona, aber noch nie mußten wir ...« Er riß sich den Hut vom Kopf und enthüllte eine Glatze, die so glatt und rosa war wie ein Babypopo und von ein paar Büscheln hellbraunen Haares umstanden war. Mißbilligend verzog er die Lippen und fing an, an seinem Hut herumzuputzen. »Oh, sehen Sie sich das an. Er ist ruiniert. Ruiniert!«

»Clarence!« wies ihn Suzanne ein letztes Mal zurecht.

Aber er machte weiter und achtete nicht auf ihre Ermahnungen. »Ich fühle mich, als hätte ich mich im Dreck gewälzt. Sehen Sie sich nur meine Kleider an. Sehen Sie sich das an. All der Dreck und Matsch, den die Räder hochgeschleudert haben, keine Lüftung und ...«

»Ich bin sicher, daß sie dir im Hotel gerne ein Bad machen«, beschwichtigte ihn Suzanne.

»Das sollten sie auch bei den Zimmerpreisen«, schniefte Clarence. »Ich hätte darauf bestehen sollen, daß Sie die Unterkunft übernehmen, Mr. Bragette.« Er setzte sich den Hut wieder auf den Kopf.

Addie verdrehte die Augen.

Travis spürte, wie seine leise Wut zu kochen begann wie ein Kessel Suppe, den man auf dem Feuer vergessen hat. Er hatte sich sofort eine Meinung über Suzannes Manager gebildet, und es war keine gute. Die Stimme des Mannes war ein ärgerliches Schniefen durch verstopfte Nasenlöcher, und seine Einstellung ließ einiges zu wünschen übrig.

»Wenn Suzannes Auftritt so gut ist, wie man mich hat glauben lassen, Mr. Lonchet«, sagte Travis steif, »und die Einnahmen bringt, die ich erwarte, werde ich für ihr Hotelzimmer gerne aufkommen. Und für das von Miss Hays natürlich. Sie können gerne in einem der Räume über dem Saloon unterkommen.«

Clarence warf Travis einen Blick zu. »Über dem Saloon?« Er hob die Brauen. »Ich soll in einem Zimmer über dem Saloon unterkommen? Ich würde doch sagen, nein.«

Travis zuckte die Achseln. »Wie Sie wollen.« Er wandte sich an Suzanne und reichte ihr seinen Arm. »Ich schickte jemanden, der dein Gepäck holt. Kann ich dich jetzt zum Hotel bringen?«

»Bitte.«

Er bot Addie den anderen Arm. »Miss Hays?«

»Oh, Mr. Bragette, wie freundlich«, stieß sie hervor und warf Clarence Lonchet einen überlegenen Blick zu.

Das Quartett machte sich auf den Weg zum Union Belle. Travis ging zwischen Suzanne und Addie, und Clarence trottete hinter ihnen her und fluchte leise.

Travis warf Suzanne einen Seitenblick zu. Es war ein Schock gewesen, ihr nach all den Jahren plötzlich von Angesicht zu Angesicht gegenüberzustehen. Und ein noch größerer Schock zu entdecken, daß sie die Frau war, die er angeheuert hatte, damit sie im *Mountain Queen* auftrat. Er sah an Addie vorbei ins Schaufenster des Ladens, an dem sie gerade vorübergingen Er fing Suzannes Spiegelbild auf. Sie hatte kaum noch Ähnlichkeit mit dem sechzehnjährigen Mädchen, an das er sich erinnerte und das er an einem fernen Frühlingstag vor dem Altar der St.-Louis-Kathedrale hatte stehenlassen. Ein Stich der alten Schuld traf ihn, und er kämpfte dagegen an.

Suzanne Forteaux war eindeutig erwachsen geworden: atemberaubend weiblich und verführerisch, voller Grazie und Anmut. Sein Blick glitt über sie hin und registrierte die dünne Seide, die unter ihren Brüsten begann und bis zum Halsansatz hochgezogen war, wo ein braunes Band die Falten gefällig bündelte, sah die Kameenbrosche, den Schwung ihrer Brüste und die enge Kurve ihrer Taille. Unter die Falten ihres weiten Rockes konnte er nicht sehen, aber seine Phantasie gaukelte ihm sanft geschwungene Hüften und lange schlanke Beine vor.

Dann wurde das Fenster zur Holzwand. Travis wandte den Kopf und entdeckte, daß er fast vom Bürgersteig fiel, der hier zu Ende war. Er sprach ein stummes Stoßgebet, daß er nicht gefallen war, half Suzanne und Addie die Stufen hinunter und führte die Damen über die staubige Straße zum *Union Belle Hotel.*

»Allmächtiger, Travis, wo bekommen Sie so hübsche junge Dinger her?« rief Mavis Beale aus.

Travis lächelte die Frau des Hotelbesitzers an, die etwa dreihundert Pfund schwer war. »Mrs. Beale, das ist …« Er warf Suzanne einen schnellen Blick zu. »Miss Georgette Lindsay. Sie ist gekommen, um im *Mountain Queen* zu singen.«

Mavis kniff leicht die Augen zusammen. »Singen, ja?«

»Und das ist ihr Mädchen, Miss Addie Hays.«

Mavis nahm zwei Schlüssel von der Wand hinter sich und führte die beiden Frauen auf eine Treppe zu. »Wo sind ihre Sachen, Travis?« rief sie ihm über die Schulter zu.

»Hank bringt sie rüber.«

»Freddie, hol mir heißes Wasser für die Damen, damit sie baden können.«

»Ja, Ma'am«, erklang eine junge Stimme aus dem Flur hinter der Rezeption.

»Und beeil dich.«

»Ja, Ma'am.«

»Mrs. Beale«, rief Travis hinter ihr her. »Mr. Lonchet, der Manager von Miss Lindsay, braucht auch noch ein Zimmer.«

»Gut, geben Sie ihm einen Schlüssel«, erklang es von oben.

Travis lachte auf und ging um den Tisch herum.

»Aber ich will auch ein Bad«, jammerte Clarence,

den Blick auf Mrs. Beale gerichtet, wie sie die Stufen erklomm.

Travis warf ihm einen Schlüssel zu. »Ich bin sicher, daß er nach einiger Zeit auch Ihnen eins bringt, Lonchet.«

Clarence beeilte sich, den Schlüssel zu fangen, und verlor dabei wieder seinen Hut. Er rollte über den Boden, prallte gegen das Feuergitter und blieb dann liegen. »Sehen Sie, was Sie getan haben«, schimpfte er und beeilte sich, ihn aufzuheben. Er bürstete die Asche ab und musterte Travis wütend. »Nennt diese … diese Kuh von Frau das etwa Service?«

Travis' Belustigung schwand auf der Stelle. Seine Augen wurden schmal, und er biß wütend die Zähne zusammen. »Mavis Beale ist eine gute Frau, Lonchet, und hier sehr beliebt. Vergessen Sie das besser nicht und passen Sie auf, wie Sie sie nennen. Wenn Ihnen der Service hier nicht gefällt, können Sie ja ins *Queen* kommen und sich selber bedienen.«

Clarence stülpte sich den Hut auf und drehte sich um, um davonzustolzieren, aber dann blieb er plötzlich stehen und sah Travis an. Seine Mimik drückte tiefes Bedauern aus. »Es tut mir leid, Mr. Bragette«, sagte er und überraschte Travis damit, »Sie haben recht. Ich war unhöflich. Schrecklich unhöflich.«

Travis erwiderte den Blick nur, nicht bereit, dem Mann wirklich zu verzeihen.

»Ich gebe zu, daß es meine Idee war, daß Georgette hier auftritt, also darf ich mich jetzt nicht beklagen. Bitte akzeptieren Sie meine Entschuldigung.« Er lächelte. »Ich denke, die Fahrt hierher hat furchtbar an meinen Nerven gezerrt.«

Vor der offenen Tür des Hotels stand Magnolia Rochelle und beobachtete, wie Suzanne Forteaux die enge Treppe emporstieg. Magnolia runzelte leicht die Stirn, und eine Hand, die in den Falten ihres grünen Kleides verborgen war, war zur Faust geballt. »Nun, mein kleiner Singvogel«, flüsterte sie, »jetzt bleibt abzuwarten, ob Ihr Bruder Ihnen wirklich wichtiger ist als Travis Bragette.«

3

Suzanne ließ sich in einen Brokatsessel vor dem Kamin sinken. Nachdem sie sich auf der Fahrt halb totgefroren hatte und die Zähne hatte zusammenbeißen müssen, damit sie nicht klapperten, war die Hitze des Feuers jetzt eine unbeschreibliche Wonne. Schnell band sie sich die Schuhe auf und zog sie aus, um ihre Füße auf die Bronzereling zu legen. Sie wackelte mit den Zehen und lächelte geduldig zu dem fortwährenden Geschwätz von Mavis Beale. Die Frau machte sich eifrig im Zimmer zu schaffen, zog die Vorhänge auf, schüttelte Kissen auf und öffnete die Türen des riesigen Kleiderschrankes.

»Oh, Sie werden das *Mountain Queen* jeden Abend füllen, Miss Lindsay, ja, das werden Sie«, sagte Mavis. Sie schlug die weiße Baumwolldecke des Bettes zurück und steckte sie fest. »Es gibt nicht allzu viele Damen hier in Virginia City, das kann ich Ihnen sagen. Eine auf hundert Männer, denke ich. Und alle werden sie ein Auge auf Sie werfen wollen und diese süße Stimme von Ihnen hören wollen. Ja, Ma'am.« Sie drehte sich um und lächelte. »Die Männer, meine ich.«

Sonnenlicht strömte durch das Fenster neben Mrs. Beale und erhellte ihr grau durchsetztes rotes Haar, so daß es wie eine Explosion aus Feuer und Eis um ihr rundes Gesicht herum wirkte. Mavis strich sich mit der plumpen Hand ein paar Strähnen aus dem Gesicht und versuchte, sie in den Knoten hoch auf ihrem Kopf zu stecken, aber sie kamen sofort wieder heraus, wobei ihre Farbe die vielen

Sommersprossen auf ihren Wangen betonte. Haselnußbraune Augen funkelten vor Interesse und Neugier.

Suzanne lächelte, sagte aber nichts. Sie war zu müde, und ihr war immer noch zu kalt.

»Sind Sie auf der Bühne groß geworden, Miss Lindsay?« Mavis winkte ab, sobald die Worte über ihre Lippen gekommen waren. »Oh, kümmern Sie sich nicht um meine Unhöflichkeit. Es geht mich nichts an, wo Sie aufgewachsen sind.« Sie strebte der Tür zu, blieb aber stehen, als ihr Sohn mit zwei Eimern dampfend heißen Wassers hereinkam. »Oh, Freddie, du bist zurück, das ist gut.« Mavis sah zu, wie ihr Sohn das Wasser in die grüne Wanne goß, die auf einem Holzpodest in der Ecke des Zimmers stand.

Suzanne bedankte sich und hoffte, daß die zwei jetzt gehen würden. Sie war erschöpft und wollte sich nur noch im warmen Wasser entspannen und dann ausruhen.

»Nun, nach den ersten beiden Eimern und jetzt diesen zwei müßte es für ein Bad reichen«, erklärte Mavis. »Wir werden uns jetzt um den Herrn kümmern, der mit ihnen gekommen ist.« Sie wandte sich an Freddie. »Welches Zimmer hat Travis ihm gegeben, Freddie?«

»Danke, Mrs. Beale«, sagte Suzanne noch einmal.

Mavis winkte ihr zu, als sie die Tür zuzog. »Oh, nennen Sie mich Mavis, Liebes. Das tun hier alle. Bei ›Mrs. Beale‹ muß ich immer denken, daß mir die Mutter meines William über die Schulter späht. Sie kicherte. »Und glauben Sie mir, das ist ein Anblick, auf den ich gut verzichten kann.«

Mavis Beales Gelächter hallte durch den Flur.

Suzanne seufzte, zog die Jacke ihres Reisekostüms aus und warf sie achtlos über die Lehne des Sessels. Sie war erschöpft und hatte keine Energie mehr zum Lächeln, wenn sie am liebsten nur geweint hätte oder vor Wut und

Enttäuschung geschrien. Jeder Knochen tat ihr weh, jede Zelle ihres Gehirns wollte nur ausschalten und sie vor der Welt in warmer Dunkelheit verstecken. Sie wollte nicht hier sein, nicht in Nevada, nicht in Virginia City und ganz sicher nicht in der Gesellschaft von Travis Bragette. Aber sie hatte keine Wahl. Wenn sie herausfinden wollte, was mit Brett passiert war, wo er war, mußte sie das durchziehen.

Suzanne trat zu ihrem Gepäck, zog eine kleine Dose hervor und ging damit zu der Badewanne, die eher wie ein Waschzuber mit abgeflachten Enden aussah, um dem Wasser etwas von ihrem kostbaren Badesalz zuzusetzen. Dann verschloß sie die Dose wieder, beugte sich vor und rührte im Wasser. Sofort bildeten sich schneeweiße Blasen an der Oberfläche des Wassers.

Es klopfte.

»Was ist denn?« entfuhr es Suzanne verärgert. Sie ging zur Tür und öffnete. »Oh, Addie, komm rein.«

»Ich wollte deine Sachen auspacken«, erklärte Addie und steuerte auf die Taschen auf dem Bett zu, die Travis' Manager Hank Davis herübergebracht und dorthin gelegt hatte. »Es sei denn, du möchtest lieber, daß ich dir beim Baden helfe.«

»Nein, Addie, nicht nötig, danke.« Suzanne ging zum Fenster, schlug die Läden zurück und blickte auf die Straße hinunter. Es sah genauso aus wie in den anderen Minenstädten, die sie kannte. Vielleicht etwas voller, etwas weniger gepflegt, aber im großen und ganzen genauso. Viele Holzhäuser, ein bißchen Stein und Mörtel und in der Ferne ein Lager aus weißen Zelten. Sie tupften die Hügel des Berges, Sun Mountain, und zogen sich über die andere Seite des Tals, wie sie von der Kutsche aus gesehen hatte.

Sie sah zu Travis' Saloon hinüber. Am Dach über dem

Bürgersteig hing ein großes weißes Schild. Darauf stand in hellroten Buchstaben *Mountain Queen.* Ihr Blick ging zum Bürgersteig.

Travis Bragette lehnte an einer der Säulen, die das Dach stützten. Suzanne spürte, wie ihr die Kehle eng wurde. Er sah noch besser aus, als sie ihn in Erinnerung hatte. Sein schwarzes Haar war zerzaust und etwas wirr und berührte fast seinen Kragen, zu dem die schwarzen Strähnen einen deutlichen Kontrast bildeten. Eine Locke fiel ihm in die Stirn. Suzanne lächelte. Einige Dinge änderten sich nie.

»Soll ich dir etwas Besonderes herauslegen?« fragte Addie und unterbrach damit Suzannes Überlegungen. »Vielleicht eines von den Seidenkleidern?«

Suzanne blickte über die Schulter. »Nein, Addie, einfach ein Tageskleid. Irgendeines.« Sie wandte sich wieder zum Fenster um. Er stand immer noch da. Sie beobachtete, wie er in die Innentasche seines Rockes griff und ein Zigarillo hervorzog. Er schnitt das eine Ende ab, zündete ein Streichholz an, bog die Hand schützend um die Flamme und hielt sie an das Zigarillo. Weißer Rauch ringelte sich zwischen seinen Fingern empor.

Das schwarze Jackett, das er trug, betonte seine breiten Schultern und verjüngte sich zu seiner schmalen Taille hin. Seine Hosen waren in die Stiefel gesteckt und umschlossen eng die muskulöse Länge seiner Schenkel. Travis war größer, als sie ihn in Erinnerung hatte, breiter, dunkler und attraktiver. Seine Haut, die mit ihrem goldenen Schimmer immer schon das Erbe des kreolischen Blutes seiner Mutter verraten hatte, war jetzt ein tiefes Bronze, und sein Gesicht wirkte schmaler als früher.

Aber er war immer noch Travis, der Mann, der sie seit sieben Jahren in ihren Träumen verfolgte. Suzannes Herz klopfte schneller. Obwohl sie aus dieser Entfernung seine

Gesichtszüge nicht erkennen konnte, hatten sie sich ihr schon lange unvergeßlich eingeprägt, um heute morgen bei ihrer Ankunft aufgefrischt zu werden. Seine Augen, diese schönen, grauen Augen,von denen sie einst gedacht hatte, sie könnte sich darin verlieren, verrieten eine neue Reife, die gerade Nase sprach noch immer von Stolz und Adel, der harte Kiefer verriet Eigenwilligkeit, die ihn immer in Schwierigkeiten gebracht hatte, und sein Mund ... Suzanne erinnerte sich plötzlich an das einzige Mal, daß Travis Bragette sie geküßt hatte. Sie war sechzehn gewesen, und ihr Vater hatte für sie arrangiert, daß sie Travis heiraten sollte. Das Arrangement war eine wundervolle und willkommene Überraschung für sie gewesen, aber zu ihrem Kummer mußte sie später entdecken, daß es für Travis weder wundervoll noch willkommen war. Die ersten paar Wochen nach der Ankündigung war er nicht in ihre Nähe gekommen. Als er es schließlich tat, nahm er sie mit in den Garten, zog sie dort in seine Arme und küßte sie. Nachdem der erste Schock darüber abgeklungen war, entdecke Suzanne, daß sie seinen Kuß nicht nur genoß, sondern das Gefühl hatte, sie wäre gestorben und im Paradies.

Ungewollt lachte sie bitter auf, und schnell legte sich Suzanne die Hand vor den Mund und tat so, als hätte sie gerade gehustet, damit Addie nicht neugierig wurde.

Ihre Erinnerungen hielten an. Die Euphorie, die Travis' Kuß in ihr geweckt hatte, war nur von kurzer Dauer gewesen. So plötzlich, wie er sie geküßt hatte, ließ er sie auch wieder los, machte auf dem Absatz kehrt und ging davon. Sie hatte den Hufschlag seines Pferdes in der Nachmittagssonne hallen hören, als er verschwand. Das war das letzte Mal, daß Suzanne Travis gesehen hatte ... bis heute.

Als wenn er ihre gedankenvollen Blicke spüren würde,

wandte Travis sich plötzlich um und blickte zum Hotel hinüber.

Ihr Herz blieb fast stehen, als Panik sie ergriff. Er wußte, warum sie hier war. Ihre Hände begannen zu zittern. Er konnte es nicht wissen, schrie ihr Verstand, er konnte nicht. Und doch …

Es hatte den Anschein, als würde er ihr zunicken, auch wenn sie sich auf die Entfernung nicht sicher sein konnte. Suzanne sprang vom Fenster zurück und hinter die Vorhänge. Ganz ruhig, Suzanne, sagte sie sich. Du bist nur nervös. Er weiß gar nichts.

Travis sah noch eine Zeitlang zum zweiten Stock des *Union Belle Hotel* hoch, nachdem Suzanne vom Fenster weggegangen war. Seit er sie im Hotel zurückgelassen hatte, waren seine Gedanken in Aufruhr, sowohl wegen ihrer Anwesenheit in Virginia City als auch wegen der Art, wie sie ihn begrüßt hatte. Nichts davon machte Sinn. Nach dem, was er vor sieben Jahren getan hatte, hätte er einen Schwall wütender Beschimpfungen erwartet, einen Schlag ins Gesicht, feindselige Kälte oder einfach Wut. Was er dagegen nie erwartet hätte, waren Wärme, Freundlichkeit und Ansätze zum Flirten. Und doch war das die Art, wie sie sich verhalten hatte, und das verwirrte ihn zutiefst.

Warum? Diese Frage quälte ihn, und er wußte, daß er keine Ruhe finden würde, bis er dafür und für noch ein paar andere Dinge die Antwort wüßte. Warum haßte sie ihn nicht? Warum sang sie? Warum war sie nach Virginia City gekommen? Warum hatte sie ihm nicht gesagt, daß sie Georgette Lindsay war? Warum erlaubte ihr Vater, einer der bekanntesten und reichsten Männer in Louisiana, seiner einzigen Tochter, singend durch die Lande zu reisen und öffentlich aufzutreten? Travis nahm einen tiefen Zug aus dem Zigarillo und stieß den Rauch langsam wieder aus, um dann zuzusehen, wie er in der kühlen Morgenluft zerrann.

»Travis, mein Sohn, ich habe Sie gesucht«, sprach ihn plötzlich eine tiefe Stimme von hinten an. Eine Hand senkte sich auf seine Schulter.

Ärger blitzte in Travis dunklen Augen auf, aber er sagte nichts, als er sich Richter David Terry zuwandte.

Der Richter senkte seine Stimme zu einem Flüstern. »Charlie hat mir gesagt, daß Sie meine Einladung schon wieder abgelehnt haben.«

»Das hat Charlie Ihnen richtig gesagt, Richter. Ich habe kein Interesse daran, an Ihren Treffen teilzunehmen. Wahrscheinlich würde es uns beiden eine Menge Kummer ersparen, wenn Sie einfach aufhören würden, mich zu fragen.«

»Ja, ja, es ist ein wunderschöner Morgen«, rief der Richter plötzlich laut genug für jeden in der Nähe, um sie zu hören, um dann leise hinzuzufügen: »Sie sind ein Südstaatler, Travis, und der Süden braucht Ihre Unterstützung.«

Terry, ein untersetzter Mann, der ein paar Jahre älter war als Travis, umfaßte die Aufschläge seines grauen Mantels und drückte die Brust heraus, was seinen mehr als eindrucksvollen Bauch ebenfalls mit nach vorne schob. »Ich weiß, daß unsere Bemühungen hier schon einmal fehlgeschlagen sind, Travis, aber wir haben einen neuen Plan. Sie könnten ein wichtiger Mann werden, nachdem …«

Travis schüttelte den Kopf. »Nein, Richter, ich bin nicht interessiert. Der Süden hat meine Unterstützung, und das wissen Sie, nur eben nicht mehr durch die Ritter.«

David Terry strich sich durch den grau durchsetzten

schwarzen Bart und sah Travis durchbohrend an. »Travis.« Er blickte sich nach allen Seiten um, um sicherzustellen, daß sie nicht belauscht wurden. »Sie sind nun eine ganze Weile Mitglied gewesen, und Sie wissen, was das KGG für gute Dinge für unseren Fall getan hat, und auch, was es noch tut.«

»Richter, ich will nicht …«, warf Travis ein.

»Aber«, fuhr David Terry fort und schnitt Travis das Wort ab, während er sich erneut umsah, »es gibt zu viele Yankee-Sympathisanten in dieser Stadt. Wenn wir hier irgend etwas erreichen wollen, müssen wir zusammenhalten.«

Travis warf das Zigarillo fort und beobachtete, wie die Tabakrolle einen weiten Bogen durch die kalte Luft beschrieb, ehe sie mit einem leisen Zischen in einer Pfütze am Grunde des Pferdehalters verlöschte. »Danke für Ihre Sorge, Richter, wirklich, und für die Einladung, aber meine Antwort lautet nach wie vor nein.«

Das Lächeln auf Terrys Gesicht schwand. »Ihr Vater war ein gutes Mitglied, Travis, ein sehr gutes Mitglied. Ich bezweifle, daß er ihr Verhalten gutheißen würde …«

Travis wandte sich erneut dem Richter zu, das Gesicht hart, die Augen blitzend und voller Zorn. »Mein Vater ist tot.«

»Ja, es tut mir leid. Ich meine ja nur, daß er ein guter Mann war. Loyal für den Süden, und als Mitglied des KGG –«

»Er war ein verdammter Hurensohn, Richter«, zischte Travis. »Und wer immer ihn getötet hat, hat der Welt damit einen großen Gefallen erwiesen.«

Travis stand neben den Schwingtüren, die in das *Mountain Queen* führten, einen Fuß im Stiefel auf die Bronzereling gestützt, die rund um den Mahagonitresen lief. Er stützte den rechten Arm auf die spiegelnde Oberfläche der Bar und sah zur Bühne am anderen Ende des Raumes hinüber. Die roten Samtvorhänge mit den goldenen Fransen waren immer noch zugezogen, und Hank, sein Manager, zündete gerade die Lampen an, die in regelmäßigen Abständen am Rande der Bühne angebracht waren. Vor der erhöhten Bühne stimmten die Musiker ihre Instrumente. Travis zuckte zusammen, als der Bogen über die Violine fuhr und ein schriller Ton das Geklimper des Klaviers übertönte.

»Klingt eher so, als würdest du einem Hündchen den Hals umdrehen als eine Violine stimmen«, rief jemand laut.

Travis lachte leise und mußte innerlich zustimmen. Hoffentlich spielte der Mann besser auf dem Instrument, als er es stimmte. Nicht nur Georgette Lindsay trat zum erstenmal hier auf, sondern die Musiker auch. Sie hatten zuletzt vor ein paar Wochen draußen vor Virginia City gespielt, als die ersten Schneeflocken fielen, und alle hatten sie geschworen, sich nicht wieder auf dem Sun Mountain einschneien zu lassen.

»Jed, gib mir was zu trinken«, rief Travis dem Barkeeper zu.

»Tarantelsaft oder den guten?« fragte Jed. Er lächelte, und sein braunes Gesicht wurde weich, als er Travis betrachtete.

»Heb den Tarantelsaft für die Jungs auf«, sagte Travis, »sie scheinen ihn zu mögen. Wahrscheinlich gibt er ihnen die Extra-Energie für die Arbeit in den Minen.« Er lachte. »Ich werde mich dazu zwingen, den guten Stoff zu trinken.«

Jed nickte. Er griff nach Travis' spezieller Whiskyflasche im Regal und goß ihm ein Glas ein.

»Du hast eine Stelle ausgelassen, als du deinen Kopf poliert hast«, sagte Travis. Er nahm einen Schluck und genoß die Wärme der goldbraunen Flüssigkeit, als sie sich aromatisch in seinem Inneren ausbreitete und ihn wärmte.

Jed warf einen Blick in den Spiegel. »Verdammt, Sie haben recht, Boß.« Er zog ein Handtuch aus dem Band um seine Mitte, spuckte darauf und rieb sich über die Glatze, ehe er sich wieder Travis zuwandte. »Wie ist das, Boß? Besser so?«

Travis lächelte. »Der perfekte Schimmer, Jed.«

Hank, der Manager des Saloons, trat zu Travis. Sein weißes Hemd spannte sich eng um enorme, muskulöse Schultern, und sein roter Bart bildete einen starken Kontrast zu seinem tiefbraunen Gesicht. »Heute abend sind alle Tische besetzt, und der Whisky fließt in Strömen. Jetzt fehlt uns nur noch der kleine Singvogel, den Sie eingeflogen haben.« Er grinste und drehte sich um, um eine weitere Gruppe Minenarbeiter zu beobachten, die gerade den Saloon betrat. »Maggie wird heute ein leeres Haus haben, Boß, von den meisten anderen Saloons in der Stadt ganz zu schweigen.«

Travis ließ seine Blick durch den Raum schweifen. Hank hatte recht. Die Tische waren alle besetzt. Es gab kaum noch Stehplätze, und noch immer drängten die Männer in den Saloon. Die Bartender, Serviererinnen und Croupiers würden heute ihren Lohn verdienen.

Das *Mountain Queen* war einer der elegantesten Saloons auf dem Berg, und das war genau das, was Travis gewollt hatte. Rote Samtvorhänge, die zu dem auf der Bühne paßten, säumten die hohen Fenster zur Straße hin, französische Tapeten bedeckten die Wände, der Boden bestand aus polierten Eichendielen, die Möbel waren aus geschnitztem Kirschbaum und die Stühle mit reichem Brokat gepolstert.

Eine der Kellnerinnen lächelte ihn an. Travis lächelte zurück. Ihr blaues Satinkleid war tief ausgeschnitten und zeigte den Brustansatz und viel nackte Schulter, aber es war ein ästhetischer Anblick, kein vulgärer. Anders als in anderen Saloons waren die Kellnerinnen bei Travis genau das. Kellnerinnen. Wenn ein Mann eine Hure wollte, gab es genug andere Häuser, wo er sie finden konnte. Er konnte zu Nellie Sayes Haus gehen oder auf die andere Seite zu Maggies *Silver Lady* wechseln. Im *Mountain Queen* aber gab es nur guten Whisky, ehrliche Spieler an gut geführten Tischen, hübsche Kellnerinnen – Travis runzelte die Stirn – ... und Georgette Lindsay, einigen wenigen auch unter dem Namen Suzanne Forteaux bekannt.

Das brachte seine Gedanken zurück zu Suzanne.

Er bemerkte, wie sich der Bühnenvorhang bewegte, als jemand von der anderen Seite gegen den Stoff stieß. Erwartungsvolle Rufe erklangen von den Minenarbeitern. Travis zog seine Uhr hervor und ließ den Deckel aufschnappen. Es war noch nicht ganz so weit.

Warum war die Tochter eines der bekanntesten und einflußreichsten Männer New Orleans eine Sängerin, die von Stadt zu Stadt und von Lager zu Lager reiste? Travis hob sein Glas, legte den Kopf zurück und trank den Rest des Whiskys aus. Suzanne Forteaux. Er hatte in den vergangenen Jahren nicht viel an sie gedacht, außer dann und wann mit einem schuldbewußten Gefühl im ersten Jahr, nachdem er New Orleans verlassen hatte. Er sah wieder zur Bühne hin, plötzlich ungeduldig, daß die roten Samtvorhänge sich teilten und er sie endlich wiedersah.

Vielleicht hatte er einen Fehler gemacht. Aber woher hatte er wissen sollen, daß Suzanne zu so einer Schönheit heranreifen würde? Er spürte, wie sich tief in ihm Verlangen regte. Travis wandte sich wieder zur Bar um und signalisierte Jed, daß er sein Glas nachfüllen sollte. Nein, es war kein Fehler gewesen. Er war kein Mann, der heiratete.

In dem Moment begann die Musik, und alle Spieler, Minenarbeiter, Geschäftsmänner und Gäste im Haus verstummten, die Würfel, Karten und Gläser ruhten, und alle Köpfe wandte sich erwartungsvoll der Bühne zu.

Die roten Vorhänge teilten sich in schwingenden Falten, und Suzanne Forteaux trat auf die Bühne hinaus.

»Mann, was für eine Schönheit, Boß«, sagte Jed hinter ihm, die Stimme voller Ehrfurcht.

Travis nickte, aber sein Blick hing an Suzanne. Sie war ganz in Weiß gekleidet. Ihr Kleid war aus Seide mit vollen, voluminösen Röcken, das Oberteil eng anliegend und gewagt tief ausgeschnitten. In den Saum waren kleine Perlen eingenäht, die das Licht aus den Lampen und den großen Kronleuchtern im Saal tausendfach brachen und reflektierten und bei jeder ihre Bewegungen verführerisch schimmerten. Üppige weiße Ärmel waren mit Seide und Perlen durchsetzt und verstärkten den Effekt noch. Ihre dunklen Locken waren hoch auf dem Kopf aufgesteckt und fielen ihr auf einer Seite auf die Schulter. Hinter einem Ohr steckten ein paar weiße Federn, die mit einer Diamantnadel im Haar festgehalten wurden.

Die Minenarbeiter, die sich im *Mountain Queen* drängten, wurden wild, ehe sie überhaupt ihr erstes Lied beendet hatte. Sie jubelten, klatschten und sangen mit. Sie hämmerten mit den Fäusten auf die Tische, jubelten und zogen sie mit den Blicken aus.

Nein, dachte Travis wieder. Er hatte vor sieben Jahren keinen Fehler gemacht. Ehe war nichts für ihn. Damals nicht und ganz bestimmt nicht heute. Zum Teufel, vielleicht hatte er ja ihnen beiden einen Gefallen getan. Aber das Vergnügen, sie in seinem Bett zu haben … nun, das stand auf einem anderen Blatt. Dafür war es nicht zu spät … wenn die Dame wollte.

»Sei still, Clarence«, fauchte Suzanne, ärgerlicher als am Anfang seiner Tirade. Es hatte eine Zeit gegeben, da hätte sie niemals jemanden so unfreundlich angesprochen. Sie warf den Federschmuck auf einen kleinen Tisch an der Wand des Umkleideraumes. Er prallte mit einem lauten Klicken an den Spiegel dahinter. »Ich mache es so, wie du gesagt hast, nicht wahr? Also sei still und hör auf, mich zu bedrängen.«

»Aber er bedeutet dir noch immer etwas, nicht wahr, Suzanne?« beharrte Clarence, und seine weinerliche Stimme kratzte an ihren ohnehin strapazierten Nerven. »Ich erkenne es doch. Er ist wichtig für dich, nicht wahr?«

Sie fuhr herum und funkelte ihn wütend an. »Natürlich ist er das! Der Mann hat mich vor allen Freunden und meiner Familie am Altar der St.-Louis-Kathedrale stehenlassen. Ich war für Monate der größte Witz der Stadt. Also bedeutet er mir natürlich noch etwas. Um Himmels willen, Clarence, ich liebe ihn. Was bedeutet es schon, daß ich wie eine Närrin dastand? Oder daß mich hinterher kein Mann mehr zweimal angesehen hat?«

Clarence besaß die Grazie, bei ihrem Ausbruch beschämt dreinzublicken.

»Sollte ich nicht so reagieren?« Suzanne ersetzte die Feder durch ein blau-weißes Band, das zu dem Kleid paßte, das sie jetzt angezogen hatte, und musterte sich prüfend im Spiegel. Sie würde mit Travis zu Abend essen und wollte so gut wie möglich aussehen, also hatte sie ein Kleid aus weißer Seide gewählt. Ein Hauch von Blau, hervorgerufen durch ein Unterkleid, das durch die weißen Falten des Stoffs schimmerte, gab dem Kleid etwas Raffiniertes. Weiße Seide faßte den Ausschnitt ein, der gerade tief genug war, um einen Mann unruhig zu machen, aber nicht skandalös. Seide schmückte auch die Ärmel, den Saum und die kleine Schleppe.

Suzanne versuchte, Clarence zu ignorieren, und hoffte nur, daß er ihren kleinen Ausbruch ernst genommen hatte. Suzanne zog eine Perlenkette aus ihrer Tasche und legte sie sich um den Hals, ehe sie nach dem Samtcape griff, das sie auf dem Weg vom Hotel getragen hatte. Sie legte es sich um und hielt dann auf dem Weg zur Tür inne. Das Cape würde für die kalte Nachtluft zu dünn sein.

»Wo gehst du jetzt hin, Suzanne?« fragte Clarence. »Mit ihm?«

Sie beachtete ihn nicht, legte das Cape ab und griff nach einem anderen, das an einem Haken an der Wand hing. Der Stoff war dick und warm, und der Umhang hatte eine Kapuze. Dem Himmel sei Dank, daß sie Addie gebeten hatte, auch das mit zum Saloon zu bringen.

»Suzanne!« sagte Clarence streng.

Sie sah sich nach ihm um, Abneigung im Blick. »Wir essen zu Abend, Clarence.«

»Gut. Vergiß nur nicht, warum du hier bist«, zischte er, als sie über die Schwelle in den Flur schritt.

4

Suzanne warf einen Blick zurück, ehe sie die Tür zum Ankleidezimmer schloß. »*Ich* werde das nicht vergessen. Paß du nur auf, daß du unser Abkommen nicht vergißt, Clarence.« Sie war wütend. Dieser Mann war so gräßlich, und wenn sie ihn nicht gebraucht hätte, hätte sie ihm wahrscheinlich eine Lampe über den Kopf gezogen. Sie zog die Tür hinter sich ins Schloß, drehte sich um und prallte gegen etwas, das sich anfühlte wie eine Mauer.

Travis griff nach ihren Oberarmen, um sie festzuhalten, als sie schwankte und zurückprallte.

»Suzanne?«

»Travis!« Schnell faßte Suzanne sich wieder, strich sich eine Locke aus der Stirn, die sich aus ihrer sorgfältig gesteckten Frisur gelöst hatte, und lächelte zu ihm auf. »Es tut mir leid, du bist früh. Ich dachte, ich sollte dich im Saloon treffen?«

»Ich würde nie eine Dame dazu auffordern, mich im Saloon zu suchen.« Er lächelte, hob ihre Hand an die Lippen und legte sie dann auf seinen Arm.

Suzanne blickte zu ihm hoch. Wieviel mochte er von ihrem Streit mit Clarence mitgehört haben? Wußte er etwas? Hatte er einen Verdacht? Oh, Himmel, wenn ja, war ihr Plan gescheitert, und sie würde Brett nie finden. Suzanne holte tief Luft und zwang sich zur Ruhe. Er wußte nichts. Er hatte nichts gehört. Wenn ja, hätte er ihr Fragen gestellt. Wenn ja, hätte er schon etwas gesagt oder hätte sie stehenlassen wie vor sieben Jahren am Altar.

Ihre freie Hand, die in den Falten des Mantels verborgen war, ballte sich zu einer Faust, als die alte Wut, der Schmerz und die Demütigung wieder in ihr aufkamen. Travis Bragette war auch nicht anders als damals sein Vater. Das hatte er bewiesen. Jeder hatte das gesagt, nachdem er gegangen war. Seine Frau zu sein war das Fürchterlichste, was sie sich vorstellen konnte, und sie konnte nur von Glück sagen, daß sie es nicht geworden war und auch nie sein würde.

Gleichzeitig mußte sie sich eingestehen, daß ein kleiner Funke in ihrem Herzen wieder entfacht worden war, als sie aus der Postkutsche gestiegen war und ihm Auge in Auge gegenübergestanden hatte. Aber sie hatte dagegen angekämpft. Das mußte sie. In ihrem Leben war kein Platz für emotionale Verwicklungen.

Sie suchten sich einen Weg durch den Saloon, während Travis dem Barkeeper zurief, daß er für eine Weile wegging.

»Wo würdest du gerne essen, Suzanne?« fragte Travis. »Oder soll ich dich Georgette nennen?«

Sie lächelte ihn an. »Suzanne ist gut, Travis. Georgette Lindsay ist nur mein Künstlername. Darauf hat mein Vater bestanden. Der Himmel möge verhüten, daß jemand Wichtiges herausfindet, daß Suzanne Forteaux für ihren Unterhalt arbeitet. Noch dazu, Schrecken über Schrecken, auf der Bühne.« Sie lachte. »Der Skandal und all das, du weißt schon.«

»Natürlich.« Das war eine Lüge. Er wußte und verstand nicht, warum der Landon Forteaux, den er kannte, seine einzige Tochter von Stadt zu Stadt ziehen und in Saloons singen ließ. Aber die Dinge änderten sich, und die Menschen auch. Jetzt, wo der Krieg weiterging, waren auch die Forteauxs vielleicht nicht mehr in der finanziellen Position wie einst. Travis entschied sich, seiner Mutter zu schreiben und sich zu erkundigen. Suzanne konnte er schlecht danach fragen.

»Ich kenne mich in der Stadt nicht aus, Travis«, sagte sie. Sie traten durch die Schwingtüren des Saloons in die Nacht hinaus. Die kalte, scharfe Bergluft war wie Eis auf ihrer Haut. Sie zitterte. »Vielleicht solltest du entscheiden, wo wir hingehen sollen. Und bitte möglichst in der Nähe.«

Er lächelte. »Hier oben ist es etwas kälter, als wir Südstaatler es gewohnt sind.«

»Nur ein bißchen«, sagte Suzanne.

»Es gibt ein paar gute Häuser in der Nähe, aber ich schlage das *Diamond House* vor. Es ist gleich um die Ecke und hat das beste Essen westlich des Mississippi.«

Sie lachte leise. »Dann muß es das *Diamond House* sein. Ich habe riesigen Hunger.«

Er führte sie in die Taylor Street. Sie verlief steil bergauf, und Suzanne war gezwungen, den Saum ihres Rocks zu heben. Das *Diamond House* lag an der nächsten Ecke und war ein zweistöckiges Ziegelgebäude, aus dessen Fenstern warmes Kerzenlicht fiel. Die sanften Klänge eines Violinsolos drangen in die Nacht hinaus.

»Bringst du hier alle deine Freundinnen hin, Travis?« fragte Suzanne neckend. Sie hoffte, daß ihr Flirten nicht allzu offensichtlich war. Fast hätte sie geseufzt. Sie war nicht dran gewöhnt, ihren weiblichen Charme spielen zu lassen. Noch lange nachdem Travis sie verlassen hatte, hatte sie nichts anderes getan, als sich auf der Forteaux-Plantage zu verstecken und vor sich hin zu brüten. Als sie schließlich wieder genug Mut hatte, der Welt gegenüberzutreten, hatte sie entdeckt, daß sowohl ihr Interesse als auch ihr Vertrauen in die Männer verschwunden war. Die einzige Ausnahme war ihr Bruder Brett. Er war der einzige Mann in ihrem Leben, der ihr etwas bedeutete, und so war es auch jetzt noch.

Travis ergriff ihre Hand, als sie über die Straße gingen. Bei seiner Berührung lief eine warme Welle über ihren Arm. Am liebsten hätte Suzanne ihre Hand weggerissen, zwang sich aber, sie ruhig in seiner zu lassen. Warum reagierte sie so auf ihn? Warum, nach all dem, was er ihr angetan hatte, nachdem sie die letzten sieben Jahre damit verbracht hatte, ihn zu verfluchen? Warum zog er sie dann plötzlich wieder so an?

Eine Laterne, die vor dem Restaurant an der Wand hing, warf goldenes Licht auf den Bürgersteig. Suzanne blickte zu Travis. Das sanfte Licht ließ Funken in seinem Haar aufglimmen und verwandelte sein Gesicht in eine Landschaft aus Licht und Schatten.

Dann wandte er sich ihr zu, die Schatten verschwanden, und lächelnd öffnete er die Tür des Lokals. »Nur die Auserwählten dürfen hier eintreten«, erklärte er und trat zurück, um ihr den Vortritt zu lassen.

»Oh, dann bin ich also etwas Besonderes?«

Er wußte nicht, was er dazu sagen sollte, und das Lächeln auf seinen Lippen erstarrte zu einer Grimasse. Hatte sie sarkastisch auf das angespielt, was vor vielen Jahren zwischen ihnen vorgefallen war? Wie er sie behandelt hatte? Oder war es nur eine harmlose Bemerkung gewesen? Ein Versuch, mit ihm zu flirten? Er folgte ihr in den Flur, nahm ihr das Cape ab und reichte es zusammen mit seinem Mantel dem Kellner.

Travis entschied sich, nicht weiter auf ihre Bemerkung einzugehen. »Wie du sicher heute abend in meinem Saloon gemerkt hast, hält jeder Mann Georgette Lindsay für etwas Besonderes, Suzanne.« Er gratulierte sich zu der Bemerkung. Es war die Wahrheit, es war ein Kompliment, und es war eine Antwort auf ihre Bemerkung. Er wandte sich an den Oberkellner. »Einen ruhigen Tisch abseits der Fenster, wenn Sie haben«, bat er.

Der Mann nickte und bedeutete ihnen, ihm zu folgen.

Als sie saßen und Travis für sie beide bestellt hatte, wandte er sich wieder an Suzanne, die die elegante Ausstattung des Restaurants bewunderte, das mit Rosenholzmöbeln, Samtstühlen und Vorhängen sowie goldgerahmten Spiegeln eine Atmosphäre gediegener Eleganz vermittelte.

»Nicht schlecht für eine kleine Minenstadt am Berghang, was?« fragte er.

Suzanne lächelte. »Ganz und gar nicht schlecht. Ich fühle mich fast wie zu Hause.«

Er nickte. »Wie stehen die Dinge zu Hause, Suzanne? Wie geht es deinen Eltern? Deinem Bruder?« fragte Travis höflich. In Wirklichkeit waren ihm Suzannes Eltern egal. Landon Forteaux war ein ähnlicher Mann wie sein Vater Thomas Bragette, ein Großsprecher und dominanter Schuft, der mehr an sich als an allem anderen interessiert war, seine Familie eingeschlossen.

»Oh, soweit ist alles in Ordnung. Mama schreibt mir häufig, obwohl die Briefe, wenn sie mich bei meinen vielen Reisen endlich erreichen, meist schon ein paar Wochen alt sind. In ihrem letzten Brief hat sie geschrieben, daß die Yankees einen Versuch unternommen hätten, die Stadt einzunehmen. Das ist ihnen natürlich nicht gelungen. Ich meine«, Suzanne kicherte, »sie werden New Orleans niemals einnehmen. Aber Mama geht es gut, und Papa, nun, er macht sich viele Sorgen. Die Plantage. Und mein Bruder.« Sie beobachtete ihn genau, als sie ihren Bruder erwähnte.

»Was macht Brett denn so?« Travis hatte ihren Bruder nicht sehr gut gekannt, und er fragte nur nach ihm, weil er ein Mitglied von Suzannes Familie war. Brett Forteaux war ein paar Jahre jünger als Travis und eher ein Freund seines Bruders denn von ihm.

»Oh, er unterstützt die Sache«, antwortete Suzanne ausweichend. »Natürlich.«

Der Kellner brachte mehrere Teller mit Essen, aber Suzanne fuhr fort, Travis unter gesenkten Lidern hervor zu betrachten, damit ihr auch nicht die kleinste Reaktion auf die Erwähnung ihres Bruders entging.

Aber Travis wechselte sofort das Thema. »Was führt dich nach Virginia City, Suzanne?«

Der Kellner stellte zwei weiße Teller aus Chinaporzellan vor sie hin und servierte das Essen: Forelle in Mandelhülle, grüne Bohnen mit Zwiebeln, geröstete Kartoffeln und Kirschtomaten mit Krabbenfüllung. Zum Schluß goß der Kellner ihnen die geschliffenen Kristallgläser voll Wein und zog sich dann zurück.

Suzanne lächelte boshaft. »Na, du natürlich, Travis.«

Er lachte. »Nein, ich meine das Singen. Wann hast du eigentlich damit angefangen? Und warum?« Noch während er sprach und sah, daß das Lächeln von ihren Lippen schwand, schalt er sich, daß er ihr die Frage gestellt hatte. Vielleicht mußte sie ja singen. Vielleicht hatten die Forteauxs ihr Vermögen verloren. Vielleicht schaffte sie es so, den Krieg zu überstehen.

Suzanne faßte sich wieder. »Ich habe festgestellt, daß ich nicht der Typ bin, der brav zu Hause sitzt. Ich wollte die ganze Welt sehen, aber Papa war es nicht recht. Er hat sich geweigert, mir zu helfen, und so mußte ich es selber schaffen. Das einzige, was ich gelernt hatte, waren Singen, Klavierspielen, Nähen, Stricken und Haushaltsführung.« Sie zuckte die Achseln. »Stricken und Nähen hätten mich nicht weit gebracht. Klavierspielen konnte ich nicht gut genug, also blieb nur das Singen. Und so singe ich mich jetzt einmal um die Welt.«

Travis nickte. Er hatte ihnen beiden vor sieben Jahren einen Gefallen getan. Fast hätte er erleichtert aufgeatmet, hielt sich aber im letzten Moment noch zurück. Wenn ihm bloß ein Weg einfiele, wie er ihnen beiden jetzt noch einmal einen Gefallen tun könnte. Er lächelte leicht, als er sich vorstellte, Suzanne Forteaux nackt und vor Leidenschaft bebend in den Armen zu halten. Es war eine Vorstellung, die er gerne verwirklichen wollte.

Nach dem Essen begleitete Travis Suzanne zurück zum *Union Belle Hotel*. Er wäre viel lieber noch mit ihr unter dem Sternenhimmel spazierengefahren, aber die Luft war zu kalt. Noch lieber hätte er sie mit in seine Wohnung über dem *Mountain Queen* genommen, aber es gab keine Möglichkeit, sie dorthin zu bringen, außer durch den Saloon. Und das wäre nicht sehr diskret gewesen.

Sie überquerten die Straße, und Travis half ihr auf den Bordstein hinauf, wo er, ihre Hand noch in seiner, neben dem Hoteleingang stehenblieb. Der war vom Dach überschattet, so daß es dunkel genug war, um sie neugierigen Blicken von der gegenüberliegenden Straßenseite zu entziehen, aber nicht so dunkel, daß sie einander nicht noch erkannt hätten.

Suzanne sah mit einem undefinierbaren Blick zu ihm auf, die weichen Lippen weder lächelnd noch ärgerlich verzogen.

Ohne ein Wort zog Travis sie in die Arme. Sie wehrte sich nicht, kam ihm aber auch nicht entgegen. Doch Travis war zu sehr in Gedanken versunken, als daß ihm das aufgefallen wäre. Seine Hand glitt auf ihren Rücken und zog sie an sich, während sein Mund sich auf ihren senkte. Feuer flammte in seinem Blut auf, und tief in ihm entfaltete sich wildes Verlangen. Als er spürte, wie ihre Lippen sich unter seinen öffneten, vertiefte er den Kuß.

Er kostete den verführerischen Geschmack, genoß das Gefühl, ihren schlanken Körper in den Armen zu halten. Travis hatte über die Jahre schon viele Frauen im Arm gehalten, einige unschuldig, viele erfahren, aber nie hatte es eine von ihnen geschafft, sein Herz zu berühren, und er hatte sich auch geschworen, daß keine das je schaffen würde. Die Erinnerung daran, daß die Frau, die er einst geliebt hatte, ihm seine Liebe ins Gesicht geschleudert hatte, hatte ihn solchen Gefühlen gegenüber verhärtet und ihn davon überzeugt, daß er sehr gut ohne Liebe auskam. Aber auch wenn sein Herz ohne Liebe überleben könnte, sein Körper genoß die Freuden der Leidenschaft. Suzanne Forteaux war nicht mehr die prüde, kleine Südstaatenschönheit. Sie war jetzt eine Schauspielerin, ein Singvogel, der in Saloons und Camps auftrat, und Travis zweifelte nicht daran, daß sie eine erfahrene Frau war, die genau wußte, wie es war, wenn man mit einem Mann zusammen war.

Seine Hände legten sich um ihre Taille und zogen sie so eng an sich, daß kein Platz mehr zwischen ihnen frei blieb und sie an ihn gepreßt wurde, so daß ihre Röcke sich um seine Beine wickelten. Er ließ sich Zeit dabei, sie zu küssen, quälte und forderte sie heraus, um sie gleich darauf wieder zärtlich zu locken, und er verwendete all seine Erfahrung in der Verführungskunst. Seine Lippen zogen eine Linie über ihren Wangenknochen und dann über ihre Kehle, während seine Finger federleicht über ihren Rücken strichen.

Er spürte, wie sie vor Erregung erbebte, und hörte ihr sanftes Stöhnen. Erregt schob er ihr Cape beiseite und preßte seine Lippen auf die goldene Schwellung ihrer Brüste.

Suzannes Hände, die auf seiner Brust lagen, stießen ihn plötzlich heftig von sich, als sie vor ihm zurückwich. Ihr Atem ging heftig und keuchend, und ihre Brüste hoben und senkten sich, als sie ihn mit glitzernder Härte in den himmelblauen Augen ansah. »Nein, Travis. Das und noch mehr hättest du vor sieben Jahren haben können«, stieß sie hervor, und Tränen glänzten in ihren Augen, »aber du bist ja lieber weggerannt.« Sie griff nach der Klinke.

»Suzanne, warte.« Travis streckte die Hand aus und berührte sie am Arm. »Ich weiß, daß ich das nicht hätte tun sollen. Aber da gab es noch andere Dinge. Und ich war wütend. Und ich hatte Angst. Bitte, es tut mir leid.«

Sie hielt inne und drehte sich noch einmal zu ihm um. »Es tut dir leid. Aber mich hast du den Skandal allein ertragen lassen, Travis. Ich wurde an meinem Hochzeitstag sitzengelassen und mußte auch noch mit dem bösartigen Gerücht leben, ich wäre mit deinem Kind schwanger. Du wußtest, daß das eine Lüge war, du hast es gewußt und nichts gesagt. Schlimmer noch, du bist einfach verschwunden.«

»Ich wußte nicht, was ich sonst hätte tun sollen.«

»Weißt du, wie lange es gedauert hat, bis das vergessen war, Travis? Bis endlich alle gemerkt haben, daß ich gar nicht schwanger war?« Die alte Wut überwältigte sie wieder, als die Erinnerungen sie einholten. »Aber da war es zu spät. Jeder, meine sogenannten Freunde eingeschlossen, dachte, ich hätte das Baby verloren, weil du mich zurückgewiesen hast. Keiner glaubte, daß ich nie schwanger war und noch nie mit einem Mann geschlafen hatte.«

Er schüttelte den Kopf. »Ich ... ich habe gedacht, sie würden irgendwann merken, daß das Gerücht eine Lüge war, Suzanne. Es tut mir leid.«

»Danke«, sagte sie, unfähig, den Sarkasmus in ihren Worten zu unterdrücken. »Das ist eine große Hilfe. Wenn ich nach New Orleans zurückkomme, will ich nicht vergessen, allen zu sagen, daß du dich entschuldigt hast.«

Travis gefiel die Richtung gar nicht, in die sich ihr Gespräch entwickelt hatte. Die Vergangenheit war vorbei, und er wollte nicht wieder daran erinnert werden, doch er schuldete Suzanne eine Erklärung.

»Ich war damals in eine andere Frau verliebt, Suzanne. Es wäre falsch gewesen, dich zu heiraten.«

Sie hob die dunklen Brauen. »Und statt das zu sagen, hast du dich lieber aus dem Staub gemacht? Dein Vater hat mit der Lügengeschichte angefangen, Travis. Du hast das gewußt und mich alles allein ausbaden lassen.«

Er runzelte die Stirn und griff sie am Arm. »Mein Vater?«

»Ja, dein Vater«, zischte Suzanne und riß sich los. »Wenn du mich nicht heiraten wolltest, Travis, hättest du das von Anfang an sagen sollen.« Tränen stiegen ihr in die Augen und rollten ihr über die Wangen, aber sie achtete nicht darauf und fuhr fort: »Du hättest meine Familie nicht die Verlobung verkünden und die Hochzeit vorbereiten lassen sollen, zu der sie so gut wie jeden aus der Stadt eingeladen hatten. Du hättest mich nicht zur Kirche gehen und auf dich warten lassen dürfen, Travis, und ...«

Er riß sie wieder in die Arme, als sie zu schluchzen begann. »Es tut mir leid, Suzanne«, flüsterte er, und er meinte es auch so. Er hatte nur daran gedacht, seinem Vater und den Intrigen Thomas Bragettes zu entkommen und zu vergessen, daß die Frau, die er liebte, ihn nicht haben wollte.

Schnell riß Suzanne sich wieder von ihm los, wischte sich mit den Fingern die Tränen von den Wangen und sah ihn an. »Danke, Travis, aber es spielt jetzt keine Rolle mehr. Vielleicht hat es mal eine Zeit für uns gegeben, aber jetzt nicht mehr. Jetzt ist es zu spät. Zwischen uns stehen zu viele Dinge, und es gibt Wichtigeres, um das ich mich heute kümmern muß.«

Er griff nach ihr, aber sie wich ihm aus und vermied es, ihn zu berühren. Travis ließ die Hand sinken. »Ich würde dich gerne sehen, solange du hier bist, Suzanne. Mit dir essen gehen und mich noch mehr mit dir unterhalten.«

Sie schüttelte den Kopf. »Ich glaube nicht, daß das eine gute Idee ist, Travis. Laß uns jetzt gute Nacht sagen, ehe einer von uns noch mehr Sachen sagt, die er später bedauert.« Sie streckte ihm die Hand hin. Das war nicht das, was von ihr erwartet wurde. Es war sogar genau das Gegenteil, aber sie konnte nicht anders. Sie hatte Angst vor ihm und Angst vor sich selbst. Sie hatte gedacht, daß sie schon lange über ihn hinweg wäre, daß die Bitterkeit jener Zeit lange schon jede Zärtlichkeit, die sie einst für ihn empfunden hatte, getötet hätte. Sie hatte gedacht, daß sie Clarences Anweisungen ohne Probleme hätte folgen können. Aber sie hatte sich getäuscht. »Ich freue mich, daß es dir gut geht, Travis. Gute Nacht.«

Er fing ihre Hand ein und bekämpfte den Drang, sie erneut an sich zu ziehen. Statt dessen küßte er ihr die Hand. »Gute Nacht, Suzanne.«

Wenige Minuten später zog sie sich in ihrem Zimmer wütend die Handschuhe von den Fingern und warf sie mit dem Halsband und den Ohrringen auf den Tisch. Sie lief im Zimmer auf und ab und zerrte dabei ungeduldig an den kleinen Knöpfen ihres Kleides. »Verdammt sollst du sein, Travis Bragette«, fluchte sie dabei. »So sollte es nicht sein.« Sie riß sich förmlich die Bluse vom Leib. »So solltest du nicht sein.« Sie ließ ihren Reifrock zu Boden fallen, gefolgt von ihrem Rock. »Verdammt, verdammt, verdammt!«

5

Nachdem Suzanne verschwunden war, blieb Travis auf dem Bürgersteig vor dem Hotel stehen und dachte nach. Vor sieben Jahren hatte er sie geküßt und absolut nichts gefühlt. Gar nichts. Vor kurzem hatte er sie wieder geküßt, und nun fiel es ihm höllisch schwer, sie zu vergessen. Keine Frau, auch Lisa nicht, von der er gedacht hatte, daß er sie liebte, hatte je so eine Wirkung auf ihn ausgeübt, und Lisa hatte er heiraten wollen, um den Rest seines Lebens mit ihr zu verbringen. Er liebte Suzanne nicht, auch wenn er zugeben mußte, daß sie eine der schönsten Frauen war, die er je gesehen hatte. Und ganz bestimmt die verführerischste, die je nach Virginia City gekommen war.

»Na, Travis, warum stehst du hier im Dunkeln, noch dazu so tief in Gedanken versunken?«

Er drehte sich um und sah eine Frau neben sich stehen, deren mitternachtsblaues Kleid mit der Dunkelheit verschmolz, das dunkle Haar im Nacken zu einem Knoten geschlungen. Sie war eigentlich keine hübsche Frau, verfügte aber über eine Anziehungskraft, die kaum einen Mann in der Stadt unberührt ließ. Deshalb war sie auch nicht nur eine der bestbezahlten Huren, sondern auch eine der beliebtesten. Sie war erst seit ein paar Monaten in der Stadt, aber dennoch gab es keinen Mann in Virginia City, reich oder arm, der Julia Bullette nicht gemocht hätte.

»Oder sollte ich sagen, wer bringt dich dazu?« setzte sie hinzu, als er nicht sofort antwortete, und zwinkerte ihm lächelnd zu.

Travis erwiderte ihr Lächeln. »Gibt es in dieser Stadt jemanden, der ein Geheimnis vor dir haben kann, Julia?«

Sie lachte auf und zog ihr schwarzes Cape enger um die Schultern, um sich gegen die Kälte zu schützen.

»Vielleicht ein paar, Süßer, aber nicht viele. Und nun komm.« Sie legte ihm eine behandschuhte Hand auf den Arm und zog ihn mit sich. »Erzähl Julia, was dich quält. Vielleicht kann ich es ja wieder gutmachen.«

Sie traten auf die Straße, und Travis schüttelte den Kopf. »Das ist nichts, was man wieder gutmachen kann, meine Hübsche. Ich habe nur an meine Familie gedacht«, sagte er schnell. Aus irgendeinem Grund wollte er ihr nicht und auch sonst niemandem von Suzanne erzählen.

Sie zuckte die Achseln. »Nun, wenn ich dir nicht helfen kann und du offenbar nicht darüber reden willst, warum spendierst du mir dann nicht einen Drink?«

Travis ging neben ihr her auf die Schwingtüren des *Mountain Queen* zu. »Aber gerne, Mylady«, sagte er galant und hielt ihr die Tür auf.

Suzanne stand hinter den Schlafzimmergardinen und sah Travis nach, der mit einer großen, dunkelhaarigen Frau am Arm verschwand. Dann wirbelte sie herum und ging zum Bett zurück. »Was interessiert es mich, was er tut?« murmelte sie. Ihre Finger zerrten an dem blaßblauen Band ihres Leibchens. Innerhalb von Sekunden hatte sie sich die Kleider praktisch vom Leib gerissen und Strümpfe, Unterröcke, Leibchen und Gürtel über das ganze Zimmer verstreut. Dann griff sie nach dem Batistnachthemd, das Addie ihr gerade herausgelegt hatte, zog es sich über den Kopf und ließ sich aufs Bett fallen. »Anscheinend hat er einen Harem von Frauen in dieser gottverlassenen Stadt, die auf ein Fingerschnippen von ihm in sein Bett fallen.«

Suzanne rollte sich auf die Seite. Sie sollte schlafen, sie brauchte die Ruhe. Sie schloß die Augen, aber ihr Geist war hellwach. Die Wut, die durch ihren Körper raste, hatte alle Müdigkeit und Erschöpfung vertrieben.

Alles, was sie tun sollte, war, die Nähe zu Travis zu suchen, um herauszubekommen, ob er immer noch ein Ritter war und ob er wußte, wer Clarence war. Das war alles. Sie wußte nicht, warum sie das tun sollte und warum er sich nur auf sie konzentrieren sollte, aber es war ihr auch egal. Wenn das von ihr erwartet wurde, damit sie erfuhr, wo ihr Bruder war, würde sie das tun, alles andere war unwichtig.

Außerdem, was bedeutete ihr schon Travis Bragette? Er war nur ein Schuft. Ein Schurke. Ein verdammter Feigling, der weggerannt war, statt sich den Unannehmlichkeiten wie ein Mann zu stellen.

Suzanne hob die Faust und schlug ein paarmal auf ihr Kissen ein, ehe sie den Kopf darauf sinken ließ. Travis Bragette war ein Schurke. Ein Nichtsnutz und Feigling. Genau wie sein Vater es gewesen war.

Als er sie geküßt hatte, hatte sie weder Verlangen noch Leidenschaft empfunden. Sie war nur einsam, das war alles. Sie hatte keine Erfahrung darin, wie man Männer verführte. Sie hatte nicht einmal Erfahrung darin, wie man Männer küßte. In ihrem ganzen Leben war sie erst zweimal geküßt worden. Das eine Mal war von ihrem Bruder, was deshalb nicht zählte. Der andere Mann war Travis.

Da Suzanne nicht schlafen konnte, stieg sie aus dem Bett, entzündete eine Lampe und ging zu einer ihrer Reisetaschen. Sie kniete sich davor, schlug die Lasche zurück und zog ein Metallkästchen hervor, das sie mit zum Bett nahm.

Suzanne glitt wieder unter die Decke und klappte das Kästchen auf, das sich als Bilderrahmen entpuppte. Auf der einen Seite war ihr Bild, auf der anderen das ihres Bruders Brett. Sie betrachtete sein Bild. Es war an dem Tag gemacht worden, als er New Orleans verlassen hatte, um sich Forests Kavallerieeinheit anzuschließen. Er hätte eine eigene Einheit übernehmen können, aber Brett bewunderte Forest so sehr, daß er unter ihm Dienst tun wollte. Sie erinnerte sich, daß er gesagt hatte, der Mann sei ein meisterhafter Stratege.

Tränen verwischten Suzannes Blick, und sie blinzelte sie weg. Brett hatte in seiner neuen grauen Uniform so attraktiv ausgesehen. Dazu hatte er einen Degen getragen, der schon ihrem Großvater gehört hatte, und ihre Mutter hatte ihm als Glücksbringer ein rotes Seidenband um die Taille gebunden.

Eine Träne fiel auf das Glas, das das Foto von Brett schützte, und Suzanne wischte sie schnell mit der Bettdecke weg.

Brett hatte treu jede Woche geschrieben, bis vor einem Jahr. Da hatte er die Armee verlassen, um sich den Rittern des Goldenen Kreises anzuschließen. Ihr Vater war entsetzt gewesen, ihre Mutter erstaunt und verwirrt. Brett hatte in seinem letzten Brief geschrieben, daß er nach San Francisco reisen müsse, auch wenn er nicht wisse, warum, und danach hatte er nicht mehr geschrieben.

Nachdem sie viele Wochen nichts mehr von Brett gehört hatten, hatte Landon Forteaux schließlich zugegeben, daß er Brett dazu gedrängt hatte, den Rittern beizutreten. Er hatte Angst gehabt, daß Brett im Krieg fallen könnte, und hatte ihn bei den Rittern in Sicherheit geglaubt, wo er hinter der Front arbeiten würde. Jetzt gab er sich die Schuld an Bretts Verschwinden und konnte nicht herausfinden, was seinem Sohn zugestoßen war.

»Brett, wo bist du?« flüsterte Suzanne dem Bild zu. »Was ist mit dir geschehen?«

Plötzlich klopfte es laut an ihre Tür. Erschrocken zuckte Suzanne zusammen und klappte den Bilderrahmen zu.

»Suzanne? Suzanne, öffne die Tür!«

Wut flammte in ihr auf. Wie konnte er es wagen, mitten in der Nacht an ihre Tür zu klopfen! Suzanne warf die Decke zurück, zog ihren Morgenrock über, knotete den Gürtel zu und marschierte zur Tür. »Was willst du, Clarence?« rief sie durch die Tür.

»Suzanne, mach auf!«

»Nein!«

»Suzanne, wir müssen reden. Jetzt. Und ich werde dabei nicht im Flur stehen und durch eine Wand brüllen.«

Wieder klopfte er an die Tür.

»Ich bin nicht angezogen!« rief Suzanne. »Und du weckst mit deinem Lärm noch das ganze Hotel auf.«

»Dann zieh was über und mach die Tür auf.«

Er klopfte erneut.

»Schon gut, schon gut.« Suzanne schob den Riegel zurück und riß die Tür auf. »Was ist so wichtig, daß du fast die Tür einschlägst, Clarence?«

Er kam hinter ihr ins Zimmer und setzte sich auf einen der Stühle vor dem Kamin. Ein Scheit glomm noch immer darin.

Suzanne stand in der offenen Tür, die Hand auf der Klinke, und sah ihn an.

»Komm her, Suzanne, setz dich und erzähle mir, was heute abend passiert ist.« Geruhsam zündete er sich eine Zigarre an und lehnte sich dann in seinem Stuhl zurück.

»Dir sagen, was passiert ist?« fragte Suzanne entrüstet. »Das ist so dringend?«

»Ich muß es wissen.«

»Es ist schon spät, Clarence«, sagte sie steif. »Wir können morgen darüber reden.«

»Wir werden jetzt darüber reden«, antwortete er und sah sie herausfordernd an.

Suzanne gab nach, seufzte und schloß die Tür, ehe sie zu dem Sessel gegenüber von Clarence ging. »Was willst du wissen, Clarence?« Sie fuhr fort, ehe er etwas sagen konnte. »Wir sind zum Essen in ein Restaurant namens *Diamond House* gegangen, gleich um die Ecke vom *Mountain Queen.* Ich hatte Forelle, grüne Bohnen mit Zwiebeln, Kartoffeln, gefüllte Tomaten und Wein. Er hatte …«

»Suzanne.«

Sie lächelte süß. »Ja, Clarence?«

»Ich will etwas über Travis hören.«

»Nun, ich habe von Travis gesprochen«, erwiderte sie mit gespielter Unschuld.

Clarence schleuderte die Zigarre ins Feuer. »Verdammt, ich will nicht wissen, was du zum Abendbrot hattest. Ich will etwas über euch beide hören.« Ärgerlich kniff er die Lippen zusammen. »Ist etwas vorgefallen, Suzanne? Zwischen euch? Hast du …«

»Ihn verführt?« Suzanne riß in gespieltem Schock die Augen auf.

»Ja.« Clarence Gesicht nahm langsam eine dunkelrote Farbe an, und seine Augen wurden schmal vor Wut. Er trommelte mit den Fingern auf die Armlehne.

»Um Himmels willen, nein, Clarence. Ich bin schließlich eine Dame, wie du weißt.«

»Es wäre mir egal, wenn du ein Fisch wärest, Suzanne«, brüllte er und sprang auf. »Du hast zugestimmt, daß du Travis Bragette verführst. Du hast zugestimmt –«

»Ich habe zugestimmt herauszufinden, ob er sich noch als Mitglied der Ritter betrachtet«, unterbrach sie ihn ruhig und verächtlich. Clarence Lonchet war eine Kröte, und sie war so weit, daß sie ihn verabscheute. Wenn sie ihn nicht gebraucht hätte, damit er sie zu Brett führte, hätte sie ihm mittlerweile sicher längst den Hals umgedreht. »Ich habe zugestimmt herauszufinden, was er über Richter David Terry und seine Abteilung der Ritter weiß und ob seine Loyalitäten sich verschoben haben. Und ich habe zugestimmt, seine Aufmerksamkeit zu wecken und zu fesseln, solange wir hier sind. Das ist alles, Clarence. Ich habe nicht zugestimmt, den Mann zu verführen.«

Clarence sah sie böse an, aber dann schien er es sich anders zu überlegen. »So«, sagte er lässig und ließ sich wieder in den Sessel sinken, »was hast du also herausgefunden?« Er blickte sie nicht an, sondern zog eine zweite Zigarre und ein Streichholz hervor.

»Es wäre mir lieber, wenn du hier drinnen nicht rauchen würdest, Clarence. Mir gefällt der Geruch nicht.« Das war eine Lüge. Der Duft einer guten Zigarre hatte sie noch nie gestört, aber wenn sie ihm die Freuden des Rauchens in ihrer Gegenwart versagte, ärgerte ihn das jedesmal so sehr, daß sie große Befriedigung darüber empfand.

Er steckte Zigarre und Streichholz wieder ein. »Gut. Was hast du herausgefunden?«

»Nichts.« *Außer, daß sein Kuß mich genau wie vor sieben Jahren schwach in den Knien werden läßt.* Ihre Wut flammte bei dem Gedanken wieder auf. Travis Bragette war ein mieser Bursche, und sie tat gut daran, das nicht zu vergessen – auch wenn er so teuflisch gut küßte.

6

Am nächsten Morgen wurden über ein Dutzend Blumensträuße und fünf Pralinenschachteln bei Suzanne abgeliefert, alles Geschenke von begeisterten Zuhörern ihres ersten Konzerts im *Mountain Queen* gestern. Suzanne spürte einen kurzen Stich der Enttäuschung, daß nichts davon von Travis war. Dann ärgerte sie sich über sich selbst, daß sie so etwas überhaupt gedacht hatte, und stürmte aus dem Zimmer, um Addie abzuholen. Die beiden Frauen aßen zusammen in dem Salon, in dem Mavis Beale ihren Gästen das Frühstück zu servieren pflegte, und dann beschlossen Addie und Suzanne, sich ein wenig in der Stadt umzusehen.

»Sind Sie beide zurück zum Mittagessen?« rief Mavis ihnen nach.

»Warten Sie nicht auf uns, Mrs. Beale«, erwiderte Suzanne. »Wir essen unterwegs eine Kleinigkeit.«

Mavis steckte den Kopf um die Ecke. »Seien Sie vorsichtig. Ein paar von den Minenarbeitern sind es nicht gewöhnt, echte Damen um sich zu haben, wenn Sie verstehen, was ich meine. Ihre Manieren sind nicht so, wie sie sein sollten.«

Addie lachte leise, auch wenn sie dabei sacht errötete und sich an ihren Röcken zu schaffen machte. Sie fühlte nach ihrer kleinen Tasche und ertastete den soliden Griff ihrer kleine Pistole. Das ließ ihre Zuversicht wachsen, und sie lächelte. Falls Suzanne und sie Ärger kriegen würden, wäre sie zumindest in der Lage, selber welchen zu machen.

»Uns passiert nichts, Mrs. Beale«, versicherte Suzanne von der Tür her. »Bis später.«

»Und falls wir einen Zephir bekommen, sehen Sie zu, daß Sie schleunigst von der Straße kommen!« setzte Mavis hinzu. »Diese Art Wind kann ein richtiger Killer sein. Weht Sie aus der Stadt und in die Canyons.«

Addie und Suzanne traten auf den Bürgersteig hinaus und schlossen rasch die Tür hinter sich, damit die kalte Luft nicht ins Hotel zog. Auf den Straßen herrschte reger Betrieb. Wagen mit schweren Zugpferden davor fuhren durch die Straßen, teilweise bis zum Überlaufen mit Waren beladen, andere leer. Zwischen den Gütertransporten bewegten sich Kutschen aller Typen oder parkten am Straßenrand. Viele Fußgänger waren unterwegs, die sich aus gut gekleidetem Landadel, schmutzigen Kindern und noch schmutzigeren Minenarbeitern zusammensetzten.

»Laß uns erst einmal zu dem Laden dort drüben gehen«, schlug Suzanne vor und deutete auf ein Geschäft an der Ecke gegenüber. Über dem Eingang standen die Worte *Hanson's Gemischtwaren.*

Es hätte kaum eine Minute gedauert, vom Bürgersteig auf die Straße und auf die andere Seite zu gehen. Statt dessen brauchten sie fünf, denn Suzanne wurde von einer Gruppe Herren angehalten, die grüßend ihre Hüte lüpften, ihr die Hand küßten und ihr Komplimente zu ihrem Auftritt machten. Vier der Herren baten sie, mit ihnen zu Abend zu essen. Der fünfte wollte sie nach der Vorstellung zu einem Drink einladen. Der sechste wollte sie in sein Hotelzimmer bitten. Dem hätte sie am liebsten ins Gesicht geschlagen, hielt sich aber zurück. Statt dessen lächelte sie so, als wüßte sie gar nicht, worauf er damit anspielte, bedankte sich für das Angebot, lehnte es aber mit der Begründung ab, daß sie ein eigenes Hotelzimmer habe.

»Also so etwas«, rief Addie und sah dem Mann empört nach. »Der hat Nerven, dich einfach so auf sein Zimmer zu bitten.« Sie warf Suzanne einen erbitterten Blick zu, als sie ihren Weg fortsetzten. Es war allgemein bekannt, daß manche Schauspielerinnen und Sängerinnen ihr Einkommen mit Prostitution erhöhten, aber obwohl Addie erst seit ein paar Monaten bei Suzanne Forteaux war, wußte sie sofort, daß sie oder Georgette Lindsay oder wie immer sie sich nennen wollte, nicht zu denen gehörte. Aber das hätte sie ohnehin gewußt. Nach den Erkundigungen, die sie über Suzanne Forteaux eingezogen hatte, ehe sie den Job als ihr Mädchen annahm, wußte sie so gut wie alles über sie, ihre frühere Verbindung mit Travis Bragette eingeschlossen.

Suzanne fing ihren Blick auf. »Stimmt etwas nicht, Addie?«

Addie lächelte Suzanne an. »Nein, ich bin nur beunruhigt, weil ... nun, die Kommentare der Männer waren unhöflich. Ich meine, sie waren skandalös, und ich will nicht, daß du dich aufregst.«

Suzanne lachte. »Keine Sorge, Addie, das tue ich nicht.«

Kurz bevor sie den Laden erreichten, sah Suzanne eine Frau in leuchtendem Grün aus dem Saloon gegenüber des *Mountain Queen* treten. Die Frau hob die Hand und winkte jemandem auf der anderen Straßenseite zu. Suzanne reckte den Hals, um zu sehen, wer das war.

Travis Bragette saß auf einem wundervollen Hengst und erreichte gerade seinen Saloon. Er winkte zurück.

Schnell wandte Suzanne den Blick ab. Was sie anging, konnte er jeder Frau der Welt zuwinken. Bewußt wandte sie sich den Schaufenstern des Geschäfts zu, vor dem sie standen, und danach dem Blick dahinter.

Sun Mountain, der sich im Westen der Stadt erhob, war immer noch zur Hälfte mit Schnee bedeckt. Die Morgensonne glitzerte auf dem weißen Gipfel und wurde von den Fenstern im Ort reflektiert.

Suzanne faßte sich wieder, zumindest äußerlich. »Komm weiter, Addie«, sagte sie gewollt fröhlich, »laß uns etwas finden, das wir kaufen können.«

Der Rest des Tages verlief höchst angenehm, solange Suzanne nicht an Clarence Lonchet oder an Travis Bragette dachte. Die Gedanken an Clarence machten sie nur wütend, und die Gedanken an Travis ließen alle anderen Gefühle aufwallen, Verwirrung mit eingeschlossen. Warum fühlte sie sich auf einmal schuldig, weil sie ihn betrog? Der Mann verdiente das Hinterhältigste, das man sich nur ausdenken konnte. Warum hatte sie dann plötzlich das Gefühl, zum Abschaum zu gehören und die schlimmste Intrige zu spinnen?

»Was hältst du von dieser Haube?« fragte Suzanne, um sich von Travis abzulenken. Sie hielt den Hut hoch, um ihn Addie zu zeigen, die gerade ein paar Stoffballen betrachtete.

Was Addie antwortete, hörte Suzanne nicht. Ihre Aufmerksamkeit galt nicht mehr der Haube in ihrer Hand oder dem, was Addie dazu zu sagen hatte, sondern der Gestalt, die gerade im Eingang des Ladens erschienen war.

Als er Suzanne sah, blieb er stehen.

Sie sah ihn an, ohne den Blick abwenden zu können.

Der Mann in der Tür war ein Bild der Dunkelheit gegen den hellen Eingang. Das Gegenlicht verlieh ihm eine Ausstrahlung von Macht, Kraft und Geheimnis, während das Licht des Ladens sein männliches Gesicht beleuchtete.

Suzanne spürte, wie ihr ein Schauer über den Rücken lief und sie mit einer Gänsehaut zurückließ. Bei aller Ablehnung fühlte sie noch etwas, was sie in tiefste Verwirrung stürzte: ein Verlangen danach, erneut seine Lippen auf ihren zu spüren. Schnell schob sie die Vorstellung beiseite. Sie war lächerlich und nur aus der Phantasie und Stimmung des Augenblicks geboren.

Seine Augen, die sich unter geschwungenen schwarzen Brauen auf sie richteten, schienen sie zu hypnotisieren. Dann hob er die Hand und wischte sich über die Schulter, als wenn er dort etwas spürte, das nicht dort sein sollte. Suzanne erwachte aus ihrer Erstarrung und zuckte zusammen.

»Na, sieh doch, Travis, da ist dein kleiner Singvogel.« Magnolia Rochelle, deren rote Haare offen über ihre Schultern flossen und einen wundervollen Kontrast zu dem smaragdfarbenen Cape mit weißen Seidenbesätzen bildeten, zog ihren Arm aus dem von Travis und ging durch den Laden, bis sie lächelnd vor Suzanne stehenblieb.

Befremdet riß Suzanne ihren Blick von Travis los und betrachtete die Frau vor sich, die sie an einen Weihnachtsbaum erinnerte.

Magnolia lächelte Suzanne an. »Ah, ich erkenne an Ihrem Gesicht, daß Travis mich nicht erwähnt hat.« Sie machte einen Schmollmund und sah über die Schulter zu Travis hin. »Wie unartig von dir, *mon ami*, Magnolia so zu vergessen.«

»Maggie«, sagte Travis mit einem warnenden Unterton in der Stimme.

Die Frau drehte sich wieder lächelnd zu Suzanne um, ergriff ihre Hand und senkte ihre Stimme zu einem verschwörerischen Flüstern. »Ah, *chérie*, wir müssen einen kleinen Besuch arrangieren und uns unterhalten, ja?«

»Maggie«, unterbrach sie Travis ungeduldig, »such deinen Hut aus, ja?«

Sie winkte ihn beiseite. »Gleich, *chéri*.«

Suzanne musterte die Frau. Wer war sie? Offenbar niemand mit dem besten Hintergrund, wie ihr Aufzug und ihre Sprache verrieten, aber sie war mit Travis zusammen.

»Wenn Sie den Hungerlohn satt haben, den Travis Ihnen im *Queen* zahlt, *chérie*«, flüsterte Maggie schnell, »dann besuchen Sie mich im *Silver Lady* gegenüber. Meine Mädchen dürfen mehr verdienen als nur den Lohn.«

Suzannes Mund blieb fast offen stehen. Eine Saloon-Madame? Dieser Frau gehörte ein Saloon? Und sie war mit Travis zusammen?

»Ich glaube nicht, Maggie«, mischte sich Travis jetzt ein. »Warum suchst du jetzt nicht diesen Hut aus, den ich dir schulde, und dann gehen wir wieder. Ich muß heute noch ein paar andere Dinge erledigen, außer dich zum Einkaufen zu begleiten.« Wieder schwang eine Warnung in seiner Stimme mit, und wieder achtete Maggie nicht darauf.

Suzanne fühlte einen Stich von Eifersucht und wehrte sich schnell dagegen. Warum sollte sie auch eifersüchtig wegen Travis Bragette sein? Er bedeutete ihr nicht einmal etwas. Unwissentlich straffte sie die Schultern unter dem Cape. Es war höchstens ein kleiner Rückschritt, was ihren Plan betraf. Ärger. Bestimmt nicht Eifersucht. Travis Bragette war ein Schurke. Ein Schurke. Sie sah in den Spiegel hinter sich und wiederholte das Wort stumm wieder und wieder. Ein Schurke.

Magnolia lachte fröhlich, und der kehlige Laut hallte durch den Laden.

Suzannes Blick ging von Magnolia zu Travis und wieder zurück zu Magnolia.

Travis zuckte zusammen. Warum hatte er sich von allen Tagen ausgerechnet heute ausgesucht, um seine Wettschuld bei Magnolia zu bezahlen? Warum war er nicht alleine zu Hanson's gegangen, hatte den verdammten Hut gekauft, ihn ins *Silver Lady* gebracht und ihn ihr dort gegeben? Warum hatte er sich von ihr überreden lassen, sie in den Laden zu begleiten? Die Spannung in ihm, die bei Suzannes Anblick im Laden aufgekommen war, verstärkte sich. Hinter dem Rücken ballte er die Fäuste. Warum zum Teufel hatte sie nur diese Wirkung auf ihn? Eine Reihe von Flüchen fiel ihm ein, aber er biß sich auf die Unterlippe, um sie nicht laut auszusprechen. Was war nur an Suzanne Forteaux, das ihm so an die Nieren ging? Es war ja nicht so, daß sie die einzige Frau in Virginia City wäre. Oder daß er so lange keine Frau mehr gehabt hätte, daß sein Körper vor Begehren verrückt spielte.

Er sah zu Magnolia hinunter. Sie war immer nur zu bereit, sein Bett zu teilen, genau wie ein halbes Dutzend der Prostituierten der Stadt, ohne daß es ihnen ums Geld ginge. Travis schaute wieder zu Suzanne. Sie war so schön und anziehend. Und er fühlte sich immer noch schuldig, weil er sie vor sieben Jahren so schlecht behandelt hatte. Na und?

Frustration gesellte sich zu der Anspannung, die er empfand. Und er wußte, wenn er noch eine Minute länger hier blieb, wo Maggie ihm eindeutige Blicke zuwarf und der Anblick von Suzanne die Erinnerung an den Kuß von gestern in ihm weckte, dann würde sich auch noch Begehren zu seinen Gefühlen gesellen. Wenn alles das zusammenkam, konnte er von Glück sagen, wenn er nicht als jammernder Idiot auf dem Boden endete.

7

»Wir haben nachher ein Treffen im King Place«, sagte Richter David Terry so leise, daß Travis ihn kaum hören konnte.

Er sah den untersetzten Mann an, der so nah neben ihm an der Bar stand, daß ihre Schultern sich fast berührten. Travis hielt ein Scotch-Glas umklammert, das er jetzt an die Lippen führte, ehe er antwortete: »Ich habe es Ihnen schon gesagt, Richter, ich bin kein Ritter mehr.«

»Sie werden immer ein Ritter sein, Travis«, entgegnete David Terry. »Sie sind eingetreten, und das bedeutet lebenslang.«

»Ich war jung. Ich habe mich in meinem Urteil geirrt.«

»Sie haben sich einer Sache verschrieben«, erwiderte er scharf.

Travis warf dem älteren Mann einen Blick zu. Er konnte verstehen, daß Terry so viele Feinde wie Freunde hatte. Der Mann war wie eine Bulldogge, dickköpfig in seiner Bestimmtheit. Diejenigen, die die Früchte seiner Beharrlichkeit ernteten, bewunderten Terry, aber diejenigen, denen er deshalb in die Quere kam, verabscheuten ihn zutiefst. »Dann betrachten Sie mich als der Sache nicht mehr verschrieben«, sagte er schließlich.

Der Richter schüttelte den Kopf. »Sie haben einen Eid geleistet, Travis, und es wird erwartet, daß Sie ihn halten.«

Travis spürte, wie er wütend wurde, und kämpfte um Fassung. Er wollte über diesen Punkt nicht diskutieren. Thomas Bragette war ein hochrangiges Mitglied der Ritter gewesen, und er hatte jeden seiner Söhne beschwatzt, ebenfalls in die Organisation einzutreten. Aber nach einiger Zeit hatte jeder von ihnen dagegen rebelliert.

»Richter, Sie wissen doch, daß ich schon lange nicht mehr im KGG aktiv bin.«

»Wir brauchen jetzt jeden Mann, Travis. Jeden einzelnen.«

Travis hatte das Gefühl, in eine Ecke gedrängt zu werden, wie er es auch jedesmal bei seinem Vater empfunden hatte. Aber sein Vater war tot, war vor zwei Jahren ermordet worden, und Travis war nicht länger der schwache junge Mann, der die tyrannische Herrschaft seines Vaters kaum überlebt hatte. Jetzt war er stärker, unabhängig und selbstbewußt, und niemals würde er sein Leben wieder von anderen beherrschen lassen. Von niemandem. »Warum, Richter?« fragte er schließlich. »Warum jetzt?«

Der Richter blickte sich vorsichtig um, ehe er antwortete: »Weil wir jetzt Pläne haben, darum.«

Travis knallte sein Glas auf die Theke, was ihm ein paar neugierige Blicke vom Bartender und ein paar anderen Gästen an der Bar eintrug. Travis wartete mit seiner Antwort, bis sie wieder wegsahen. »Verdammt, David, was zum Teufel braut sich da zusammen? Wir brauchen hier keinen Ärger.«

Richter David Terry lächelte. »Wer hat denn etwas von Ärger gesagt, Travis?«

Vor zwei Jahren war Travis in New Orleans gewesen, um an den Hochzeiten seines Bruders und seiner Schwester teilzunehmen – unglücklicherweise zur selben Zeit, als Beauregard sich entschlossen hatte, das Feuer auf Fort Sumter zu eröffnen und diesen verdammten Krieg anzufangen – und war dann nach Virginia City zurückgekehrt. Dort hatte er Richter David Terry vorgefunden, während der gesamte Berghang in Aufruhr gewesen war. Zahlreiche Südstaatler lebten hier, und die Ankunft von Richter

Terry und die Organisation der Ritter des Goldenen Kreises in Virginia City hatten schließlich dazu geführt, daß Soldaten von Fort Churchill herbeigerufen werden mußten, um für Ruhe zu sorgen.

»Um Mitternacht im King, Travis«, sagte der Richter, »ich erwarte Sie dort.« Er trank seinen Whisky aus, stellte das Glas zurück auf den Tresen und wandte sich zum Gehen.

»Zählen Sie nicht darauf, Richter«, murmelte Travis.

Terry hielt inne und drehte sich um. »Travis, Sie sind entweder einer von uns oder gegen uns. Ich muß Ihnen das sagen«, er hob bedauernd die Achseln, »dazwischen gibt es nichts.«

Travis schaute dem untersetzten Mann nach, als er sich an den Spieltischen vorbei drängte. Er wechselte mit einigen einen Gruß und ging dann zur Tür.

Travis fuhr herum, stützte sich auf den Tresen und rief nach Jed. »Verdammt, gib mir die ganze Flasche«, murmelte er frustriert.

Suzanne verbeugte sich ein letztes Mal, warf den jubelnden Minenarbeitern, Geschäftsleuten und Spielern, die das Publikum bildeten, eine Kußhand zu und eilte davon. Aber statt wie sonst zu ihrer Garderobe zu gehen, trat sie diesmal an den Rand der Bühne und ging die wenigen Stufen hinunter, die in den Schankraum führten.

»Suzanne!« rief Addie hinter dem Vorhang.

Suzanne blieb stehen, drehte sich um und lächelte. »Schon gut, Addie«, beruhigte sie die Frau. »Ich bin in ein paar Minuten zurück.«

»He, Süße, suchst du ein bißchen Zuwendung?« rief einer der Minenarbeiter. Er klopfte einladend auf seinen Schoß.

»Ja, ich hab' was für dich«, schnarrte ein anderer. Er schoß von seinem Stuhl hoch und legte Suzanne einen fleischigen Arm um die Taille.

Der Atem wurde ihr ausgepreßt, als der Mann sie grob an sich preßte, und sein rauhes Jackett scheuerte über ihre bloßen Arme und Schultern. Der Raum schwankte einen Moment lang, als sie spürte, wie er sein grobes Gesicht in ihren Ausschnitt preßte.

Suzanne schrie erschrocken auf.

»He, Skinner, heb mir auch was auf!« rief ein anderer Mann laut.

Endlich fand Suzanne ihren Atem wieder und stieß den Mann weg, der so stark war wie ein Bär. Sie spürte, wie seine heiße, nasse Zunge plötzlich zwischen ihre Brüste glitt, und eine Welle des Ekels überschwemmte sie.

»Aufhören!« befahl sie und zerrte an seinem Arm. »Aufhören!«

Plötzlich wurde der Mann von ihr weggerissen und das mit einer solchen Gewalt, daß er den Halt verlor und fast in einen der Tische getaumelt wäre.

»Haben Sie nicht gehört, daß die Dame gesagt hat, Sie sollen aufhören?« knurrte Travis. Er hielt Skinner Jones am Kragen seiner Jacke gepackt.

»Ach, kommen Sie schon, Trav, ich wollte ihr nichts tun. Ich habe nur Spaß gemacht, und sie wollte es ja. Alle diese Huren wollen es, das wissen Sie doch.«

»Miss Lindsay ist keine Hure, Skinner«, erklärte Travis laut genug, daß alle ihn hören konnten.

»Ja, das sagen sie alle«, stimmte ein anderer Mann mit ein.

Travis lockerte seinen Griff und wandte sich wütend an den anderen Mann im Saloon. »Wenn Sie eine Hure suchen, Gentlemen, dann gehen Sie gegenüber zu Magnolia. Wenn Sie guten Whisky, ein faires Spiel und eine Dame singen hören wollen, dann kommen Sie hierher. Sie haben die Wahl.« Er beugte sich vor, packte Suzanne mit stählernen Fingern am Arm und zog sie mit sich an den Tischen vorbei. »Und um ehrlich zu sein, Jungs, mir ist es egal, was ihr wählt.«

Suzanne stolperte hinter ihm her. Alle Dankbarkeit, die sie empfunden hatte, war verschwunden, und Wut darüber, daß er sie fast umwarf und wie ein Gepäckstück hinter sich herschleppte, loderte in ihr auf. Und sie hatte gerade zu ihm gewollt, um mit ihm zu flirten! Nun, das konnte sie vergessen.

Travis trat durch die Schwingtüren und blieb auf dem Bürgersteig abrupt stehen.

Obwohl es schon Mitternacht und immer noch sehr kalt war, herrschte in den Straßen reger Betrieb. Aus den Saloons hörte man Musik, Stimmen und Lachen, während Minenarbeiter von Saloon zu Saloon zogen oder auf dem Weg zur Mine waren, um ihre Schicht anzutreten.

Suzanne riß sich aus Travis' Griff los und blitzte ihn wütend an. »Was soll das?«

»Ich wollte nicht, daß du deine Vorzüge allen Männern da drin zeigst«, antwortete er und funkelte sie wütend an.

»Ich bin sehr gut in der Lage, auf mich selbst aufzupassen, Travis Bragette, und meine Vorzüge zu schützen.«

»Ach, wirklich? Dann hätte ich dich ja eben dir selber überlassen können.«

»Nun, das hast du ja schon mal gemacht. Warum nicht diesmal?« gab sie zurück, unfähig zu verhindern, daß sich sieben Jahre Verletztsein, Ärger und Schmerz mit ihrer gegenwärtigen Wut vermischten.

Ihre Bemerkung traf, aber er schob sie ärgerlich beiseite. »Stolziere nie wieder so vor den Männern herum, Suzanne. Das nächste Mal bin ich vielleicht nicht da, um dich zu retten.«

Wut flammte in ihr auf. »Ich bin nicht herumstolziert.«

»Die Hüften vor den Männern zu schwenken, während du singst, ist die eine Sache, das erwarten sie. Aber später vor ihnen herumzustolzieren ist etwas ganz anderes.«

»Ich bin nicht herumstolziert«, sagte sie wieder.

»Doch, das bist du.«

Ihre Wut nahm noch zu. »Ich stolziere herum, wo und vor wem ich will«, zischte sie. »Und ich wäre dir dankbar, wenn du dich nicht einmischtest.«

»Ich dachte, du bist hergekommen, um hier zu singen, Suzanne«, erwiderte Travis, »nicht, um dich für jeden Mann in der Stadt auf den Rücken zu legen.«

»Oh, du ...« Sie hob den Arm und ließ ihn in hohem Bogen durch die Luft sausen.

Ohne seinen Blick von ihrem zu lösen, griff Travis nach ihrem Handgelenk und verhinderte, daß sie ihn ohrfeigte. »Nein«, knurrte er, jeder Muskel vor Wut angespannt und mit blitzenden Augen.

»Du bist hassenswert, Travis Bragette«, flüsterte Suzanne. »Du bist der schrecklichste ...«

Plötzlich legte sich sein Mund auf ihren und schnitt ihr das Wort ab, das sie gerade hervorstoßen wollte. Er zog sie eng an sich, seine Hände glitten über ihren Rücken, und seine Zunge fuhr tief in ihren Mund. Er wußte, daß er mit dem Feuer spielte, aber im Moment konnte er einfach nicht anders. Suzanne Forteaux war eine sehr weibliche Frau. Sie war dickköpfig, stolz und voller Feuer. Vor sieben Jahren war sie ein prüdes, anständiges, junges Mädchen gewesen. Aber Suzanne war erwachsen geworden, und Travis zweifelte nicht daran, daß sie das Prüde und Wohlerzogene mit der Unschuld der Kindheit abgelegt hatte. Jetzt war sie eine Frau, und genau das, was er heute nacht im Bett haben wollte. Keine Hure. Keine Dame. Eine Frau.

Suzanne hob den Blick zu Travis, als er sie küßte. Dieser Schuft. Was glaubte er denn, wer er sei ... Plötzlich nahm sie aus den Augenwinkeln heraus eine Bewegung wahr. Als sie Clarence erkannte, stöhnte sie leise auf.

Clarence nickte wohlwollend und verschwand durch die Schwingtüren ins *Mountain Queen*, um dann zurückzukommen und wesentlich unauffälliger das Geschehen zu verfolgen.

Travis, der ihr Stöhnen für ein Zeichen von Leidenschaft hielt, verstärkte seinen Griff um ihren Leib und küßte sie noch feuriger. Seine Zunge eroberte ihren Mund, und seine Hände liebkosten ihren Körper.

Suzanne legte ihm die Arme um den Hals, drängte sich ihm entgegen und erwiderte seinen Kuß. Sie würde nichts dabei empfinden, sagte sie sich. Nichts. Das warme Kribbeln in ihren Händen war nur eine Reaktion auf die Kälte der Nacht. Und das Sehnen in ihrer Mitte war einfach Hunger.

Seine Zunge traf sich in einem verlockenden Duell mit ihrer.

Verlangen durchbrach Suzannes Ruhe. Nein, kein Verlangen, sie hatte einen Krampf. Wahrscheinlich hatte sie sich auf der Bühne einen Muskel gezerrt. Zu heftig getanzt, das war alles.

Der nagende Hunger wurde zu heißem Verlangen. Sie riß sich aus Travis' Umarmung und schnappte nach Luft, während sie verzweifelt versuchte, ihre Fassung wiederzufinden.

Clarence bewegte sich.

Suzanne zwang ein lockendes Lächeln auf ihre Lippen und wandte sich an Travis. Sie schluckte hart, dann trat sie dicht zu ihm, legte ihm erneut die Arme um den Hals und fuhr ihm mit den Lippen über den Mund.

»Travis, Liebster«, sagte sie leise, »ich könnte die ganze Nacht hier mit dir stehen und so weitermachen, aber ...«

Er runzelte die Stirn.

Suzanne lachte. »Aber ich glaube, ich erfriere langsam.«

Er spürte, wie sie zitterte, und zog sie enger an sich.

In dem Moment trat Clarence hinaus auf den Bürgersteig, Addie am Arm. »Nun, ich denke, das war es für heute.« Er lächelte und nickte Travis zu. »Sind Sie wohl so nett und begleiten Suzanne zurück zum Hotel, Mr. Bragette?«

Suzanne sah ihn wütend an, schwieg aber, obwohl sie ihn am liebsten erdrosselt hätte.

»Mit dem größten Vergnügen, Mr. Lonchet«, antwortete Travis und legte besitzergreifend die Hand um Suzannes Taille.

Sie lächelte lieblich. »Gut, dann wollen wir los. Gute Nacht.«

Addie warf Suzanne einen entschuldigenden Blick zu und ließ sich von dem kleinen Manager davonführen.

Travis und Suzanne gingen zurück in den Saloon, aber sobald die Schwingtüren sich hinter ihnen geschlossen hatten und Clarence außer Sicht- und Hörweite war, zog Suzanne sich von Travis zurück. »Danke, Travis«, sagte sie, »aber ich kann sehr gut allein zurück ins Hotel gehen.«

Verwirrt durch ihren plötzlichen Stimmungswechsel blieb Travis stehen und sah ihr nach, wie sie durch den Vorhang nach hinten zum Umkleideraum verschwand.

»Jed, gib mir einen Drink«, verlangte Travis und setzte sich an die Bar.

»Sind Sie in Ordnung, Boß?« fragte Jed.

»Nein.«

Jed grinste und stellte ein Glas vor Travis hin. »Das

habe ich mir gedacht.« Er zog eine Flasche hervor und goß Travis von seinem Lieblingswhisky ein.

Travis stürzte ihn hinunter und knallte das Glas wieder auf den Tresen. »Und was soll das bedeuten?« knurrte er.

Jed zuckte die Achseln. »Sie suchen in letzter Zeit häufig Trost im Whisky. Das sieht Ihnen gar nicht ähnlich.«

»Tja, vielleicht fange ich an zu begreifen, warum manche Männer saufen. Weißt du das?« Er warf einen Blick auf die Tür, durch die Suzanne gerade verschwunden war.

»Ja, Boß, sicher. Was immer Sie sagen.« Er stellte die Flasche wieder ins Regal und ging weg, um einen anderen Gast zu bedienen.

Travis spürte, wie die Wut in ihm aufloderte, und mußte sich beherrschen, um nicht sein Glas in den goldgerahmten Spiegel hinter der Bar zu schleudern.

»Vergiß sie«, murmelte er seinem Spiegelbild zu, das ihn traurig angrinste. »Terry ist ein Narr, und Suzanne ...« Er wußte nicht, was Suzanne war, außer einer Unruhestifterin. Das waren sie beide, und das war das Letzte, was er jetzt brauchen konnte. Er hatte genug Ärger für ein ganzes Leben gehabt.

Aber Suzanne zu vergessen war leichter gesagt als getan, auch wenn er nicht wußte, warum. Es war ja nicht so, daß sie seit ihrer Ankunft besonders nett zu ihm gewesen wäre oder alles getan hätte, um mit ihm zu flirten. Aber ihr Kuß hatte ein Verlangen in ihm geweckt, das er nicht leugnen konnte.

»Schlaf mit ihr und krieg sie aus deinem Kopf«, schlug er seinem Spiegelbild vor.

Dann stand Travis auf und ging durch die Bar. Er schob den Vorhang zum Bühneneingang beiseite und ging direkt zu ihrer Garderobe. Aus dem Saloon erklang Jubel. Er klopfte an die Tür. »Suzanne?«

Keine Antwort.

Wieder klopfte er. »Ich bin es, Travis.«

Immer noch keine Antwort.

Verdammt sollte die Frau sein. Was war das jetzt wieder für ein Spiel? Er drückte die Klinke und stieß die Tür auf. »Suzanne?« Er trat in den kleinen Raum, aber sie war nirgends zu sehen. »Suzanne, verdammt, wo bist du?« Travis trat hinter den Wandschirm. Sie war nicht da. Er sah sich im Zimmer um und fluchte dann leise. Das *Union Belle* war zwar nur einen Häuserblock entfernt, aber in einer Stadt, deren dreißigtausend Einwohner zur Hälfte Minenarbeiter waren, ausgehungert nach einer Frau, konnte das Hotel auch eine Meile weit weg liegen. Eine sehr gefährliche Meile für eine Dame, die nachts allein unterwegs war.

»Ärger«, brummte Travis vor sich hin, als er die Garderobe verließ. »Frauen bedeuten nichts als einen Haufen Ärger.« Und wenn das seine Probleme mit Suzanne nicht bewiesen, dann brauchte er nur an Lisa zu denken, die ihm damals trotz aller Beteuerungen nicht geglaubt hatte, daß er nichts mit Suzanne Forteaux gehabt hatte.

Oder er brauchte nur an die Intrige zu denken, mit der seine beiden Schwägerinnen seine älteren Brüder eingefangen hatten. Zugegeben, es war auch komisch gewesen, und am Ende hatte sie geheiratet, aber dennoch hatten Belle und Lin für einen Haufen Unruhe gesorgt. Er war sich sicher, daß sie noch nicht fertig waren, denn noch hatten sie ihren Vater nicht gefunden oder ihn von dem Vorwurf befreit, Thomas Bragette getötet zu haben.

Travis schob den Vorhang weg und stürmte hindurch in den Saloon.

Plötzlich erklang das Geräusch brechenden Glases. Travis sah sich um und entdeckte Skinner Jones, der mit ausgestreckten Armen rückwärts auf ihn zutaumelte und gegen ihn prallte, so daß sie beide durch den Vorhang an die Wand flogen. Der Minenarbeiter sank zu Boden, während Travis sich abstützte, nach Luft schnappte und sich wie ein Brot fühlte, auf das gerade jemand getreten war.

Als er wieder zu Atem gekommen war, hörte er erneut das Geräusch splitternden Holzes und Glases. Er wurde wütend, als er begriff, daß in seinem Saloon ein Streit ausgebrochen war. »Was zum Teufel?« Er stürmte zurück. »Jed, hol mir die verdammte Flinte!« brüllte er.

Ein weiterer Minenarbeiter flog vorbei. Ein Stuhl flog durch die Luft, zerschellte an der Wand und sandte Hunderte von Splittern in den Raum.

»Hank!« brüllte Travis, als er seinen rothaarigen Freund und Manager mitten im Gewühl entdeckte. »Was geht hier vor?«

»Ein Spieler hat betrogen, Boß«, rief Hank zurück, und seine blauen Augen glänzten vor Entzücken über den schönen Kampf. »Und sie haben ihn erwischt.« Eine Faust traf sein Kinn, und Hank fuhr herum.

Statt zu Boden zu sinken, sah Hank, der so breit wie hoch und solide wie Granit war, sich nach dem Mann um, der ihn geschlagen hatte.

Eine halbleere Whiskyflasche schoß durch den Raum und knallte neben Travis' Kopf an die Wand.

Er duckte sich rasch, als die Splitter und Whiskytropfen in alle Richtungen flogen.

»Jed!« brüllte Travis wieder. »Laß das aufhören, ehe sie mir alle Möbel im Raum zerschlagen.«

Der Barkeeper hob die Flinte, zielte auf die Decke und zog den Abzug. Ein Glas traf Travis an der Brust und durchweichte sein Hemd mit Whisky.

Ohrenbetäubender Lärm übertönte den Kampf, als die Kugeln aus der Flinte in die Decke fuhren.

Alle erstarrten und wandten die Köpfe zur Bar. Jed senkte die Flinte, zielte in die Menge und sagte: »Noch ein Kampf hier drinnen, und es gibt ein paar Beerdigungen.«

Die Männer murrten, wichen aber zurück, hoben ihre Tische und Stühle auf und setzten sich hin. Einige spielten weiter, andere verließen den Saloon.

Travis sah auf sein Hemd hinunter. Na, wundervoll. Er roch wie ein ganzer Saloon. Jetzt mußte er sich umziehen, ehe er hinter Suzanne herlief. Wenn er sich ihr so näherte, hielt sie ihn am Ende noch für einen Trinker und zog ihm eins mit ihrem Sonnenschirm über. Vielleicht hatte sie ja auch eine Pistole dabei und würde ihm einfach den Kopf wegschießen.

Er nahm zwei Stufen auf einmal und hatte es eilig, sich umzuziehen und zu vergewissern, daß Suzanne sicher im *Union Belle* angekommen war. Warum er sich darum Gedanken machte, wußte er nicht. Sie hatte ihm unmißverständlich erklärt, daß sie seine Begleitung nicht wünschte. »Aber ich zahle ihr viel Geld, damit sie hier singt«, murmelte er. »Und ich will nicht, daß meine Attraktion von ein paar frauengeilen Spielern überfallen wird.«

Er griff nach der Klinke und hielt inne. Die Haare in seinem Nacken sträubten sich. Sein Instinkt sagte ihm, sich ruhig zu verhalten.

Auf der anderen Seite der Tür, in seinem Zimmer, raschelte etwas leise.

Langsam griff Travis in die linke Jackentasche und zog die Pistole heraus, die er dort aufbewahrte. Lautlos entsicherte er die Waffe und spannte den Hahn, ehe er sie auf die Decke richtete. Dann drückte er sacht die Klinke runter, trat die Tür so heftig auf, daß sie gegen die Wand prallte, und warf sich in das Zimmer.

Bei seinem Eintritt schrie Suzanne auf und fuhr zu ihm herum.

8

Travis betrachtete die Waffe in seiner Hand, den Hahn noch immer gespannt, den Finger am Abzug. Suzanne stand auf der anderen Seite des Zimmers direkt vor der Mündung. Er begann zu zittern, als er erkannte, daß er sie fast erschossen hätte.

Suzannes Brüste hoben und senkten sich vor Schreck, und reflexartig zerknüllten ihre Finger eines von Travis' Hemden, das sie hielt – eines seiner besten. Ihr Blick hing an der Pistole, die auf sie gerichtet war, und ihre Lippen zitterten so heftig, daß sie sich auf die Unterlippe beißen mußte, um sie ruhigzuhalten. Als sie es schließlich schaffte, ihren Blick von der Waffe loszureißen, erkannte sie Travis, sank erschöpft gegen die Kommode, die sie gerade durchsucht hatte, und seufzte erleichtert.

Ihre Erleichterung war nur von kurzer Dauer.

»Was zum Teufel suchst du in meiner Wohnung?« wollte Travis wissen, voller Zorn über die Situation und die Gefahr, in der sie gerade geschwebt hatte.

Suzanne richtete sich auf und versuchte, nicht wie ein Dieb auszusehen, den man auf frischer Tat ertappt hatte. Aber ihr fiel keine vernünftige Erklärung ein. Zumindest keine, die er akzeptiert hätte. Ihr Herz schlug heftig, und sie konnte nicht aufhören zu zittern. Was tat sie in seiner Wohnung? Ihr Verstand raste auf der Suche nach einer Antwort. Was tat sie in seiner Wohnung? Was? Was? Was?

»Suzanne?«

Sie sah ihn ausdruckslos an. »Ja?«

Travis sicherte die Waffe und steckte sie wieder ein. Dann sah er sie an. »Was machst du in meiner Wohnung?« Die Worte klangen so hart wie beim ersten Mal, aber wenigstens brüllte er diesmal nicht.

Ihr Blick hing am Boden. Sie spielte mit dem Hemd und versuchte dann, die Schubladen zuzuschieben, indem sie sich dagegenlehnte. Was konnte sie ihm sagen?«

Travis trat einen Schritt vor. »Nun?« Er runzelte die Stirn, und seine Augen waren schmal geworden.

Suzanne straffte die Schultern und stellte sich aufrecht hin. »Ich habe ... äh ... ich habe ...« Und dann fiel es ihr ein. So etwas Einfaches. Sie wußte, daß er ihr glauben würde. Warum auch nicht? Er war ein Mann. Zuversicht erfüllte sie. Sie lächelte, verzog lockend die Lippen, senkte die Lider und warf ihm unter dichten Wimpern hervor einen verführerischen Blick zu, so hoffte sie zumindest. »Ich habe auf dich gewartet«, schnurrte sie leise. Sie ließ sein Hemd fallen und ging auf Travis zu, wobei sie ihre Hüften schwingen ließ und die Brust vorstreckte. »Ist das nicht das, was du wolltest, Travis?«

Sie trat zu ihm und preßte ihren Körper an seinen, schmiegte ihre Kurven an seinen harten Leib, ließ die Hände über seine Brust gleiten und legte ihm dann die Arme um den Hals.

Travis musterte sie erstaunt. Das war genau das, was er gewollt hatte, aber nach ihrem Abschied vorhin hatte er nicht geglaubt, daß er es bekommen würde. Sie hatte mehr Stimmungen als eine Katze Leben. Er zog sie in seine Arme, als sein Blick auf seine Kommode fiel. Sofort kehrte das Mißtrauen, das er empfunden hatte, als er sie hier entdeckte, doppelt zurück. Die Schubladen waren halb herausgezogen und seine Sachen durchwühlt, hingen heraus oder lagen auf dem Fußboden. Anscheinend hatte sie noch mehr gemacht, als nur auf ihn zu warten. Sie hatte nach etwas gesucht, auch wenn er beim besten Willen nicht hätte sagen können, wonach. Es sei denn, sie war einfach eine Diebin und nahm alles, was sie finden konnte.

Aber irgendwie fiel es ihm schwer zu glauben, daß Suzanne eine gewöhnliche Diebin war. Oder überhaupt etwas Gewöhnliches. Travis holte tief Luft, und der schwache Duft ihres Jasminparfums stieg ihm in die Nase. Sein Körper wurde hart als Reaktion auf ihre Nähe, und auch wenn er nichts lieber getan hätte, als ihr verschleiertes Angebot anzunehmen, sagte ihm doch etwas, daß es nicht ernst gemeint war, daß es nur ein Manöver war …

Aber wenn sie das so wollte, war er nur zu bereit, ihr entgegenzukommen. Travis umfaßte ihre Taille mit den Händen und zog sie näher. »Und wonach hast du in meiner Kommode gesucht, Suzanne?« flüsterte er und drückte ihr die Lippen auf den Hals.

Sie lachte leise, warf den Kopf zurück und sandte eine Flut dunkler Locken über ihre Schultern. »Na, ein Hemd, das ich als Nachthemd benutzen könnte, Dummkopf. Aber du warst zu schnell hier.«

Er warf einen Blick über ihre Schultern auf den Boden. Einige seiner Hemden lagen da zerknüllt vor der Kommode, wo sie sie offenbar hingeworfen hatte. Andere hingen nachlässig aus den offenen Schubladen.

Travis entschied sich zu sehen, wie weit sie mit ihrem Spielchen ging, ehe sie Panik bekommen würde. Dann konnte er immer noch die Wahrheit herausfinden. Hart riß er sie an sich, ihre Brüste an seiner Brust, ihre Hüften an seinen, ihre Lippen nur einen Hauch von seinem Mund entfernt. Er hielt sie so eng, daß sie kaum noch Luft bekam. »Was für eine verführerische Vorstellung«, flüsterte er. »Du, nur in meinem Hemd in meinem Bett.

Absolut unwiderstehlich.« Travis senkte den Kopf und preßte die Lippen auf die Schwellung am Ansatz ihrer Brüste, wo ihr Dekolleté sie freigab.

Er spürte, wie sie bei der intimen Berührung erschauerte, und lächelte grimmig. »Wenn du mir gesagt hättest, daß du hier hochkommst, Suzanne, wäre ich schon eher zurückgekehrt«, sagte er heiser vor Leidenschaft, die ihre Nähe in ihm weckte. »Du hättest nicht nach einem Hemd zu suchen brauchen – weil du gar nichts hättest anziehen müssen, um dich meinen Blicken zu entziehen.«

Suzanne kämpfte gegen das Verlangen an, das sie überwältigte, als sie Travis' Lippen auf ihren Brüsten spürte. Er ist ein Schurke, rief sie sich in Erinnerung, wieder und wieder, um den Aufruhr in ihrem Inneren zu beruhigen. Ein Schuft, ein Tier, ein Feigling. »Ich wollte dich überraschen«, flüsterte sie, voller Angst, er könnte das Zittern in ihrer Stimme hören, wenn sie laut spräche.

Er drängte sich an sie und küßte sie hungrig, überwältigte ihre Sinne und verlangte ihre Unterwerfung.

Sie ließ ihn gewähren, voller Zuversicht, gegen ihn gewappnet zu sein.

Seine Zunge drang in ihren Mund und erweckte ein sengendes Feuer, wo immer er sie berührte. Sie hielt den Atem an, als die Hitze des Verlangens sie überwältigte und in ihrem Inneren brannte, ein heftiger Überfall der Sinne, der sie willenlos in seinen Armen zurückließ.

Travis umfaßte eine ihrer Brüste. Rhythmisch begann er, die harte Brustspitze zu reizen, streichelte sie durch den Stoff ihres Leibchens hindurch.

»Nein, Travis, bitte«, wehrte Suzanne ab, die Stimme erstickt vor Schreck, als die Wirklichkeit sie einholte und sie erkannte, was sie ihn hatte tun lassen und wie wenig sie ihm widerstehen konnte. Sie drückte ihn von sich. »Ich kann nicht, bitte ...« Sie versuchte, sich aus seiner Umarmung zu befreien, plötzlich voller Angst vor ihm ... und vor sich selbst.

Abrupt ließ er sie los und trat zurück. Er hob die Brauen, und seine grauen Augen waren fast schwarz. Er zwang sich zu einem harten Gesicht, um sein Lächeln zu unterdrücken. Die Panik war schneller gekommen, als er erwartet hatte. »Bist du nicht dafür hergekommen, Suzanne?«

»Nein. Ich meine ...« Sie spürte, wie sie tief errötete. »Ja, aber du verstehst nicht. Bitte, Travis, es ist nicht, was du ... ich meine, ich wollte nicht, daß das passiert, ich wollte nur ...«

Ohne den Blick von ihr zu wenden, hob Travis den Fuß und trat die halbgeöffnete Tür zu.

Suzanne zuckte bei dem Knall zusammen und machte ein paar hastige Schritte in Richtung Ausgang. »Bitte, Travis, ich muß jetzt gehen.«

Er schüttelte den Kopf. »Erst, wenn du mir sagst, was du hier zu suchen hattest.«

»Ich habe es dir doch gesagt, ich wollte dich überraschen, aber ich habe so etwas noch nie vorher gemacht, und ...«

»Wonach hast du gesucht, Suzanne? Was hast du in meiner Kommode zu finden geglaubt?«

»Nichts. Ich habe es dir doch gesagt. Nichts. Wirklich.« Sie merkte, daß ihre Hände wieder zu zittern begannen, und verschränkte sie hastig auf dem Rücken. »Ich habe nur nach einem Hemd gesucht, das ich tragen kann. Wirklich. Um dich zu überraschen.«

»Fein.« Er hob eines vom Boden auf und hielt es ihr hin. »Dann zieh das hier an.«

Sie starrte das Hemd an, als wäre es eine Schlange, die ihm an der Hand hing.

»Zieh es an«, drängte Travis.

»Nein.«

Er ließ das Kleidungsstück fallen und zuckte die Achseln. »Du brauchst es ohnehin nicht.« Sein Ton war absichtlich hart und sein Blick kalt, als er sie anlächelte. »Zieh dich einfach aus und leg dich ins Bett. Mir ist es sowieso lieber, wenn du nackt bist.«

»Was?« Erschrocken sah sie ihn an. »Du denkst doch nicht, ich …« Suzanne wrang die Hände. »Du erwartest doch nicht wirklich, daß ich einfach …« Voller Panik sah sie das große Himmelbett in der Ecke an.

Travis biß sich auf die Zunge, um nicht laut herauszulachen. Sein Bluff hatte gewirkt. Er hatte genau gewußt, daß sie nicht in seine Wohnung gekommen war, um ihn zu verführen, aber wenn er so tat, als glaubte er ihr, zwang er sie damit, ihm endlich die Wahrheit zu sagen. »Oh, ich bezahle dich dafür, Suzanne. Ich würde nicht erwarten, daß ein Mädchen wie du etwas ohne Bezahlung tut.« Er griff in seine Jacke und zog seine Brieftasche hervor. »Wieviel?« Er begann, ein paar Dollarnoten abzuzählen. »Zehn?« Als sie nicht antwortete, holte er mehr heraus. »Zwanzig?«

Suzannes Hand zielte auf sein Gesicht.

Travis ließ Brieftasche und Geld fallen. Seine Hände hoben sich und umfaßten ihr Handgelenk wie eine Stahlklammer.

»Das hast du doch schon einmal versucht, weißt du noch?«

»Laß mich los, Travis«, fuhr sie ihn an. »Laß mich los, oder ich schreie, ich schwöre es.«

Travis behielt ihr Handgelenk in sicherem Griff. »Na, los, schrei doch. Es ist mein Saloon. Wer, glaubst du wohl, hilft dir?«

Jetzt zielte ihre andere Hand auf sein Gesicht. Auch die fing Travis sicher ein.

Suzanne wand sich und kämpfte. Sie warf sich zurück, und als das nichts half, begann sie, nach ihm zu treten. Ihre Beine verfingen sich in ihren Unterröcken unter dem Reifrock. Der große Käfig schwang nach außen, sie verlor die Balance und fiel nach hinten.

Travis, der sie noch immer festhielt, hätte sie leicht vor dem Sturz bewahren können, aber er versuchte es nicht einmal.

Sie fielen auf sein Bett. Suzanne landete auf dem Rücken und Travis auf ihr, wobei er seinen Fall mit dem Knie auf der Matratze abbremste. Seine Hände hielten ihre Arme immer noch hinter ihrem Kopf fest.

»Und jetzt, Suzanne«, verlangte er streng, das Gesicht nur wenige Zentimeter von ihrem entfernt und die grauen Augen voller Wut, »sagst du mir, was zum Teufel du in meinem Zimmer zu suchen hast.«

Sie wand sich unter ihm. »Laß mich los, du Schuft.«

»Sag es mir.«

Sie versuchte, sich wegzurollen. »Du tust mir weh.«

Wieder senkte sich sein Mund auf ihren, brachte sie für den Moment zum Schweigen und unterwarf sie seinem Willen. Auch wenn seine Stimme streng geklungen hatte und er sie eisern festhielt, sprach sein Körper eine andere Sprache, zeugte von anderen Wünschen und einem Verlangen, das sie unwillkürlich auf ihn reagieren ließ. Seine Zunge berührte ihre wie eine Flamme, entzündete Glut, wo immer sie sie berührte, und besänftigte ihren Ärger. Er küßte sie sehr lange, schier endlos, und es war eine Zeit, in der alter Schmerz und vergangene Demütigungen nicht mehr existierten. Nur die Versprechen von morgen lockten hell am Rande ihres Bewußtseins.

Suzanne wand sich unter ihm und versuchte, seinen Griff zu lockern, aber es hatte keinen Sinn. Jedesmal, wenn sie ihren Mund wegbog, fand er ihn erneut, und als sie sich schließlich dafür entschied, still dazuliegen und seine Berührung zu erdulden, mußte sie entdecken, daß sie unwillkürlich der Leidenschaft erlag, die er in ihr weckte.

Sieben Jahre lang hatte sie ihn verdammt, und sieben Jahre lang hatte sie davon geträumt, so gehalten zu werden, so geküßt zu werden ... von ihm. In ihr bildete sich eine wundervolle Spannung, eine Welle der Lust, wie sie sie noch nie erfahren hatte.

Travis spürte, wie ihr Körper nachgab, spürte, als sie aufhörte, sich gegen ihn zu wehren, hörte das schwache Stöhnen, das aus ihrer Kehle kam, und hob den Kopf, um auf sie hinabzusehen.

»Und jetzt sag mir«, verlangte er hart, ohne auf den Feuersturm der Gefühle zu achten, der in ihm tobte und ihn mitzureißen drohte, »was hast du in meinem Zimmer zu suchen?«

Seine kalte Stimme riß Suzanne aus dem Nebel aus Leidenschaft und Lust, in den seine Berührungen sie gestürzt hatten, und sie kam zurück in die Realität.

Traurig und verärgert bemerkte sie, daß er anscheinend kein bißchen aufgewühlt durch den intimen Kuß war, den sie gerade getauscht hatten. Demütigung ergriff sie und ließ sie erneut erröten. »Eine Pistole«, stieß sie hervor. »Ich habe eine Pistole gesucht, damit ich dir eine Kugel in den Kopf jagen kann.«

Travis' Lachen war eine Verhöhnung, keine echte Belustigung. »Nun, dann kann ich ja von Glück sagen, daß du nicht an die Wand geguckt hast, Suzanne.« Er wies mit einer Kopfbewegung an die Wand hinter sich. »Sonst hättest du mir wohl den Kopf weggeschossen. Aber wir wissen ja beide, daß es nicht das war, wonach du gesucht hast, nicht wahr?«

Suzannes Augen glitten zu der Wand. Dort hing ein Armeerevolver in einer Haltung neben der Tür. Wieder versuchte sie, sich von ihm loszureißen.

»Komm schon, Suzanne, sag mir die Wahrheit.« Er senkte seinen Körper auf ihren, glitt ein Stück auf ihr hinunter und umschloß eine harte Brustspitze mit den Lippen, um sacht daran zu saugen.

»Hör auf!« schrie Suzanne voller Scham und Verlangen, das bei dieser Berührung in ihr aufflammte. Sie versuchte, sich beiseite zu rollen. Tränen stiegen ihr in die Augen, nicht aus Angst, sondern aus Enttäuschung über sich selbst, weil tief in ihr ein vernünftiger Drang entstand, ihn um mehr anzubetteln.

»Sag es mir, Suzanne«, verlangte er erneut. Er strich ihr mit den Lippen über den Mund und ließ sie dann zu ihrer Kehle wandern und dann federleicht tiefer, erneut zu ihren Brüsten, während seine Hüften sich auf ihre legten und sie die Härte seiner Erregung spüren ließen. »Sag mir, was du gesucht hast, Suzanne.« Seine Lippen brannten auf ihrer Haut, und er fuhr fort, sie liebkosend zu küssen. »Sag es mir, oder ich schwöre, daß ich dich auf der Stelle nehme, ob du das nun wirklich wolltest oder nicht.«

Heiße Tränen liefen Suzanne über die Wangen. Sie wollte ihn. Sie hatte ihn immer gewollt. Aber sie würde nicht nachgeben. Travis Bragette war ein Tunichtgut und nicht die Art Mann, mit dem sie ihr Leben teilen wollte. Er konnte vielleicht ihre Leidenschaft wecken, aber bestimmt nicht ihre Liebe. Suzanne schloß die Augen und beschwor absichtlich die Erinnerung herauf, die sie ganz sicher in Wut bringen würde: wie er sie vor dem Altar hatte stehenlassen. Er hatte ihr nicht mal einen Brief zur Erklärung geschickt. Oder eine Entschuldigung. »Ich hasse dich«, flüsterte sie heftig und versuchte, sich ihm zu entwinden.

Travis hob den Kopf und sah auf sie hinab. »Du magst mich vielleicht hassen, Suzanne, aber dein Körper begehrt mich genauso wie meiner dich. Also sag mir, was du vorhast, oder ...«

Sie wußte, daß er die Wahrheit sagte. Ihr Körper hatte sie verraten, und so sehr sie auch gegen die Leidenschaft ankämpfte, die er mit nur einer Berührung in ihr zu wecken vermochte, sie schaffte es nicht.

»Suzanne.«

»Ich ... ich konnte mich nicht mehr dagegen wehren, Travis.« Ihre Arme legten sich um seinen Hals. »Ich habe dich so sehr vermißt«, flüsterte sie und gab ihm damit auch einen Teil Wahrheit.

Verwirrt und erstaunt über ihre Antwort ließ Travis sie los und erhob sich vom Bett. Dann sah er auf sie hinab, während sie sich aufsetzte und ihre Röcke glattstrich.

»Mich vermißt? Wir haben einander kaum gekannt.«

»Das hat für mich keine Rolle gespielt, Travis. Ich habe dich geliebt. Ich habe dich immer geliebt.«

Er schüttelte den Kopf. Das war unmöglich. Er wollte sie, ja, mehr, als er je eine Frau gewollt hatte, aber Liebe? Nein. Jetzt nicht und damals nicht. »Ach, komm, Suzanne, du kannst nicht jemanden lieben, den du gar nicht kennst.«

»Na gut«, zischte Suzanne. »Ich habe dich nicht geliebt, und ich werde dich auch nie lieben.« Sie schoß vom Bett hoch und lief zur Tür.

Travis ergriff sie am Arm und riß sie zu sich herum.

»Oh, nein, das tust du nicht. Was geht hier eigentlich vor?«

»Nichts. Laß mich.« Sie zerrte an seinem Arm. »Laß mich in Ruhe.«

Er ging um sie herum und verstellte ihr mit seinem kräftigen Körper die Tür. Er hielt sie weiterhin am Arm fest und funkelte sie wütend an. »Verdammt, Suzanne, was hast du vor? Sag es mir! Wonach hast du gesucht?«

Wieder wurde sie wütend. »Ich wollte dich bestehlen«, stieß sie hervor. »Ich bin hierhergekommen, weil ich dein Gold, dein Silber und alles andere von Wert holen wollte, was ich finden konnte. Aber du hast nichts hier, was ich brauchen kann. Also laß es uns einfach vergessen.«

Sie versuchte wieder, aus seinem Griff loszukommen und wegzugehen, ehe sie in Tränen ausbrach und ihm alles erzählte.

Er hielt sie fest. Wieder kämpfte sie. Ihr Kopf riet ihr wegzurennen, ihr Körper hieß sie bleiben. Lauf. Bleib. Lauf. Bleib. Sie spürte, wie ihr die Tränen in die Augen stiegen, und blinzelte heftig, um sie zurückzuhalten. Sie hatte nicht geplant, es so weit kommen zu lassen. Sie hatte ihm nicht so nahe kommen wollen, daß alte Wunden wieder aufrissen. Aber sie hatte auch nicht geplant, von ihm in seinem Zimmer ertappt zu werden. Oder ihn so sehr zu begehren, daß sie am liebsten wie eine gewöhnliche Schlampe mit ihm ins Bett gegangen wäre.

Travis zerrte sie zurück ins Zimmer.

»Ich will nicht mit dir schlafen, Travis«, wehrte Suzanne ab, als sie merkte, daß er sie wieder zum Bett schob.

Er drückte sie hinunter, bis sie auf dem Bettrand saß. »Im Gegensatz zu dem, was du glaubst, Suzanne, zwinge ich Frauen gewöhnlich nicht meine Aufmerksamkeiten auf.«

»Nein, du rennst weg.«

Er ignorierte den ärgerlichen Seitenhieb. »Das habe ich verdient. Und nun laß uns aufhören, uns um Dinge zu zanken, die sieben Jahre zurückliegen, und laß uns über heute nacht sprechen, ja?«

»Warum willst du nicht mehr darüber sprechen, Travis?

Immer noch Schuldgefühle?« blieb sie beharrlich. »Du hast mich einfach in der Kirche stehenlassen, Travis. Vor allen Leuten!«

»Ich habe schon gesagt, daß es mir leid tut, und das meine ich auch so«, grollte er. »Aber ich kann es nicht rückgängig machen, und selbst wenn ich es könnte, weiß ich nicht, ob ich es täte. So geht es dir wahrscheinlich besser. Ich bin nicht der Typ, der heiratet.«

Sie preßte die Lippen zusammen, verschränkte die Arme vor der Brust und sah wütend zu ihm hoch.

»Verdammt, Suzanne, vergiß das doch mal. Ich will wissen, was jetzt vor sich geht.«

»Ich habe dir nichts zu sagen.«

»Sag es mir!« brüllte er und verlor jeden Rest von Geduld. Seine Stimme hallte wie Donner von den Wänden wider.

Suzanne erschrak heftig bei seinem Ausbruch.

»Sag es mir, oder ich werde ...«

»Ich habe es dir doch gesagt«, erwiderte sie ärgerlich. »Ich war in dich verliebt, und du hast mich verlassen. Hast mich vor meinen Freunden erniedrigt. Und vor allen Verwandten. Vor der ganzen verdammten Stadt.«

Travis starrte sie an. »Und du hast sieben Jahre gewartet, um herzukommen und dich endlich zu rächen?« Seine Stimme klang spöttisch.

Suzanne sprang auf und stützte die Hände in die Hüften. »Ja, Travis, du hast mich zum Narren gehalten. Ich konnte niemandem mehr in die Augen sehen. Und dann traf ich Clarence. Er hatte eine Schauspielertruppe und bot mir an, ihr beizutreten. Darin sah ich meine Chance, aus New Orleans herauszukommen, und ich habe sie ergriffen.«

Er schüttelte den Kopf, und seine Wut verrauchte, als er erkannte, daß er ihr glaubte. »Was ist mit der Truppe passiert? Warum ist dein Vater dir nicht hinterhergeeilt, um dich nach Hause zu holen?«

»Weil es ihm egal ist.«

»Und Clarence' Truppe?« Er konnte den Namen des Mannes kaum über die Lippen bringen.

»Sie hat sich aufgelöst.«

»Und jetzt ist er nur noch dein Manager?«

»Ja.«

»Womit hat er dich in der Hand, Suzanne?«

»Mit nichts.«

Er berührte ihre Schulter. »Ich wollte dir nie weh tun. Es war nur ...« Er zuckte die Achseln und sah weg.

Sie wandte sich ab. »Du hast überhaupt nicht an mich gedacht, Travis.«

»Suzanne, ich ...«

Ihre Augen glitzerten hart, als sie ihn ansah. »Lüg mich nicht an, Travis.«

Wieder wurde er wütend. »Fein. Ich lüge also. Dann lüge du jetzt noch ein bißchen und sag mir, warum zum Teufel du in mein Zimmer gekommen bist und die Kommode durchwühlt hast.«

Suzanne schoß vom Bett hoch. »Weil ich nach etwas gesucht habe, um dich zu ruinieren.«

»Mich zu ruinieren?« Er war schockiert.

»Ja, dich zu ruinieren, wie du mich ruiniert hast.«

Ein wissendes Lächeln spielte um seine Lippen. »Suzanne, ich glaube dir nicht. Irgend etwas anderes geht hier vor, und ich will wissen, was.«

Suzanne starrte ihn an. Sie konnte ihm nicht die Wahrheit sagen. Wenn sie das tat, war alles ruiniert. Clarence würde es erfahren, und dann fand sie Brett nie wieder.

»Sag es, Suzanne«, befahl Travis, seine Worte nur ein ärgerliches Zischen.

Panik ergriff sie. Sie konnte ihm das, was er wissen

wollte, nicht verraten. Sie konnte es nicht. Es war dumm von ihr gewesen zu versuchen, sein Zimmer zu durchsuchen. Dumm zu denken, sie könnte Clarence und die Ritter überlisten. »Mehr gibt es nicht, Travis, ehrlich.« Sie schloß die Augen und versuchte, Tränen hervorzupressen. Erleichtert merkte sie, daß es ihr gelang. »Ich wußte einfach nicht, was ich sonst tun sollte, Travis. Ich war einsam.« Sie wischte die Tränen weg, die ihr über die Wangen rollten. »Ich wollte nur …« Sie bekam Schluckauf. »Ich meine, als du mich verlassen hast, wußte ich nicht, was ich tun sollte«, hicks, »… ich dachte, du kämest vielleicht zurück«, hicks, »… und mein Vater war so wütend …« Sie holte tief Luft und schluchzte kurz. »Er hat gesagt, daß es meine Schuld sei und daß ich nicht hübsch genug sei, um dich zu fesseln«, hicks. »… oder sonst jemanden.«

Sie sank in sich zusammen. Travis war sofort bei ihr und nahm sie in die Arme, zog sie an seine Brust und schloß die Augen.

Suzanne schmiegte sich an ihn, und plötzlich wurden die Tränen, um die sie sich so bemüht hatte, echt. Es war so lange her, daß sie wirklich geweint hatte, so lange her, seit ihr jemand das Gefühl gegeben hatte, geliebt und beschützt zu sein. Und jetzt war Travis da, genauso, wie sie es sich immer erträumt hatte, hielt sie in den Armen und flüsterte ihr zu, daß alles gut werden würde.

Es klopfte.

Suzanne hörte es nicht.

Travis beachtete es nicht, er war zu sehr damit beschäftigt, sich zu wundern, daß es sich so gut anfühlte, sie in den Armen zu halten, trotz der Tatsache, daß er ihr nicht glaubte und immer noch mißtrauisch war.

Die Tür ging auf, und Maggie trat ein. »Travis, *mon amour*, du bist nicht in mein Zimmer gekommen, deshalb habe ich gedacht, ich komme in deins.« Ihre stark geschminkten Augen wurden groß, als sie sah, daß Travis Suzanne in den Armen hielt, und sie verspürte einen Stich von Eifersucht. Aber sie lächelte nur süß. »Oh, hat das Kind sich verletzt, Travis?«

Als Suzanne die Stimme einer anderen Frau hörte, fuhr sie zurück. Tränen glitzerten auf ihren Wangen. Sie starrte Maggie an und wußte sofort, warum die Frau in Travis' Zimmer gekommen war. Falls sie noch irgendeinen Zweifel daran gehegt hatte, wurde der sehr schnell dadurch vertrieben, daß Magnolia mit einem Rascheln ihr Cape ablegte und darunter nur ein sehr durchsichtiges Nachthemd trug, das jeden Zentimeter ihres üppigen Körpers zur Schau stellte.

9

Nachdem Suzanne ihren Schock überwunden und den Mund wieder geschlossen hatte, sprang sie vom Bett und schoß mit abgewandtem Blick an Maggie vorbei und zur Tür hinaus.

»Nun, Mag, das war eine wundervolle Vorstellung«, sagte Travis ärgerlich. Er ging durchs Zimmer und schlug die Tür zu. »Und was zum Teufel sollte das jetzt?«

Magnolia klimperte mit ihren getuschten Wimpern und lächelte scheu. »Aber Travis«, sie streckte die Hand aus und streichelte seine Brust, während sie sich eng an ihn schmiegte, »was meinst du denn bloß? Ich wollte dich bloß mal ein bißchen überraschen ...«

»Überraschen, ja?« Er blickte auf sie hinunter. Zu jedem anderen Zeitpunkt hätte er ihr Angebot nur zu gerne akzeptiert. Er hätte ihren üppigen Körper umarmt, sie zu seinem Bett getragen und ihr langsam das durchsichtige Nachthemd ausgezogen, während er sie immer gewagter liebkost hätte. Aber heute nacht waren weder er noch sein Körper in der richtigen Stimmung für Magnolia Rochelle.

Sie nickte, stellte sich auf die Zehenspitzen und strich mit den Lippen leicht über seinen Mund. »Es ist Freitag, und du weißt doch, daß wir uns jeden Freitag treffen.« Magnolia lächelte und preßte ihren Körper verführerisch an seinen, und dann begann sie sich sacht an seiner Härte, die sie dort spürte, hin und her zu reiben. »Gerade heute nacht bin ich besonders hungrig«, murmelte sie.

Travis ergriff fest ihre Oberarme und schob sie ein Stück

von sich weg. »Heute nicht, Mag«, sagte er dabei. »Tut mir leid.«

Innerlich kochte Magnolia und hätte ihn am liebsten geschlagen, genau wie den kleinen Singvogel, der offenbar seine Aufmerksamkeit gewonnen hatte. »Ist es ihretwegen?« fragte sie voller Bosheit, ehe sie die Worte zurückhalten konnte. »Diese Suzanne, die du hergeholt hast?«

»Nein«, fauchte Travis, »ich muß nur noch ein paar Dinge erledigen.«

Magnolia zog einen Schmollmund und versuchte noch einmal, sich an ihn zu drücken. »Du weißt doch, daß du unser Zusammensein immer genossen hast. Komm, wir können ...«

Travis wandte sich von ihr ab, bückte sich und hob seine Brieftasche und die Banknoten auf. »Ich habe gesagt, nicht heute, Mag. Ich muß noch ein paar Dinge erledigen.«

»Aber dies ist unsere Nacht. Wir haben immer ...«

»Magnolia«, sagte Travis und benutzte ihren vollen Namen, um seinen Ärger deutlich zu machen. »Wir waren uns einig, erinnerst du dich? Keine Versprechen, keine Besitzansprüche.«

Magnolia konnte ihre Wut kaum noch kontrollieren, aber sie schaffte es, die Beherrschung nicht zu verlieren. Nur die gestrafften Schultern und die fest geballten Fäuste verrieten ihren Ärger. »Dann später vielleicht?« brachte sie gleichmütig hervor.

Er öffnete die Tür, legte ihr das schwarze Cape um und bedeutete ihr, ihm zu folgen. »Nein, Mag, es tut mir leid.« Travis sah den kurzen Schmerz in ihren Augen, die gestrafften Schultern, und für einen Moment empfand er Schuldgefühle. Mag und er hatten sich in den vergangenen Monaten jede Freitagnacht gesehen. Sie hatten viel gemeinsam – beide stammten sie aus New Orleans, beide führten sie einen Saloon in Virginia City –, aber ihre Beziehung war nichts Ernstes, darüber waren sie sich von Anfang an einig gewesen. Und daran hatte sich nichts geändert, zumindest für Travis nicht. Er hatte einmal die Liebe gekostet, hatte sie bitter gefunden und es nicht wieder versucht.

Von oben entdeckte Magnolia Suzanne, die gerade durch den Vorhang hinter der Bühne kam. Schnell drehte Magnolia sich zu Travis um und schlang ihm die Arme um den Hals. Sie preßte ihren Körper eng an seinen. »Sei mir nicht böse. Ich war heute nur ein bißchen einsam.«

Überrascht durch ihre plötzliche Aktion und immer noch schuldbewußt, weil er sie eben so brüsk abgewiesen hatte, lächelte Travis sie an. »Ich bin dir nicht böse, Mag. Ich habe nur …«

Sie umfaßte seinen Kopf und zog ihn zu einem langen Kuß zu sich herunter. Sie schnitt ihm das Wort ab und zeigte ihre Ansprüche auf Travis Bragette so, daß alle es sehen konnten. Besonders Suzanne Forteaux.

Suzanne hatte sie gesehen, wie sie aus Travis' Zimmer kamen, als sie hinter der Bühne hervorkam. Nach dem ersten Blick war sie entschlossen, nicht noch einmal hinzusehen. Was kümmerte es sie, was die beiden taten? Aber ihre Augen schienen einen eigenen Willen zu haben und achteten nicht auf die Befehle ihres Verstandes. Suzanne wandte den Blick ab, tat ein paar Schritte, zögerte und schaute gegen ihren Willen wieder zu den beiden nach oben.

Etwas wie Ärger ergriff sie, als sie sah, wie die Saloon-Besitzerin ihre Arme um Travis Hals schlang und ihn küßte. Dann war es ein Gefühl des Verlustes, als sie beobachtete, daß Travis der Frau die Arme um die Taille legte und sie eng an sich zog.

Suzanne warf so heftig den Kopf herum, daß die

Kapuze ihres Capes, das sie sich aus der Garderobe geholt hatte, auf ihre Schultern zurückglitt. Was kümmerte es sie, wenn Travis Bragette jede Frau in dieser gottverlassenen Stadt küßte? Sie war aus einem, und nur aus einem Grund hergekommen: um etwas über ihren Bruder herauszufinden. Travis war ihr egal. Sie mußte ihm etwas vorspielen, um ihn einzulullen und zum Reden zu bringen, aber das war alles. Von jetzt an würde sie besser aufpassen, wann sie was tat. Er war ihr egal. Völlig egal. Sie war nur einsam, das war alles.

Sie sah noch einmal zu Travis zurück, als sie durch die Bar in Richtung Schwingtüren eilte. Er kam gerade mit der Frau die Treppe herunter. Es war ein großer Fehler gewesen, sich von ihm küssen zu lassen. Travis bedeutete eine größere Gefahr für sie, als sie gedacht hatte. Aber warum hatte sie auch angenommen, sie wäre gegen seine Anziehungskraft immun geworden? Gut, es war sieben Jahre her, aber hatte sie nicht jeden Mann, den sie kennengelernt hatte, mit Travis verglichen?

Sie trat mit Schwung auf die Straße und hätte fast einen Minenarbeiter, der gerade eintrat, mit der Schwingtür niedergeschlagen.

»He, hübsche Dame, warum so eilig?« rief er durch die spärlichen Haare, die die untere Hälfte seines Gesichts bedeckten. »Ist Skinner Jones schon wieder hinter dir her?« Er trat einen Schritt zurück und lachte dröhnend.

»Ach, seien Sie doch still«, sagte Suzanne und versuchte, sich an ihm vorbeizudrücken.

»Nicht so schnell.« Eine kräftige Hand schloß sich einmal mehr um ihren Arm und brachte sie durch den abrupten Stillstand fast zum Stolpern.

Sie versuchte, sich von dem Mann loszureißen. Dachte denn jeder Mann in dieser Stadt, er brauchte die Frau, die er haben wollte, nur festzuhalten? »Lassen Sie mich los.«

»Komm schon, ich geb' dir einen Drink aus«, lockte der Arbeiter, immer noch lachend.

»Laß Miss Lindsay los.« Sowohl Suzanne als auch der Minenarbeiter drehten sich um, als sie die sanfte Stimme hinter sich hörten.

»Addie?« rief Suzanne gleichermaßen überrascht und erleichtert über den Anblick ihres Mädchens.

Addie hob den kleinen Revolver, den sie in der Hand hielt, und zielte auf den Kopf des Minenarbeiters. »Ich habe gesagt, du sollst Miss Lindsay loslassen. Sofort.«

Der Mann riß seine Hand weg, als hätte Suzannes Arm sich in glühendes Eisen verwandelt. »He, schon gut, Ma'am, ich wollte nur etwas Spaß haben, das ist alles. Wollte ihr einen Drink ausgeben, sonst nichts. Himmel.«

»Dann geh und hol dir deinen Spaß«, befahl Addie.

»Rein mit dir.« Sie winkte mit der Waffe zur Tür des *Mountain Queen*.

Der Mann verlor keine Zeit. Schneller, als Suzanne blinzeln konnte, war er nach drinnen verschwunden.

Völlig verblüfft über das, was eben geschehen war, und ohne für den Moment an Travis und sein Liebchen zu denken, wandte Suzanne sich mit großen Augen ihrem Mädchen zu. »Addie, das war unglaublich.«

Addie zuckte die Achseln und ließ die kleine Waffe in ihre Tasche gleiten. »Nur gut, daß ich hier war, wer weiß, was sonst noch passiert wäre.«

»Bin in einer Stunde zurück, Hank«, ertönte da Travis' Stimme.

Suzanne versteifte sich beim Klang seiner Stimme.

»Komm mit«, sagte sie und ergriff den Arm der anderen Frau, »laß uns gehen.«

Suzanne schleppte Addie mit sich, die sich nach Travis umdrehte, der gerade aus dem Saloon getreten war.

»Suzanne«, rief Addie, »was ist los? Warum haben wir es so eilig?«

»Ich wußte gar nicht, daß du eine Pistole hast, Addie«, sagte Suzanne, ohne auf die Frage des Mädchens zu antworten. »Aber ich muß sagen, daß ich definitiv froh bin, daß du eine hast. Aber warst du nicht mit Clarence ins Hotel zurückgegangen?« Sie eilte weiter. »Hast du etwas vergessen?«

»Nein, aber ich, nun, ich dachte, du brauchst mich vielleicht, um dich umzuziehen und so.«

Suzanne nickte, aber sie war in Gedanken bereits woanders, nämlich sehr zu ihrem Ärger wieder bei Travis. Das Letzte, was sie erwartet hatte, als sie mit Clarence zu einer Einigung gekommen war, war, daß sie romantische Gefühle für Travis hegen würde. Sie hatte sich sicher gefühlt. Zuversichtlich. Und warum auch nicht? Er war der gemeinste Kerl, den sie je getroffen hatte. Der arroganteste, gleichgültigste, rücksichtsloseste Schurke. Und wie beim ersten Mal, als er sie damals geküßt hatte, besaß er noch immer die Macht, ihr völlig den Verstand zu rauben.

Addie warf Suzanne einen Seitenblick zu.

»Ich war eine Närrin, Addie«, murmelte Suzanne, »eine absolut dumme Närrin.«

Travis zügelte sein Pferd vor dem King House. Etwa ein halbes Dutzend Kutschen und über ein Dutzend Pferde waren bereits dort am Koppelzaun angebunden. Aus dem Steinschornstein an der Seite des kleinen Holzhauses stieg Qualm, und hinter den beiden Fenstern, deren Vorhänge zugezogen waren, drang Licht heraus. Travis stieg vom Pferd, band Starhawk an einen Pfosten, ging zur Eingangstür und klopfte.

»Wer ist da?« fragte eine Stimme von drinnen.

»Bragette.«

Sofort ging die Tür auf und gab den Blick frei auf einen Raum voller Männer. Einige saßen tief in eine Unterhaltung versunken um einen Tisch, während die meisten sich um Richter David Terry versammelt hatten, der einen Vortrag über die Vorzüge der Zugehörigkeit zu den Rittern hielt. Als er Travis sah, entschuldigte er sich bei der Gruppe und trat auf ihn zu.

»Travis«, begrüßte er ihn laut und streckte ihm die Hand hin. »Schön, daß Sie kommen konnten.«

»Hallo, Richter«, grüßte Travis. Er schüttelte Terry die Hand. »Ich bin nur vorbeigekommen, um Sie zu warnen, weil ich in der Stadt das Gerücht gehört habe, daß ein paar Jungs heute rauskommen und Ihr Treffen stören wollen.«

Der Richter lachte. »Treffen? Welches Treffen?« Er sah sich lächelnd um. »Zur Hölle, das ist nur ein kleines, geselliges Beisammensein. Eine Party. Stimmt's nicht, Jungs?«

Die anderen nickten und lachten.

»Sehen Sie selbst«, sagte der Richter und wandte sich wieder an Travis. »Nur ein paar Freunde, die sich einen netten Abend machen.« Er legte Travis einen Arm um die Schultern und führte ihn weiter in den Raum hinein.

Die Tür wurde hinter ihnen geschlossen.

»So«, sagte der Richter leise. »Ich freue mich, daß Sie gekommen sind, Travis, wirklich, denn ich habe heute eine Ankündigung zu machen, bei der ich Sie sehr vermißt hätte.«

»Richter, ich kann wirklich nicht bleiben«, wandte Travis ein. Das Letzte, was er wollte, war, an einem Treffen der Ritter teilzunehmen. Es war von Anfang an ein Fehler gewesen, ihnen beizutreten, aber er war jung, idealistisch und hitzköpfig gewesen. Heute wußte er es besser.

»Unsinn, es dauert nur eine Minute.« David Terry trat

auf die Erhöhung vor dem Kamin und hob die Hände. »Ruhe, Ruhe bitte«, befahl er in seiner besten Gerichtssaal-Stimme.

Sofort wurde es still im Zimmer.

»Wir können nachher über die anderen Dinge sprechen, Jungs, aber jetzt will ich eine Ankündigung machen«, begann der Richter. Er sah Travis lange an, ehe er fortfuhr. »Ich werde Virgina City verlassen.«

Bedauern und Protestgemurmel erklang aus der Gruppe.

Erneut hob der Richter ruhegebietend die Hände. »Bitte, Jungs, hört mir zu. Die Entscheidung ist mir schwergefallen, aber ich fürchte, ich muß gehen. Wie ihr alle wißt, leben meine Brüder und ihre Familien in Texas. Familienbelange erfordern meine Anwesenheit dort.«

»Aber was ist mit unseren Plänen?« rief einer der Männer.

»Ja«, fiel ein zweiter ein. »Was sollen wir tun?«

Der Richter lächelte leicht.

Travis fühlte sich plötzlich höchst unbehaglich.

Wieder hob der Richter die Hände. »Ihr werdet weitermachen wie geplant.«

»Wie denn? Ohne Sie?«

»Travis Bragette wird meinen Platz als Anführer einnehmen.«

Die Blicke aller richteten sich auf Travis.

Unglücklich starrte er David Terry an. Was zum Teufel hatte der Mann vor?

In dem Moment öffnete sich leise die Tür, und eine zierliche Gestalt, die ganz in einem Cape verborgen war, huschte hinaus.

»Bragette gehört nicht zu uns«, bellte ein Minenarbeiter.

»Genau, er kommt nie zu den Treffen.«

»Sie müssen bleiben, Richter.«

David Terry strich sich durch seinen Bart und bat erneut um Schweigen. »Jungs, Travis ist ein guter Mann und ist Mitglied des KGG, seit ...«

»Hören Sie auf, Richter«, knurrte Travis und sah ihn wütend an. »Ich habe Ihnen gesagt, daß ich mit den Rittern nichts zu tun haben will, und das ist mein Ernst.« Er wandte sich an die Menge. »Ich bin heute nur gekommen, um Sie zu warnen, daß ein paar Männer in der Stadt, die mit Ihrer Sache nicht sympathisieren, heute nacht herkommen wollen, um Ärger zu machen. Es klang so, als hätten sie den Sheriff auf ihrer Seite.«

»Wir werden sie schon empfangen«, rief jemand.

»Ich bin nicht hergekommen, um an Ihrem Treffen teilzunehmen«, verkündete Travis laut und übertönte das Murmeln der Menge. »Und ich werde Richter Terry nicht ablösen. Wählt euch selbst einen neuen Anführer, Jungs. Aber wenn ihr klug seid, macht ihr, daß ihr hier wegkommt, und wählt woanders.« Er ging auf die Tür zu und drehte sich dort noch einmal zu ihnen um. »Wenn ihr klug seid, löst ihr euch auf.«

»Kriech zurück in dein Loch, Bragette«, rief ein Minenarbeiter.

»Ja, entweder sind Sie für die Sache oder dagegen, und es klingt nicht so, als seien Sie dafür«, ergänzte ein anderer.

»Ich bin Südstaatler«, sagte Travis, »und zwar ein loyaler. Ich bin nur kein Ritter.«

»Yankeefreund!«

Travis knallte die Tür hinter sich zu. Er stieg auf sein Pferd und ritt langsam in die Stadt zurück. Der Teil der Stadt, der für die Union war, hielt ihn bereits für einen Spion und Verräter. Jetzt hatten die, die zu den Konföderierten gehörten, sich also auch gegen ihn gewendet und ihn als Yankee-Sympathisanten bezeichnet. Es war nur gut, daß er Suzanne unter Vertrag hatte, daß sie ein paar Wochen im *Mountain Queen* sang, sonst wäre seine Bar wahrscheinlich jeden Abend leer geblieben. Aber wegen Suzanne würden die Männer kommen.

Eine halbe Stunde später zügelte Travis sein Pferd vor dem *Union Belle Hotel*. Fast alle Fenster waren dunkel. Er beugte sich vor und spähte durch die Seidenvorhänge der gläsernen Doppeltür. Auf dem Tresen schimmerte weich eine Öllampe und warf einen goldenen Schein in die Halle, aber niemand war zu sehen.

Er stieg ab und ging ins Hotel.

Als Mavis Beale das Geräusch der Eingangstür hörte, kam sie aus den Privaträumen hervor, um nachzusehen.

»Travis, was machen Sie denn so spät hier?«

»Ich wollte mit Suz- Miss Georgette Lindsay sprechen, Mavis, aber ...« Er warf einen Blick zur Treppe, die nach oben führte, wo sich die Gästezimmer befanden, »ich nehme an, sie ist schon ...«

»Das nehmen Sie richtig an«, sagte Mavis. »Jeder vernünftige Mensch liegt um diese Zeit im Bett und schläft, Miss Lindsay eingeschlossen. Sie kam vor über einer Stunde zurück, und seitdem habe ich weder von ihr noch von ihrem Mädchen einen Piep gehört.«

Travis nickte. »Kann ich Ihnen eine Nachricht für sie geben, Mavis?«

»Sicher, mein Hübscher.« Sie schob ihm ein Stück Papier zu. »Da liegt eine Schreibfeder beim Gästebuch.«

Travis ergriff die Feder und begann zu schreiben.

Wir müssen reden. Bitte iß mit mir zu Abend. Ich hole dich um sieben ab, vor der ersten Show. Travis

Er faltete den Zettel zusammen und übergab ihn Mavis, die ihn in Suzannes Schlüsselfach legte.

Dann blickte sie Travis an und lächelte. »Der kleine Singvogel hat es Ihnen wohl angetan, was?«

Travis erwiderte ihr Lächeln, streckte die Hand aus und legte ihr den Zeigefinger unter das Kinn.

»Ich könnte Ihnen niemals untreu werden, meine Liebe.«

Mavis lachte spöttisch und schob seine Hand weg. »Ach, machen Sie, daß Sie wegkommen.«

»Ich habe es dir doch gesagt, Clarence«, sagte Suzanne und versuchte, ihren Ärger im Zaum zu halten, »es war nichts in seinem Zimmer.« Sie drehte ihm den Rücken zu und trat vor den Kamin, wo sie in die Flammen hinunterstarrte.

»Du meinst, du hast nichts gefunden.«

Suzanne fuhr herum. »Ich meine genau das, was ich gesagt habe. In seinem Zimmer war nichts, was ich hätte finden können.«

Clarence Lonchet starrte zornig zu Suzanne und lehnte sich in seinem Sessel zurück. Seine braunen Augen wurden schmal, bis sie denen eines Frettchens ähnelten. »Vielleicht hast du ja doch etwas gefunden und willst mir nur nichts davon erzählen.« Fragend hob er eine Braue. »Vielleicht etwas, was deinen Liebhaber nicht so gut dastehen läßt?«

»Er ist nicht mein Liebhaber.« In ihren Fingern zuckte es, ihm die Kristallvase an den Kopf zu werfen, die auf einem kleinen Marmortisch neben ihr stand. Sie blickte zu der Vase hinüber. Travis hatte ihr einen Strauß Rosen geschickt. Rote Rosen.

Als Clarence die Rosen sah, lächelte er höhnisch. »Das sagst du.«

Rote Rosen bedeuten Leidenschaft, hatte Addie erklärt, als die Blumen vor ein paar Stunden geliefert worden waren.

Suzanne betrachtete die Rosen finster. Wenn er jetzt im Zimmer wäre, würde sie ihm zeigen, wie leidenschaftlich es war, mit einer fünf Pfund schweren Vase über den Kopf geschlagen zu werden, wenn sie voller Wasser und langstieliger Rosen war.

»Du hast deinen Bruder ganz vergessen, Missy, was?« sagte Clarence drohend. »Und unser Abkommen?«

Suzanne vergaß Travis und wandte sich wieder Clarence zu. »Nein, ich habe Brett nicht vergessen, und du hältst dich besser an die Abmachung.«

Clarence lachte auf, und seine Glatze glänzte im Licht einer Laterne rosa. »Ich habe dir mein Ehrenwort gegeben, Suzanne. Willst du das etwa anzweifeln?«

Ja, dachte sie. »Nein«, sagte sie. »Natürlich nicht.«

»Gut. Wir haben nicht mehr viel Zeit.« Er nahm einen Zug aus seiner Zigarre, legte den Kopf zurück, bis er fast den rosenbedruckten Stoff des Sessels berührte, in dem er saß, und blies den Rauch zur Decke. »Morgan kommt heute.« Er streifte die Asche seiner Zigarre ab, und sie fiel auf den Boden.

»Clarence!« mahnte Suzanne abgestoßen. Sie betrachtete den Teppich für einige Zeit, um sicherzugehen, daß er nicht anfing zu glimmen.

»Bragette war heute auf dem Treffen der Ritter«, sagte Clarence und ignorierte ihre Ermahnung.

Suzanne sah Clarence mit neu erwachtem Interesse an. Offenbar war auch Clarence bei dem Treffen gewesen, wie hätte er sonst wissen sollen, daß Travis da war. »So?«

»Wir müssen über Bragette Klarheit bekommen, Suzanne, so oder so.« Er sah sie scharf an. »Kannst du das machen?«

»Ja«, erwiderte sie leise.

Addie Hays richtete sich auf und schlich leise von Suzannes Tür weg. Sorgsam darauf bedacht, keinen Laut zu verursachen, eilte sie den Flur hinunter und schlich in ihr Zimmer, wo sie leise die Tür hinter sich zuzog.

10

Addie stand neben der offenen Tür des Umkleideraums. Sie hatte das Hotel absichtlich früh verlassen und Suzanne eine Nachricht geschrieben, daß sie einen kurzen Morgenspaziergang machen wolle, aber bald zurück sei, um ihr beim Ankleiden zu helfen. Das war natürlich eine Lüge, aber eine, die notwendig war. Aus dem Schankraum war nur gedämpftes Stimmengemurmel zu hören. Um diese Zeit waren noch nicht viele Minenarbeiter im *Mountain Queen*, denn die Morgenschicht sollte gleich anfangen. Ein paar Berufsspieler, selbständige Minenarbeiter und Händler hatten an der Bar gesessen, als sie hereinkam, und Jed war hinter dem Tresen, nur Hank hatte Addie nicht gesehen.

Sie hoffte nur, daß er hier irgendwo war.

Im Flur klappte eine Tür, und Addie spähte um die Ecke. Wie als Antwort auf ihre Gebete sah sie Hank aus einem der Zimmer kommen. Schnell strich Addie über ihre Röcke, glättete die Ärmel und zupfte ihre sorgfältig gelegte Frisur zurecht, ehe sie in den Flur trat, als Hank gerade vorbei wollte.

»Hallo, Miss Hays«, begrüßte Hank sie und blieb stehen, weil er sie fast umgerannt hätte. »Jetzt hätte ich Sie fast über den Haufen gerannt.«

»Oh, Mr. Davis, es tut mir leid«, erwiderte Addie, »ich habe Sie gar nicht kommen sehen.«

»Das passiert selten, daß jemand mich nicht kommen sieht!« Er lachte unter Anspielung auf seine Größe. Das Lachen grollte in seiner Brust.

Addie kicherte. »Nun, ich wünschte nur, Sie wären gestern abend hier gewesen«, sagte sie dann, »als dieser schreckliche Minenarbeiter Miss Lindsay belästigt hat.« Ihr Blick glitt über seinen muskulösen Körper. »Ich bin mir sicher, daß es im ganzen Land keinen Mann gibt, der es mit Ihnen aufnehmen könnte.«

Hank schien das Kompliment zu genießen. »Wenn Sie oder Miss Lindsay irgendwelchen Ärger mit den groben Klötzen hier haben, dann sagen Sie mir nur Bescheid, Miss Hays. Ich werde dafür sorgen, daß sie Sie in Ruhe lassen.«

»Oh, Hank, das ist so nett von Ihnen«, sagte Addie zuckersüß. Sie senkte ihre dunklen Wimpern und lächelte ihn an. »Aber nennen Sie mich doch bitte Addie. ›Miss Hays‹ klingt so förmlich.«

Er lächelte. »Nur, wenn Sie mich Hank nennen, Miss Addie.«

»Oh, aber nur zu gerne, Hank.« Sie wandte sich zum Gehen, drehte sich dann aber noch einmal um, als wäre ihr gerade etwas eingefallen, und lächelte. »Hank, ich weiß, daß das hier kein Ort für Damen ist, aber … ich mußte meine Handschuhe holen, die ich gestern hier vergessen habe, und weil ich schon mal unterwegs bin, habe ich mir gedacht, ich schaue mal ins Café *Gold Nugget* für eine Tasse Kaffee, da Miss Lindsay noch nicht aufgestanden ist. Ich dachte, nun, vielleicht wollen Sie …«

»Genau das habe ich auch gerade vor«, unterbrach sie Hank. »Darf ich Sie begleiten, Miss Addie?«

»Nur Addie«, korrigierte sie, »bitte.«

Hank nickte. »Addie.«

Sie lächelte. Alles lief wie am Schnürchen. »Sehr gerne, Hank, danke.« Sie trat neben ihn und legte ihren Arm in seinen.

Als sie auf den Bürgersteig traten, spürten sie die kalte Morgenluft und den frischen Wind. Addies Cape, das

Hank ihr eben noch umgelegt hatte, wirbelte ihr um die Beine, und sie mußte die Kapuze mit einer Hand festhalten, damit sie ihr nicht vom Kopf geweht wurde.

»Alles in Ordnung, Addie?« rief Hank und beugte sich zu ihrem Gesicht hinunter.

Sie nickte. »Ich bin bereit.«

Hank preßte sich seinen Hut auf den Kopf, drückte ihren Arm an sich und steuerte sie durch Schnee- und Eisreste auf die gegenüberliegende Straßenseite.

»Woher kommt dieser Wind?« erkundigte Addie sich, als sie auf das Restaurant zueilten. »Der war doch eben noch nicht da.«

»Zephire kommen immer aus heiterem Himmel«, rief Hank und schnippte mit den Fingern.

»Zephire?« wiederholte Addie und sah ihn fragend an.

»Washoe Zephir«, erklärte er. »So nennen wir die Winde hier oben. Die können ziemlich gefährlich werden. Dieser hier ist noch harmlos.«

Sie betraten das *Golden Nugget*, und Addie dachte bei sich, wenn das hier ein milder Zephir war, dann wollte sie bestimmt nicht in der Gegend sein, wenn ein heftiger wehte.

Hank deutete auf einen Tisch an der Rückseite des Raumes und überraschte Addie damit, daß er ihr den Stuhl hervorzog.

Addie war froh, daß er keinen Tisch am Fenster gewählt hatte. Sie wollte nicht, daß Clarence oder Suzanne sie mit Hank zusammen sah; obwohl sie sich schon eine Erklärung ausgedacht hatte, falls einer der beiden sie sehen sollte: sie fühle sich zu Hank hingezogen. So war das, einfach und logisch. Er hatte sie zu einer Tasse Kaffee eingeladen, und sie mochte ihn und hatte zugestimmt.

Sobald sie saßen, brachte eine Kellnerin ihnen den Kaffee. Addie sah auf die Tasse hinunter. Offenbar tranken hier alle morgens Kaffee. Sie selber hätte einen Tee vorgezogen.

Addie nahm einen schnellen Schluck und genoß die Wärme, die sich dabei in ihr ausbreitete.

Nach ein paar Minuten lockeren Geplauders und nachdem sie sich Doghnuts zum Kaffee bestellt hatten, schnitt Addie das Thema an, das sie die ganze Zeit im Sinn gehabt hatte. »Hank, sind Sie ...« Sie sah über die Schulter, als wenn sie sichergehen wollte, daß niemand sie hörte. Dann senkte sie die Stimme zu einem Flüstern. »... sind Sie einer von diesen Rittern?«

»Nein, ich bin keiner.« Hank schüttelte den Kopf. »Ich tue nur meine Arbeit im *Queen* und kümmere mich ansonsten nur um meine Angelegenheiten. Warum?«

Addie wußte nicht, ob seine Antwort nur eine unschuldige Erwiderung auf ihre Frage war oder ein Hinweis für sie, nicht weiter nach den Rittern zu fragen. Sie entschied sich, ersteres zu glauben. »Nun, ich habe gehört, daß Mr. Bragette Mitglied sein soll, und, nun, ich möchte gerne auf Miss Lindsay aufpassen.«

Hank nahm einen Schluck Kaffee, erwiderte aber nichts.

»Ich habe heute morgen im Saloon jemanden sagen hören, daß Mr. Bragette die Führung der Ritter übernehmen wird.«

Hank schüttelte den Kopf. »Das würde der Boß nie tun.«

»Nein?« Addie bemühte sich um einen Ausdruck unschuldiger Überraschung. »Warum nicht? Er stammt doch aus dem Süden, oder? Oder ...« Plötzlich wirkte sie völlig verstört und senkte ihre Stimme noch weiter. »Oder ... hegt er Sympathien für den Norden?«

Hank runzelte die Stirn. »Der Boß ist kein Freund der Yankees, Addie, das kann ich Ihnen versichern, aber zu den Rittern gehört er auch nicht. Nein, Ma'am, nicht der Boß.«

»Dann frage ich mich, warum der Mann gesagt hat, Mr. Bragette werde der Anführer.«

Hank zuckte die Achseln. »Die Leute hier reden viel, aber das macht es noch immer nicht wahr.«

Addie sah ihn nachdenklich an. »Nein, wahrscheinlich nicht«, murmelte sie.

In dem Moment öffnete sich die Tür zum Café, und Clarence Lonchet trat herein. Addie erschrak so sehr, daß sie beinahe ihren Kaffee verschüttet hätte. Aber sie lächelte und winkte ihm zu. »Hallo, Mr. Lonchet«, rief sie fröhlich, weil es ihr besser schien, ihn unschuldig auf sich aufmerksam zu machen, als zu warten, bis er sie entdeckte.

Clarence bahnte sich einen Weg zu ihnen herüber. »Hallo, Addie. Guten Morgen. Es ist so früh, daß ich gedacht hätte, Sie wären noch bei Georgette?«

Addie setzte ihre Tasse ab und tupfte sich den Mund ab. »Oh, ich glaube wirklich, ich sollte hinübergehen. Ich habe einen Morgenspaziergang gemacht und dabei zufällig Mr. Davis getroffen ... Oh, Clarence, es tut mir leid, ich habe nicht nachgedacht. Kennen Sie Mr. Bragettes Manager?«

»Mr. Lonchet, darf ich vorstellen, Mr. Hank Davis.« Addie erhob sich schnell und ergriff ihre Tasche.

»Hank, das ist Miss Lindsays Manager, Mr. Clarence Lonchet.«

Die Männer schüttelten sich die Hand. Hank murmelte eine Begrüßung, und Clarence betrachtete ihn mit offener Abneigung.

»Ich muß jetzt wirklich gehen.« Sie lächelte auf Hank hinunter. »Vielen Dank für das kleine Frühstück, Hank, und dafür, daß Sie mir Gesellschaft geleistet haben.«

»Es war mir ein Vergnügen.«

»Dann auf Wiedersehen«, sagte Addie fröhlich. Sie eilte aus dem Café und über den Bürgersteig zum Hotel. Wie dumm, jetzt mußte sie jedesmal, wenn dieses Wiesel Clarence Lonchet in der Nähe war, so tun, als wäre sie bis über beide Ohren in Hank Davis verliebt. Addie lächelte. Das war gar keine so schwere Aufgabe. Hank sah zwar mehr nach einem Bären als nach einem Mann aus mit all den Haaren und Muskeln, aber er schien einer der nettesten Männer zu sein, die sie je kennengelernt hatte.

Doch, ihr Job hatte auch seine Vorzüge.

An diesem Abend konzentrierte Travis sich auf die Bar und tat so, als wäre er an dem, was hinter ihm vor sich ging, nicht interessiert. Aber in Wahrheit hätte sein Interesse nicht größer sein können. Er versuchte, nicht in den goldgerahmten Spiegel zu schauen, der hinter der Bar hing, aber anscheinend konnte er nicht anders. Er starrte in das Glas und beobachtete gegen seinen Willen höchst aufmerksam, wie Suzanne sich mit Tom Lowry unterhielt. Dem Mann gehörte eine der größten Minen in Virginia City, und er warf mit dem Geld um sich, als gäbe es kein Morgen und kein Ende der Ausbeute aus den Adern der Mine, die durch Virginia City lief. Um die Sache noch schlimmer zu machen, war der Mann nett und sah auch noch nicht übel aus.

Lowry warf plötzlich den Kopf zurück und lachte über eine Bemerkung, die Suzanne gemacht hatte. Travis spürte Ärger in sich aufsteigen. Er hatte sie nicht angeheuert, damit sie mit den Kunden flirtete. Seine Finger krampften sich um das Whiskyglas, das vor ihm stand. Er hatte sie auch nicht angeheuert, damit sie im *Mountain Queen* herumstolzierte und sich einen reichen Mann zum Heiraten suchte.

Er sah, wie Lowry über den Tisch griff und Suzannes Hand in seine nahm.

»Jed, noch ein Glas«, knurrte Travis.

Der Barkeeper sah ihn kurz an, seufzte und bückte sich nach Travis' Extraflasche Bourbon. »Natürlich, Boß.«

Travis blickte wieder in den Spiegel und wurde noch wütender. Jetzt hatte sich Bob Fairmount zu Suzanne und Lowry an den Tisch gesetzt. Travis griff nach seinem Glas, das Jed vor ihn gestellt hatte, und leerte es in einem Schluck, ehe er wieder zu den dreien hinübersah. Besonders zu Bob Fairmount. Offenbar hatte dieser es auf Suzanne abgesehen.

Eine Bewegung zu seiner Rechten weckte seine Aufmerksamkeit, und er sah, wie die roten Schwingtüren des *Mountain Queen* aufgestoßen wurden. Für einen kurzen Moment zeichnete sich eine große, kräftige Silhouette gegen den Himmel ab, ehe der Mann ins Licht trat.

Travis kannte den Mann nicht, er mußte neu in der Stadt sein. Aber er war kein Minenarbeiter. Das zeigte sein Anzug aus braunem Tuch, der maßgeschneidert war, auch wenn der Mann seitdem ein paar Muskeln und Pfunde zugesetzt hatte. Der Mann hielt eine Zeitung und Papiere unter dem Arm, und als er eintrat, blickte er sich suchend um, als hielte er nach jemandem Ausschau. Einen Moment lang kam Travis der Mann bekannt vor. Er kniff die Augen zusammen und versuchte, sich zu erinnern. Travis beobachtete, wie der Mann durch den Raum schritt und sich an den Tisch neben Suzanne, Lowry und Fairmount setzte.

Eine der Kellnerinnen trat an seinen Tisch, nahm die Bestellung auf und war bald mit einem Bier zurück, das sie neben die Papiere des Mannes stellte, die er auf dem Tisch vor sich ausgebreitet hatte. Die Kellnerin flirtete unverhüllt mit ihm, beugte sich zu ihm, um ihm etwas ins

Ohr zu flüstern und ihm genug Ausschnitt zu zeigen, daß er darin hätte ertrinken können. Der Mann lachte nur, gab ihr einen Klaps auf den Po und griff nach seinem Bier.

Travis stieß sich von der Bar ab und ging auf den Tisch des Fremden zu, als seine Neugier die Oberhand gewann. Er hatte den Mann schon einmal irgendwo gesehen, und er wollte wissen, wo.

»Ich heiße Travis Bragette«, stellte er sich vor und blieb vor dem Tisch stehen. Er streckte ihm die Hand hin. »Willkommen im *Mountain Queen*.«

Der Fremde begann, langsam zu grinsen. Trotz der Spuren, die das Alter und ein hartes Leben mit Falten und Narben hinterlassen hatten, waren seine aristokratischen Züge unverkennbar. Er erhob sich. »Travis Bragette, Besitzer dieses schönen Etablissements.« Er ergriff Travis' Hand und schüttelte sie herzlich. »Ich heiße Benjamin Morgan. Sehr erfreut, Sie kennenzulernen. Trinken Sie einen mit mir?«

Travis setzte sich in den Stuhl ihm gegenüber. »Woher kommen Sie, Mr. Morgan?«

»Eigentlich aus Michigan, aber ich bin schon so lange nicht mehr dagewesen, daß ich gar nicht mehr weiß, wie es aussieht.« Er schüttelte den Kopf und lachte leise. »Nein, Sir, mittlerweile bin ich Kalifornier. Ich lebe dort seit ...« Er kniff die Augen zusammen und überlegte, »... über dreißig Jahren. Ich bin mit meinen Eltern dorthin gezogen, als ich noch ganz klein war.«

»Und was führt Sie nach Virginia City?«

»Eine Geschichte, Mr. Bragette. Eine Geschichte. Ich bin Journalist vom *San Francisco Bulletin*. Ich habe gehört, daß ihr Jungs hier oben wieder Ärger mit diesen Südstaatler-Kerlen habt. Ritter des Goldenen Kreises.«

Travis preßte kurz die Lippen zusammen und schüttelte den Kopf. »Es tut mir leid, Sie enttäuschen zu müssen, Mr. Morgan, und Ihre Geschichte zu ruinieren, aber da sind Sie falsch informiert worden. Dieser Ärger liegt schon lange zurück.«

Ben Morgan grinste und kratzte sich den Bart, aber das Lachen reichte nicht bis zu seinen Augen. »Nun, mag sein. Aber jetzt bin ich hier, also kann ich mich genausogut umsehen, ob ich nicht doch eine Geschichte kriege.« Er zuckte die Schultern. »Wenn ich nichts nach Hause bringe, werde ich nicht bezahlt.«

Travis erhob sich. »Nun, genießen Sie Ihren Aufenthalt hier, Mr. Morgan. Viel Glück bei der Geschichtensuche. Ich muß jetzt noch etwas erledigen, wenn Sie mich bitte entschuldigen?«

»Sicher«, erwiderte Morgan, »sicher.« Er reichte Travis die Hand. »Nett, Sie kennengelernt zu haben, Mr. Bragette. Wenn Sie etwas hören, etwas Berichtenswertes, meine ich, wäre ich sehr dankbar, wenn Sie es mir mitteilen würden.«

Travis schüttelte Morgan die Hand, nickte und wandte sich zum Gehen.

»Kann ich den Tisch hier als mein Büro benutzen, solange ich in der Stadt bin, Bragette?«

Travis blieb stehen und wandte sich noch einmal dem Mann zu.

Eiskalte blaue Augen musterten ihn.

Travis nickte. »Kein Problem, solange Sie den Tisch teilen, wenn die Plätze knapp werden.«

»Aber mit Vergnügen«, versprach Ben Morgan. »Mit Vergnügen.« Er nahm einen großen Schluck Bier, nachdem Travis wieder an der Bar Platz genommen hatte, setzte das Glas ab und ließ seine Blicke durch den Raum wandern, bis sie bei Suzanne zur Ruhe kamen.

Als hätte sie es gespürt, wandte sie sich um und sah ihn an.

Travis beobachtete die Szene von der Bar aus. Er sah, wie Ben Morgan Suzanne anlächelte und grüßend seinen Kopf neigte, und sie lächelte zurück, wenn auch etwas verhalten, ehe sie sich wieder ihrer Unterhaltung mit Lowry und Fairmount widmete. Travis wußte nicht, ob das gut oder schlecht war. Sie flirtete mit den beiden Minenbesitzern, und sie lagen ihr zu Füßen wie zwei Spaniel. Auf der anderen Seite … Sein Blick kehrte zu Morgan zurück. Irgend etwas an dem großen Mann störte ihn, und das lag nicht nur daran, daß Morgan begann, Suzanne wiederholt Blicke zuzuwerfen. Obwohl ihm das auch nicht so gut gefiel.

»Kellnerin! Noch ein Bier bitte!« rief Morgan und hielt sein Glas hoch.

Travis sah weiter zu Morgan hinüber, während die Kellnerin an seinen Tisch trat, um das Glas entgegenzunehmen, und dann fiel es ihm ein. Ben Morgan hatte behauptet, für das *San Francisco Bulletin* zu schreiben. Wahrscheinlich hatte Travis da seinen Namen gehört oder sein Bild gesehen. Aber sein Akzent, der nur schwach war, stammte nicht aus San Francisco. Und auch nicht aus Michigan. Travis starrte Morgan durchdringend an. Morgan. Michigan. Kalifornien. Keines der Worte gab ihm eine Erklärung für den leichten Südstaatenakzent, den er bei dem Mann ausgemacht hatte. Die meisten Leute würden es gar nicht bemerken, schon gar nicht, wenn sie nicht auf der Suche nach etwas wären, das sie an dem Mann beunruhigte, und wenn sie nicht selbst aus dem Süden stammten. Aber Travis kam daher, und ihm war es aufgefallen.

Jed schob Travis ein neues Glas Bourbon zu.

»Danke, Jed«, sagte Travis abwesend, ohne den Blick von Morgan zu wenden. Travis griff nach dem Glas und zog es zu sich heran. Der Mann stammte aus dem Süden und hatte gelogen. Warum?

Suzanne stand auf und lachte fröhlich. Das glockenhelle Geräusch fachte Travis' Zorn erneut an, den er schon den ganzen Abend auf sie und die Männer, mit denen sie zusammen war, gespürt hatte. Sie wandte sich um, um sich einen Weg an den Tischen vorbei zu bahnen, um offenbar zurück in ihre Garderobe zu gehen.

»Miss Lindsay?«

Travis erstarrte, als Morgan Suzanne ansprach.

Sie blieb neben Ben Morgans Tisch stehen und sah auf ihn hinunter.

Er erhob sich. »Ich heiße Ben Morgan, Ma'am«, stellte er sich laut vor, »vom *San Francisco Bulletin*. Es wäre mir eine Ehre, wenn Sie mir ein Interview geben würden.«

Suzanne lächelte und hob, als sie merkte, daß Travis sie beobachtete, kokett eine Schulter. »Oh, aber nur zu gerne, Mr. Morgan«, erwiderte sie mit aller Liebenswürdigkeit.

Morgan zog ihr einen Stuhl hervor, und sie setzte sich mit süßem Lächeln zu ihm.

Travis knurrte und trank sein Glas leer. Was zum Teufel ging es ihn an, wenn sie mit jedem Spieler, Händler und Minenbesitzer flirtete, die seinen Saloon besuchten? Anscheinend war es das, was sie gerne tat. Und die Geschichte, die sie hervorgeschluchzt hatte, als er sie dabei ertappt hatte, wie sie seine Sachen durchsucht hatte, daß sie einsam wäre und bei ihm sein wollte – diese Geschichte war wahrscheinlich wirklich nur eine Geschichte und sollte die Tatsache verbergen, daß sie nichts anderes war als eine gemeine Diebin.

»Sieht ganz so aus, als würden Ihnen hier alle aus der Hand fressen, Suzanne«, sagte Morgan leise.

Sie lächelte, aber ihre Augen glitzerten kalt wie Diamanten.

»Wird nicht genau das von mir erwartet?« erwiderte sie süß.

»Haben Sie schon etwas über Bragette herausgefunden?« Suzanne erschauerte und wandte den Blick von Morgan ab. »Nein.«

»Verlieren Sie den Kontakt, Suzanne?«

Ihr Ärger erwachte, und sie fuhr abrupt zu ihm herum. Ärger zeichnete sich auf ihrem Gesicht ab. »Ich habe keinen Kontakt, Mr. Morgan. Ich bin nur Bretts wegen hier, aus keinem anderen Grund. Aus keinem.«

»Vergessen Sie das nur nicht, Suzanne, und versuchen Sie nichts, um unsere Pläne zu torpedieren, sonst sehen Sie Ihren wertvollen Bruder nie wieder. Haben Sie mich verstanden?«

»Ja«, sagte sie, und es klang wie das Brechen eines kleinen Astes.

»Gut. Und jetzt – wo finde ich Clarence?« fragte Ben Morgan gedämpft.

Suzanne zuckte die Achseln. »Ich weiß es nicht.« Und es ist mir auch egal, dachte sie. »Gewöhnlich ist er hier. Vielleicht ist er nur rausgegangen, um ein bißchen frische Luft zu schnappen.«

»Verdammt viel Luft, wenn Sie mich fragen. Ich muß ihn sprechen ...« Morgan kniff die Augen zusammen und sah sie scharf an, »... allein. Sagen Sie ihm, er soll mich morgen früh um neun auf der Six Mile Canyon Road treffen.«

»Six Mile Canyon Road«, wiederholte sie leise. »An einer bestimmten Stelle der Six Mile Canyon Road?«

»Sagen Sie ihm nur, daß er losreiten soll, Suzanne, ich finde ihn dann schon.«

11

Es fiel ihm erst ein, als er die Treppe zu seiner Wohnung hochging. Er hatte sich entschieden, sich für heute zurückzuziehen. Das Geschäft hatte nachgelassen. Die meisten der Minenarbeiter, die nach Schichtende gekommen waren, waren zu ihren Häusern, Zimmern oder Wohnwagen gegangen, um zu schlafen, ehe sie wieder ihre Arbeit aufnahmen. Im Saloon war es deutlich ruhiger geworden, auch wenn er längst noch nicht leer war. Travis blieb auf der Galerie stehen und warf einen Blick in den Schankraum hinunter. Ein Aufblitzen von grünem Satin weckte seine Aufmerksamkeit. Eine Sekunde lang dachte er, Magnolia wäre noch einmal zurückgekehrt, und Wut schoß in ihm hoch, als er an ihr Eindringen dachte, als Suzanne bei ihm gewesen war. Aber seine Wut verrauchte genauso schnell wieder, als er erkannte, daß es nicht Magnolia war, sondern Elsie, eine der Kellnerinnen. Er sah zu, wie sie sich ein schwarzes Cape umlegte und zur Tür ging. Ihre Schicht war beendet.

Aber der Anblick des grünen Kleides und die Erinnerung an Magnolia, die es in ihm geweckt hatte, brachte auch eine weitere Erinnerung mit sich, die seine Augen verdunkelte und Falten in seine Stirn grub. Maggie hatte gewußt, wie Suzanne hieß. Wie sie in Wirklichkeit hieß. Travis überblickte den Schankraum, aber vor sich sah er Magnolia Rochelle. Woher wußte sie, wie Georgette Lindsay wirklich hieß?

Travis drehte sich im Bett um, packte ein Kissen und vergrub seinen Kopf darunter. Hatte er überhaupt schon geschlafen? Wenn ja, dann nicht sehr lange. Das Kissen half nichts. Er konnte noch immer die Schüsse hören. Er warf das Kissen beiseite, rollte sich auf den Rücken und starrte in der Dunkelheit an die Decke. Weit weg hinter den Bergen ging langsam die Sonne auf, und es dämmerte allmählich. Travis überlegte, ob er aufstehen und die Vorhänge vorziehen sollte. Der Helligkeit nach war es vielleicht fünf Uhr. Bald war Schichtwechsel in den Minen. Er war erst vor drei Stunden hochgegangen.

»Drei Stunden Schlaf«, knurrte er und rieb sich die Augen, ehe er seinem Körper befahl, sich zu entspannen.

Wieder hallte ein Schuß. Travis riß die Augen auf. Verdammte Ruhestörer, dachte er ärgerlich. Wo steckte überhaupt Morrow? Wie lange brauchte der Sheriff denn, um ein paar Besoffene zur Ordnung zu rufen und sie für ein paar Stunden hinter Gitter zu bringen?

Travis warf das Laken zurück, ging aus dem Bett und trat zu dem großen Schrank an der Rückseite des Zimmers. Laut quietschend öffnete sich eine der Schranktüren. Er holte seine Hose hervor und zog sie an, ehe er nach einem sauberen Hemd griff.

»Verdammte Idioten«, knurrte er vor sich hin, als wieder ein Schuß fiel. Er stopfte sein Hemd in die Hose, zog die Stiefel an und griff nach einer schwarzen, silberverbrämten Weste mit Silberknöpfen, die er sich überstreifte. Insgesamt brauchte er weniger als zehn Minuten, um sein Zimmer zu verlassen.

Pete, der Barkeeper der Nachtschicht, beobachtete ihn neugierig, als er die Treppe herunterkam, den Saloon durchquerte und auf die Straße trat, ohne ein Wort zu sagen.

Nur wenige Leute waren unterwegs. Palmer's Meat

Market lieferte dem *Diamond House* gerade einen Korb frischer Eier, Ron Cabor fegte den Bürgersteig vor seinem Restaurant, und ein Betrunkener taumelte aus dem *Silver Lady* und sank auf den Stufen davor zusammen.

Travis ging an mehreren Saloons und Geschäften vorbei, ehe er die Straße überquerte und zum Gefängnis hinüberging. »Liam!« bellte er den Hilfssheriff an, der vor einem Ofen an seinem Schreibtisch saß. »Wo steckt der Sheriff?«

Der Hilfssheriff, ein Fünfzehnjähriger mit Pickeln, erhob sich von seinem Stuhl, und das Stück Holz, an dem er geschnitzt hatte, fiel zu Boden. »Art Spinnal hat ihn vor einer Weile geholt, Mr. Bragette.«

Travis dachte an die Schüsse, die er eben gehört hatte, und wußte, daß Art Spinnal Vormann der Chollar Mine war. »Gibt es Ärger bei der Mine?« fragte er deshalb.

Liam zuckte nur die knochigen Schultern.

Travis drehte sich um und marschierte aus dem Büro, wobei er die rauhe Holztür hinter sich zuknallte. Verdammt, es war schon schlimm genug, daß sie einen Sheriff hatten, der es nicht schaffte, die Besoffenen daran zu hindern, nachts herumzuballern; sie hatten auch noch einen Hilfssheriff, der kaum aus den Windeln war und an nichts anderem interessiert schien, als sich den Hintern am warmen Ofen zu wärmen und dabei an einem Stück Holz zu schnitzen.

»Liam! Liam!«

Travis, der gerade die Straße hatte überqueren wollen, um zum *Mountain Queen* zurückzugehen, blieb stehen, als er den Jungen auf das Gefängnis zulaufen sah.

»Liam!« rief der Junge laut. Er schoß durch die Tür und hielt sich an der Klinke fest. »Du sollst zum Sheriff kommen! Beim Devil's Gate. Schnell!«

Travis rannte zum Gefängnis zurück. »Was zum Teufel

geht hier vor?« verlangte er zu wissen, die Füße gespreizt und die Hände in die Hüften gestemmt. Er sah auf den Jungen hinunter, der keuchend an der Wand lehnte.

Liam ließ erneut sein Holzstück fallen und versuchte, sich eilig sein Holster umzuschnallen.

Der junge Bote holte ein paarmal tief Luft und antwortete dann. »Der Sheriff hat mir gesagt, daß ich Liam holen soll, Sir.«

»Warum?«

»Ein Wagen ist ausgeraubt und der alte Duncan angeschossen worden.«

»Ausgeraubt?« wiederholte Travis. Er hockte sich vor den Jungen. »Einer der Erzwagen ist ausgeraubt worden?«

Der Junge nickte heftig, immer noch keuchend. »Ja, Sir, Old Duncans.«

Liam eilte an ihm vorbei und verschwand durch die offene Tür.

Travis erhob sich und sah ihm nach. War es das, was der Richter geplant hatte? Für einen Moment empfand er Panik. Wenn die Ritter beschlossen hatten, jetzt die Minenbesitzer auszurauben, würde es mehr Ärger in Virginia City geben, als er sich vorgestellt hatte. Er sah wieder den Jungen an. »Behalte das für dich, Junge«, befahl er. »Es hat keinen Sinn, jeden in der Stadt aufzuregen.«

»Ja, Sir«, murmelte der Junge.

Travis eilte zurück ins *Queen*.

»Pete!« rief er, als er, immer zwei Stufen auf einmal nehmend, zu seinem Zimmer hochrannte. »Laß mein Pferd aus dem Stall holen. Schnell!«

Pete nickte und rannte zu Hanks Zimmer neben der Garderobe.

Travis riß seine Waffe von dem Haken neben der Tür und band sie sich um, so daß sie in der richtigen Höhe an seiner rechten Hüfte hing. Dann zog er den Navy Colt, hielt ihn vor sich und öffnete die Patronenkammer. Die Waffe war geladen. Travis steckte sie wieder ein und ergriff seinen Hut.

Starhawk war draußen angebunden. Er stieg auf und ritt in Richtung Südwesten der Stadt zum Devil's Gate. »Verdammt, Richter«, murmelte er dabei. »Wenn Sie oder Ihre verdammten Ritter etwas damit zu tun haben, dann schwöre ich, daß ich Ihnen die Ohren an eine Scheunentür nagele.«

Die Straße führte von Virginia City hinunter zu der kleineren Stadt Gold Hill und war gefährlich steil, matschig und voller Kurven.

Travis lenkte sein Pferd vorsichtig die Straße hinunter, auch wenn das Tier, das er letztes Jahr von den Paiute Indianern gekauft hatte, nicht wirklich Führung brauchte. Es war ein sehr sicheres Pferd, aber Travis wollte es nicht verlieren, weil es in ein Loch trat und sich ein Bein brach.

Als Travis Gold Hill erreichte, wimmelte es dort bereits vor Geschäftigkeit. Hier hatte sich die Nachricht von dem Überfall bereits herumgesprochen. Mehrere Männer riefen Travis an, als er vorüberritt, und fragten ihn, ob er von dem Überfall gehört habe und wer der Räuber sei. Er winkte ab, weil er nicht spekulieren wollte, wer es war.

»Diesmal sind Ihre Ritter zu weit gegangen, Bragette«, erklang eine tiefe Stimme von der Veranda des *Gold Hill Hotels*.

Travis schaute über seine Schulter zurück.

Ein großer, dünner Mann stand auf der Veranda, den Mantel zurückgeschlagen und die Daumen in die Ärmellöcher seiner Weste gehakt. Travis suchte die Augen des Mannes unter der wilden Mähne brauner Haare, die Kopf, Oberlippe und Kinn des Mannes bedeckten.

»Sie auch, weil Sie sie ›meine‹ Ritter genannt haben«, rief Travis zurück. Warum, zum Teufel, ließ der Richter ihn nicht in Ruhe? Das letzte Jahr über hatte der Richter Travis immer nur bedrängt, die heimlichen Gruppentreffen mitzumachen. Und jetzt hatte er auch noch versucht, Travis zu seinem Nachfolger zu machen!

Plötzlich beschlich Travis ein böser Verdacht. Hatte der Richter etwa schon die Stadt verlassen? War die Ankündigung nur ein weiterer seiner Tricks gewesen? Vielleicht, um ihm eins auszuwischen und den Verdacht von sich abzulenken?

Starhawk bog um die Kurve, und Devil's Gate kam in Sicht. Hier erhoben sich rechts und links riesige Felsen neben der Straße, so daß die Stelle für einen Überfall ideal war.

Duncan Clydes Wagen war zur Seite gezogen worden, damit der Durchgang wieder frei war. Ein Dutzend Fahrer war um den Wagen versammelt, und ihre ärgerlichen Stimmen durchdrangen die Morgenstille, als sie diskutierten, was passiert war und was man dagegen unternehmen sollte.

Ein Mann saß auf dem Kutschbock und verband Duncan Clydes Arm. Travis erkannte in ihm den Arzt aus Silver City, der nur ein Stück weit entfernt wohnte.

»Bragette, was zum Teufel suchen Sie denn hier?« fragte Sheriff Morrow und kam zu ihm, als er vom Pferd stieg.

»Ich habe Ihren Jungen über die Straße rufen hören, daß es einen Überfall gegeben hat und Duncan angeschossen wurde«, erwiderte Travis gelassen. »Da wollte ich mir die Sache mal selber ansehen.«

»Warum?« Der Sheriff schlug seinen Mantel zurück und hakte die Daumen in den Pistolengurt, wodurch sein dicker Bauch und das Doppelkinn betont wurden. »Wollen Sie sichergehen, daß der alte Clyde auch keinen von Ihren Rittern erkannt hat, als sie ihn angegriffen haben?«

Travis biß die Zähne zusammen und hätte den Sheriff am liebsten in den Bauch geboxt. Nur mühsam hielt er sich zurück. Kurt Morrow hatte weniger Verstand als eine Ratte, aber er war zum Sheriff gewählt worden, weil kein anderer den Job hatte haben wollen, Travis eingeschlossen. Wenn er ihn schlug, hätte Morrow nur einen Grund, ihn ins Gefängnis zu bringen, und auf diese Erfahrung konnte er gerne verzichten. Besonders, seit er wußte, daß der Sheriff in Magnolia Rochelle verliebt war, die ihn bestens versorgte, aber keinen Hehl daraus machte, daß sie Travis den Vorzug gab. Eifersucht war eine böse Sache, und es war dem Sheriff zuzutrauen, daß er ihn im Gefängnis ließ, bis sein Haar grau wurde, wenn er nur einen Grund dafür fand.

»Es sind nicht meine Ritter«, widersprach Travis. Er ging um den Sheriff herum und trat an den Wagen.

Kurt Morrow pflanzte sich vor Travis auf, setzte den Fuß auf die Speichen eines Rades und funkelte Travis herausfordernd aus nächster Nähe an.

Travis wich zurück. Er hatte den Geruch nach schalem Whisky mit Tabak noch nie geschätzt, und im Atem des Sheriffs war die Mischung noch ein wenig übelerregender als sonst, zumal zu der frühen Morgenstunde.

Der Sheriff schob mit einer Daumenbewegung seinen zerknautschten Hut höher aus der Stirn und verzog sein fleischiges Gesicht zu einer höhnischen Grimasse. »Das habe ich aber anders gehört, Bragette.«

Travis lächelte. »Dann haben Sie es falsch gehört, schätze ich.« Er sah zu Duncan Clyde, einem Stammgast des *Mountain Queen*, hoch. »He, Dunc, bist du in Ordnung?« fragte er.

Der Kutscher nickte. »Ja. Der Hurensohn hat versucht,

mich auszurauben. Aber ich glaube, ich habe einen von ihnen erwischt.«

»Angeschossen?« erkundigte sich Travis.

»Ja, der Bastard. Der wird jetzt selber einen ganz schön steifen Arm haben. Er hat meinen getroffen, ich seinen.« Der alte Mann lachte zufrieden.

»Gut. Das macht es für den Sheriff vielleicht einfacher, ihn zu kriegen.« Travis wandte sich an Morrow. »Ich nehme an, Sie erkundigen sich in den Nachbarstädten bei den Ärzten, ob jemand mit einer Schußwunde im Arm bei ihnen war?«

»Ich kenne meine Pflichten, Bragette«, knurrte der Sheriff. »Bleiben Sie nur dabei, Getränke auszuschenken und die Leute zum Kartenspiel zu überreden.«

Travis lachte, aber seine Augen blickten kalt. »Jeder in der Stadt weiß, daß das *Queen* das ehrlichste Haus weit und breit ist, Morrow. Also, wenn ich Sie wäre, was ich Gott sei Dank nicht bin, wäre ich ein bißchen vorsichtiger damit, welche Unwahrheiten ich verbreite.« Er wandte sich wieder an Duncan. »Wie viele waren es, Dunc?«

»Zehn. Vielleicht zwölf. Ich bin mir nicht sicher. Sie haben mich umzingelt, ehe ich überhaupt wußte, was vorgeht. Ein paar von ihnen sind hinter den Felsen geblieben.«

»Haben Sie welche von ihnen erkannt?« fragte Travis.

»Ich stelle hier die Fragen, Bragette«, unterbrach ihn Sheriff Morrow kurz. »Haben Sie welche von ihnen erkannt, Duncan?« fragte der Sheriff mit einem Seitenblick auf Travis.

»Nein, sie liefen alle durcheinander. Große, weite Mäntel, Halstücher über dem Gesicht, die Hüte ins Gesicht gezogen. Der Anführer saß oben auf dem Berg.«

»Auf welchem?« drängte Travis, ohne auf den wütenden Blick des Sheriffs zu achten.

»Einer saß da oben.« Duncan deutete auf den Felsen hinter sich. »Stolz wie ein König und irgendwie proper. Hat nur zugeguckt. Ich habe ihn nicht lange sehen können, aber der da oben …« Er schüttelte den Kopf. »Der war mir irgendwie unheimlich, wissen Sie?«

»Inwiefern?« fragte Travis.

»Nun, ich habe erkannt, daß er klein war. Richtig klein. Fast wie eine Frau, verstehen Sie?«

Sofort sah Travis innerlich Clarence Lonchet vor sich.

12

Clarence nahm sein Cape ab und warf es achtlos auf den Sessel vor dem Kamin in seinem Zimmer. Die sich blähende Wolle flog vorbei und landete in einem zerknitterten Haufen auf dem Fußboden.

»Verdammte Idioten«, grummelte er, hob die Hand an die Krawatte und lockerte seinen Knoten. Ihm hatte dieser Plan von Anfang an nicht gefallen. Warum er überhaupt auf Magnolia gehört hatte, war ihm ein Rätsel. Nur, weil sie eine Vertraute des Richters war, hieß das noch lange nicht, daß sie wußte, was sie tat. Er riß sich die Krawatte vom Hals.

Aus dem Flur erklang ein Geräusch, und er hielt inne und fragte sich, ob gleich Addie oder Suzanne klopfen würden, um ihm die Neuigkeiten mitzuteilen. Anscheinend wußte schon die ganze Stadt Bescheid. Aber die Schritte gingen an seiner Tür vorbei und die Treppe hinunter.

»Dumm!« schimpfte er. »Dumm war das.«

Clarence versuchte, sich zu beruhigen, aber seine Gedanken waren in Aufruhr. Und dann war da noch Suzanne. Ein weiteres Problem. Man konnte ihr nicht trauen, trotz der Drohung, daß das Leben ihres Bruders von ihr abhinge. Sie hatte geschworen, daß sie Travis Bragette haßte und ihn für einen Schuft hielt. Einen Feigling. Jetzt war er sich über ihre Einstellung nicht mehr so sicher. Sie mochte immer noch böse auf Bragette sein, weil er sie hatte sitzenlassen, aber ganz bestimmt haßte Suzanne ihn nicht. Das sah man schon an der Art, wie sie ihn anblickte.

Clarence lächelte höhnisch. Er müßte ein Narr sein, das Funkeln des Interesses in ihren Augen zu übersehen, wann immer sie Travis Bragette ansah. Er knüllte seine Krawatte zusammen und warf sie auf das ungemachte Bett, ehe er sich eine frische aus dem Koffer nahm. Und bei Suzannes Mädchen Addie war er sich auch nicht so sicher. Die Frau war einfach nicht das typische Mädchen. Sie hatte etwas Besonderes an sich. Clarence legte sich die silbergraue Krawatte um. Aufmerksam. Das war es. Ab und zu schien sie ihn genau zu beobachten. Und hochmütig.

»Arrogante Hexe«, knurrte er und befestigte eine goldene Nadel an seiner Krawatte. Er wußte nicht genau, ob sein Ärger Suzanne, Addie oder Magnolia Rochelle galt. Aber eines wußte er genau: wenn dieser Plan schiefging, würde jemand dafür bezahlen, und zwar äußerst heftig.

Travis lehnte lässig an der Bar. Eli, Magnolias Barkeeper, hatte eine Tasse Kaffee vor ihn hingestellt, und er hob die Tasse an den Mund und nahm einen großen Schluck.

In dem Moment öffnete sich eine Tür hinter dem Tresen und schloß sich gleich darauf wieder mit einem leisen Klicken. Travis hörte das Rascheln von Seide und sah auf.

Magnolia Rochelle kam auf ihn zu, die Hüften in einstudierter Provokation schwingend, das Kleid tief genug ausgeschnitten, um von ihren Brüsten mehr zu zeigen als nur den Ansatz, und ein verführerisches Lächeln spielte um ihre vollen Lippen.

»Was führt dich denn so früh hierher?« Sie gähnte gekünstelt und bedeckte ihren Mund mit den Fingerspitzen. »Fast hättest du mich noch im Bett angetroffen.« Magnolia lachte und zwinkerte ihm zu. »Aber wenn ich mir das vorstelle, wäre das vielleicht gar nicht übel gewesen, nicht wahr?«

Travis lächelte. »Ich nehme an, du hast noch nicht von Duncan Clyde gehört?«

Maggies Augen wurden groß. »Duncan? Der alte Händler?«

Travis nickte. »Man hat ihm heute morgen aufgelauert. ich habe gedacht, ich hätte Schüsse von ein paar Betrunkenen gehört, dabei war es ein Überfall auf Duncan.«

»Oh, die Schüsse habe ich auch gehört. Ich hatte eine schreckliche Nacht und konnte nicht schlafen.« Sie berührte die Haut unter ihrem Auge mit der Fingerspitze. »Meine Augen sind heute morgen ganz geschwollen.«

»Maggie, ich möchte mich dafür entschuldigen –«

»Und dann ist jemand unter meinem Fenster hergeritten«, fuhr sie fort. »Normalerweise hätte ich es gar nicht gehört, aber ich konnte nicht schlafen. Gerade, als ich einschlief, gingen dann die Schüsse los.«

Travis' Gesicht wurde ernst, als er über das nachdachte, was sie gesagt hatte, und die Entschuldigung war vergessen. »Was sagst du, Mag? Vor der Schießerei ist jemand unter deinem Fenster langgeritten?«

»Ja, kurz vorher. Und ihr Pferd war so schwerfällig. Entweder das, oder«, sie lachte spöttisch, »halb blind. Weißt du, es ist fast gegen den Holzstapel unter meinem Fenster gestoßen. Das hat mich vielleicht erschreckt.«

»Ihr?«

Magnolia nickte. »Ich glaube, es war eine Frau. Als das Pferd diesen ganzen Zirkus veranstaltete, bin ich aufgestanden und habe aus dem Fenster gesehen. Ich dachte, da bräche jemand durch die Hintertür in den Saloon ein, um mich auszurauben. Da habe ich die Reiterin gesehen.«

»Wer war es?«

Sie zuckte die Achseln. »Ich weiß es nicht. Sie, wenn es eine ›Sie‹ war, war nur schemenhaft zu erkennen und hatte ein Cape an. Es war zum Teil über ihren Kopf gezogen.«

»Warum denkst du dann, daß es eine Frau war?« drängte Travis. »Warum nicht ein Mann, der besonders klein war?«

»Nun.« Magnolia runzelte die Stirn, als würde sie überlegen. »Sie hatte eben die Figur einer Frau. Schmale Schultern. Und langes Haar, glaube ich. Aber da bin ich mir nicht sicher.« Sie trat näher an ihn heran. »Bedenke, es war dunkel und kaum Mondlicht.«

Er nickte, aber der Verdacht, der sich in ihm formte, gefiel ihm gar nicht. Soweit er wußte, gab es nur zwei fremde Frauen in der Stadt: Suzanne und Addie. Natürlich könnte es auch jemand aus Virginia City gewesen sein, aber das glaubte er nicht. In einer Minenstadt gab es im wesentlichen drei Typen von Frau. Ehefrauen, Huren und Geschäftsfrauen wie Maggie. Keine von ihnen schien ihm in der Rolle der Bandenchefin besonders wahrscheinlich. Oder, schlimmer noch, als Ritter.

Wieder dachte er an Clarence Lonchet. Der Mann war klein, zierlich, hatte schmale Schultern und konnte im Dunkeln leicht mit einer Frau verwechselt werden. Außer den Haaren. Clarence war kahl, Maggie aber hatte gesagt, sie hätte lange Haare gesehen.

»Haben sie den Wagen bekommen?«

Travis schüttelte den Kopf. »Nein. Duncan eröffnete das Feuer, und als ein Minenarbeiter die Schüsse hörte, lief er von Gold Hill aus hin, um zu sehen, was los ist. Daraufhin flohen Duncans Angreifer.«

»Oh, der arme Mann«, gurrte sie und trat neben Travis, um sich eng an ihn zu pressen. »Er wurde doch nicht verletzt?«

Ihre Finger strichen sacht über Travis' Jackenaufschläge. »Hat er die Räuber erkannt?«

»Nein. Anscheinend hatten sie Masken auf.«

»Oh.« Sie spielte mit den Knöpfen an seiner Weste. »Zu schade.«

»Ja.« Travis entzog sich ihr, indem er sie rasch auf die Stirn küßte und ihre Hände festhielt. »Dafür bin ich heute morgen nicht hergekommen.«

»Oh?« Sie sah ihn schmollend an und fuhr sich mit der Zunge herausfordernd über die Unterlippe.

»Und dafür auch nicht«, lachte er.

Sie zog einen Schmollmund. »Du enttäuschst mich, Travis.«

»Das tut mir leid.« Er streifte ihre Lippen in einer federleichten Berührung mit seinen. »Vielleicht heute nacht.«

»Ha!« Sie fuhr mit der Hand durch die Luft. »Versprechen, Versprechen. Jetzt bin ich mir sicher, daß du der Anführer der Ritter bist, wenn du keine Zeit mehr für mich hast.«

»Anführer der ... ich bin nicht ...« Travis unterbrach sich, um seinen Ärger zu beherrschen, der bei dieser Bemerkung in ihm aufwallte. »Ich bin nicht der Anführer der Ritter hier, Maggie. Ich bin nicht einmal Mitglied, also geh nicht rum und erzähle solche Sachen, verstanden?«

Sie zuckte die Schultern.

»Letzte Nacht waren ein paar Jungs hier, die erzählt haben, daß der Richter dich, ehe er die Stadt verließ, zu seinem Nachfolger ernannt hat.«

»Nun, das stimmt aber nicht. Terry hat versucht, mich zum Anführer zu machen, und ich habe abgelehnt. Das ist alles. Ich bin kein Ritter, schon gar nicht ihr Anführer.«

»Wie auch immer.« Sie preßte ihren Körper an ihn und sah unter gesenkten Lidern zu ihm auf. »Aber du kannst mein Anführer sein ...«

Travis war nicht in der Stimmung für ihre Spielchen. Seine Wut auf den Richter war noch zu groß, und dazu kam der eigentliche Grund, warum er Magnolia aufgesucht hatte. »Woher wußtest du, daß Georgette Lindsay mit echtem Namen Suzanne heißt, Mag?«

»Nun, ich glaube, du hast sie so genannt.« Sie rieb sich auffordernd an ihm. »Aber ich will jetzt nicht über Georgette Lindsay reden. Ich will viel lieber ...«

»Du hast gehört, daß ich sie Suzanne genannt habe?«

Magnolia trat pikiert über seine kühle Reaktion auf ihre Annäherungsversuche zurück. »Anscheinend. Woher sonst sollte ich den Namen kennen?«

»Miss Magnolia«, unterbrach sie der Barkeeper. »Der Arzt ist hier.«

Travis musterte Magnolia und runzelte die Stirn. »Arzt?« wiederholte er. »Bist du krank?«

Magnolia lachte leichthin. »Nur eine Frauensache. Nichts Ernstes.« Sie wandte sich wieder zum hinteren Teil des Saloons. »Vielleicht sehe ich dich heute nacht.« Ihre Stimme wurde schärfer. »Das heißt, wenn du die Zeit findest.«

Travis spürte einen Anflug von Schuld. Sie war böse auf ihn. Und verletzt. Aber er konnte im Moment nichts dagegen tun. Er mußte sich um etwas anderes kümmern. Zum Beispiel darum, dieses dumme Gerücht zu unterbinden, er wäre Anführer der Ritter geworden. Und er mußte mit Suzanne Forteaux reden und herausbekommen, was sie wirklich in Virginia City machte; und er mußte über den Raubüberfall auf Duncan Clyde nachdenken. Er hatte das dumme Gefühl, daß das eine irgendwie mit dem anderen verbunden war.

Hank ging durch den Flur auf die Garderobe zu. Durch die Wände drang das sanfte Summen von Frauenstimmen. Addie half Georgette Lindsay dabei, sich für die erste Aufführung des Tages fertigzumachen. Das Stirnrunzeln, das seit heute morgen Hanks Stirn furchte und den ganzen Tag nicht gewichen war, vertiefte sich noch. Er hatte niemandem erzählt, daß er Addie heute morgen kurz vor Sonnenaufgang aus der Stadt hatte reiten sehen, nur kurz vor dem Raubüberfall auf Duncan Clyde, aber seitdem dachte er darüber nach. Besonders, seit er es sich zur Gewohnheit gemacht hatte, sie auf ihrem Morgenspaziergang zu treffen und anschließend mit ihr Kaffee zu trinken. Sie hatte seine Einladung gerne angenommen, aber ihm auf seine Fragen nur mit Lügen geantwortet, wie er wußte.

Als er sie beispielsweise gefragt hatte, ob der Lärm der Schüsse in der Morgenstille sie geweckt hätte, hatte sie ja gesagt, und Hanks Herz war gesunken, denn er wußte, daß sie schon unterwegs gewesen war. Es war nicht so, daß er sie des Raubüberfalls verdächtigte, und doch ... Das Herz wurde ihm schwer.

Er klopfte an die Tür.

»Ja?« rief Addie.

»Der Boß läßt Ihnen sagen, daß das Haus voll ist, Miss Addie.«

»Miss Lindsay ist in ein paar Minuten soweit, Hank«, erwiderte Addie. Sie lief zur Tür und öffnete sie einen Spalt breit. »Und Hank?«

Er hatte sich bereits abgewandt und war ein paar Schritte Richtung Tür gegangen, die zum Saloon führte. Er blieb stehen und drehte sich um.

»Es wäre sehr nett, wenn Sie mich nachher zum Hotel zurückbringen würden.« Addie lächelte ihn an.

Hank nickte. »Aber gerne, Miss Addie«, sagte er.

»Addie, Hank. Nur Addie. Erinnern Sie sich?«

Er tippte an seinen Hut und ging Richtung Saloon. Die Tür schloß sich leise hinter ihm. Verdammt, sie war eine hübsche Frau. Und er mochte sie. Aber sie verbarg etwas vor ihm, das spürte er. Sie verbarg etwas, und er wollte nur zu gerne wissen, was.

Addie schnürte Suzannes Korsett zu.

»Oh, Addie, wenn du es noch enger schnürst, kann ich heute nicht singen«, sagte Suzanne. »Dann kann ich nicht einmal mehr atmen.«

Addie hielt ihr ihr Kleid hin: mitternachtsblaue Seide mit weißer Spitze am Ausschnitt und an der Taille.

Suzanne schlüpfte hinein und stand still, während Addie die kleinen Knöpfe auf ihrem Rücken schloß. Suzanne sah in den Spiegel, zupfte die Ärmel zurecht und bewunderte die weiße Gardenie in ihrem Haar.

»Ich kann mir beim besten Willen nicht vorstellen, wo Mr. Bragette die Gardenie her hat«, wunderte sich Addie. »In einer Stadt wie dieser wachsen sie doch gar nicht, oder?«

Suzanne lachte. »Ich weiß es nicht, Addie, aber sie ist wunderschön, nicht wahr?« Sie betrachtete die Blume und fühlte einen Anflug von Schuldbewußtsein, daß sie Travis' Einladung zum Abendessen vor der Show abgelehnt hatte. Aber sie konnte sich selbst nicht trauen, wenn sie mit ihm allein war.

»Sie riecht auch gut. Das erinnert mich so an zu Hause.«

Suzannes Gesichtsausdruck wurde sehnsüchtig. »Ja, das stimmt.«

»Na, kommen Sie«, sagte Addie munter. »Ihr Publikum wartet.«

Suzanne lächelte und fegte in einer Wolke aus Seide und Spitze aus dem Raum.

Travis drehte sich um, als er hörte, wie Hank von der Bühne aus um Ruhe bat und dann Suzanne als Georgette Lindsay ankündigte.

Die roten Vorhänge teilten sich, sie trat auf die Bühne, und die Männer rasten, klatschten in die Hände, stampften mit den Füßen und jubelten. Was immer sie in Virginia City vorhatte, sie hatte ihm zumindest eine höllisch gute Woche beschert, was die Einnahmen anging. Es gab keinen freien Stuhl mehr.

Die Band begann zu spielen, und Suzanne, die sich aufreizend bewegte, fing an zu singen.

Travis beobachtete sie. Sie war schön, anmutig und selbstbewußt. Er dachte wieder daran, wie sie seine Kommode durchsucht hatte, und achtete nicht mehr auf die Vorstellung. Was hatte sie nur gesucht? Die Frage beschäftigte ihn, seit er sie dabei überrascht hatte.

Eine Bewegung an der Tür erregte seine Aufmerksamkeit. Ben Morgan trat ein. Der große Mann ging direkt auf den Ecktisch zu, den er sich ausgesucht hatte und an dem bereits einige Minenarbeiter Platz genommen hatten. Als er kam, erschien wie aus dem Nichts ein leerer Stuhl.

Travis spürte, wie sich die Haare in seinem Nacken aufrichteten. Wieder öffneten sich die roten Schwingtüren. Travis drehte sich um, überrascht, daß noch jemand in den überfüllten Saloon wollte. Das *Queen* war bereits so voll, daß man sich kaum noch bewegen konnte. Männer wichen zurück, um dem Neuankömmling Platz zu machen.

»Na, Süßer«, sagte die reizende und beliebte Hure Julia Bullette und stellte sich neben Travis an die Bar, »hast du endlich einen Weg gefunden, die ganze Stadt in dein *Mountain Queen* zu locken?« Sie lachte leise, und es klang wie Klavierspiel. Dann prüfte sie den Sitz ihres Nackenknotens.

Jed setzte ein Glas Sherry vor sie hin.

»Danke, Jedidah«, sagte Julia, und ihre tiefe Stimme war ein verführerisches Schnurren. Sie ergriff das Glas, hielt es vor sich, als wollte sie einen Toast ausbringen, und leerte es dann in einem Schluck. Anschließend stellte sie das Glas zurück und stieß den Atem aus. »Das war gut, Jedidah, sehr gut.«

»Der beste Sherry in der Stadt«, sagte er stolz.

Julia wandte ihre dunklen Augen Travis zu. »Du machst dir doch noch immer um etwas Sorgen, Süßer«, bemerkte sie und stützte eine Hand auf die Hüfte in schwarzer Seide. »Willst du darüber reden?«

»Ich wüßte gar nicht, wo ich anfangen sollte«, erwiderte Travis.

»Wie wär's beim Anfang?«

Er schüttelte den Kopf. »Danke, Julia, aber der Anfang ist lange her.«

»Ich habe die ganze Nacht Zeit, und ich berechne dir keinen Cent. Für heute habe ich genug verdient.« Sie sah betont in die Richtung von Ben Morgan.

Travis ergriff ihren Arm und führte sie aus dem Saloon heraus auf den Bürgersteig. »Du warst heute abend mit Morgan zusammen?« fragte er.

Sie nickte. »Eine Zeitlang.«

»Hat er etwas gesagt?«

Sie lachte. »Nun, Süßer, er hat eine ganze Menge gesagt, aber ich hätte nie gedacht, daß du an solchen Sachen interessiert wärest.«

»Julia«, sagte Travis warnend und bemühte sich um Geduld. »An dem Mann ist etwas, was ich nicht mag.«

»Was zum Beispiel, Travis?«

Er zuckte die Achseln. »Ich bin mir nicht sicher. Irgend etwas.«

»Nun, ich kann auch nicht sagen, daß er mir besonders gefällt, aber ...«

»Sein Dialekt, Julia. Er sagt, er komme aus Michigan und lebe seit über dreißig Jahren in Kalifornien, wo er für das *Bulletin* arbeite.«

»Und?«

»Aber er hat einen Südstaatenakzent.«

Sie trat an den Rand des Bürgersteigs und sah zum Mond auf. »Vielleicht will er das ja nur nicht zugeben.« Sie kicherte. »Nicht jeder ist stolz darauf, ein Südstaatler zu sein, Süßer. Wer weiß, vielleicht war der Mann dort Abschaum und will nicht, daß jemand hier das herausfindet? Das kann ich gut nachvollziehen.«

»Du bist kein Abschaum, Julia.«

»Danke, Süßer.«

»Du kannst recht haben, aber ich glaube es nicht. Er ist gebildet, Julia, ich habe seine Artikel gesehen. Und er schreibt wirklich für das *Bulletin*. Oder hat es zumindest getan. Aber warum sollte er über seine Herkunft lügen? Das macht doch keinen Sinn.«

Sie wandte sich wieder zu ihm um und lächelte. »Du meinst, für dich macht das keinen Sinn. Aber für ihn vielleicht gerade.« Sie ergriff seinen Arm. »Und nun komm. Es ist kalt hier draußen, und ich habe Durst. Spendier mir noch einen Drink.«

Travis nickte, und sie kehrten in den Saloon zurück. Aber sobald er über die Schwelle trat, blieb er wie erstarrt stehen. Sein Blick war automatisch zu Ben Morgan gegangen. Suzanne hatte den ersten Teil ihres Auftritts hinter sich und hatte sich, statt hinter die Bühne zu gehen, zu Morgan an den Tisch gesetzt.

»Bist du sicher, daß er nichts gesagt hat, Julia?«

»Nun, nichts, was über das hinausgeht, was ein Mann immer sagt, wenn er eine Frau haben will oder sie nimmt, außer ...« Sie runzelte die Stirn und versuchte, sich zu erinnern.

Travis fuhr zu ihr herum. »Außer was?«

»Außer, daß er heute ein wichtiges Treffen mit jemandem habe. Deshalb hatte er es eilig.« Julia blickte zu dem Tisch, an dem Ben Morgan und Suzanne saßen. »Vielleicht mit deiner Sängerin.«

13

Zwei Stunden später beendete Suzanne ihr Konzert und verließ unter vielen Verbeugungen zu Beifall und schrillen Pfiffen die Bühne.

Travis gab ihr ein paar Minuten Vorsprung, ehe er seinen Platz verließ und sich auf den Vorhang zubewegte, der hinter die Bühne führte. Kaum hatte er ihre Garderobe erreicht, als die Tür aufschwang.

Ohne zu wissen warum, trat Travis schnell in den angrenzenden Raum, der als Lager benutzt wurde. Er schloß die Tür bis auf einen Spalt und preßte sich an den Türrahmen, um in den Flur sehen zu können.

Plötzlich trat Ben Morgan aus der Garderobe in den Flur, ging aber nicht weiter, sondern drehte sich noch einmal um.

»Du wirst jedesmal besser, Suzanne«, sagte Morgan und lachte. »Mach weiter so, und alles geht gut, ich verspreche es. Komm raus, wenn du fertig bist, dann spendiere ich dir noch einen Drink.«

Besser? Das Wort hallte in Travis' Kopf. Wobei besser? Er konnte Suzannes Antwort nicht verstehen, dafür war er zu sehr damit beschäftigt, die Welle der Eifersucht zu bekämpfen, die über ihn hereinbrach. Am liebsten hätte er die Tür geöffnet, Morgan beim Kragen seines zu engen Mantels gepackt und eine Erklärung verlangt.

Warum kannte er Suzanne so gut, daß er sie in ihrer Garderobe aufsuchte? Vielleicht hatte Suzanne sich mehr verändert, als er gedacht hatte. Travis verspürte ein Gefühl von Übelkeit. Er trat wieder in den Flur, nachdem Morgan durch den Vorhang, der zum Saloon führte, verschwunden war, und blieb dann erneut stehen, als weitere Stimmen aus Suzannes Garderobe kamen.

»Raus mit dir, Clarence!« verlangte Suzanne ärgerlich und streng.

Travis trat zurück und drückte die Tür wieder zu.

»Paß auf, wem du Befehle geben willst, Mädchen!« warnte Clarence. »Ich bin kein Schoßhund wie Morgan oder Bragette. Auf mich haben weder deine Launen noch dein Charme eine Wirkung, und du vergißt das besser nicht. Genau, wie unser kleines Abkommen.«

Etwas, das wie ein Stuhl klang, krachte zu Boden.

»Ich habe gesagt, du sollst gehen!«

»Ich gehe ja, Suzanne, aber denk daran, was du tun sollst. Gehorche den Anweisungen und tu, was man dir sagt, dann wird alles wunderbar laufen. Wenn aber nicht, weißt du, was das bedeutet.«

Anweisungen? Travis spürte bei dem Wort einen Schauer der Unsicherheit.

»Ich weiß, daß ich dich umbringen werde«, sagte Suzanne ruhig, kalt und hart.

Clarence lachte. »Heb dir die Theatralik für deinen Liebhaber auf, Suzanne. Er ist der, den du an der Nase herumführen sollst, erinnerst du dich?«

»Geh raus, Clarence«, wiederholte Suzanne. »Geh raus, ehe ich vergesse, daß ich eine Dame bin.«

»Dame?« Diesmal klang sein Lachen bitter. »Suzanne, du hast schon vor langer Zeit aufgehört, eine Dame zu sein.«

Clarence trat auf den Flur und zog die Tür hinter sich zu, aber in dem Moment krachte etwas dagegen, und ein Splitter kam auf den Flur geflogen.

Travis ließ Clarence vorbeigehen. Lieber wäre er hervorgekommen und hätte dem Mann ein paar Fragen zu dem gestellt, was er gerade gehört hatte, und noch lieber hätte er ihm die Faust ins Gesicht geschlagen. Travis brauchte einige Minuten, um sich zu beruhigen. Dann trat er auf den Flur und ging in Suzannes Zimmer, wobei er Porzellansplitter unter der Hacke knirschen hörte. Travis klopfte leise.

»Verschwinde, Clarence!« rief Suzanne von drinnen.

»Hier ist Travis.«

»Dann verschwinde du auch.«

»Suzanne, ich muß mit dir reden. Öffne«, verlangte Travis, wenn auch mit gesenkter Stimme.

»Nein.«

Er wurde wütend. Verdammt, wie sollte er herausfinden, was hier vorging, wenn sie sich wie ein störrisches Maultier benahm? »Verdammt, Suzanne, mach jetzt diese Tür auf.«

»Nein. Ich will nicht mit dir reden, Travis. Nicht jetzt. Geh weg.«

Travis zog ein Schlüsselbund hervor, wählte einen Schlüssel aus, hielt ihn gegen das Licht und steckte ihn dann ins Schloß. Er drehte ihn um und öffnete die Tür.

Suzanne sah ihn von der anderen Seite des Raumes her wütend an. »Oh, wie großzügig von dir. Du stellst mir einen Umkleideraum zur Verfügung, aber du hast den Schlüssel dazu. Was ist mit dem Hotel, in dem du mich untergebracht hast, Travis? Hast du auch einen Schlüssel für mein Zimmer? Wolltest du mich mitten in der Nacht besuchen und verführen?«

Travis runzelte die Stirn.

Er trat ein und trat die Tür mit dem Fuß zu. »Was hat Clarence gegen dich in der Hand, Suzanne? Was für Anweisungen sollst du befolgen? Und was ist das, womit er dich anderenfalls bedroht?«

Sie stand vor ihm, und jeder Millimeter ihres Körpers war angespannt. »Du hast also gelauscht, Travis?«

»Verdammt, Suzanne, hör auf, mir auszuweichen, und sag mir, was hier vorgeht. Wer ist Ben Morgan?«

»Ein Journalist aus San Francisco.«

»Und sonst noch?«

Sie wandte sich ab und verschränkte die Arme vor der Brust. »Ich habe keine Ahnung. Eine Ziege?«

Travis ging durch den Raum, packte sie an den Oberarmen und schwang sie zu sich herum. »Was bedeutet er dir?« fauchte er.

»Nichts.«

»Und Lonchet?«

Sie wollte sich von ihm losreißen, aber sein Griff hielt sie wie eine Fessel als Gefangene.

»Er ist mein Manager.«

»Und sonst?«

Sie funkelte ihn an und wollte ihn so verletzen wie er sie. »Würde es dich stören, wenn ich sage, daß er mein Liebhaber wäre, Travis?«

Sein Griff verstärkte sich. Er tat ihr weh, aber es war ihr egal. Sie sollte ihn hassen. Sie hatte gedacht, daß sie das täte, aber es stimmte nicht; sie hatte sich die vergangenen sieben Jahre nur etwas vorgemacht. Solange er ihr nahe war und sich um sie kümmerte, war es ihr egal, was er tat.

»Ist er das?« Travis sprach leise und böse, was Suzanne einen Schauer der Angst über den Rücken sandte.

Sie sah ihm in die Augen und war überrascht über den Schmerz, den sie dort entdeckte. Sieben Jahre lang hatte sie ihn geliebt und gehaßt, aber nicht einmal hatte sie gedacht, daß vielleicht auch er durch das, was geschehen war, verletzt worden war. Plötzlich schwand ihr Wunsch, auch ihm weh zu tun.

»Nein«, sagte sie sanft, »das ist er nicht.«

»Wer dann?« wollte Travis kalt wissen. Es interessierte ihn nicht mehr, was sie wirklich in Virginia City suchte, er hatte auch keine Fragen mehr zu Ben Morgan oder Clarence Lonchet. Er war nur noch an Suzanne interessiert.

Sie schüttelte den Kopf. »Niemand.«

Ohne nachzudenken oder es geplant zu haben, zog Travis sie in die Arme und küßte sie. Es war ein wilder und fordernder Kuß. Seine Zunge zwang ihre Lippen auseinander und drang tief in ihren Mund, füllte sie mit dem Feuer, das seine Berührung immer in ihr weckte, mit der Verzweiflung seines Begehrens und der Hitze seiner Leidenschaft.

Er spürte, wie sie überrascht zusammenzuckte, und aus Angst, daß sie sich ihm widersetzen würde, schlang er seine Arme um ihre Taille und zog sie in ganzer Länge an seinen harten Körper, bis nichts mehr sie trennte außer dem dünnen Stoff ihrer Kleidung.

Aber Widerstand war das Letzte, was Suzanne in den Sinn kam. Sieben Jahre lang hatte sie davon geträumt, Travis wiederzufinden, um ihn für das bezahlen zu lassen, was er ihr angetan hatte, ihn so zu demütigen, wie er sie gedemütigt hatte ... Aber selbst daran dachte sie nicht mehr. Statt dessen schmolz sie in seinen Armen, voller Sehnsucht, mehr über die Leidenschaft zu erfahren, die seine Berührungen in ihr weckten.

Sein Angriff auf ihre Lippen war gleichzeitig sanfte Überredung und forderndes Begehren. Erst war er ihr Held in schimmernder Rüstung gewesen, dann ein herzloser Schuft. Jetzt war er die Verkörperung aller ihrer Träume und Alpträume. Sie haßte und begehrte ihn. Sie wollte ihn zerstören, und sie wollte ihn lieben.

Seine Hände preßten sich in ihren bloßen Rücken, und die Hitze seiner Haut brannte auf ihrer. Er zog sie näher und immer näher, ihr Atem ging stoßweise, und ihr Herz klopfte heftig.

Sie stöhnte leise auf, als sie die Härte seiner Erregung durch die Röcke und Unterröcke hindurch an ihrem Körper spürte. Jahre der aufgestauten Lust und Sehnsucht brachen über sie herein, als Travis' Mund seine süße Folter fortsetzte. Er hatte sie geküßt, als er sie zum Hotel begleitet hatte, aber der Kuß war harmlos gewesen im Vergleich zu diesem. Er hatte sie bewegt, ihr angst gemacht, sie gewarnt, daß sie noch immer verletzlich ihm gegenüber war, aber er hatte nicht die sengende Leidenschaft geweckt, die sieben Jahre in ihr gewartet hatte, um sich bei der richtigen Berührung, der richtigen Liebkosung zu entzünden.

Ihre Sinne jubelten bei der Erkenntnis, wieder in seinen Armen zu liegen. Nichts sonst zählte. Nicht der Krieg, nicht Ben Morgan oder Clarence, nicht der Grund, warum sie wirklich nach Virginia City gekommen war und, so schlimm es war, nicht einmal Brett. Das hier war es, wonach sie sich gesehnt hatte – daß Travis Bragette sie wollte und so liebte, wie sie ihn immer geliebt hatte.

Suzanne schmiegte sich an ihn. Sie genoß seine Stärke und wünschte sich, daß er sie nie wieder losließe, so daß sie der Welt mit ihrer Grausamkeit und ihren Lügen nicht mehr gegenübertreten müßte.

Travis löste seinen Mund von ihrem und sah auf sie hinab. Sie atmeten beide heftig, denn die plötzliche Leidenschaft zwischen ihnen hatte beide überrascht.

»Ich brauche dich, Suzanne«, sagte Travis heiser vor Emotionen.

Suzanne sah zu ihm auf, bereit, alles aufzugeben, woran sie glaubte, was sie liebte, als ihr Blick auf den goldenen Rubinring fiel, der im Licht der Lampe an ihrer Hand glänzte. Brett hatte ihn ihr ein paar Tage nach dem

Tag geschenkt, an dem Travis sie wie eine liebeskranke Närrin vor dem Altar hatte stehenlassen. Es war seine Art gewesen zu versuchen, sie wieder zum Lächeln zu bringen.

Der Rubin saß rot glühend in der Mitte und war in Art einer Blüte von goldenen Blättchen umgeben.

Plötzlich legten sich die eiskalten Finger der Realität um ihr Herz und rissen sie aus der Hitze der Leidenschaft zurück in ihre Zwangslage. Das hier war das, was sie mit Travis tun sollte, was sie erreichen sollte. Das war das, was man ihr befohlen hatte, und es klappte, außer eins: Sie hatte dabei nichts empfinden sollen. Gar nichts. Aber sie tat es. Oh, wie sie es tat. Aber sie durfte es nicht zulassen. Nicht nach dem, was er ihr angetan hatte, nicht, wenn sie Brett je wiedersehen wollte.

Suzanne ließ die Arme sinken, legte Travis die Hände auf die Brust und schob ihn von sich.

»Aber ich brauche dich nicht«, sagte sie kühl. Es war das Härteste, was sie je gesagt hatte, und, wie sie wußte, das Falsche. Clarence wäre wütend, wenn er das erführe, aber sie konnte nicht anders. Sie würde Travis in aller Öffentlichkeit nachgeben, wo es sicher war, aber sie konnte es nicht, wenn sie mit ihm allein war. Sie mußte an Brett denken, dann würde sie das hier durchstehen und tun, was getan werden mußte. Travis machte sich ohnehin nicht wirklich etwas aus ihr, das hatte er nie getan. Er wollte nur mit ihr schlafen. Hatte er das nicht eben auch gesagt? Ich brauche dich, nicht ›ich liebe dich‹. Tränen stiegen ihr in die Augen, und sie hatte das Gefühl, ihr Herz würde brechen. Suzanne holte tief Luft, hob ihr Kinn und sah ihn an. Sie hatte gewußt, daß es gefährlich werden würde, wenn sie Travis zu nahe kam, aber sie bestanden darauf, daß es der einzige Weg war.

Er sah fragend und fordernd in ihre Augen, und sie

wandte den Blick nicht ab. Sie konnte und wollte ihm die Antwort nicht geben, die er haben wollte. Sie würde vor Ben und Clarence ihre Rolle spielen, weil sie keine andere Wahl hatte. Aber wenn sie nicht in der Nähe waren, mußte sie sich hart, kalt und unversöhnlich ihm gegenüber zeigen. Das war der einzige Weg, sich Travis zu erwehren und ihn auf Distanz zu halten, was sie tun mußte – wenn nicht um seinetwillen, dann um ihretwillen. »Wie fühlte sich das an, Travis?« Sie zwang sich zu einem harten Lachen. »Nicht allzu gut, nicht wahr?«

Mit Wut in den Augen erwiderte Travis: »Touché, Suzanne, touché. Du hast in den letzten sieben Jahren anscheinend viel gelernt. Vielleicht mehr, als ich angenommen habe.« Und er wandte sich um und verließ den Raum.

»Touché, Suzanne«, murmelte sie in die Leere, während die lange zurückgehaltenen Tränen silbern auf ihren Wangen glänzten. »Touché.«

»He, Boß«, rief Jed, als Travis durch die Schwingtür auf die Straße trat.

Er brauchte Luft, kalte, schneidende Luft. Aber er wandte sich um und trat an die Bar. »Ja, Jed?«

»Dieser Morgan, an dem Sie interessiert sind …«

Travis warf einen Blick über die Schulter zu dem Seitentisch, an dem Morgan wieder Platz genommen hatte. Er schrieb etwas und trank dazu einen Whisky. Ein paar andere saßen an seinem Tisch und amüsierten sich prächtig, trotz seiner stummen Anwesenheit. Travis wandte sich wieder an Jed. »Was ist mit ihm?«

»Charlie Mellroy war vor zwanzig Minuten hier und hat ihm eine Nachricht zugesteckt.«

»Charlie, ja?« Travis dachte sofort an Charlies Besuche im Auftrag des Richters, um ihn zu den Rittern zu holen.

»Ja, und vor einer Weile habe ich mit Efrem Sadler gesprochen. Er sagt, Morgan sei ein Mitglied der Ritter in San Francisco. Einer seiner Freunde hat ihn vor ein paar Monaten dort bei einem Treffen gesehen. Ziemlich weit oben in der Rangliste.«

»Ein Offizier«, sagte Travis, eher eine Feststellung als eine Frage.

»Ja.«

Travis blickte wieder zu Morgan hinüber. »Was ist mit Miss Lindsays Manager, Clarence Lonchet? Gibt es über ihn auch Gerüchte?«

»Nein, aber ein paar der Jungs überlegen schon, ob sie ihn teeren und federn sollen. Dieser Zwerg ist so freundlich wie ein Piranha … Wenn man vom Teufel spricht«, fuhr er fort und nickte Richtung Tür.

Travis drehte sich um, Clarence sah ihn, nickte und kam direkt auf ihn zu. Travis stöhnte. Der Letzte, den er jetzt sehen wollte, war Lonchet. Morgan war schon schlimm genug.

»Guten Abend, Mr. Bragette«, säuselte Clarence. Er zog die Handschuhe aus und knallte sie auf den Tresen. »He, Barkeeper, einen Sherry bitte«, bestellte er.

Jed ging weg, um den Sherry zu holen, und schüttelte dabei den Kopf.

Travis lehnte sich an die Bar und ergriff sein Whiskyglas.

»Mr. Bragette, ich bin gekommen, um Sie um einen Gefallen zu bitten.«

»Mich?« grollte Travis, ohne ihn anzusehen. Wenn er das tat, könnte er versucht sein, ihn zu schlagen.

»Ja, Sir, … ich habe … eine sehr nette Dame in der Stadt kennengelernt … Und es ist ein Problem, Miss Lindsay ins Hotel zu bringen, weil sie … auf mich wartet …«

»Ihre Freundin wird eifersüchtig«, ergänzte Travis.

»Nun … äh, ja.«

»Und Sie bitten mich, Miss Lindsay statt Ihrer ins Hotel zu begleiten?«

»Ja, genau. Ich weiß, daß sie sie mag, und …«

»Sie mag mich?« knurrte Travis.

»Ja, sicher, das hat sie gesagt …«

»Vielleicht sollten Sie mal zum Ohrenarzt gehen, Lonchet.«

»Nein, nein, sie hat es gesagt. Sie mag sie und würde sich gerne –«

»Fragen Sie besser Ben Morgan.«

Clarence hob die Brauen. »Aber nein, das würde ich nie tun. Mr. Morgan ist ein so grau-, ich meine, er bedeutet Miss Lindsay nichts. Sie dagegen mag sie sehr. Bitte, es würde mir sehr helfen –«

»Nein.«

»Oh, Mr. Bragette, können Sie nicht –«

»Nein.«

»Aber ich wäre wirklich –«

Travis drehte sich um und sah den kleineren Mann an. »Hat Ihre Mutter Ihnen nie beigebracht, was das Wort ›nein‹ bedeutet, Lonchet?«

»Vielleicht liegt Mr. Bragette nichts an meiner Gesellschaft, Clarence«, erklang Suzannes Stimme hinter ihnen, und beide Männer drehten sich um. Sie hatte lockend geklungen und lächelte traurig, als hätte Travis durch seinen Mangel an Begeisterung ihre Gefühle verletzt. »Aber es ist in Ordnung, meine Herren, ich kann alleine ins Hotel zurückgehen.«

»Oh, nein«, wandte Clarence ein und schüttelte den Kopf. »Nein, nein, nein, das kann ich nicht erlauben. Nein.«

Travis wartete ab, ob der Kopf des Mannes abgehen und durch den Raum fliegen würde.

»Ich will nichts davon hören. Ich sage Millie nur schnell, daß ich dich begleite, und dann –«

Travis richtete sich auf. »Gehen Sie nur, Lonchet, ich begleite Miss Lindsay zurück.«

Clarence strahlte. »Oh, danke, das ist wunderbar.« Er eilte davon.

Die Wärme schwand aus Suzannes Lächeln und Augen, sobald Clarence gegangen war, und sie sah Travis wütend an. »Ich kann sehr gut alleine zum Hotel gehen.« Sie zog ihre Handschuhe an. »Du brauchst dich nicht zu bemühen.«

Travis ergriff ihren Arm und steuerte sie auf den Bürgersteig hinaus. »Weißt du, Suzanne«, sagte er, »du hast mehr Stimmungen als ein Chamäleon Farben.«

Sie lächelte ihn an. »Wirklich? Nun, versuche nicht, dich daran zu gewöhnen, Travis. In ein paar Tagen läuft mein Vertrag aus, und dann sind wir beide froh, wenn wir uns nie wiedersehen müssen.«

14

In den nächsten Tagen verlief das Leben in Virginia City in Travis' Augen friedlich. Er hatte sich entschieden, Suzanne möglichst aus dem Weg zu gehen, was sich als nervenaufreibende, wenn nicht unmögliche Aufgabe erwies. Ihre abendlichen Auftritte brachten doppelt so viele Kunden herein wie sonst, was das *Mountain Queen* bis zum Bersten füllte und sich sehr positiv auf seinen Geldbeutel auswirkte, aber negativ auf seine Psyche und seinen Körper.

Suzanne hatte gerade ihren zweiten Auftritt beendet und bahnte sich einen Weg an den vollbesetzten Tischen vorbei. Sie lachte mit den Minenarbeitern, ließ sich von einem Berufsspieler auf die Wange küssen und freute sich über die galante Verbeugung eines Bankbesitzers aus Nevada.

Travis stand wie immer an der Bar und beobachtete sie im Spiegel, als sie hinter ihm vorbeiging, ohne ihm auch nur einen Blick zuzuwerfen.

Jed trat zu ihm, zog seine Bourbon-Flasche hervor und goß ihm einen Fingerbreit in sein Glas. »Alles in Ordnung, Boß?«

»Ja, wunderbar«, knurrte Travis, ohne den Blick vom Spiegel zu wenden.

»Der Sheriff spielt sich wieder auf, Boß.« Jed stellte die Flasche zurück. »Spricht überall davon, daß Sie die Leitung der Ritter übernehmen.«

»Ich weiß.«

»Und was wollen Sie dagegen tun?«

»Ich kann nicht viel tun. Ich habe die Ritter nicht übernommen und bin nicht ihr Anführer. Nicht einmal ein Mitglied. Früher oder später wird das auch der Sheriff merken, und alle anderen auch.«

»Mag sein, aber bis dahin wird jeder denken, Sie wären es.« Er nickte und ging weg, um einen anderen Kunden zu bedienen.

Travis hatte den Blick nicht einmal vom Spiegel abgewendet – und nicht von Suzanne. Er wollte einfach nicht an die Ritter denken. Suzanne stand neben Ben Morgans Tisch. Er sagte etwas zu ihr und zwinkerte ihr zu. Suzanne lachte und klopfte ihm spielerisch auf die Schulter.

Travis wurde wütend.

Plötzlich erschien Clarence Lonchet neben ihm. »Mr. Bragette, die Auslastung des *Mountain Queen* hat deutlich zugenommen, seit Suzanne hier auftritt, stimmen Sie mir da zu?«

Travis warf ihm einen Blick zu, als wäre der kleine Mann ein häßlicher Käfer. »Wirklich«, sagte er kurz.

Clarence drehte sich um und stützte sich mit den Ellbogen auf die Bar, was bedeutete, daß er sich leicht auf die Zehenspitzen stellen mußte. Er sah sich auffällig in der Bar um, bis er Suzannes Aufmerksamkeit hatte. Er bedeutete ihr mit einer Kopfbewegung, zur Bar zu kommen, aber so unauffällig, daß nur Suzanne die Geste bemerkte.

Als sie sich bei Morgan und Lowry entschuldigte, wandte Clarence sich wieder um. »Nun«, er kicherte, und der Laut klang hoch und seltsam quiekend, »vergessen Sie eines nicht, Mr. Bragette …« Er senkte die Stimme zu einem verschwörerischen Flüstern und beugte sich nahe zu Travis, »unsere Suzanne mag ja freundlich zu Ihnen sein, aber sie hat auch in anderen Städten noch Verträge zu erfüllen. Sie hat eine einträgliche Karriere vor sich.« Er richtete sich auf und lächelte überlegen. »Also genießen Sie die Zeit jetzt, aber machen Sie sich keine falschen Vorstellungen über eine dauerhafte Beschäftigung.«

Travis musterte Clarence finster, ehe er sich abwandte und seinen Whisky austrank. Freundlich zu ihm? Suzanne? Er blickte wieder in den Spiegel. Sie sprach mit Tom Lowry, der seit ihrer Ankunft ein Stammgast im *Mountain Queen* geworden war. Als Ben Morgan etwas sagte, wandte sie sich zu ihm, lachte, winkte ihnen zu und kam Richtung Bar.

»Gentlemen«, grüßte sie, als sie Travis und Clarence erreichte und sich aufreizend hinstellte, »spendiert mir einer von euch einen Drink?« Sie sah dabei Travis an, und ein neckendes Lächeln spielte um ihre Mundwinkel.

Clarence zog den Hut. »Tut mir leid, aber ich bin auf dem Weg zu Millie. Sie wartet auf mich. Ich wollte nur sichergehen, daß du heute nacht eine Begleitung zum Hotel hast.«

»Oh, ich bin sicher, Mr. Bragette macht es nichts aus, mich nachher zum *Union Belle* zurückzubegleiten, Clarence.« Sie lächelte Travis strahlend an. »Nicht wahr?«

Travis preßte die Lippen kurz aufeinander. In den letzten Tagen war sie immer abwechselnd heiß und kalt, heiß und wieder kalt, ohne Vorwarnung, ohne Grund. Er war nicht nur durch ihre Stimmungsschwankungen verwirrt, sondern wurde langsam richtig wütend. Plötzlich fiel ihm etwas auf. Wenn Lonchet in der Nähe war, war Suzanne ganz Freundlichkeit und Lächeln zu ihm, war der Mann aber nicht zu sehen, verwandelte Suzanne sich sofort in einen Eisberg.

Mißtrauisch betrachtete er Lonchet.

»Sehr schön, wenn das geregelt ist, mache ich mich auf den Weg.« Clarence ging in Richtung Tür. »Ich will Millie nicht warten lassen.« Er lächelte Travis und Suzanne zu. »Sie hat heute Apfelkuchen gebacken.«

Travis wandte sich wieder Suzanne zu und sah nur noch ihren Rücken, als sie sich wieder zu Lowry und Morgan gesellte, die an Morgans Tisch Karten spielten. Er runzelte die Stirn. Hmm, wenn Lonchet da war, war sie freundlich, wenn Lonchet ging, zeigte sie ihm die kalte Schulter.

Er blickte zu Ben Morgan, der an dem Ecktisch saß, den er sich ausgesucht hatte. Travis wußte nicht sicher, ob Morgan ein Mitglied der Ritter war, aber das war nicht ungewöhnlich, da die Mitglieder zur Geheimhaltung verpflichtet waren. Aber die Informationen, die er bekommen hatte, nachdem er einem Freund in San Francisco telegrafiert hatte, ließen bei ihm keinen Zweifel daran, daß Morgan ein Ritter war. Jetzt mußte er nur noch herausbekommen, warum Ben Morgan nach Virginia City gekommen war. Er fing einen Blick Suzannes auf und versuchte, ihn mit seinem festzuhalten, aber sie wandte den Kopf ab. Travis fluchte leise. Diese Frau trieb ihn zum Wahnsinn.

Und was hatte Ben Morgan mit Suzanne Forteaux zu tun?

Addie lächelte Hank, der ihr gegenübersaß, strahlend an. »Wissen Sie«, sagte sie mit einem Schnurren in der Stimme, »ich habe gar nicht gewußt, daß der Manager eines Saloons so viel Verantwortung trägt, Hank. Sie machen das ganz wunderbar.«

Verwirrt erwiderte Hank ihr Lächeln und sah dann überall hin, nur nicht Addie an.

»Mr. Bragette kann von Glück sagen, daß er Sie hat, Hank.« Addie sah aus dem Fenster auf die dunkle Straße. »Ich werde das hier vermissen. Es ist so schön.«

»Dann bleiben Sie doch«, sagte Hank.

Sie lachte. »Oh, das kann ich nicht. Meine Stelle bei Miss Lindsay verlangt, daß ich mit ihr reise. Zu den Bühnen, wissen Sie. Sie hat noch viele andere Engagements.«

»Dann kündigen Sie.«

»Oh, Hank, das ist unmöglich. Eines Tages vielleicht, aber nicht ...« Sie hatte noch nie daran gedacht, sich irgendwo niederzulassen, nicht einmal mit dem Gedanken gespielt. Sie liebte ihre Arbeit, ihre eigentliche Arbeit, aber wenn sie jetzt Hank ansah, fragte sie sich, wie es wohl wäre, mit ihm zusammen in Virginia City zu leben. Ein normales Leben zu haben.

Hank sah aus den Augenwinkeln, wie Abram Lyle den Bürgersteig entlang gerannt kam. Er hielt ein Stück Papier in der Hand und schrie aus vollem Halse. Dann stürmte er ins *Mountain Queen* und verschwand sogleich im hinteren Teil.

Addie bemerkte Hanks Blick zum Fenster und wandte sich um. »Was ist los, Hank?« fragte sie.

Er zuckte die Achseln. »Ich weiß es nicht, Addie, aber ich habe ein merkwürdiges Gefühl. Lassen Sie uns ins *Queen* rübergehen. Ich habe gerade Abram Lyle, den Telegrafenboten, hineinlaufen sehen.«

»Sie haben New Orleans eingenommen! Die Yankees haben New Orleans!« brüllte Abram, als er ins *Mountain Queen* raste. Dabei schwenkte er das Papier mit der Botschaft über dem Kopf.

Travis fuhr herum und sah ihn ungläubig an.

Die Gäste reagierten sofort auf die Nachricht. Die Gespräche, das Lachen, das Klingen von Münzen und Gläsern erstarb. Stille senkte sich über den Raum, als aller Augen sich dem jungen Telegrafenboten zuwandten.

»New Orleans ist an die Yankees gefallen«, wiederholte er. »Sie haben es, und Major Butler hat die Stadt übernommen.« Er sah sich nervös um und wartete auf eine Reaktion, die großen Augen vor Anspannung weit aufgerissen.

Plötzlich explodierte der Raum in Fragen und Ausrufen. Seit der Richter die Stadt verlassen und das Gerücht ausgestreut hatte, Travis hätte die Ritter übernommen, hatten sich immer mehr Gäste eingefunden, die die Südstaaten unterstützten.

»Das kann nicht stimmen«, rief einer. »Wie zum Teufel sollten die Yankees das geschafft haben?«

»Und wie haben sie es geschafft, ganz Louisiana zu durchqueren, ohne aufgehalten zu werden?« fragte ein anderer düster.

»Sie haben die Stadt vom Fluß aus eingenommen«, erklärte Abram.

»Scheiße.«

»Gut, daß von meinen Leuten keiner mehr da unten ist«, stöhnte ein anderer.

»Verdammte Yankees.«

»Warum kümmern sie sich nicht um ihre eigenen Sachen und bleiben oben im Norden, wo sie hingehören?«

Travis sah sich nach Suzanne um, ehe ihm einfiel, daß sie ja schon ins Hotel gegangen war. Er wollte nicht, daß sie diese Neuigkeit als Schrei auf der Straße hörte. Ihre Familie wohnte in New Orleans. Dann traf es ihn wie ein Blitz. Seine auch.

Seine jüngere Schwester Teresa und seine Mutter lebten dort zusammen mit seinen Schwägerinnen Belle und Lin. Travis ging durch die aufgeregte Menge zu Abram Lyle hinüber.

»Abram, bist du dir sicher?«

Der Telegrafenbote nickte. »Das Telegramm ist vor

einer Stunde aus San Francisco gekommen. Ich habe in St. Louis nachgefragt, um es abzusichern.«

»Und haben sie das?«

»Ja. Es war am 24. April, also gestern«, erklärte er. »Yankee-Schiffe sind nach New Orleans gesegelt, und Major Butler hat sofort über die ganze Stadt das Kriegsrecht verhängt.«

»Kriegsrecht«, wiederholte Travis und spürte, wie sich sein Magen vor Furcht zusammenzog. Die Einwohner von New Orleans würden es nicht hinnehmen, daß ihre Stadt von Yankees besetzt war. Und auch das Kriegsrecht würde nicht nach ihrem Geschmack sein. Es ging zur Tür. Erst wollte er Suzanne die Neuigkeit mitteilen, und dann wollte er ein Telegramm an seine Mutter in Shadows Noir schicken, um zu hören, ob alles in Ordnung war.

Aber in dem Moment, als er auf die Straße trat, wußte er, daß es zu spät war, Suzanne vorzuwarnen. Überall standen die Leute auf der Straße, Minenarbeiter, Ehefrauen, Spieler, Huren und Bürger. Alle redeten, einige jubelten, andere stöhnten, und beide Seiten schimpften und bedrohten einander.

Travis eilte über die Straße zum *Union Belle*. Die Tür stand auf, und kalte Luft strömte in die Lobby. Er trat ein, als Mavis Beale um die Ecke gerannt kam.

»Dumme Kerle«, murrte sie, »die Besoffenen tanzen jetzt nicht nur auf der Straße, sondern lassen mir auch noch die Tür auf, so daß die kalte Luft reinkommt.«

»Haben Sie schon die Neuigkeiten gehört?« fragte Travis.

»Hat das nicht jeder?« fauchte Mavis. Sie knallte die Tür zu und schloß ab. »Das wird sie draußen halten.«

»Ist Su- Georgette Lindsay da, Mavis?«

»Sie ist vor einer Stunde gekommen, Travis.« Mavis sah ihn fragend an. »Haben Sie sie nicht hergebracht?«

Er schüttelte den Kopf. »Nein.« Tom Lowry hatte Suzanne begleitet.

»Nun, sie ist hier, aber ich weiß nicht, ob sie wach ist. Auch wenn ich nicht glaube, daß jemand schlafen kann, wenn draußen so ein Lärm herrscht.«

»Ich gehe hoch und klopfe.«

Mavis wandte sich zum Gehen. »Aber vergessen Sie mir eines nicht, Travis: Ich führe hier ein anständiges Haus.« Sie sah ihm nach, als er die Treppe hochstieg. »Und ich bin keine Puffmutter.«

Er lachte leise. »Ich werde daran denken.«

Sie zwinkerte ihm zu. »Tun Sie das.«

Travis ging durch den Flur und klopfte an Suzannes Tür.

Addie öffnete und sah heraus. »Oh, Mr. Bragette, haben Sie die Nachricht gehört?«

Travis nickte.

»Ist es nicht furchtbar? Das hätten wir nie gedacht. Ich meine«, sie warf einen Blick auf Suzanne, die mit einem Taschentuch in der Hand auf dem Bett saß, »es kann doch nicht stimmen?«

Travis trat ein, aber ehe Addie die Tür schließen konnte, wandte er sich an sie. »Addie«, sagte er leise, »ich möchte einen Moment mit Miss Lindsay allein sprechen.«

Addie blickte unsicher zu Suzanne.

Travis ergriff Addie beim Arm und führte sie auf den Flur. »Es ist in Ordnung, Addie. Ich kenne ihre Familie aus New Orleans.« Er nickte, als sie ihn überrascht ansah. »Warum gehen Sie nicht nach unten und machen sich eine warme Milch? Oder gehen ins Bett.«

»Nun, sind Sie sicher? Daß Miss Lindsay mich nicht mehr braucht?«

»Ich bin sicher.« Er schloß die Tür.

Addie eilte in ihr Zimmer, holte sich Cape und Handschuhe und verließ das *Union Belle* durch die Hintertür. Wenn die Ritter noch irgend etwas unternehmen wollten, dann sicher diese Nacht.

Maggie schickte eines ihrer Mädchen auf die andere Straßenseite ins *Mountain Queen* hinüber, um Abram Lyle zurück ins Telegrafenamt zu holen. Sie beobachtete, wie der große, schlaksige junge Mann wieder in sein Büro ging, und warf dann ein Cape um, um ihm nachzueilen.

»Wollen Sie ein Telegramm schicken, Miss Rochelle?« fragte er sie, als sie eintrat.

»Ja.« Sie hielt ihm ein Stück Papier hin. »Senden Sie das sofort.«

Er begann, das Blatt aufzufalten.

»Das ist vertraulich, Abram«, mahnte ihn Maggie.

Abrams Augen glitten über den Text.

»David Smith. Rocking T Ranch. Houston. Texas. Lieber Bruder. Mache trotzdem weiter. Alles in Ordnung. Sachen sollten in zwei Wochen ankommen. Schwester.«

Er sah zu Magnolia auf. »Ich wußte gar nicht, daß Sie einen Bruder in Texas haben, Miss Magnolia.«

Sie lächelte. »Nun, ich schätze, es gibt eine Menge Dinge, die Sie nicht über mich wissen, Abram. Vielleicht sollten Sie öfter mal ins *Silver Lady* kommen.«

Abram errötete. »Ah, nein, Miss Magnolia, Sie wissen doch, daß meine Sarah das nicht gerne sähe.«

»Können Sie das sofort wegschicken?«

Er nickte. »Natürlich, Miss Magnolia. Ich telegrafiere sofort.«

Er wandte sich ab, und als Magnolia zur Tür ging, verschwand das Lächeln, das sie für Abram Lyle aufgesetzt hatte. Ihre Augen wurden hart, und für einen Moment zeigte sich Wut in ihren Zügen und funkelte aus ihrem kalten Blick. Nach dem, was in New Orleans passiert war, mußten sie schnell reagieren. Wenn der Süden jetzt fiel, wären ihre Pläne ruiniert.

15

Travis setzte sich neben Suzanne auf die Bettkante. Sie wandte sich ab.

»Es wird alles gut sein, Suzanne«, tröstete er sie.

Sie schluchzte plötzlich auf und begann zu zittern.

Travis legte den Arm um sie und zog sie an sich. Er hatte halb erwartet, daß sie sich sträuben würde, aber statt dessen warf sie ihm die Arme um den Hals und schmiegte ihr Gesicht an seine Brust.

»Oh, Travis, sie haben New Orleans eingenommen.«

»Ich weiß«, flüsterte er in ihre weichen Locken. Er zog sie näher an sich und atmete tief den Jasminduft ein, der ihn, wie er jetzt wußte, immer an Suzanne erinnern würde.

»Es ist so schrecklich, Travis. Sie sind in unseren Häusern.« Wieder schluchzte sie auf. »Allein der Gedanke ist so fürchterlich.«

»Ich weiß«, sagte er wieder und strich ihr die Haare aus dem Gesicht. Als seine Finger ihren Hals berührten, erwachte wieder sein Verlangen nach ihr.

»Und Kriegsrecht, Travis, sie haben das Kriegsrecht verhängt!«

Sie richtete sich auf. Ihr Gesicht war tränenverschmiert, und ihre Augen waren feucht. Sie blinzelte, und weitere Tränen liefen über ihre nassen Wangen.

Suzanne sah Travis in die Augen und verlor sich in den grauen Tiefen. Plötzlich traten alle Gedanken an Krieg und ihre Sorgen zurück, und es gab nur noch einen

Gedanken: ihr Verlangen nach ihm. Plötzlich war Suzanne sich seiner Nähe sehr bewußt.

Sie spürte seinen Atem warm auf ihrer Wange und in ihren Haaren, roch den feinen Duft des Bourbon, der zu ihm gehörte, und den Zigarrenrauch, der in seinen Kleidern hing, und sie spürte unter dem Stoff seines Hemdes die kräftigen Muskeln seines Unterarms. Sanft entzog Suzanne ihm ihre Finger. Das war der Mann, der versprochen hatte, sie zu lieben und zu heiraten und sich für immer um sie zu kümmern. Das war der Mann, den sie sieben Jahre lang bei jedem Sonnenschein verflucht hatte. Aber er war auch der Mann, von dem sie in der Dunkelheit und Einsamkeit ihres Zimmers geträumt hatte.

Ein Teil von ihr haßte ihn, aber der Teil von ihr, der ihn liebte, wußte, daß sie zu ihm gehörte und immer zu ihm gehören würde.

Sie legte ihm die Hände auf die Brust, strich über seine Muskeln zu den Schultern und Oberarmen hoch und legte ihm dann die Arme um den Hals. Gleichzeitig hob sie sich leicht an und glitt auf seinen Schoß, um ihm ihre Lippen zum Kuß zu bieten.

Travis ergab sich ihr nur zu gerne. Mit einem lustvollen Aufstöhnen schlossen sich seine Arme um ihren Körper, und er zog sie dicht an sich. Weiche weibliche Kurven schmiegten sich an männliche Härte, bis ihre Schatten an der Wand zu einem verschmolzen waren und ihre Herzen im gleichen Takt schlugen.

Das sinnverwirrende Gefühl, von ihm berührt zu werden, die Erfüllung langgehegter Sehnsüchte raubten Suzanne jeden eigenen Willen. Gierig zog sie ihn an sich und vergrub ihre Finger in seinen schwarzen Locken. Sie erinnerte sich an die Leidenschaft, die er so leicht in ihr erwecken konnte, und drang mit ihrer Zunge kühn in seinen Mund ein, um die Bewegungen zu provozieren, die ihr Verlangen auf den Siedepunkt brachten. Quälend und lockend kreiste ihre Zunge um seine, um sich ihm dann herausfordernd wieder zu entziehen.

Travis hörte die Stimmen und Rufe von der Straße nicht mehr. Die Welt um ihn herum war versunken, und es war ihm egal. Alles, was er wollte, war die Frau, die auf seinem Schoß saß.

Sengendes Verlangen brannte in ihm, als glühende Leidenschaft von jeder Zelle und jedem Muskel seines Körpers Besitz ergriff. Sein Begehren nach ihr war so groß, daß es fast schmerzhaft war.

Suzanne wurde von einer Woge der Gefühle überwältigt, die sie noch nicht kannte, und zog sich leicht von ihm zurück, aber ohne seinen Mund freizugeben. Ihre Arme glitten von seinem Hals, und er spürte ihre Hände an seiner Kehle. Sie löste den Knoten seiner schwarzen Krawatte, und dann machten ihre Finger sich unbeholfen daran, die kleinen Knöpfe seines Hemdes zu öffnen.

Travis keuchte erregt und überrascht auf, als ihre Hände den Seidenstoff beiseite schoben und über die warme Haut seines Brustkorbes glitten, um dann hoch zu wandern, um ihm das Kleidungsstück von den Schultern zu streifen. Er zog die Arme aus den Ärmeln, und Suzanne drückte ihn zurück aufs Bett und fuhr mit den Lippen seine Kehle entlang. Er spürte ihre Hände an seiner Taille, als sie ihm den Pistolengurt abnahm und die Knöpfe seiner Hose öffnete.

»Suzanne«, stieß er atemlos hervor. Er vergrub die Hände in ihren langen Haaren.

Ihr Mund zog eine Spur federleichter Küsse über seine Brust.

Eine Welle heißer Lust durchfuhr ihn, als ihr Mund die kleine Mulde seines Magens erreichte.

»Um Himmel willen, Suzanne … Weißt du, was du da machst?«

Sie folgte ihrem Instinkt, voller Neugier, den Körper eines Mannes zu erkunden, und voller Lust, weil es der Körper von Travis war, der da unter ihr lag.

Sie schob die Hand unter den Bund seiner Hose.

Travis sog scharf den Atem ein. Sein Körper zuckte unter ihrer Berührung, als tausend Funken durch sein Fleisch rasten. Er konnte sich nicht mehr zurückhalten. Er zog sie hoch und küßte sie hart auf den Mund. Es war ein Kuß voller Verlangen und Besitzergreifung, voller Begierde und Ergebung, und Suzanne kam ihm eifrig entgegen.

Vielleicht war das falsch, und vielleicht würde sie es morgen schon bedauern. Aber heute nacht zählte nichts bis auf den Mann in ihren Armen, der ihr Blut in flüssiges Feuer verwandelte und sie alle Nöte der Welt vergessen machte. Dem Schmerz und der Sorge würde sie sich morgen stellen, aber heute würde sie diese neue Welt genießen, in der es nur sie und Travis gab, auch wenn es nur für ein paar Stunden war.

Mit der Erfahrung eines Mannes, der sich sehr gut auskannte, glitten Travis' Finger unter das dünne blaue Band, das ihr Kleid vorne zusammenhielt, und lösten es. Er schob ihr den Stoff von den Schultern und über die Hüften, ohne daß sein Mund sich auch nur eine Sekunde von ihrem löste.

»Travis …« Suzanne stöhnte leise an seinen Lippen. Ihre Hände glitten wie feurige Seide über seine Haut und hinterließen eine Spur des Verlangens, als sie hierhin und dorthin glitten. Sie hob ihm ihre Hüften entgegen, und ihre bloßen Brüste schmiegten sich an seine Brust.

Travis streifte sich die Stiefel ab, zog die Beine aus den Hosen und schob sie mit dem Pistolengurt ans Ende des

Bettes. Er zog Suzanne fest an sich und rollte sich über sie. Dann sah er auf sie hinab, auf die dunklen Locken, die sich auf das Kissen ergossen, und suchte ihren Blick, betrachtete die sinnlichen Lippen, die seidigen Wimpern, die die Wangen beschatteten, und die erstaunlichen himmelblauen Augen, die in seine blickten.

»Liebe mich, Travis«, flüsterte Suzanne, ohne den Blick von ihm abzuwenden.

»Das wünsche ich mir, seit du aus der Postkutsche gestiegen bist«, erwiderte Travis heiser.

»Ich wünsche es mir schon viel länger«, erwiderte sie kaum hörbar.

Die Erinnerung, wie sehr es sie verletzt hatte, schmerzte, und Travis wandte den Blick ab, als die Schuld ihn einholte.

»Liebe mich, Travis«, forderte Suzanne ihn erneut auf, als könnte sie seine Gedanken lesen und wollte ihm versichern, daß zumindest im Moment nur die Gegenwart zählte.

»Ich kann dir keine Zukunft versprechen, Suzanne«, flüsterte Travis, weil er wußte, daß er sie warnen mußte. Er konnte sie nicht nehmen, sosehr er sie auch begehrte, wenn er es ihr nicht sagte. Vor sieben Jahren hatte sein Vater ihr seine Zukunft versprochen, und er hatte sie sich zurückgeholt. Es war grausam gewesen, aber es hatte sein müssen. Und er hatte sich nicht verändert. Er liebte Suzanne Forteaux nicht. Er begehrte sie mehr, als er je eine Frau begehrt hatte, aber er liebte sie nicht und würde auch nicht so tun. Liebe war etwas für andere, aber nicht für ihn, nicht für Travis Bragette. Das hatte er einmal probiert, und es hatte ihm nicht geschmeckt.

»Liebe mich, Travis«, drängte Suzanne, die von ihren Gefühlen zu überwältigt war, um seine Antwort zu verstehen.

Mit quälender Langsamkeit senkte er den Kopf, bis seine Lippen den elfenbeinfarbenen Hügel ihrer Brust berührten.

Suzanne stöhnte leise auf, und ihr Körper bog sich seinem Mund entgegen.

Seine Lippen glitten über ihre Haut, und er atmete den vertrauten Jasminduft ein. Als er sich ihrer Brustspitze näherte, glitt seine Zunge über die rosige Erhebung, und Suzanne zitterte vor Lust.

Er stützte sich auf, um sie nicht zu zerdrücken, und sie spürte seine Erregung hart an ihrem Schenkel, als seine Hand jede Kurve und jede Vertiefung ihres Körpers liebkoste.

Suzanne bewegte sich instinktiv unter ihm und erlebte mit jeder Berührung und jeder Liebkosung ein neues Gefühl der Lust und des Sehnens, bis ihr ganzer Körper vor verzehrender Lust brannte. In dem Moment hob er sich von ihr, um sich neben sie zu legen, und sie wollte schon protestieren, als seine Hand über ihren flachen Bauch bis hinunter zu der Wärme zwischen ihren Schenkeln glitt.

Sie klammerte sich an ihn, als der Hunger in ihr wuchs.

Wieder legte sein Mund sich auf ihren, und er küßte sie so sehnsüchtig, daß sich darin ein wenig von der Einsamkeit verriet, die er sonst so gut verbarg.

Draußen traten ein paar Minenarbeiter aus dem *Silver Lady* auf die Straße und machten vor Freude über die Meldungen Luftsprünge, aber weder Suzanne noch Travis hörten es.

Sie waren in einer Welt, in der es nur sie beide gab. Seine Hand strich über die Innenseite ihrer Schenkel und weckte ihre Sinne, bis sie sich unter ihm wand und es kaum noch ertragen konnte.

Ihre Finger gruben sich in seine Schultern und kneteten

die harten Muskeln, drückten ihn an sich, damit ihr keine noch so kleine Berührung entging.

Er strich ihr mit den Lippen über die Wangen, um sie dann erneut zu küssen. Gleichzeitig fanden seine Finger ihre geheimste Stelle …

»Oh, Travis!« schrie Suzanne auf, als heißes Verlangen sie durchströmte.

»Laß mich dich lieben, Suzanne«, flüsterte Travis heiser an ihrem Mund, »laß mich dich lieben, wie ich es schon lange hätte tun sollen.«

»Oh, ja«, stöhnte Suzanne, »ja, Travis, ja.« Sie war wegen Brett hergekommen, aber sie wußte, daß sie auch wegen Travis hier war. Er hatte bezahlen sollen für das, was er ihr angetan hatte, und er hatte sie genauso begehren sollen, wie sie ihn begehrte. Dann hatte sie ihn bestrafen und zerstören wollen.

Aber jetzt wollte sie nur, daß er sie liebte und sie weiter so wundervoll berührte. Sie spürte, wie seine Finger sich in ihr zu bewegen begannen, spürte seine Lippen an ihren Brüsten, und Welle auf Welle überwältigender Lust schlug über ihr zusammen, um immer noch größeren Hunger in ihr zu wecken. Unbewußt stöhnte sie vor ungeduldiger Erwartung.

Travis wußte, daß er sich nicht länger zurückhalten konnte, rollte sich über sie und schob ihre Schenkel auseinander.

Suzanne spürte, wie die heiße Spitze seiner Männlichkeit sie berührte, und auch, wenn sie eine warnende Stimme hörte, daß sie das bedauern könnte, sagte ihr Herz ihr doch, daß es richtig war und daß das alles war, worauf sie immer gewartet hatte.

Im nächsten Moment spürte Suzanne, wie seine harte Männlichkeit in ganzer Länge in sie eindrang.

Suzanne versteifte sich bei dem scharfen Schmerz, als

er ihre Jungfernschaft beendete, und schrie leise auf, aber sein Mund dämpfte ihren Schrei.

Travis spürte, daß er ihr die Tugend nahm, hörte den leisen Schrei des Schmerzes und erstarrte vor Überraschung. Sie war dreiundzwanzig und längst im heiratsfähigen Alter. Er hatte angenommen, daß es in sieben Jahren und bei ihrem Leben längst andere gegeben hatte ... Aber er hatte sich geirrt. Voller Schuldgefühle begann er, sich aus ihr zurückzuziehen.

Suzannes Arm legte sich um ihn. »Travis«, bat sie, »bitte.«

Ihre Worte waren mehr, als er ertragen konnte, und seine Lust war zu groß. Sein Mund legte sich auf ihren, und seine Hüften begannen erneut, sich auf ihr zu bewegen.

Tief innerlich spürte Suzanne, wie eine heiße Welle ungeahnter Lust sich aufbaute. Sie zitterte, und ihre Sinne waren in Aufruhr, als ihr Körper sich bewegte, um ihm im Rhythmus der Lust zu treffen.

Ihre Beine schlangen sich um seine Hüften, als Travis sie höher und höher zu den Sternen trug.

Dann, als Suzanne glaubte, daß sie mehr nicht ertragen könnte, daß die Lust sie verzehrte, spürte sie, wie Travis' Körper sich versteifte, ehe die Welt für beide in alles verzehrender Lust explodierte.

16

»Ich habe gesagt, Sie können da jetzt nicht hingehen!« rief Mavis Beale und rannte hinter Magnolia her.

»Ich weiß, was Sie gesagt haben«, warf Magnolia über die Schulter zurück, während sie den engen Flur entlangeilte.

»Und ich will Frauen Ihres Schlages nicht im Haus haben.«

Magnolia blieb so abrupt stehen, daß Mavis fast in sie geprallt wäre. Magnolia hob eine Braue, wandte sich zu Mavis um und maß sie wütend und herausfordernd. »Und von welchem Schlag genau bin ich, Mrs. Beale?«

Mavis richtete sich gerade auf und stützte die Hände in die runden Hüften. »Sie wissen genau, von welchem Schlag Sie sind, Missy, und ganz bestimmt sind Sie keine Weinleserin im Weinberg des Herrn.«

»Ach, ja? Nun«, sagte Magnolia, wirbelte herum und setzte ihren Weg fort, »dann rate ich Ihnen, mir nicht zu nahe zu kommen, Mrs. Beale, damit mein Mangel an christlichen Tugenden nicht auf sie abfärbt.«

»Sehr gut!«

Magnolia blieb vor einer Tür stehen und klopfte leise an.

Travis fuhr herum und sah über die Schulter zur Tür. »Wer zum Teufel kann das sein?« wunderte er sich laut.

Suzanne, die noch immer eng an ihn geschmiegt dalag, murmelte etwas Unverständliches. Wer immer an der Tür war, sollte verschwinden und später wiederkommen.

Aus Instinkt oder auch Vorahnung heraus griff Travis nach dem Laken und zog es über sie.

Dann flog auch schon die Tür auf, und Travis sah ungläubig zu, wie Miss Magnolia Rochelle ins Zimmer stürmte. Ihr grünes Kleid leuchtete im Lampenlicht, und die roten Haare fielen ihr als feurige Mähne ins Gesicht. Sie sah wütend auf Travis hinunter, der sich schnell von Suzanne entfernte und das Laken dabei fallen ließ, so daß nur seine Taille noch knapp bedeckt war.

So plötzlich aus ihrer Leidenschaft gerissen, rutschte Suzanne zur Seite und verbarg sich halb hinter Travis. Sie drückte ein Kissen an ihre bloße Brust und errötete heftig vor Verlegenheit.

»Na so was!« Magnolias Augen verdunkelten sich vor Zorn, als sie mit einem höhnischen Lächeln zwischen Travis und Suzanne hin und her sah. »Ich denke, bei einigen Leuten weiß man nie, nicht wahr?«

»Maggie ...«, begann Travis warnend.

»Ich habe ihr gesagt, daß sie nicht hereinkommen kann«, verteidigte Mavis sich vom Flur her, das Gesicht vor Wut verzogen. »Ich habe es ihr gesagt, Travis. Ich habe versucht, sie aufzuhalten, aber sie ist einfach weitergestürmt wie ein störrisches Maultier.«

Magnolia warf der Frau über die Schulter einen Blick zu. »Verschwinden Sie und backen Brot oder so, dumme Kuh.«

»Ah!« Mavis legte eine Hand auf die Brust.

»Es ist schon gut, Mavis«, sagte Travis. »Miss Rochelle geht gleich wieder.«

Mavis sog tief die Luft ein. »Nun, das will ich ihr auch geraten haben, sonst rufe ich nämlich den Sheriff. Ich will keine von ihrer Sorte in meinem Haus haben. Nein, Sir.« Sie wandte sich ab und verschwand die Treppe hinunter.

Travis sah Magnolia an. »Was, zum Teufel, soll das,

Maggie? Warum bist du hergekommen?« knurrte er. Er war sich ihrer Blicke bewußt und spürte, wie die Spannung im Raum wuchs. Travis stieg aus dem Bett und hob seine Hose vom Boden auf, wo er sie vor ein paar Stunden hatte fallen lassen.

»Ich bin gekommen«, begann Magnolia verächtlich, ohne Suzanne anzusehen, »weil ich dachte, daß du vielleicht wissen willst, daß jemand auf Hank geschossen hat. Aber vielleicht«, sie hob das Kinn und warf Suzanne einen Blick voller Abneigung zu, »interessiert dich das ja auch gar nicht.«

Travis' Kopf flog herum. Er erstarrte mitten in der Bewegung, die Hände am Hosenbund. Graue Augen starrten Magnolia ungläubig an. »Auf Hank geschossen?« wiederholte er.

»Ja, auf Hank geschossen. Ein paar von diesen Nordsympathisanten, die du so magst, sind ins *Mountain Queen* gekommen, nachdem du weg warst, und haben angefangen, den Saloon auseinanderzunehmen. Sie haben nach dir gesucht, wahrscheinlich, um dich auseinanderzunehmen. Die dummen Kerle haben irgend etwas davon gebrüllt, daß Duncan angeschossen wurde und du etwas mit dem Überfall auf die Minenbesitzer zu tun hättest, weil du ja jetzt der Anführer der Ritter wärest. Aber« sie seufzte übertrieben, »weil du ja nicht da warst, haben sie statt dessen einem deiner Angestellten eine Lektion erteilen wollen und haben sich Hank dafür ausgesucht.«

»Bastarde«, fluchte Travis. Er zog hastig die Hose hoch, stieg in seine Stiefel und griff nach seinem Hemd, das zerknüllt unter dem Bett gelandet war.

»Es hätte natürlich noch schlimmer sein können.«

Travis sah auf.

»Wenn sie ihren Zorn beispielsweise an Elsie oder einem deiner anderen Mädchen ausgelassen hätten.«

»Dann haben sie ja Glück gehabt, daß sie das nicht getan haben«, sagte Travis kurz. »Ist Hank in Ordnung? Er ist doch nicht …?«

Sie zuckte die Schultern. »Oh, er wird es überleben. Sie haben ihn in den Arm geschossen. Jed hat versucht, sie daran zu hindern, alles zu zerschlagen, und hat dafür einen ordentlichen Schlag auf den Kopf bekommen. Ich schätze, er war ohnmächtig, als sie anfingen, Hank zusammenzuschlagen.«

»Wer war es?« Travis griff nach seiner Jacke. »Wer war ihr Anführer?«

Magnolia schüttelte den Kopf. »Ich weiß es nicht. Frag Hank. Er und Jed haben eine Menge gesehen.«

Travis lief aus dem Zimmer, ohne Suzanne noch einen Blick zuzuwerfen, die sich noch immer hinter dem Kissen verborgen hielt.

Magnolia folgte Travis, hielt aber an der Schwelle noch einmal inne, als sie die Tür schließen wollte. Sie sah Suzanne haßerfüllt an. »Wenn ich dir einen guten Rat geben darf, Süße«, sagte sie, »dann war das das letzte Mal, daß du etwas mit Travis geteilt hast, hmmmm?« Sie lächelte, aber die kalte Feindseligkeit in ihren Augen blieb. »Er gehört mir.«

Stunden später dachte Suzanne immer noch über Magnolia Rochelles Abschiedsworte nach und erinnerte sich an das, was Travis ihr ins Ohr geflüstert hatte, ehe sie sich liebten. *Ich kann dir keine Zukunft versprechen.* Sie war sich nicht sicher, ob sie vor Verzweiflung weinen oder vor Wut schreien sollte. Sie war eine Närrin gewesen, sich ihm hinzugeben, eine vollkommen törichte Närrin. Sie schloß die Augen und lehnte sich zurück. Aber dumm wie es war, es war geschehen und war nicht mehr rückgängig zu machen. Zumindest wußte sie jetzt, daß Thomas Bragette sich nicht verändert hatte. Vielleicht konnte sie ihn jetzt vergessen, ihn in die Vergangenheit verbannen, wo er hingehörte. Die Erinnerung an ihn aus ihrem Kopf und ihrem Herzen löschen. Travis war nicht ihre lange verlorene Liebe, war nicht ihr Traumprinz. Er war immer noch derselbe egoistische, gefühllose, arrogante Mann, der sie in der Kirche vor allen Freunden hatte stehen lassen.

Sie errötete, als sie an das dachte, was letzte Nacht zwischen ihnen vorgefallen war. Sie hatte die Verführung begonnen. Nun, zumindest konnte sie jetzt alle dummen Träumereien hinter sich lassen.

Sie seufzte tief. Sie konnte nicht leugnen, daß sie ihn begehrte und daß er eine Leidenschaft in ihr weckte, wie sie sie noch nie gespürt hatte, so daß sie sich wie eine echte Frau fühlte. Suzanne schlang die Arme um ihren Leib. Nein, sie konnte diese Gefühle nicht leugnen, aber sie konnte sie ignorieren.

Addie verließ die Praxis des Arztes, wo Hank der Arm verbunden wurde, und eilte über den Fußweg zum Hotel hinüber. Zumindest ging es ihm gut. Sie wäre fast ohnmächtig geworden, als sie die Nachricht gehört hatte, daß er verletzt worden war. Ihre Reaktion darauf hatte sie fast so sehr überrascht wie die Nachricht selbst. Hank Davis war nicht der Typ Mann, zu dem sie sich normalerweise hingezogen fühlte. Anscheinend war er ihr, während sie ihn über Travis und die Ritter aushorchte, ans Herz gewachsen.

Als sie darüber nachdachte, kam sie an ein paar Männern vorbei, die sich vor der Nevada Bank versammelt hatten.

»Wir sollten sie aus der Stadt jagen«, sagte der eine.

»Ja, mit einem Mantel aus Teer und Federn«, stimmte ein zweiter zu.

Sie lachten alle.

Addie hielt den Blick abgewandt und eilte weiter. In der kleinen Minenstadt herrschte eine explosive Stimmung, die ihr nicht gefiel. Ihr sechster Sinn meldete sich und sagte ihr, daß bald etwas passieren würde ... aber nicht, was das war.

Durch die Nachricht, daß New Orleans an den Norden gefallen war, hatte der Krieg Virginia City mit voller Kraft erreicht.

Addie betrat das Hotel, hob den Saum ihres Kleides an und eilte die Treppe hinauf. Sie ging direkt zu Suzannes Zimmer und klopfte.

Keine Antwort.

Addie stöhnte frustriert auf. Wenn etwas passieren sollte, dann mußte es schnell passieren, das wußte sie so gut, wie ihr Name nicht Hays war. Sie mußte mit Suzanne sprechen. Suzanne wußte vielleicht, ob Travis wirklich die Leitung der Ritter in Virginia City übernommen hatte. Und dann wußte sie vielleicht auch, ob die Ritter irgend etwas planten. Auf der anderen Seite waren da Clarence Lonchet und Ben Morgan. Auch sie waren Ritter, dessen war Addie sich sicher, und sie hatten etwas gegen Suzanne in der Hand, aber sie wußte nicht, was. Auch konnte sie sich nicht erklären, warum Morgan und Clarence, wenn sie doch auch Ritter waren, nicht einfach mit Travis sprachen, statt ihn von Suzanne aushorchen zu lassen. Oder hatten sie den Verdacht, daß er die Union unterstützte?

Sie eilte zurück zum Empfang. »Mrs. Beale«, rief sie, »Mrs. Beale.«

Die plumpe Frau kam um die Ecke. »Ja?«

»Mrs. Beale, wissen Sie, wo Miss Lindsay hingegangen ist?«

Mrs. Beale wischte sich die Hände an der Schürze ab.

»Mr. Nathram, der nette junge Vormann aus der ›Gold and Curry Mine‹, hat sie vor einer Weile mit dem Wagen abgeholt. Er erzählte, daß sie unten im Mansion zu Abend essen wollen.«

»Mansion?« echote Addie fragend.

Mrs. Beale nickte. »Das ›Gold and Curry House‹ in der D-Street. Nathram teilt es mit dem anderen Vormann und den Minenbüros.«

»In der D-Street?« fragte Addie. Sie wandte sich ab und ging zur Tür, wobei sie schon wieder über alles Mögliche nachdachte. Suzanne war mit einem Minenvormann zusammen. Und jemand hatte letzte Nacht versucht, einen Minentransport zu überfallen. Gab es da einen Zusammenhang? Beschaffte Suzanne sich in irgendeiner Form Informationen für die Ritter?

»Es ist ein Ziegelgebäude mit weißen Säulen, wirklich hübsch. Sie können es nicht übersehen«, rief Mavis.

Addie lief die Taylor Street hinunter und bog Mavis' Anweisungen folgend in die D-Street ab. Kurz darauf blieb sie vor dem Haus der ›Gold and Curry Company‹ stehen. Die Hotelbesitzerin hatte recht gehabt, man konnte es nicht verfehlen. Aber das Haus war nicht hübsch, es war wunderschön. Es lag auf einem Hügel und war komplett aus Ziegeln gebaut und von einer Veranda umgeben, auf der weiße Säulen das vorspringende Dach stützten. Grüne Läden befanden sich an den großen Fenstern aus weißem Holz.

Über dem Eingang sah Addie ein großes ovales Fenster, das mit elfenbeinfarbener Seide bespannt war, die zu den Vorhängen an den anderen Fenstern paßten.

Addie starrte das Haus an. An der Reling davor waren ein Wagen und ein Pferd angebunden. Addie überquerte die Straße, stieg die Stufen zur Eingangstür empor, holte tief Luft und klopfte.

Eine zierliche Frau öffnete die Tür. Sie hatte das graue Haar zu einem Knoten aufgesteckt und trug eine weiße Schürze über ihrem dunkelgrauen Kleid. Sie sah aus wie eine Haushälterin. »Ja, bitte, Ma'am?« Ihre blauen Augen sahen Addie fragend an.

»Ich möchte bitte Miss Georgette Lindsay sprechen«, sagte Addie. »Ich glaube, sie ißt mit Mr. Nathram zu Abend?«

Die ältere Frau nickte. »Ja, Ma'am.« Sie trat zurück und ließ Addie in die Halle treten. »Wenn Sie bitte hier warten wollen, ich hole Miss Lindsay.«

Kurze Zeit später öffnete sich eine Tür, und Suzanne kam heraus. Sie eilte auf Addie zu. »Addie, was ist passiert?« stieß sie atemlos hervor. Sie ergriff ihre Hand. »Was ist los?«

Addie lächelte. »Nichts, Suzanne, ich wollte nur sichergehen, daß du in Ordnung bist. Es gibt eine Menge Drohungen in der Stadt, und einige der Minenarbeiter scheinen zu allem bereit.«

Suzanne lachte auf. »Oh, Addie, was du dir immer für Sorgen machst. Mir geht es gut.« Sie ergriff Addies Arm. »Komm und iß mit uns. Das Essen ist hervorragend.«

»Nein, danke. Ich will nicht stören. Außerdem wollte ich noch ein bißchen einkaufen, aber ...« Sie runzelte die Stirn.

»Was?«

»Nun, ich wollte ja nichts sagen, aber ...«

»Was?« drängte Suzanne ängstlich.

»Nun«, Addie senkte die Stimme zu einem Flüstern, »ich habe Gerede gehört, daß Mr. Bragette die Führung dieses Clubs übernommen hätte, der, hmmm ...« Sie verzog das Gesicht, als fiele ihr der Name nicht ein.

»Die Ritter des Goldenen Kreises?« fragte Suzanne.

Addie nickte. »Ja, das war es. Die Ritter des Goldenen Kreises. Ich habe nur gedacht, wenn das stimmt, solltest du nicht länger im *Mountain Queen* auftreten.« Sie spielte nervös mit der Seidenkordel ihrer Handtasche. »Ich meine, der Saloon gehört ihm, und es könnte Ärger geben. richtigen Ärger. Sein Manager wurde bereits angeschossen und …«

Suzanne schüttelte den Kopf. »Travis ist nicht ihr Anführer, Addie. Zumindest hat er gesagt, daß er es nicht ist, und ich glaube ihm. Aber selbst wenn es Ärger gäbe, betrifft er uns ja nicht. Und nun …« Sie lächelte strahlend. »Bist du sicher, daß du nicht mit uns essen willst? Mr. Nathram ist ein sehr freundlicher Mann.« Sie zwinkerte ihr zu. »Er könnte dir gefallen.«

»Aber selbst wenn die Ritter nicht von Mr. Bragette angeführt werden, Suzanne, was ist, wenn sie etwas anderes vorhaben? Zum Beispiel einen neuen Überfall planen?« Addie bemühte sich um ein ängstliches Gesicht. »Die Minenarbeiter könnten sich darüber schrecklich aufregen. Vielleicht randalieren sie sogar in der Stadt. Wir könnten in Gefahr sein. Glaubst du nicht, wir sollten lieber abreisen, ehe etwas passiert?«

Suzanne tätschelte Addies Hand und schüttelte den Kopf. »Ich bezweifele sehr, daß die Ritter so etwas noch einmal versuchen, also mach dir darum keine Sorgen. Ich bin mir tatsächlich ziemlich sicher, daß sie nichts unternehmen werden.«

Addie lächelte. Suzanne wußte also etwas. »Hast du Mr. Nathram im *Mountain Queen* kennengelernt?« fragte sie und wechselte das Thema.

»Nein. Clarence erzählte mir, daß Mr. Nathram meine Aufführung gesehen habe und mich zum Essen einladen wolle, und du kennst ja Clarence, immer auf der Suche nach Sponsoren für eine neue Truppe. Also habe ich zugestimmt.« Sie zuckte die Achseln und lächelte. »Und hier bin ich.«

Addie nickte und wandte sich zum Gehen. Clarence. Wenn Clarence die Einladung vermittelt hatte, steckte mit Sicherheit sehr viel mehr dahinter … »Gut«, sagte sie aber nur, »wir sehen uns dann wieder im Hotel.«

Travis stand vor dem *Union Belle* und lehnte sich an eine der Säulen. Die Daumen hatte er in den Pistolengurt gehakt, und in der rechten Hand hielt er ein glühendes Zigarillo. Die lässige Pose täuschte über die Anspannung hinweg, die er verspürte. Unter der Krempe seines Hutes, den er tief in die Stirn gezogen hatte, blickte er sich unauffällig um.

Wenn es noch mehr Ärger in Virginia City geben sollte, dann sicher nicht im *Mountain Queen*, dafür würde er sorgen. Er sah Charles Mellroy auf der anderen Straßenseite vorbeigehen. Travis' Gesicht wurde hart. Das Gerücht, er hätte die Führung der Ritter übernommen, hielt sich hartnäckig, trotz seiner Beteuerungen, und er hatte eine klare Vorstellung davon, wer das Feuer am Brennen hielt. Blieb nur die Frage, warum? Warum, zum Teufel, wollte der Richter, daß jeder ihn, Travis, für den Anführer hielt? Welchen Sinn hatte es, die Stadtbewohner anzustacheln, wenn es viel wichtigere Dinge zu bedenken gab?

Eine Kutsche kam in Sicht und verdeckte Charlie. Travis sah hinüber und verspürte erst Überraschung und dann Wut. Auf dem Sitz der Kutsche thronte Suzanne Forteaux in einem hübschen Kleid aus gelber Seide. Neben ihr saß stolz wie ein Pfau der neue junge Vormann der ›Gold and Curry Company‹, Eli Nathram.

Vor ein paar Stunden erst hatte sie das Bett mit ihm geteilt, und jetzt fuhr sie stolz mit einem anderen Mann durch die Stadt. »Was, zum Teufel, kümmert es mich, wenn sie sich von allem, was Hosen trägt, den Hof machen läßt?« knurrte er vor sich hin. »Oder auch mit ihnen schläft?« Er schleuderte das Zigarillo von sich und beobachtete, wie es nur knapp die Kutsche von Mr. Nathram verfehlte.

»Was haben Sie gesagt, Boß?« fragte Hank und trat durch die Schwingtüren zu Travis.

»Nichts«, erwiderte Travis.

Hank schüttelte den Kopf und wandte sich ab, wobei er sorgfältig darauf achtete, daß er mit seinem Arm in der Schlinge nirgendwo anstieß.

Der Rest des Tages verging für Travis in einem Nebel aus Ärger und Selbstvorwürfen. Wenn er anwesend gewesen wäre, hätte es den Ärger im *Mountain Queen* nicht gegeben. Dann hätte Jed jetzt nicht eine riesige Beule, und Hank wäre nicht zusammengeschlagen und angeschossen worden. Und Suzanne Forteaux hätte ihre Unschuld nicht an ihn verloren, wenn er im *Mountain Queen* gewesen wäre.

Travis überblickte die Menge, die sich an diesem Abend im *Mountain Queen* drängte. Mindestens ein Dutzend von ihnen gehörte zu den Rittern. Die anderen waren eindeutig entweder Südstaatler oder Sympathisanten des Südens. Keiner war, soweit er wußte, ein Unionsanhänger.

»Verdammt«, knurrte er und wandte sich der Bar zu.

»Stimmt was nicht, Boß?« fragte Hank und trat neben ihn.

»Da stimmt etwas ganz und gar nicht. Sieh dich mal um.«

Hank sah sich um. Er nickte ein paar Bekannten grüßend zu, wandte sich dann wieder Travis zu und zuckte die Achseln. »Was ist los, Boß? Das Haus ist voll, der Whisky fließt in Strömen, und bis jetzt betrügt niemand beim Kartenspiel. Und wenn Miss Lindsay für die Show rauskommt, wird es noch besser.«

Travis drehte sich wieder um. »Wo ist Conner Slate, Hank?« fragte er. »Oder Ben Miller? Oder Johnny Dellos?« Sein Blick glitt durch den Saal. »Oder diese Brüder aus Kalifornien, denen das Ophir gehört – wie heißen sie. Ken und Stacy Ferguson? Und der Italiener, der hier immer rumhängt, Tony Brassea?«

Hank zuckte die Achseln. »Sie sind nicht hier.«

»Verdammt richtig. Sie gehören zur Union, und sie sind nicht hier.«

Hank sah noch einmal hin und verstand plötzlich, was Travis meinte. »Oh.«

Travis bedeutete Jed, ihm einen Drink zu bringen.

»Glauben Sie, Boß, daß es Ärger gibt?« fragte Hank.

Travis deutete auf Hanks bandagierten Arm. »Du meinst mehr, als wir schon hatten?«

Jed brachte Travis ein Glas. »Die Flinte ist geladen und bereit«, meldete er.

»Gut. Halte sie griffbereit.« Er betrachtete den Sprung im Spiegel hinter der Bar und fluchte erneut. Es war sehr teuer gewesen, das Glas von San Francisco nach Carson City zu bringen, und noch mal so teuer, es nach Virginia City zu transportieren. Und jetzt hatte irgendein Dummkopf ein Stuhlbein hineingeworfen, und das alles nur wegen eines dummen Gerüchts.

Eine Bewegung am Eingang lenkte Travis ab. Er sah Charlie Mellroy eintreten.

»Hat einer von euch gehört, daß ich als Anführer der Ritter gehandelt werde?« fragte Travis.

Jed und Hank schüttelten die Köpfe.

»Dann haltet die Ohren auf. Ich möchte mich mal mit dem unterhalten, der diese Geschichte verbreitet.«

In dem Moment begann die Musik, der Vorhang teilte sich, und Suzanne trat als Georgette Lindsay auf die Bühne. Sie trug ein Kleid aus rotem Satin, mit schwarzer Spitze abgesetzt, dessen Ausschnitt gewagt tief war. Sie öffnete einen Fächer aus schwarzen Federn und lächelte ihr Publikum an. Ihr Haar war locker hochgesteckt und fiel ihr in dunklen Wellen auf den Rücken.

Wie jeden Abend begannen die Männer zu jubeln, sobald sie auf der Bühne erschien, und verstummten, sobald sie anfing zu singen.

Travis beobachtete sie mit einem nagenden Gefühl, als ihr schlanker Körper sich von einer Seite der Bühne zur anderen bewegte. Als sein Begehren wieder wuchs, wandte er sich wütend zurück zur Bar.

Das Publikum jubelte.

Travis trank aus. Er hatte seit heute morgen, als Maggie in ihr Zimmer gestürzt war, nicht mehr mit ihr gesprochen. Erst später war ihm aufgegangen, daß er sich nicht einmal von ihr verabschiedet hatte. Als er daran gedacht hatte – nachdem er sich vergewissert hatte, daß es Jed und Hank den Umständen entsprechend gut ging und daß das *Mountain Queen* gründlich auseinandergenommen worden war –, waren bereits ein paar Stunden verstrichen. Er war zurück zum Hotel gegangen, aber sie war nicht da gewesen. Danach hatte er sie in der Kutsche neben Eli Nathram gesehen. Travis spürte, wie Selbsthaß in ihm aufstieg. Ob er ›Hallo‹, ›Auf Wiedersehen‹ oder ›Willst du mich heiraten‹ sagte, Suzanne Forteaux war es vollkommen egal. Sie hatte genügend andere Bewunderer, so daß sie auf ihn nicht angewiesen war.

Wieder jubelte die Menge.

Suzannes Stimme unterbrach seine Gedanken.

»Der Soldat gefällt mir sehr, ich schätze ein mutiges Herz ...«, sang sie.

Die Minenarbeiter jubelten bestätigend.

»Und wenn der Süden dann befreit und aller Kampf zu Ende ist ...«

Jubel.

»Dann wähle ich mir einen Liebsten aus diesem tapferen Heer ...«

Die Menge wurde wild, und Travis zuckte zusammen.

»Der Soldat, den ich dann liebe, erhält von mir Herz und Hand.«

Die Männer stampften und klatschten.

»Hurra, Hurra für den sonnigen Süden.« Suzanne winkte. »Kommt, Jungs, hurra, hurra für den sonnigen Süden.«

Die Menge brach in lautes Hurra aus.

Travis umklammerte sein Glas, und die Knöchel wurden weiß. Was, zum Teufel, hatte sie vor? Einen Aufstand anzetteln? Er zitterte vor Wut und wandte sich so, daß er ein Auge auf den Eingang haben konnte. Er erwartete, jeden Moment die andere Hälfte der Stadt, die den Norden unterstützte, hereinstürmen zu sehen. Er schlug seine Jacke zurück und legte die Hand auf den Griff seiner Waffe.

Das Lied endete, und Suzanne begann mit einer langsamen Ballade. Die Männer setzten sich wieder hin, die Tür blieb zu, und Travis seufzte erleichtert auf.

Suzanne sang laut und eindringlich und verließ die Bühne, um vor einem der Männer stehenzubleiben.

Travis versuchte, den Mann zu erkennen.

Endlich ging Suzanne weiter, und der Mann sah ihr nach.

Tom Lowry. Travis spürte, wie sich Abwehr in ihm aufbaute. Was hatte sie vor? Hatten die Forteauxs wirklich ihr Vermögen verloren? Suchte sie einen Mann? Einen reichen Mann? Aber wenn ja, warum interessierte sie sich dann für Eli Nathram? Er war nur ein Minenvormann. Travis' Blick wanderte zurück zu Suzanne, und mißtrauisch kniff er die Augen zusammen. Er hatte nie eine zufriedenstellende Antwort darauf bekommen, was sie in seinem Zimmer gesucht hatte.

Fünfzehn Minuten später beendete Suzanne ihr letztes Lied, nachdem sie an jedem Tisch mit einem anderen Mann und mit allen Männern – außer Travis – an der Bar geflirtet hatte.

Sie stieg die Stufen hinab und ging dorthin, wo Bob Fairmount an einem Tisch an der Wand saß. Sie war erst ein paar Schritte weit gegangen, als Clarence Lonchet den Saloon betrat. Travis beobachtete, wie Suzanne stehenblieb und den Blick ihres Managers auffing. Einen Sekundenbruchteil wurde ihr Gesicht hart, und dann änderte sie ihre Richtung und ging lächelnd auf Travis zu.

»Ich habe heute morgen darauf gewartet, daß du zum Hotel zurückkommst«, sagte sie leicht schmollend, als sie bei ihm angekommen war.

»Aber nicht allzu lange, wie ich gemerkt habe«, schnappte er zurück.

Suzannes Lächeln ließ nach, aber schnell riß sie sich wieder zusammen. Sie schmiegte sich an Travis und legte ihren Arm in seinen. »Meinst du Eli?« Suzanne machte eine lässige Handbewegung. »Das war rein geschäftlich.«

Travis hob überrascht die Brauen. »Geschäftlich?« wiederholte er. »Du machst Geschäfte mit einem Minenvormann?« Sarkastischer Unglaube klang in seinen Worten mit. »Was hast du vor, Suzanne, den Beruf zu wechseln? Irgendwie kann ich mir dich nicht als Minenvormann vorstellen. Oder planst du eine Privatshow für das ›Gold & Curry‹?«

Suzanne funkelte ihn wütend an, als sie seine beleidigenden Worte hörte, aber ihre Stimme blieb ruhig, und sie zwang sich, ihn weiter anzulächeln. »Ich habe nach einer Möglichkeit gesucht, mein Geld anzulegen, und Eli hat sich bereiterklärt, mir die Mine zu erklären.«

»Du willst in eine Mine investieren?«

»Nun, nein, nicht wirklich. Ich habe es überlegt, aber jetzt verworfen.«

»Richtig«, knurrte Travis. Er versuchte verzweifelt, ihren Arm zu ignorieren, ihren Körper, der sich an seinen preßte, ihren Jasminduft und die Tatsache, daß sein Körper vor Verlangen nach ihr brannte. Jeder Muskel in ihm verlangte danach, sie zu berühren, zu umarmen und eng an sich zu ziehen. Mit unmenschlicher Anstrengung unterdrückte er sein Verlangen.

Im Spiegel beobachtete Travis, wie Clarence Lonchet etwas zu Ben Morgan sagte und dann rasch mit ihm den Salon verließ. Travis wandte sich an Suzanne und war sich sicher, daß auch sie gesehen hatte, wie die beiden gegangen waren.

Sofort zog sie ihren Arm aus seinem und trat zurück. »Aber du brauchst dich nicht um meine Geschäfte zu kümmern, Travis«, setzte sie kühl hinzu. »Ich komme seit einigen Jahren sehr gut alleine zurecht, was ich nicht dir zu verdanken habe.«

Suzanne warf die dunklen Haare zurück und ging zu Tom Lowrys Tisch davon.

Travis' Augen verdunkelten sich, als ihn das Mißtrauen packte. Konnte das stimmen? Erst wollte er sich wegen seiner Gedanken verhöhnen, aber je mehr er darüber nachdachte, desto wahrscheinlicher schien es ihm plötzlich. Immer, wenn Lonchet in der Nähe war, war sie so warm zu ihm wie alter Whiskey, aber sobald er weg war, war sie so kalt wie die Winter-Zephire in Virginia City. Ja, er hatte recht. Aber warum war sie so? Was wollte sie erreichen? Oder besser, was wollten *sie* erreichen?

Travis beobachtete, wie Suzanne sich zu Lowry beugte und ihm etwas ins Ohr flüsterte. Beide lachten. Travis fluchte.

Was hatte Lonchet gemeint, als Travis ihn damals belauscht hatte, als er Suzanne Anweisungen geben wollte? Es hatte nicht so geklungen, als wenn es etwas mit ihrer Show zu tun hätte.

Er ergriff sein Glas, das Jed wieder aufgefüllt hatte. Travis sah in die goldene Flüssigkeit hinunter und schüttelte den Kopf. Er hatte so viele Fragen und keine Antworten.

Plötzlich flogen die Schwingtüren auf und krachten gegen die Wand. Ein großer, dünner Minenarbeiter stand in der Tür. »Jemand hat Duncan Clyde überfallen und ermordet!«

17

Travis sah auf die Leiche von Duncan Clyde hinab. Der Mann hatte den ersten Überfall auf seinen Erzwagen überlebt. Diesmal hatte er dieses Glück nicht gehabt. Etwas quälte Travis im Unterbewußtsein, aber es fiel ihm nicht ein. Warum Clyde? Warum war er wieder ausgesucht worden? Warum nicht einer der anderen Wagen? Himmel, an einem Werktag fuhren so viele die Straße hinunter, sie hätten jeden nehmen können. Warum hatten sie sich nicht für einen der anderen Fahrer entschieden? Vielleicht für einen, der sich nicht gewehrt hätte? Oder der nicht schon aufgeschreckt war und mit einem Angriff gerechnet hatte? Warum Clyde? Es machte keinen Sinn, aber es war für einen Zufall zu unwahrscheinlich.

Duncan Clydes Leiche lag vor einer Kurve am Devil's Gate. Anscheinend hatten die Banditen sich in den zerklüfteten Wänden des Passes verborgen und auf ihr Opfer gewartet. Travis sah die Felsen hoch und versuchte, sich vorzustellen, wie das Ganze abgelaufen sein könnte. Bei ihrem ersten Überfall hatten die Banditen auf Clyde geschossen, und er hatte zurückgeschossen. Aber diesmal hatten die Räuber keine Pistolen benutzt. Travis' Augen wurden schmal. Diesmal war der alte Erzfahrer nicht gewarnt worden. Ein Messer ragte aus seiner Brust, ohne daß es Anzeichen für einen Kampf gegeben hätte oder dafür, daß Clyde noch versucht hätte, unter den Kutschbock nach seinem Gewehr zu greifen. Wer immer Clyde getötet hatte, war einfach neben dem Wagen aufgetaucht, hatte gezielt und dann sein Messer geworfen. Oder war überraschend hinter einem Felsen aufgetaucht. Wie auch immer, das Messer hatte sein Ziel getroffen, und der alte Mann war von seinem hohen Kutschbock vornüber auf den Weg gestürzt, wahrscheinlich auf der Stelle tot.

Aber die Fragen blieben. Warum Clyde? Um ihn zum Schweigen zu bringen? Hatte Clyde an seinen ersten Angreifern etwas bemerkt, woran er sie hätte wiedererkennen können? Travis dachte über die verschiedenen Möglichkeiten nach. Hatten die Angreifer Angst bekommen, daß Clyde irgendwann etwas Wichtiges einfallen könnte, und ihn deshalb für immer zum Schweigen gebracht, statt das Risiko einzugehen? Dabei konnten sie natürlich auch gleich den Erzwagen rauben und so zwei Fliegen mit einer Klappe schlagen. Hatten sie deshalb ein Messer benutzt? Damit der Überfall diesmal ohne Lärm abging und ihr Opfer keine Chance hatte, um Hilfe zu rufen oder zurückzuschießen?

Travis hockte sich neben den Leichnam und sah sich um. Keine Fußabdrücke zu sehen. Wer das Messer geworfen hatte, war sich offenbar sicher gewesen, tödlich zu treffen. Keiner hatte sich die Mühe gemacht, nahe heranzukommen, um sich zu vergewissern. Travis stand auf und ging zu Clydes Wagen, der an den Rand gefahren worden war. Die Ladefläche war leer.

Travis runzelte die Stirn und preßte die Lippen aufeinander. Clyde hatte für die Chollar-Minengesellschaft gearbeitet. Sein Wagen war offenbar voll gewesen, als er die Mine verlassen hatte. Aber wie hatten die Räuber dann das Erz weggeschafft? Ob sie einen eigenen Wagen mitgebracht und das Erz nach dem Überfall umgeladen hatten? Travis seufzte. Mitten auf der Straße?

Der Sheriff trat auf ihn zu. »Wenn Ihre Jungs die Finger

darin haben, Bragette, werde ich dafür sorgen, daß Sie die nächsten fünfzig Jahre im Gefängnis verfaulen.«

Travis sah auf den übergewichtigen Mann hinunter. Früher war der Sheriff vielleicht mal ein eindrucksvoller Mann gewesen, aber das war vorbei. »Meine Jungs?« wiederholte Travis schneidend. Er wußte, was der Mann meinte, wollte ihn aber dazu bringen, es auszusprechen.

»Ja. Sie wissen doch, diese Ritter.«

»Die Ritter sind keine Jungs, Sheriff, und ganz bestimmt nicht meine. Ich weiß, es fällt Ihnen schwer, aber ich wünschte, Sie würden logisch vorgehen.«

Travis legte eine Hand auf seine Pistole. »Lassen Sie es mich noch einmal erklären, Sheriff. Langsam, damit Sie mich auch verstehen. Ich habe früher einmal zu den Rittern des Goldenen Kreises gehört, das gebe ich zu, aber ich betrachte mich nicht mehr als Mitglied, und ganz sicher nicht als ihr Anführer.« Er legte die Hand auf den Griff. »War die Erklärung so einfach, daß auch Sie sie verstanden haben, Sheriff? Oder soll ich sie wiederholen, vielleicht noch etwas langsamer?«

»Treiben Sie es nicht zu weit, Bragette«, sagte der Sheriff, als seine Begleiter zu ihm traten. Die meisten kannte Travis. Besonders interessant fand er, daß Eli Nathram dabei war. »Ihr widerlichen Rebellen solltet klug genug sein, euch um eure eigenen Häuser zu kümmern«, fuhr der Sheriff fort. »Entweder das, oder ihr geht alle dahin zurück, wo ihr hergekommen seid.«

»Widerliche Rebellen?« wiederholte Travis. Er sah, daß die anderen sich bewegten, wußte aber, daß er nichts zu befürchten hatte. Statt offen neben den Sheriff zu treten, scharrten die Männer unruhig mit den Füßen und vermieden es, Travis in die Augen zu sehen. Sie mochten Nordstaatler sein, aber sie waren keine Mörder. Sie waren Minenarbeiter oder Erzhändler. Travis sah den Sheriff wieder an. »Könnten Sie die Bemerkung wiederholen, Sheriff? Ich bin mir nicht sicher, ob ich Sie richtig verstanden habe.«

»Sie haben mich sehr gut verstanden«, höhnte der Sheriff. »Widerliche Rebellen und Verräter, das seid ihr. Bragette, und solche wie euch wollen wir hier nicht mehr haben, verstanden?«

Travis beugte sich blitzschnell vor. Er packte den Sheriff am Kragen und zerrte ihn zu sich heran. »Passen Sie auf, was Sie sagen, Sheriff, sonst fühle ich mich noch versucht, Ihnen zu zeigen, wie widerliche Rebellen mit fetten, kleinen Yankee-Sheriffs umgehen.«

Der Sheriff wurde bleich, und seine Augen traten hervor. Er zerrte wild an Travis' Hand und versuchte, sich aus seinem Griff zu befreien.

»He, Travis, hör auf, mit dieser Memme zu spielen, und sieh dir das mal an«, rief Hank. Er beugte sich zur Erde hinab.

Travis ließ den Sheriff los und wandte sich ohne einen weiteren Blick für den Sheriff an Hank. »Ja, was ist?«

»Ein Hufabdruck im Matsch.«

Travis trat neben Hank, der eine Laterne in der Hand hielt und damit den Boden ableuchtete.

»Das Eisen hat eine Lücke«, erkannte Travis.

»Ja«, sagte Hank und ging zur anderen Seite. »Keiner von uns ist auf dieser Seite langgeritten. Findet das Pferd mit dem kaputten Eisen, und ich wette hundert Dollar, daß ihr den Mörder von Clyde gefunden habt, Boß.«

Travis wandte sich dem Sheriff zu. »Haben Sie das gehört, Morrow?«

»Ich weiß, wie ich meine Arbeit zu tun habe, Bragette«, grunzte der Sheriff. »Warum gehen Sie nicht einfach in die Stadt zurück und tun Ihre?«

Als Travis zurück ins *Mountain Queen* kam, waren die Dinge wieder so normal, wie es nach einem Raubüberfall und Mord möglich war. Der Klavierspieler klimperte eine Melodie, der Dealer teilte die Karten aus, und ein paar Fremde tranken, lachten und flirteten mit Suzanne und den Kellnerinnen. Jed goß Getränke ein, und die Gäste unterhielten sich über den Raubüberfall auf Duncan Clyde, wer ihn getötet hatte und wer wohl der nächste sein würde. Natürlich diskutierten alle darüber, was in der Situation unternommen werden sollte.

Zu seiner Überraschung sah Travis sowohl Clarence Lonchet als auch Ben Morgan, die ins Kartenspiel versunken waren. Sie waren vor der Nachricht des Überfalls nicht hiergewesen. Travis musterte jeden der Männer prüfend. Falls sie in die Sache verwickelt waren, gab es keine Möglichkeit, so schnell wieder nach Virginia City zurückzukehren. Es sei denn, sie hätten den Überfall nur geplant. Travis' Blick wanderte zu den anderen drei, die bei Lonchet und Morgan am Tisch saßen. Einer war ein Spieler, den Travis vor einer Woche in Gold Hill gesehen hatte. Der Mann nahm ein paar Minenarbeitern innerhalb von fünfzehn Minuten einen ganzen Wochenlohn ab. Sein Akzent, als er der Kellnerin seine Bestellung zurief, verriet Travis, daß er ein Südstaatler war. Wahrscheinlich hatte er sein Geld vor dem Krieg auf den Schaufelraddampfern verdient.

Der Krieg. Die Worte hallten in seinem Kopf wie die Glocken von St. Louis im Vieux Carré, als sie die Toten nach einer Gelbfieberepidemie betrauerten. Der Krieg. Tödlicher Ernst wie das Fieber. Travis wandte seine Aufmerksamkeit wieder den Männern um Morgan zu. Ein Minenarbeiter, Jesse Slaw, saß neben dem Spieler. Travis fragte sich, was er hier suchte. Er war kein reicher Mann, der mit dem Geld um sich werfen konnte, und Spieler wollten keine niedrigen Einsätze. Der letzte Mann am Tisch war Olmer Smith, dem ein Geschäft in der South Street gehörte. Travis wußte, daß Olmer ein ergebener, wenn nicht sogar fanatischer Anhänger der Südstaatler war.

Travis wurde angesichts der seltsamen Mischung mißtrauisch. Clarence Lonchet erhob sich, setzte seinen Hut auf, grüßte und verließ den Saloon. Morgan teilte neu aus, und die Männer machten den Eindruck, als ob sie noch bleiben wollten. Travis folgte Lonchet hinaus auf die Straße. Vielleicht ging der kleine Mann nur ins Hotel zurück, aber Travis hegte den Verdacht, daß er etwas anderes vorhatte. Vor der Tür sah er nach rechts und links, aber Lonchet war nirgends zu sehen. »Zum Teufel«, murmelte Travis. Der Mond stand voll am Himmel, und die Sterne funkelten zu Tausenden. Von Norden wehte ein bitterkalter Wind durch die Straßen.

Eine Bewegung auf der anderen Straßenseite weckte seine Aufmerksamkeit. Ein Mann im grauen Anzug und mit Hut verschwand dort um die Ecke. Travis spannte sich an. Lonchet!

Er eilte dem Mann nach und achtete darauf, im Schatten zu bleiben und das Licht zu meiden, das aus den Fenstern auf die Straße fiel. Travis wich einem Schneehäufchen aus und fluchte, als er auf einem Matschfleck ausrutschte. Nur Glück und eine Armbewegung hielten ihn auf den Beinen. Als Lonchet um eine Ecke bog, knirschten Schneereste laut unter Travis' Füßen, und er stützte sich schnell an der weißen Holzwand des Eckgebäudes ab. Das Geräusch hallte in der Stille der Nacht.

Travis holte tief Luft. Dann bog er in die Taylor Street ein und eilte Suzannes Manager nach, wobei er außer Sicht blieb.

An der Ecke zur D-Street blieb Lonchet stehen.

Travis trat schnell in eine Türnische und beobachtete ihn. War der Mann vielleicht nur auf der Suche nach einer Prostituierten? Hatte er sich seine neuen Stiefel beschmutzt, halb totgefroren und einen Splitter in die Hand gejagt, um dem Zwerg zum Haus einer Prostituierten zu folgen?

Lonchet ging weiter die Taylor Street hinunter.

Travis seufzte, wartete ein paar Sekunden und folgte ihm dann. Lonchet war nicht auf dem Weg zu einer Hure, soviel war sicher. Hinter der D-Street gab es nicht mehr viele gute Bordelle, und ein Mann wie Lonchet würde sich nicht mit Zweitklassigem begnügen. Travis folgte ihm. Wo wollte der Mann bloß hin? An der Ecke der nächsten Straße trat der kleinere Mann in eine dunkle Allee und verschwand.

»Tod und Teufel«, fluchte Travis und spähte in die Allee. Es gab keine Möglichkeit, Lonchet dorthin zu folgen. Es war eine Sackgasse und so eng, daß man Travis sofort entdecken würde.

Auf einer Seite der Allee befand sich ein Privathaus, auf der anderen Seite lag eine Apotheke. Falls Lonchet nicht im Dunkeln stand, in welches Haus war er dann gegangen? Travis versuchte, sich daran zu erinnern, wer in dem Haus wohnte, aber es fiel ihm nicht ein. Lon Burrows gehörte die Apotheke, und Lon war ein Mitglied der Ritter. Hatte Lonchet sich mit Burrows getroffen? Oder war er in dem Haus und doch mit einer Hure zusammen? Travis trat in den Schatten eines Eingangs und beobachtete die Straße. Mehr konnte er im Moment nicht tun. Er riskierte es nicht, die Straße zu überqueren und in die Sackgasse zu gucken oder zu den Häusern zu gehen.

Zehn Minuten vergingen. Sehr stille, sehr kalte, sehr lange zehn Minuten. Travis zitterte und wünschte sich, er hätte seinen Mantel mitgenommen. Er rieb die Hände zusammen und blies darauf, schließlich steckte er sie in die Achseln. Weitere fünf Minuten vergingen. Er wollte gerade aufgeben und ins *Mountain Queen* zurückkehren, weil er allmählich davon überzeugt war, daß Lonchet sich doch in dem Haus mit einer Hure getroffen hatte, als sich ihm jemand auf seiner Straßenseite näherte. Instinktiv wich Travis weiter in die Schwärze des Eingangs zurück. Er preßte sich gegen die Wand und wagte kaum zu atmen.

Eine Frau eilte vorbei, die Arme verschränkt und den Kopf in der schwarzen Kapuze des Capes halb abgewandt.

Travis konnte ihr Gesicht nicht erkennen, auch die Farbe ihrer Haare nicht, aber dennoch wußte er genau, um wen es sich handelte. Er beobachtete, wie sie die Straße entlanghastete und ihr Cape sich im Wind blähte, ehe sie in die Taylor Street abbog. Ein Streifen roten Satins blitzte kurz unter dem Cape hervor. Als sie die St.-Paul's-Kirche erreichte, blieb sie stehen und sah sich nach beiden Seiten um.

Travis schnaubte. Anscheinend wollte sie wissen, ob sie verfolgt wurde.

Sie eilte durch den engen Durchgang. Die hohe Kirche warf ihren Schatten auf die Straße; nur eine Stelle war durch das Licht eines Fensters erhellt.

Wenn sie weiterging, mußte Travis sich entscheiden. Entweder er folgte ihr, oder er wartete auf Lonchet, um zu sehen, was er vorhatte.

Sie blieb an der Ecke stehen und sah sich um, als hätte sie Angst oder sich verlaufen. Plötzlich schien sie etwas hinter sich zu hören und fuhr herum, um in die Dunkelheit zu spähen. Travis erkannte Suzannes Gesicht und fand all sein Mißtrauen bestätigt.

Er beobachtete, wie sie zögernd auf das zuging, was sie gehört hatte, aber vor der Dunkelheit stehenblieb.

Plötzlich trat noch jemand aus der Dunkelheit und stellte sich vor sie. Er sah sich überall hin um, als wollte auch er sichergehen, daß sie nicht beobachtet wurden.

Suzanne zog einen großen Umschlag unter ihrem Cape hervor und reichte ihn dem Mann.

»Tritt doch ins Licht«, drängte Travis den Mann leise. »Tritt ins Licht, damit ich sehen kann, wer du bist.«

Der Mann griff nach dem Umschlag und warf einen Blick hinein. Suzanne wimmerte und trat einen Schritt zurück. Er ergriff ihren Arm.

Travis versteifte sich, bereit, einzugreifen, falls er sie verteidigen müßte.

Suzanne drehte sich um und sagte etwas, ehe sie sich losriß. Der Mann ließ sie nicht los und wurde vorwärtsgerissen. Als er merkte, daß er im Licht stand, trat er schnell in den Schatten zurück.

Aber die wenigen Sekunden hatten gereicht. Travis starrte ungläubig zu den beiden Gestalten in der Dunkelheit hinüber und hatte eine neue Frage zu beantworten. Warum ging Suzanne nachts zur St.-Paul's-Kirche, um Hanson Jones, den Nachtaufseher der Savage Minengesellschaft, zu treffen? Und was befand sich in dem Umschlag, den sie ihm gegeben hatte?

Suzanne wandte sich von Jones ab, zog ihr Cape gegen die Kälte eng um sich und machte sich auf den Rückweg zur Stadt.

Travis wartete, unsicher, was er jetzt tun sollte. Sollte er Hanson Jones folgen? Oder Suzanne hier und sofort zur Rede stellen? Ihr zurück zum *Mountain Queen* folgen und noch nichts sagen? Oder auf Lonchet warten und ihm folgen?

Er beobachtete, wie Suzanne über die Straße ging und Jones in der Dunkelheit verschwand. Wenn er versuchte, Jones zu folgen, was dann? Der Mann ging wahrscheinlich zur Mine. Er konnte schlecht zu ihm hingehen und eine Erklärung verlangen, warum er sich mit Georgette Lindsay nachts an der St.-Paul's-Kirche getroffen hatte, und ihn bitten, ihm zu zeigen, was sich in dem Umschlag befand, den sie ihm gegeben hatte.

Sein Blick ging zu Suzanne. Was würde er erreichen, wenn er sie zur Rede stellte? Statt zu antworten, würde sie ihn wahrscheinlich zum Teufel wünschen. Und sie hatte recht. Suzanne Forteaux entschied selbst, mit wem sie sich traf, und konnte tun, was sie wollte, und das alles, so oft sie wollte, ohne ihm darüber Rechenschaft ablegen zu müssen.

Ein Vorhang an einem der Fenster in der Apotheke bewegte sich leicht. Hinter dem Stoff hervor beobachtete Magnolia Rochelle das Treffen von Hanson Jones und Suzanne. Als sie sah, wie der Umschlag den Besitzer wechselte, spielte ein Lächeln um ihre Lippen.

18

Travis blieb stehen und beobachtete, wie Suzanne eilig in die Taylor Street ging, um in die Stadt zurückzukehren, die Schultern gebeugt. Der Wind peitschte ihr den Saum ihres Kleides und den des schweren Mantels um die Beine. Aber sie kam nicht auf die Straßenseite hinüber, wo Travis sich versteckt hielt. Erleichtert atmete er auf und blickte die Straße hinunter. Hanson Jones war in der Schwärze der Nacht hinter der Kirche verschwunden. Travis hatte dem Minenaufseher folgen wollen, um zumindest herauszufinden, was in dem Umschlag war, den Suzanne ihm gegeben hatte, aber er hatte nicht aus seinem Versteck hervorkommen können, ohne von Suzanne entdeckt zu werden. Und nun war Jones schon über alle Berge. Travis wandte seine Aufmerksamkeit wieder Suzanne zu.

Sie ging auf die Allee zu, in der Clarence Lonchet vorhin verschwunden war. Plötzlich schrie sie auf und wich zurück. Die Arme erhoben, verschwand sie in der Dunkelheit der schmalen Straße.

Travis spürte sein Herz wild klopfen und war drauf und dran, aus seinem Versteck zu stürmen, um ihr zu Hilfe zu eilen, aber eine kleine, warnende Stimme hielt ihn zurück, ein Instinkt, der ihm früher schon oft das Leben gerettet hatte. Diese Stimme riet ihm, ruhig abzuwarten. Er blieb mit geballten Fäusten im Schatten stehen und versuchte, in die Dunkelheit zu spähen, als Suzanne wieder in das Licht des Mondes trat. Ihre Stimme klang erschrocken und ärgerlich zu ihm herüber.

»Clarence! Was glaubst du denn, was du da machst! Du hast mich zu Tode erschreckt!«

Clarence Lonchet griff nach ihr und murmelte etwas, was Travis nicht verstand, aber Suzanne wich vor ihm zurück und zog mit ärgerlichen Bewegungen ihr Cape um sich. Die Kapuze war ihr vom Kopf geglitten, und ihre dunklen Locken schimmerten im Mondlicht.

»Wir müssen miteinander reden, Suzanne«, sagte ihr Manager streng und kurzangebunden. »Privat. Und ich will das nicht im *Mountain Queen* tun.«

Sie blitzte ihn wütend an. »Deshalb springst du mich lieber nachts aus einer dunklen Allee an?«

Clarence schlug mit dem Hut gegen seinen Schenkel. »Was soll ich denn sonst tun? Mich tags auf die Straße stellen und dir alles zurufen, damit die ganze Stadt uns hört?«

»Ein zivilisierter Mensch hätte mich im Saloon angesprochen und um eine Unterredung gebeten. Oder mir eine Nachricht in die Garderobe oder ins Hotel geschickt. Aber ich nehme an, diese Form der Höflichkeit kam für dich nicht in Frage.«

»Stimmt. Ich wollte nicht, daß uns jemand in einer Unterhaltung belauscht oder die Nachricht liest. In letzter Zeit ist immer irgend jemand in der Nähe.«

»Nun, Clarence, was immer du zu sagen hast – es muß warten. Ich muß zurück in den Saloon. Dieser Wind hat meine Frisur verwüstet und meine Augen zum Tränen gebracht, also muß ich mich neu schminken, und dann bin ich auch noch in eine Pfütze getreten und habe jetzt nasse Schuhe.«

»Suzanne, du wirst –«

»Und«, sie hob die Stimme, um ihn zu übertönen, »ich friere und muß mich aufwärmen. Ich weiß nicht, warum ich mich überhaupt auf diese dumme Charade mit dir eingelassen habe.«

»Muß ich dich an deinen lieben Bruder erinnern?« fragte Clarence höhnisch.

Suzanne hüllte sich fester in ihr Cape. »Nein, du brauchst mich nicht an Brett zu erinnern«, gab sie kurz zurück. Sie wollte sich abwenden, aber Lonchet hielt sie am Arm fest.

»Ich sagte, wir müssen reden.«

Suzanne riß sich los. »Ich habe gleich meinen zweiten Auftritt, Clarence. Oder hast du vergessen, daß das der vorgebliche Grund dafür ist, daß wir hier sind? Ich singe im *Mountain Queen*, erinnerst du dich?«

»Ich habe gar nichts vergessen, aber wir müssen besprechen, was hier vorgeht, und zwar jetzt. Entweder ist Bragette bei dir oder dein Mädchen, nie kann ich ohne Zuhörer mit dir sprechen.«

»Du hast mir gesagt, daß ich mich an Travis heranmachen soll.«

»Ja, aber ich bin mir nicht sicher, ob du dich nicht ein bißchen zu sehr an ihn herangemacht hast.« Er ergriff Suzannes Arm, riß sie zu sich herum und marschierte mit ihr auf die nächste Straße zu, so daß sie mit ihm gehen mußte.

»Clarence, wo gehen wir hin?« wollte sie wissen. Er ignorierte sie und ging einfach weiter.

Travis hatte von ihrer Unterhaltung nichts hören können, und nun folgte er ihnen, wobei er darauf achtete, außer Sicht zu bleiben. Er sah, wie sie Cabor's Restaurant betraten. Es war die ganze Nacht geöffnet und servierte um Mitternacht Abendessen für die Minenarbeiter, die von der Schicht kamen, und Frühstück für die, die zur Schicht gingen. Das Haus war Tag und Nacht voll besetzt.

Travis schlenderte möglichst unauffällig zum Fenster und warf einen Blick hinein. Er sah, wie Lonchet Suzanne an einen Tisch weit entfernt von der Tür führte. Sie setzte sich, und Lonchet nahm ihr gegenüber Platz.

Eine Gruppe von Minenarbeitern näherte sich der Tür. Travis mischte sich unter sie und wählte mit hochgeklapptem Kragen, in die Stirn gezogenem Hut und abgewandtem Gesicht einen Tisch, der in ihrer Nähe stand. Er hoffte, daß sie ihn nicht erkennen würden und er nahe genug saß, um ihrer Unterhaltung folgen zu können.

»Clarence, du hast mir die Information versprochen«, flüsterte Suzanne verzweifelt. »Du mußt sie mir jetzt geben, ich brauche sie.«

»Du bist noch nicht fertig.«

Travis hörte, wie etwas auf den Tisch schlug.

»Doch, das bin ich«, zischte Suzanne. »Du hast gesagt, daß es das war, Clarence. Du hast versprochen, daß Virginia City der Schlußpunkt ist und du es mir sagen würdest, sobald wir hier fertig sind.«

Clarence' Stimme klang häßlich, als er antwortete. »Es hat eine Änderung des Plans gegeben. Außerdem sind wir noch gar nicht fertig.«

»Verdammt, Clarence, du hast mir dein Wort gegeben, und ich verlange, daß du es hältst. Das hier ist der letzte Job.«

»Wir sind fertig, wenn ich es sage, Suzanne, keine Minute eher. Vergiß das nicht. Es sei denn, dein Abkommen ist dir nicht mehr wichtig. Wenn das der Fall ist …«

Suzanne schwieg lange, ehe sie antwortete, und dann geschah es in bittendem Tonfall. »Bitte, Clarence, ich habe alles getan, was du wolltest. Ich bin durch das ganze Land gereist und habe für dich und die anderen spioniert, gestohlen und Informationen weitergegeben.«

Travis lehnte sich in seinem Stuhl zurück, um besser hören zu können. Er wünschte nur, er hätte sie sehen können. Es war viel einfacher zu beurteilen, ob jemand die

Wahrheit sagte, wenn man das Gesicht sah. Besonders die Augen.

Suzannes Stimme wurde hart, als sie fortfuhr, und Verachtung, Ärger und Frustration färbten ihre Stimme. »Ich habe dafür gesorgt, daß deine Güter transportiert werden, habe deine verdammten Anweisungen weitergegeben, Sängerin gespielt und bestätigt, daß Travis Bragette wirklich ein Mitglied der Ritter ist.«

»Das ist alles gut und schön«, erwiderte Clarence.

Travis hätte ihm am liebsten die Faust ins Gesicht geschlagen.

»Du und ich haben ihn abgelenkt … und ihn nach einer Hure gieren lassen, ganz wie du es wolltest. Jetzt sag mir, was du weißt.«

Travis erstarrte bei Suzannes Worten. Nach einer Hure gieren lassen? Fast hätte er gelacht, aber es war nicht so komisch. Eigentlich war es überhaupt nicht komisch. Langsam wurde er wütend. Also war ihr Entgegenkommen immer nur Teil eines Plans gewesen! So sehr haßte sie ihn?

»Bragette ist immer noch mißtrauisch«, gab Clarence zurück, »und immer noch gefährlich für uns, Suzanne. Er mag zwar vor Jahren den Rittern beigetreten sein und loyal gewesen sein, aber jetzt ist er es nicht. Aber das habe ich ja immer schon gesagt: wie der Vater, so der Sohn.«

Travis horchte auf, als sein Vater erwähnt wurde. Wußte Clarence Lonchet womöglich etwas über den Mörder seines Vaters? Travis hörte genau zu. Vor zwei Jahren war Thomas Bragette in seinem Büro in New Orleans ermordet worden. Henri Sorbonte, ein Pflanzer aus Mississippi und General im Kreis der Ritter war verhaftet und angeklagt worden und hatte auf seinen Prozeß gewartet, als Beauregard auf Fort Sumter geschossen und damit den Krieg begonnen hatte. New Orleans war in Aufruhr, und Henri Sorbonte hatte das Chaos zur Flucht genutzt.

Weder Travis noch die anderen Familienmitglieder hatten sich deswegen allzusehr aufgeregt, zumal Travis' Brüder Trace und Traxton gerade Sorbontes Zwillingstöchter Belle und Lin gebeten hatten, sie zu heiraten.

Travis hörte nicht mehr zu und dachte statt dessen an seinen Vater. Für Thomas Bragette hatte es nur eines im Leben gegeben: sich selbst. Dadurch hatte er nicht nur fast seine Frau, sondern auch jedes seiner Kinder zerstört. Das Ergebnis war, daß Travis, Traynor und Traxton ihr Heim verlassen hatten. Nur Trace war geblieben, weil er sich als der Älteste verpflichtet fühlte, ihre Mutter und ihre Schwester Teresa zu beschützen.

Travis holte tief Luft und stieß den Atem dann langsam wieder aus. Hatte Clarence Lonchet etwas mit den Rittern zu tun? Wenn ja, wußte er dann etwas über den Mörder von Thomas Bragette? Wer ihn getötet hatte und aus welchem Grund? Travis erstarrte. Hatten am Ende die Ritter den Mord in Auftrag gegeben?

»Du mußt an ihm dranbleiben und herausfinden, ob er noch mehr weiß, Suzanne«, verlangte Clarence und weckte Travis damit aus seinen Überlegungen. »Wir können es uns nicht leisten, daß jetzt etwas schiefgeht. Dafür ist unsere Mission zu wichtig. Terry hat Bragette nicht getraut, und ich tue es, offen gesagt, auch nicht.«

»So? Ist es denn so wichtig, Travis zu vertrauen?«

Mission? Travis dachte nach. Die Ritter hatten sich ähnlich organisiert wie das Militär und sogar Ränge und Codes eingeführt. Das Wort Mission benutzten sie immer, um ihre persönlichen Einsätze zu umschreiben.

»Ich fange auch an, mir um dich Gedanken zu machen«, fuhr Clarence fort, ohne auf ihre Frage einzugehen. »Dein Vater hat gesagt, daß man dir vertrauen kann, Suzanne. Hatte er unrecht?«

Ihr Vater? Landon Forteaux hatte seine Tochter zu den

Rittern gebracht? Mit diesem wieselähnlichen Kröterich von Manager? Indem sie überall im Land in Saloons auftrat? Travis wartete auf Suzannes Antwort, die Gabel unbewegt über seinem Stück Apfelkuchen. Er wollte, daß sie ja sagte, damit er wußte, daß sie nicht wirklich ein Teil des Komplotts war, in das Clarence Lonchet verwickelt war. Gleichzeitig hoffte er, daß sie nein sagte. Wenn Lonchet ein Ritter war, der eine Mission hatte und zu der Auffassung kam, daß er Suzanne nicht trauen konnte, dann war ihr Leben in großer Gefahr.

»Nein, mein Vater hat sich nicht geirrt.«

»Gut. Es freut mich, das zu hören.«

Travis freute sich nicht, irgend etwas davon zu hören, aber für den Moment war sie erst einmal sicher. Zu seiner Erleichterung kamen Ärger und Wut. Log sie oder sagte sie die Wahrheit? Was immer Clarence Lonchet vorhatte, war sicher nichts Gutes, und Suzanne schien bis über beide Ohren mit drinzustecken.

»Eines habe ich bemerkt, Suzanne«, fuhr Lonchet fort, »oder besser gesagt, Morgan hat es bemerkt und mich darauf aufmerksam gemacht.«

Aha, dachte Travis, dann gehörte Ben Morgan also auch dazu, wie er es sich schon gedacht hatte.

»Wirklich, Clarence? Das ist bemerkenswert. Ich hätte nicht gedacht, daß Ben Morgan etwas auffällt, außer einem Glas Whisky und hübschen Beinen.«

Travis lächelte.

Clarence winkte ab. »Es spielt keine Rolle, wem es aufgefallen ist, Suzanne, aber ich habe gehört, daß du nur nett zu Bragette bist, wenn ich dabei bin. Sobald ich weggehe, bist du, sagen wir mal, sehr abweisend zu unserem Mr. Bragette. ›Widersprüchlich‹ ist das Wort, das Morgan benutzt hat.«

»Widersprüchlich?« Suzanne lachte. »Ich glaube, Mr.

Morgan verwechselt meine Einstellung zu ihm mit der zu Mr. Bragette. Ich glaube, Mr. Morgan ist nur eifersüchtig, weil er versucht hat, mich gestern in meiner Garderobe zu verführen und ich ihm deshalb ins Gesicht geschlagen und ihn rausgeworfen habe.«

»Die Gründe sind mir egal, Suzanne, wenn er mir erzählt, daß du das Abkommen nicht einhältst. Du kannst schlafen, mit wem du willst. Wenn es aber stimmt und du Bragette durch dein Benehmen vor uns warnst, nun ...« ein höhnisches Schnauben war zu hören, »dann wissen wir ja beide, was passiert, nicht wahr, Suzanne?«

»Nein, Clarence«, wehrte Suzanne wütend ab. »Das wissen wir nicht. Was wird dann passieren? Was wollen deine so wundervoll patriotischen Ritter dann tun, um sich zu schützen und zu bekommen, was sie wollen?«

Lonchet lachte. »Nun, meine Liebe, laß uns sagen, daß, wenn Mr. Bragette einen kleinen Unfall hätte – einen tödlichen – und du gerade zufällig in seiner Nähe wärest, dir dasselbe zustoßen könnte ...« Wieder lachte er. »Nun, ich bezweifle, daß die Welt oder auch nur halb Virginia City euch sehr betrauern würde.«

Travis wandte sich um, den Hut tief im Gesicht. Aus den Augenwinkeln sah er, wie Lonchet sich zu Suzanne hinüberbeugte.

»Das ist durchaus möglich, meine Liebe. Das ist sehr gut möglich.«

»Ich glaube, Clarence, daß du dabei vergißt, daß sowohl die Bragettes als auch die Forteauxs bedeutende Mitglieder der Gesellschaft in New Orleans sind. Ich bezweifele, daß sie unser Ableben freundlich aufnehmen würden.«

Clarence lachte. »Sicher nicht, aber du bist so weit weg von zu Hause, meine Liebe, und noch dazu in Spionage verwickelt. Oh, mit Sicherheit würde jeder in New Orleans deinen Tod bedauern, aber angesichts der Umstände würde er als eine der Schattenseiten des Krieges angesehen. Ganz einleuchtend, selbst für deinen Vater, wenn dir etwas zustoßen sollte, Suzanne.«

»Und Travis?« beharrte Suzanne.

»Ein Minenunglück, ein Reitunfall. In so einer gottverlassenen kleinen Minenstadt gibt es viele Dinge, die einem Mann zustoßen können, besonders dann, wenn sie auf einem Berg liegt.«

»Viele Dinge, die sich zu dir zurückverfolgen ließen. Oder zu den Rittern. Hast du etwas mit dem Mann zu tun, der überfallen und ermordet wurde, Clarence?« fragte Suzanne plötzlich mit harter Stimme. »Geht es darum? Sind wir deshalb nach Virginia City gekommen?«

Travis versteifte sich und wartete gespannt auf Clarence' Antwort.

Clarence lachte. »Natürlich nicht, Suzanne. So grob gehen wir nicht vor. Das war wahrscheinlich nur ein gewöhnlicher Überfall, der leider ein schlechtes Ende hatte ... für den Fahrer. Auch wenn es eine Schande ist. Der Süden hätte seine Fracht gut brauchen können.«

»Ich glaube dir nicht, Clarence. Du hast sicher etwas damit zu tun.«

Er grinste. »Es ist mir wirklich egal, ob du mir glaubst oder nicht, Suzanne. Mich interessiert nur, daß du das machst, was man dir sagt und was du tun wolltest, und daß du daran denkst, wofür du das alles machst.«

»Ich hasse dich, Clarence Lonchet«, stieß Suzanne hervor. »Ich hasse dich wirklich.«

»Zu schade, meine Liebe, wo wir doch gewissermaßen auf derselben Seite stehen. Wir könnten zusammen sicher sehr gut sein, glaubst du nicht?«

»Niemals!« zischte Suzanne. »Ich hoffe, daß das nicht ein weiterer Plan war, den du in deinem häßlichen kleinen

Kopf gewälzt hast, Clarence.« Sie sprang auf. »Weil das nie geschehen wird. Lieber würde ich mit einer Klapperschlange schlafen.« Sie wandte sich um und lief in blinder Wut an Travis vorbei aus dem Lokal.

Travis ballte die Fäuste unter dem Tisch. Wenn er Lonchet jetzt in die Finger bekäme, würde er nicht überleben. Aber das würde Travis die vielen Fragen, die ihm im Kopf herumgingen, nicht beantworten. Und verdammt sollte er sein, er wußte einfach nicht, wo er seine Antworten herbekommen sollte. Immer nur warf er neue Fragen auf, und Suzanne würde ihm bestimmt nichts sagen. Es war jetzt ganz sicher, daß sie aus dem Grund für Lonchet arbeitete, weil er sie mit irgend etwas bedrohte.

Auch Lonchet würde nicht einfach gestehen, nur weil Travis ihn zur Rede stellte. Travis dachte nach, wie er das Problem lösen könnte, und Morgan fiel ihm ein. Der Mann war gebaut wie ein Bär, der den ganzen Sommer über gefressen hatte. Travis verwarf den Gedanken wieder, den Mann zu stellen und die Antworten aus ihm herauszuprügeln. Dafür brauchte es mehr Muskeln und Kampfesmut, als er besaß. Er rammte die Gabel in den Apfelkuchen und steckte ein Stück in den Mund. Nein, Fäuste und Pistolen halfen hier nicht.

Denk nach, denk nach, denk nach, befahl er sich. Er riskierte einen Blick zu Lonchet. Der Mann trank lässig einen Kaffee und aß Beerenkuchen dazu. Travis beobachtete ihn so lange, wie er es riskieren konnte, ohne entdeckt zu werden. Hatte Clarence Lonchet während des ersten Angriffs auf Clyde im Berg gesessen? Er dachte daran, wie Clyde den Anführer beschrieben hatte. Arrogant, klein und unheimlich. Fast wie eine kleine Frau.

Eine Frau – der Gedanke war lächerlich. Wieder stach er in den Kuchen. Aber die Beschreibung paßte genau auf Clarence Lonchet. Der Mann war klein genug, um in Cape und Dunkelheit zu Clydes Beschreibung zu passen. Am liebsten hätte Travis mit der Faust auf den Tisch geschlagen. Duncans Beschreibung paßte auf einen Mann oder eine Frau. Zum Teufel, es könnte sogar Suzanne gewesen sein.

19

Suzanne sang die letzte Zeile ihres zweiten Auftritts und atmete erleichtert auf, als sie sich vor den klatschenden Minenarbeitern verbeugte. Es schien eine Ewigkeit her zu sein, seit sie mit der Show begonnen hatte, und jede Note, jeder Ton auf dem Klavier und jeder Vers ihres Liedes hatte sich ins Unendliche gestreckt. Sie fühlte sich erschöpft und aufgewühlt, und sie war so schrecklich müde. Sie hatte alles getan, was sie von ihr verlangt hatten, und doch weigerten sie sich, ihr eine Information über Brett zu geben. In den vergangenen Monaten waren sie von Stadt zu Stadt gereist und mal hierhin und mal dahin befohlen worden, und sie hatte sich nie große Sorgen gemacht. Aber sie fuhren fort damit, ihr Versprechungen zu machen oder gemeine Drohungen auszustoßen, wenn sie nicht das tat, was sie von ihr verlangten. Und jetzt war Travis ihretwegen in Gefahr.

Ihr Herzschlag beschleunigte sich.

Sie hätte nie zustimmen sollen, hierher zu kommen und ihn wiederzusehen. Sie hätte ihnen sagen sollen, daß sie das nicht konnte, daß die Erinnerung noch zu schmerzhaft war und sie zu verletzlich. Suzanne holte tief Luft, um sich zu beruhigen. Sie hatte nicht gewußt, daß sie so verletzlich war. Sie hatte geglaubt, daß sie ihn haßte. Aber da hatte sie sich gründlich geirrt.

Ihr Blick glitt über die Menge, als sie sich zu einem Lächeln zwang und den jubelnden Männern eine Kußhand zuwarf. Sie sehnte sich danach, ein heißes Bad zu nehmen und sich dann in ihrem Bett zu verkriechen, um die Schrecken des Tages zu vergessen.

Aber das sollte anscheinend nicht sein. Zumindest noch nicht. Wieder glitt ihr Blick zu dem Tisch rechts in der Ecke. Clarence und Ben Morgan erwiderten ihren Blick und musterten sie arrogant und finster. Sie wußte, was sie von ihr erwarteten, und sie würde es tun. Sie mußte es tun, für Brett. Sie hoffte nur, daß Clarence die Wahrheit sagte und sie zu ihrem Bruder führen konnte, nicht zu seinem Grab.

Tränen stiegen ihr in die Augen, und sie blinzelte rasch dagegen an. Brett könnte etwas passiert sein, weil er sich mit den Rittern eingelassen hatte, so daß sie ihn benutzen konnten, um sie und ihre Eltern zu erpressen, und sie verspürte unbändigen Zorn darüber. Wenn das wirklich stimmte, würde sie ... würde sie ... sie wußte nicht, was sie dann tun würde, aber Clarence Lonchet würde für seinen Betrug und seine Falschheit bezahlen, das war sicher. Er würde für alles zahlen, was Brett zugestoßen war und was ihren Eltern Sorge bereitet hatte.

Suzanne verließ die Bühne und ging auf Travis zu, so wie Clarence und Morgan es von ihr verlangten.

Doch Travis hatte das von ihr erwartet, das erkannte sie in dem Aufblitzen seiner dunklen Augen, als sie vor ihm stand. Suzanne wappnete sich gegen die Gefühle, die er in ihr weckte, und dachte an etwas anderes. Wenn Clarence seinen Eid des Stillschweigens gegenüber den Rittern brach, um ihr zu verraten, wo ihr Bruder war, hatte sie versprochen, daß sie dafür Travis ausspionieren würde. Sie hatte sich damals auf der sicheren Seite geglaubt. Hatte sie ihm nicht alles Schlechte gewünscht? Aber das war damals gewesen, und auch, wenn sie es jetzt besser wußte, gab es keine Möglichkeit mehr, das Geschehene rückgängig zu machen. Sie lächelte ihn kokett an.

»Willst du nicht anbieten, eine Dame ins Hotel zurückzubringen, Travis?« Sie rückte näher. »Und sie auf dem Weg vielleicht zu einer Tasse Kaffee einzuladen?« Diesmal lag so viel verführerische Einladung in ihrem Ton, daß es auch den härtesten Mann berührt hätte.

Doch Travis regte sich nicht. Statt dessen betrachtete er sie grüblerisch und blieb am Tresen stehen. Ohne sie aus den Augen zu lassen, hob er sein Glas und trank einen Schluck Brandy, ehe er es wieder absetzte.

Sie konnte keine Wärme in seinen Zügen erkennen, und ihr Herz sank. Das war genau das, was sie gewollt hatte, und doch auch wieder nicht. Sie wollte nicht, daß sie ihm etwas bedeutete, denn so war er sicher, und doch wünschte sie sich von ganzem Herzen, daß sie wichtig für ihn wäre.

»Ich denke, du wolltest meine Gesellschaft nicht mehr, Suzanne«, sagte er leise. »Oder habe ich da gestern etwas mißverstanden?« Er richtete sich auf.

»Ach das«, sagte Suzanne und lachte. »Ich hatte nur etwas Kopfschmerzen, das ist alles. Wirklich, Travis«, sie ließ ihre dunklen Wimpern flattern, »ich wäre für niemanden eine gute Gesellschafterin gewesen.« Sie rückte noch näher und legte ihm die Arme um die Taille. »Schon gar nicht für dich, Travis.«

»Schon gar nicht für mich, ja?« In seinem Inneren brach plötzlich ein Feuer los, das er nicht mehr unter Kontrolle halten konnte. Sein Körper war steif vor Verlangen, und ihre Nähe und die verführerische Stimme weckten alle seine Sinne. Doch er blieb äußerlich ruhig, umfaßte sein Glas und ließ die andere Hand still herabhängen. Er zwang sich dazu, ruhig und unbeteiligt zu bleiben, auch wenn er innerlich vor wildem Verlangen fast verging und sie am liebsten an sich gerissen hätte. Er wollte sie an sich pressen und in den Armen halten. Er wollte sich in ihren

Armen vergraben, die Süße ihrer Lippen und ihres unverwechselbaren Duftes kosten und ihren Körper nackt, heiß und ungeduldig vor Verlangen unter sich spüren.

Schon viele Frauen hatten sein Bett und seine Leidenschaft geteilt, aber keine hatte diesen verzweifelten Hunger in ihm geweckt wie Suzanne. Als sie gerade angekommen war, hatte er gedacht, es würde genügen, einmal mit ihr zu schlafen, um diesen nagenden Hunger zu stillen, aber er hatte sich geirrt. Er wollte sie erneut haben, jetzt, und noch dringender als beim erstenmal.

Aber Suzanne wollte ihn nicht. Nicht wirklich. Sie hatte nur ihre Anweisungen befolgt. Diese Wahrheit durchdrang sein Verlangen wie ein Schwall kaltes Wasser, und er wandte sich anderen Überlegungen zu.

Sie benutzte ihn, wie Lonchet sie benutzte. Er würde sicher nicht herausfinden, was zwischen ihr und Lonchet oder Morgan vorging, denn er wußte, daß Suzanne es ihm nicht von sich aus erzählen würde. Aber vielleicht verriet sie etwas in der Hitze der Leidenschaft. Ja, dachte Travis und lächelte sie undurchdringlich an, in einem Moment der Leidenschaft. Dieses Spiel konnten auch zwei spielen.

»Ja«, gurrte Suzanne. Sie sah zu ihm auf, und er bewunderte, wie ihre langen schwarzen Wimpern die blauen Augen umrahmten, und er wurde daran erinnert, wie sehr er sie begehrte und warum er sie nicht nehmen würde. »Schon gar nicht für dich.«

Er legte ihr einen Arm um die Taille und bog sie heftig an sich, so daß ihre Hüften und Brüste sich eng an ihn preßten. Wenn sie das Spiel spielen wollte, spielte er nur zu gerne mit, zumindest teilweise, wenn die anderen zusahen. »Warum verschwenden wir dann hier noch unsere Zeit?« sagte er leise und verführerisch. Er bewegte sich leicht, nur so weit, daß sie die Härte seiner Erregung durch die Falten ihres Seidenrockes spüren mußte. »Und warum sollen wir uns erst mit Kaffee aufhalten?« Er beugte sich zu ihr und preßte ihr die Lippen auf den Hals. »Ich will dich jetzt, Suzanne«, bat er heiser. »Ich brauche dich.«

Suzanne spürte, wie ein Schauer des Verlangens sie ergriff. Sie schloß die Augen und zwang sich zur Ruhe, versuchte, das Brennen zu ignorieren, das seine Lippen auf ihrer Haut hinterließen, das wilde Begehren, das bei jeder Berührung in ihr wuchs. Es stimmte, daß er sie schnell erregen konnte, aber alles, was er wollte, war Leidenschaft. Hatte er nicht selbst gesagt, daß er ihr keine Zukunft versprechen konnte? Das mußte sie sich immer wieder in Erinnerung rufen. Alles, was Travis von ihr gewollt hatte, war, für eine Nacht ihr Bett zu teilen und ihren Körper zu benutzen. Und das wollte er auch jetzt noch. Auch wenn sie nicht leugnen wollte, daß sie einst ihr dummes Herz an ihn verloren hatte, wollte sie jetzt nicht vergessen, daß er nicht wirklich sie wollte.

Suzanne sah aus den Augenwinkeln, wie Clarence ihr zufrieden zunickte und dann aufstand, um den Saloon zu verlassen. Sofort wich Suzanne von Travis zurück. Es war ihr egal, daß Ben Morgan immer noch da war und sie beobachtete. Er konnte Clarence erzählen, was er wollte, sie würde alles leugnen. Sie konnte einfach nicht in Travis' Armen bleiben. Nicht, wenn sie ihre Sinne beisammen behalten wollte.

Suzanne musterte Travis und hätte am liebsten geweint. Himmel, wie sie ihn begehrte. Es hatte keinen Sinn, sich selbst etwas vorzumachen. Sie wollte wieder neben ihm liegen und seinen Körper spüren, diese magischen Berührungen seiner Hände, die sie in eine andere Welt entführten. Sie wollte wieder spüren, wie er sie ausfüllte, aber sie wollte auch, daß er sie liebte. Das wünschte sie sich mehr als alles andere.

Der Gedanke überraschte selbst sie, auch wenn sie wußte, daß sie das schon lange hätte merken müssen. Hatte sie nicht bei allen Anschuldigungen heimlich gehofft, daß er zu ihr zurückkehren würde? Hatte sie ihn nicht die ganze Zeit über wirklich geliebt? Sich nur vorgemacht, daß sie sich rächen wollte? Sie schob den Gedanken beiseite. Jetzt war nicht die Zeit, um ihre Gefühle zu analysieren. Sie mußte ihre Pläne weiterverfolgen, aber gleichzeitig mußte sie Travis beschützen. Wenn sie sagte, sie wollte nichts mehr mit ihm zu tun haben, würde er sicher denken, sie wäre noch wegen der Ereignisse vor sieben Jahren wütend auf ihn, und würde sich von ihr fernhalten und damit auch von Clarence. So entkam er vielleicht der Gefahr, und sie wollte nicht, daß er in Gefahr geriet.

Suzanne zwang sich zu einer kalten Miene. »Aber ich brauche dich nicht, Travis«, erwiderte sie süß, aber gleichzeitig voller Haß. »Ich brauche dich nicht, und ich will dich nicht.«

Travis ergriff sie am Arm und riß sie an sich. »Du willst mich genauso wie ich dich, also erzähl keine Lügen, Suzanne.« Er sprach so leise, daß nur sie seine wütenden Worte hören konnte. »Was soll dieses verdammte Spiel? Was hat Lonchet gegen dich in der Hand, Suzanne? Was?«

Sie warf Morgan einen schnellen Blick zu. Er beobachtete sie genau. Sie sah Travis wieder an. Es war ein Risiko, aber sie mußte ihn warnen. Er liebte sie vielleicht nicht, aber sie konnte nicht länger leugnen, daß sie ihn liebte. Sie legte ihm zärtlich eine Hand an die Wange, damit Morgan glaubte, daß sie, wie erwartet, Travis verführte. »Halt dich da raus, Travis«, flüsterte sie hastig, »bitte. Um deinetwillen. Halte dich von mir und Clarence und den Rittern fern. Dann lebst du länger.«

»Was soll das denn bedeuten? Wozu zwingen sie dich, Suzanne?«

»He, Bragette, ich würde gerne mal mit Ihnen reden.«

Travis drehte sich um und sah den Mann mit der heiseren Stimme an, der seine Unterhaltung mit Suzanne unterbrochen hatte. Vor ihm stand Ben Morgan, und Wut stieg in ihm auf. Der große Mann überragte sie beide.

»Ich habe zu tun«, erwiderte Travis kurz.

Morgan warf Suzanne einen Blick zu. »Die Hure kann sich einen anderen Kunden suchen und später zu Ihnen zurückkommen.«

Suzanne keuchte bei seinen groben Worten leicht auf, aber sie hatte genug Geistesgegenwart, sich an Travis zu klammern, damit er sich nicht auf Morgan stürzte.

Travis wies zornig mit dem Finger auf ihn. »Morgan, ich weiß nicht, was Sie glauben, wer Sie …«

Ben Morgan hob seine fleischigen Hände. »Ich will keinen Ärger, Bragette, aber ich muß mit Ihnen reden. Und ich denke, daß Sie das mächtig interessieren wird, was ich zu sagen habe.«

»Es ist gut, Travis«, beruhigte ihn Suzanne kaum hörbar. Sie kämpfte gegen die Tränen und lächelte. »Bis morgen.« Sie eilte davon, ehe er noch etwas erwidern konnte.

Travis fuhr zu Morgan herum. »Ich weiß nicht, was Sie zu sagen haben, Morgan, und ich weiß nicht, ob ich es hören will, aber wenn Sie Suza … Miss Lindsay beleidigen …«

»Gut, ich werde mich später entschuldigen.« Er trat an die Bar und rief Jed zu, ihm einen Whisky zu bringen, ehe er sich wieder an Travis wandte. »Sie sind ein Ritter.«

Travis sah auf. »Ist das eine Frage oder eine Anschuldigung?«

»Weder noch«, erwiderte Morgan, »es ist eine Feststellung.«

»Und woher wollen Sie das wissen?«

»Das spielt keine Rolle. Was eine Rolle spielt, ist, daß

ich etwas für Sie habe. Als Anführer der Ritter in Virginia City …«

»Ich bin nicht der Anführer der Ritter hier«, unterbrach ihn Travis.

»Das habe ich aber anders gehört.«

»Dann haben Sie falsch gehört.«

»Spielt keine Rolle«, fuhr Morgan fort. »Sie haben in der Stadt großen Einfluß, und nur das zählt.«

»Ich bin nicht interessiert, Morgan, schon gar nicht, wenn es um die Ritter geht.«

Morgan runzelte die Stirn. »Ihr Vater war ein Ritter, Bragette, und soweit ich gehört habe –«

»Mein Vater war ein Hurensohn, und er ist tot. Was die Ritter angeht, ist jede Organisation, die meinen Vater akzeptiert hat, für mich die falsche.«

»Sie besitzen eine Menge Gold und Silber hier in den Bergen, Bragette«, fuhr Morgan fort, als hätte er Travis' Worte nicht gehört. »Die Ritter denken sich, daß Sie uns, weil Sie auch viele Südstaatler hier oben haben, etwas von dem Reichtum für die Sache beschaffen könnten.«

»Ein Teil davon dient bereits der Sache«, entgegnete Travis.

»Ja, aber nicht genug. Wir haben uns gedacht, daß wir unsere Jungs hier ein bißchen besser organisieren, verstehen Sie? Besonders unter Ihnen. Und dann bekommen wir vielleicht einen größeren Anteil des Metalls aus dieser Stadt.«

»Wie?«

Morgan zuckte die Achseln. »Darüber müßten wir uns unterhalten.«

»Ich bin nicht interessiert«, lehnte Travis ab.

Ben Morgan trank seinen Whisky aus und trat von der Bar weg. »Es würde mich nicht wundern, wenn Sie es sich noch anders überlegten.«

»Rechnen Sie nicht damit.«

Morgan lachte. »Zur Hölle, Bragette, ich rechne mit gar nichts.«

Suzanne stand hinter dem Vorhang, der vom Saloon zur Garderobe führte. Durch einen Spalt beobachtete sie Morgan und Travis. Die Männer unterhielten sich zehn Minuten lang, wobei Morgan jovial und Travis wütend wirkte.

Suzanne stand kurz davor, etwas zu tun, was sie sicher später bedauern würde und was ihre Pläne und Brett in Gefahr bringen würde, falls er noch am Leben war. Es könnte selbst ihr Leben in Gefahr bringen. Aber sie könnte es sich nie verzeihen, wenn sie es nicht täte. Wenn Travis etwas passierte, weil sie zu feige war und ihn nicht gewarnt hatte, könnte sie sich das nie verzeihen.

In dem Augenblick, als Ben Morgan durch die Schwingtüren nach draußen trat und außer Sicht war, kam Suzanne hinter dem Vorhang vor und lief zu Travis.

Sie berührte seinen Arm. »Hüte dich vor ihm, Travis«, sagte sie leise. »Was er auch von dir will, sei auf der Hut. Er ist nicht, was er zu sein vorgibt.«

»Kein Journalist aus San Francisco?« fragte Travis. Er wußte genau, was Ben Morgan war. Der Mann war Journalist, und zwar ein guter, aber er war auch ein hochrangiges Mitglied der Ritter in San Francisco. Und in New Orleans. Da hatte Travis ihn auch früher schon einmal gesehen, aber es war ihm erst eingefallen, als sein Freund ihm telegrafiert hatte, daß Ben Morgan eigentlich Benjamin Mordaine war. Er stammte aus einer alten Familie ohne Geld und war vor zwölf Jahren aus New Orleans geflüchtet, nachdem er einen Mann im Duell getötet hatte und angeklagt worden war, die Waffe des anderen so manipuliert zu haben, daß sie nicht losging. Travis wußte das alles, aber er wollte herausbekommen, wieviel Suzanne wußte. Und wieviel sie ihm erzählen würde.

»Ja, er ist Journalist und arbeitet für das *Bulletin*, aber das ist nicht alles. Und darüber wird er nicht mit dir gesprochen haben.«

»Was weißt du, Suzanne?«

Sie schüttelte den Kopf. »Ich habe schon mehr gesagt, als ich sagen dürfte. Bitte, frag mich nicht weiter.« Sie hob den Blick, und er bemerkte die Traurigkeit in ihrem Gesicht. Die Dinge hätten für sie so anders sein können ...

Sie seufzte leise. Aber ihre Chance war schon vor langer Zeit vergangen, und jetzt führte jeder ein anderes Leben. Sie zog ihr Cape um sich. »Paß nur auf, Travis. Bitte.«

20

Ein paar Tage vergingen, ohne daß etwas Ungewöhnliches in Virginia City passiert wäre. Kein weiterer Überfall auf einen Erzwagen wurde gemeldet; Ben Morgan unternahm noch ein paar Anläufe, Travis zu überzeugen, wurde aber jedesmal abgeschmettert; und Suzanne setzte ihr Spiel fort, mit Travis zu flirten, sobald Clarence Lonchet in der Nähe war, aber kühl und abweisend zu sein, sobald der Manager weg war.

Travis dagegen konnte nicht aufhören, an Suzanne zu denken, und ihr Bild verfolgte ihn Tag und Nacht, egal, was er dagegen zu tun versuchte. Das Schlimmste war, daß sein Körper, sobald sie ihm nahe kam, alle guten Vorsätze zunichte machte, sosehr er sie auch zu ignorieren versuchte. Sein Verlangen, sie in sein Bett zu bekommen, übertraf alles und war fast mehr, als er ertragen konnte. Langsam bekam er es satt, sich mit kaltem Wasser zu übergießen, um sich abzuregen.

Noch keine Frau hatte so eine Wirkung auf ihn gehabt, aber Travis war sich sicher, daß er eine Kur dagegen wußte. Noch eine Nacht mit ihr im Bett, eine Nacht, wo seine Hände über ihren Körper gleiten würden, seine Lippen über ihre zarte Haut, noch eine Nacht, in der er mit ihr verschmelzen würde, und sein Hunger nach ihr wäre gestillt.

Auch jetzt wieder, als er sie von der Bar aus auf der Bühne beobachtete, wie sie tanzte und sang und lachte und mit den Männern flirtete, spürte er, wie sein Körper vor Verlangen nach ihr hart wurde und sich sein Blut vor Lust erhitzte.

Travis hatte in den letzten Tagen ein paarmal versucht, mit ihr zu sprechen, damit sie sich ihm öffnete, aber bislang ohne Erfolg. Suzanne schaffte es jedesmal, ihm entweder ganz aus dem Weg zu gehen oder die Unterhaltung schnell zu beenden. Er hatte noch ein paar Telegramme verschickt, um mehr über Clarence Lonchet zu erfahren, aber bislang hatte noch niemand geantwortet.

Suzannes Vertrag lief nur noch über wenige Nächte. Travis sah ihr zu, wie sie sich über die Bühne bewegte. Er schaffte es nicht, länger als ein paar Minuten nicht an Suzanne zu denken, aber noch etwas anderes quälte ihn: die Unterhaltung zwischen ihr und Lonchet, die er belauscht hatte. Clarence Lonchet und Ben Morgan hatten möglicherweise etwas mit dem Überfall auf Duncan Clyde zu tun, aber so, wie die Dinge zwischen ihm und dem Sheriff lagen, hatte es nicht viel Sinn, sich mit ihm zu unterhalten.

»Gut, was?« bemerkte Clarence, der unvermittelt neben Travis auftauchte.

Er sah auf den kleinen Mann hinunter. »Ja, das ist sie wirklich. Die Jungs werden sie vermissen, wenn sie geht.«

Clarence schlug den Rock zurück, streckte die Brust raus und steckte die Daumen in die Ärmellöcher seiner Weste. Er lächelte zufrieden. »Das tun sie immer.« Er hob eine Braue. »Ich habe gehört, Sie und mein kleiner Singvogel sind einander sehr nahe gekommen, Mr. Bragette. Sie wollen sie mir doch nicht etwa wegnehmen?« Clarence kicherte und stieß Travis mit dem Ellbogen in die Seite.

Travis verbarg sein Erstaunen über die Worte des Mannes und ärgerte sich über den Rippenstoß. »Suzanne und ich kennen uns schon sehr lange, Mr. Lonchet, wie sie

Ihnen sicherlich erzählt hat«, erwiderte er möglichst gleichgültig. »Wir sind Freunde.«

»Ja, das habe ich gehört.« Clarence sah sich nach Suzanne um. »Aber ich fürchte, sie wird es leid, von Stadt zu Stadt zu reisen. Wenn sie sich natürlich niederlassen wollte ... nun, Sie sind ein erfolgreicher Mann, Mr. Bragette, und ich könnte ihr keinen Vorwurf daraus machen.«

Der Hinweis entging Travis nicht. Lonchet spielte wieder den Kuppler, was er in den letzten Tagen immer wieder tat, wenn nicht mit Worten, dann mit Blicken und Kopfbewegungen. Travis blickte zu Suzanne hinüber. Sie hatte gerade ihr letztes Lied beendet und verließ am Arm eines der Männer die Bühne.

»Nun, ich muß gehen«, sagte Clarence. »Ich habe versprochen, noch bei Millie reinzusehen, ehe ich mich schlafen lege.« Er zog seinen Hut und lächelte Suzanne an, als sie herankam. »Ich habe Mr. Bragette gerade gesagt, daß ich jetzt gehen muß«, erklärte er Suzanne. »Kommst du alleine zurück ins Hotel?«

»Tue ich das nicht immer?« fragte Suzanne zurück und lächelte, um den Worten die Schärfe zu nehmen.

»Äh ... ja ... nun«, stammelte Clarence, nickte ihnen zu und ging zum Ausgang. »Ich meinte natürlich in Begleitung von Mr. Bragette.«

»Natürlich.« Suzanne schaute zu Ben Morgan hinüber, dessen Interesse ganz und gar dem Kartenspiel zu gelten schien, in das er vertieft war. Als sie sich umdrehte, war Clarence gegangen. Sie wandte sich an Travis. »Entschuldige mich, ich will nur eben mein Cape holen. Ich bin heute müde.«

»Ich bringe dich zum Hotel«, bot er an, obwohl er nicht wußte, warum er sich die Mühe machte. Er bot ihr seit ein paar Tagen jede Nacht an, sie zurückzubegleiten, und jedesmal lehnte sie ab. Er bestand immer darauf, mit ihr zu gehen, blieb hinter ihr und achtete darauf, daß sie sicher ins Hotel kam, ehe er wieder in den Saloon zurückkam und für seine Mühe nichts anderes erntete als nasse Stiefel und eine kalte Nase.

»Nein, danke«, lehnte Suzanne auch diesmal wieder kühl ab. »Ich kann mit Addie gehen.«

»Sie ist vorhin schon mit Hank gegangen. Sie wollten bei Cabor's noch einen Kaffee trinken, glaube ich.«

Suzanne zuckte die Achseln, hob das Kinn und wandte sich ab. »Dann gehe ich alleine. Das Hotel ist ja gleich die Straße runter.«

Travis sah ihr nach, als sie zur Garderobe ging. Am liebsten hätte er sie an sich gerissen und ihr die Kälte von den Lippen und aus dem Herzen geküßt. Aber er tat es nicht. Es gab Wichtigeres, woran er denken mußte, als seine körperliche Begierde zu stillen. Auch wenn es ihm im Moment nicht einfiel.

Ein paar Minuten vergingen, ohne daß Suzanne wieder zum Vorschein kam. Travis wurde unsicher. Wie lange dauerte es, ein Cape und eine Handtasche zu holen? Er trank sein Glas leer, warf das Zigarillo weg und ging auf den Vorhang zu, wobei er immer noch damit rechnete, daß sie gleich hervorkommen würde.

Sie tat es nicht.

Travis trat durch den Vorhang und ging den Flur hinunter zu Suzannes Garderobe, wobei er auf Stimmen lauschte, aber keine hörte. Lonchet war weg, und ihr Mädchen Addie auch. Ben Morgan spielte im Saloon Karten. Lowry, Fairmount und Nathram, Suzannes beständigste Verehrer, waren ebenfalls im Saloon. Was tat sie hier hinten? Vorsichtig näherte er sich ihrer Tür, immer noch voller Mißtrauen, daß sie jemanden bei sich haben könnte.

Dann hörte er, wie sich weiter hinten eine Tür schloß, und er wußte, warum sie so lange gebraucht hatte.

»Verdammt.« Aus irgendeinem Grund hatte Suzanne die Hintertür genommen, und er würde den Grund erfahren.

Travis eilte durch den Flur und trat durch die Hintertür nach draußen in die Stille und Dunkelheit der Nacht. Er brauchte ein paar Sekunden, um sich an die Dunkelheit zu gewöhnen. Er sah sich nach Suzanne um, konnte sie aber nirgends entdecken.

»Verdammt.« Travis merkte plötzlich, daß er noch nie soviel geflucht hatte wie in den Wochen, seit Suzanne nach Virginia City gekommen war. Er sah nach rechts. Um von hier aus die Straße zu erreichen, hätte sie an vier Häusern und einem großen Zaun vorbei gemußt. Er verwarf diesen Weg und wandte sich nach links. Hier lagen nur Ebenizer Cornell's Lederladen und das ›Black and Howell‹-Gebäude vor der Taylor Street.

Travis trat von der Stufe auf den unebenen Boden zwischen dem Hinterausgang des ›*Mountain Queen*‹ und Taylor Street. Er gelangte schnell genug zur Seitenstraße, aber falls Suzanne diesen Weg genommen hatte, war sie bereits außer Sicht.

Eine weitere Kette von Flüchen ging ihm durch den Sinn. Was suchte er überhaupt hier draußen? Er versuchte, eine Frau zu beschützen, die seinen Schutz gar nicht wollte, und das in einer Stadt, in der ihn die Hälfte der Einwohner beschuldigte, am Krieg schuld zu sein. Travis suchte nicht erst nach einer Antwort. Statt dessen eilte er weiter. Vor ihm glitt ein Schatten am erleuchteten Fenster von Pollan's General Store vorüber. Ein Aufblitzen gelber Seide unter dem Saum des Capes zeigte Travis, daß es sich wirklich um Suzanne handelte.

Er wartete, bis sie ein paar Meter weiter war, überquerte dann die Straße und lief hinter ihr her, wobei er dafür sorgte, daß er immer im Schatten blieb. Er vermutete, daß sie auf der Taylor Street bleiben würde, so wie letztes Mal, als sie sich mit Hanson Jones getroffen hatte. Travis entschied, daß er, wenn sie sich wieder mit Jones träfe, diesmal ihm folgen würde, und er würde diesmal auch herausbekommen, was hier vorging.

Aber Suzanne wandte sich überraschend nach Norden und bog in eine andere Straße ein. Einen Block weiter stand ein Mann an der Ecke. Travis erkannte ihn sofort. Es war auch schwer, ihn zu verkennen. John Sabot war der einzige Mann in der Stadt, wenn man von Clarence Lonchet absah, der kleiner war als jede Frau. Außerdem wies Sabot noch ein weiteres unverwechselbares Merkmal auf. Seine Beine waren so krumm, daß sie, wenn er die Füße nebeneinander stellte, ein perfektes O bildeten. Manchmal warfen die Kinder in der Stadt Knochen durch seine Beine und sahen zu, wie die Hunde hinterherrasten. Aber am wichtigsten war im Moment, daß er Nachtaufseher bei der Chollar-Minengesellschaft war.

Travis duckte sich in einen dunklen Hauseingang und beobachtete die Szene.

Suzanne blieb vor dem Mann stehen und zog wie auch schon vor ein paar Nächten einen großen Umschlag unter ihrem Cape hervor, den sie Sabot gab. Anders als Jones griff Sabot nicht nach Suzanne und sagte auch nichts. Er nahm nur den Umschlag entgegen und nickte. Sie wandte sich sofort ab und ging schnell davon.

Travis nahm an, daß sie zurück zum *Union Belle Hotel* wollte. Er sollte ihr folgen und sichergehen, daß sie heil dort ankam, aber wenn er jetzt sein Versteck verließ, würde Sabot ihn bemerken. Also blieb er still stehen und beobachtete, wie Sabot den Umschlag öffnete und hineinsah. Einige Sekunden lang studierte er den Inhalt, dann schloß er ihn wieder, steckte ihn in die Brusttasche seines Mantels, wandte sich um und ging hinunter zu den Minen.

Travis kam hervor und folgte Sabot, wobei er sorgfältig darauf achtete, daß er genug Abstand hielt, um den Mann nicht auf sich aufmerksam zu machen.

Aber statt zur Chollar Mine zu gehen, wie Travis angenommen hatte, ging Sabot daran vorbei, und Travis folgte ihm.

Nach gut einer Meile duckte der Mann sich plötzlich hinter einen kleinen Erdhügel. Vorsichtig bewegte sich Travis, der nicht wußte, was er zu erwarten hatte, vorwärts und bemühte sich, kein Geräusch zu machen. Er zog die Pistole und entsicherte sie. Lieber feuerbereit als tot am Boden. Vorsichtig umrundete er den Hügel, hinter dem Sabot verschwunden war, und blieb dann stehen.

Wenn Travis nicht ohnehin vermutet hätte, daß irgend etwas im Gange war, wäre er jetzt noch schockierter gewesen. Hundert Meter vor ihm in einem kleinen Canyon befand sich eine Gruppe von einem halben Dutzend Männern. Jeder war eifrig damit beschäftigt, Stücke von Erz von zwei Güterwagen mit der Aufschrift Chollar Mine in lederne Satteltaschen von Maultieren umzuladen. Weitere Tiere standen bereit. Die Männer arbeiteten schnell, ohne Zeit und Energie zu vergeuden. Vor ihnen saß ein Mann auf dem Hügel, ein Gewehr im Schoß, und beobachtete ganz in Ruhe die Aktion. Sabot trat zu ihm, um mit ihm zu reden. Travis versuchte, ein Gesicht zu erkennen, aber es war unmöglich. Das einzige Licht war das des Mondes, das gerade ausreichte, daß die Männer ihre Aufgabe erledigen konnten. Außerdem trugen alle Hüte, die ihr Gesicht zusätzlich beschatteten.

Travis schlich zurück und außer Sicht. Es hatten mindestens achtzehn Packtiere bereitgestanden, was bedeutete, daß die Männer die nächsten eineinhalb Stunden zu tun hatten. Als die Wagen leer waren, stiegen vier Männer auf Pferde und ergriffen die Zügel der Packtiere, um sie davonzuführen. Aber sie nahmen nicht die Hauptstraße nach Gold Hill, sondern umgingen sie und ritten Richtung Norden.

Fuller's Ferry, dachte Travis. Sie wollten nicht nach Carson City, sondern in den Norden nach Fuller's Ferry, offenbar um das Devil's Gate zu umgehen, wo der Sheriff eine Wache aufgestellt hatte. Die restlichen Männer sprangen auf die jetzt leeren Wagen und fuhren Richtung Mine zurück.

Travis machte sich langsam auf den Rückweg zur Stadt. Worin zum Teufel war Suzanne da verwickelt? Clarence Lonchet war ein Ritter, dessen war Travis sich sicher. Morgan auch. Und Suzanne? Es gab weibliche Mitglieder bei den Rittern. Er dachte lange darüber nach und verwarf die Idee schließlich. Nach den Gesprächen, die er belauscht hatte, war ziemlich klar, was Suzanne machte, wenn auch nicht freiwillig. Clarence oder beide Männer hatten etwas, was Suzanne und ihr Vater haben wollten, soviel war klar. Deshalb konnte Clarence sie zwingen, das zu tun, was er wollte: daß sie für ihn spionierte, Informationen weiterleitete und Travis verführte.

Den letzten Gedanken verdrängte er, als die Wut in ihm hochschoß. Warum sollte sie ihn verführen? Um nahe an ihn heranzukommen. Aber warum? Clarence hatte gesagt, daß Richter Terry ihm – Travis – nicht traute; also was immer sie vorhatten, der Richter wußte darüber Bescheid. Aber der Richter war weg. Hatte sie Geld an Jones und Sabot weitergegeben? Wurden sie von den Rittern bezahlt, damit sie die Wagenladungen Erz raubten?

Travis lächelte vor sich hin und trat auf den Bürgersteig vor dem *Mountain Queen*. Das mußte es sein. Lonchet und Morgan steckten hinter dem Überfall und Mord an Duncan Clyde, und dadurch war es jetzt zu gefährlich geworden, die Güterwagen auszurauben. Also bezahlten sie statt dessen Jones und Sabot dafür, es zu arrangieren, daß die Wagen gestohlen und heimlich leergeräumt wurden. Travis hegte außerdem den Verdacht, daß die beiden einen hübschen Anteil des Geldes in die eigene Tasche steckten, ehe der Erlös bei den Konföderierten eintraf.

Addie blieb vor Walton's Zigarrenladen stehen und preßte sich an die Wand, damit Travis, wenn er sich umdrehte, sie nicht sah. Es war einfach nur Glück gewesen, daß Tom Cabor Hank gebeten hatte, ihm beim Abladen von einer Ladung Lebensmitteln zu helfen, die gerade eintrafen, als Travis über die Straße hastete, nur Sekunden nachdem Suzanne dasselbe getan hatte. Die Gelegenheit hatte sich als günstig erwiesen. Addie bestand darauf, daß sie allein zum Hotel zurückgehen könne, und versprach Hank, daß sie am nächsten Abend mit ihm essen würde.

Dann hatte sie genau wie Travis beobachtet, daß Suzanne einem kleinen, o-beinigen Mann etwas gab, und war dann Travis gefolgt, als er dem Mann nachgegangen war. Und endlich wußte sie, was vorging. Sie hatte sich da draußen fast den Hals gebrochen, als sie mit dem Absatz in einem Felsen festgehangen hatte, und der Saum ihres Kleides war zerrissen, aber das spielte jetzt keine Rolle mehr. Sie hatte die Informationen, die sie brauchte. Die Ritter raubten Gold aus den Minen, aber niemand wußte es. Zumindest niemand außer den Männern, die das Erz umgeladen hatten. Und jetzt noch Travis Bragette. Und sie. Aber was sollte sie deswegen unternehmen? Das war die Frage. Und wie sollte sie beweisen, daß Clarence Lonchet hinter den Raubzügen steckte?

Magnolia Rochelle stand auf ihrer Seite der Schwingtüren des *Silver Lady*. Sie hatte gesehen, wie Travis die Straße hinuntergekommen und auf den Bürgersteig getreten war und hatte ihn gerade ansprechen wollen, als sie Addie entdeckt hatte, die sie als Suzannes Mädchen erkannte.

Mit Travis umzugehen war die eine Sache. Sie wollte nicht, daß ihm etwas passierte, und selbst wenn er herausfand, was da vorging, war sie sich sicher, daß er nichts sagen würde. Immerhin stammte er aus New Orleans und stand dem Süden loyal gegenüber, das wußte sie. Und er hatte die Zeit mit ihr im Bett immer genossen.

Aber das Mädchen stand auf einem anderen Blatt. Als erstes mußte sie gleich morgen früh ein Telegramm verschicken, denn wenn ihr Verdacht sich bestätigte, war Addie Hays keineswegs Addie Hays und ganz sicher kein Dienstmädchen.

21

Travis hatte nur noch den Wunsch, in Suzannes Hotelzimmer zu stürmen und sie zu fragen, was zum Teufel da vorging. Sie sollte erklären, was sie mit Clarence Lonchet, Ben Morgan und den Rittern des Goldenen Kreises verband. Aber er wußte, daß er das nicht tun konnte. Und selbst wenn er es täte, war er sich sicher, daß sie ihm nichts erzählen würde.

Warum sollte sie auch? Sie haßte ihn wahrscheinlich seit sieben Jahren. Sicher hatte sie sich darauf gefreut, nach Virginia City kommen und ihn an der Nase herumführen zu können.

Aber auch wenn sie ihn haßte, so hatte sie es doch geschafft, etwas in ihm aufzurühren, von dem er geglaubt hatte, daß es schon lange tot war. Leidenschaft hatte er immer gekannt, den Drang, eine Frau in seinem Bett zu haben, aber Gefühle für eine Frau zu hegen und den Wunsch zu verspüren, sie zu beschützen, das war ihm fremd gewesen, und er fühlte sich auch ganz und gar nicht wohl dabei.

Vor sieben Jahren hatte er entschieden, daß er keine Frau brauchte und keine Frau wollte. Doch alles hatte sich verändert, jetzt, wo Suzanne Forteaux wieder in sein Leben getreten war.

Half sie den Rittern, sich in irgendeiner Form an Travis zu rächen? Sollte er am Ende als der Kopf hinter den Diebstählen dastehen? Oder war sie nur eine unwillige Komplizin? Sollte auch sie bald preisgegeben werden?

Travis ging ins *Mountain Queen* und direkt zur Bar. Jed kam sofort herbei.

»Was ist los, Boß? Sie sehen wütend aus.«

»Bin ich auch. Wo ist Hank?«

Jed wies mit dem Kopf durch den Raum.

Travis drehte sich um und sah Hank mit mehreren Minenarbeitern an einem Tisch sitzen. Sie spielten Seven Up, und den Dollarnoten vor ihm nach zu urteilen, gewann Hank. Travis schlenderte hinüber. »Hank, ich muß mit dir reden.«

Hank warf sofort die Karten auf den Tisch. »Ich bin raus, Jungs«, sagte er. Er erhob sich, schob die Banknoten in seinen Hut, setzte ihn auf den Kopf und folgte Travis an die Bar. »Was ist los, Boß? Gibt es Ärger?«

»Warum fragst du das?«

Hank zuckte die Achseln. »Du hast so einen Ausdruck in den Augen«, sagte er im vertrauten Ton.

Travis bedeutete Hank, ihm ans Ende der Bar zu folgen, wo sie niemand hören konnte.

»Ich brauche deine Hilfe dabei, ein paar Leute im Auge zu behalten. Weißt du jemandem, dem man trauen kann und der uns hilft?«

»Jed«, antwortete Hank.

»Außer Jed. Ich will nicht, daß jeder davon weiß. Die Dinge hier müssen normal wirken, und das wäre nicht so, wenn Jed zu oft fehlte.«

»Pete.«

»Okay. Ich brauche jemanden, der John Sabot beobachtet, den Nachtaufseher von der Chollar Mine.«

»Warum?« fragte Hank.

Travis sah sich um, um sicherzugehen, daß sie niemand belauschte, und sagte dann leise: »Er und ein paar Männer bestehlen die Minen.«

»Ja? Du meinst, er war es, der den alten Duncan beraubt und umgebracht hat?«

»Das weiß ich nicht, aber ich weiß, daß sie jetzt stehlen, allerdings ohne die Wagen anzugreifen. Sie fahren das Erz aus der Stadt heraus und laden es dort auf Packesel um, um es über die Berge nach Fuller's Ferry zu schaffen.«

»Und wir sollen nur beobachten?«

Er konnte ihm nicht mehr sagen. Wenn er das täte, wäre er gezwungen, die Sache mit Suzanne zu erklären, und er wollte sie da nicht mit hineinziehen, wenn es nicht unbedingt sein mußte. Sie wurde benutzt, dessen war er sich nun sicher, aber das würden die Minenbesitzer nicht verstehen. Sie würden nur daran denken, daß sie geholfen hatte, ihr Erz zu stehlen, und daß deswegen ein Mann hatte sterben müssen.

»Nein, ich will, daß ihr mir Bescheid sagt, wenn es wieder passiert.«

»Und was willst du machen?«

»Ein Gespräch mit Mr. Sabot führen.«

»Okay. Soll ich jetzt gehen?«

Travis schüttelte den Kopf. »Nein, heute nacht wird nichts mehr passieren.«

»Du meinst, heute haben sie schon was gestohlen?«

»Ja, aber behalte das für dich, ja? Zumindest, bis ich weiß, was vorgeht und wer wirklich dahintersteckt.« Er schlug Hank auf den Rücken und wandte sich ab. »Ich gehe hoch, Hank, ich bin müde.«

»Klar, Boß, Jed und ich schließen ab.«

»So, Lieber«, sagte Magnolia, »du hast mich also vollkommen vergessen.«

Travis, der vor seiner Kommode stand, drehte sich um. Er hatte sie nicht hereinkommen hören und war erst durch die Worte aufmerksam geworden.

»Verdammt, Maggie, du schleichst wie eine Katze«, beschwerte er sich.

Sie hob eine Braue, lächelte leicht und schlug dann ihr Cape zurück, um ihm zu zeigen, daß sie darunter nackt war. Sie stützte eine Hand in die Hüfte. »Und wenn man mich streichelt, schnurre ich auch.«

Travis lächelte, und sein Blick glitt über sie hin.

»Ja, das tust du, nicht wahr?«

Magnolia wandte die Augen nicht von ihm, lächelte, zog die Schuhe aus und kam näher. Dann hob sie die Hand an den Hals und löste den einen Knopf, der das Cape zusammenhielt. Es glitt ihr von den Schultern und bauschte sich als Häufchen Dunkelheit zu ihren bloßen Füßen.

Travis spürte, wie er angesichts von Magnolias Nacktheit hart wurde. Den ganzen Tag über hatte Suzanne sein Verlangen angefacht. Seine Augen tranken den Anblick in sich hinein. Ihre Haut schimmerte goldfarben im Licht der Lampe. Ihr rotes Haar floß ihr in feurigen Strähnen über die Schultern und lockte sich verführerisch um ihre vollen Brüste, deren rosige Spitzen bereits vor Erregung hart waren.

Er spürte, wie er noch härter wurde, als sein Blick tiefer glitt, über die sanfte Kurve ihres Bauches bis zu dem Dreieck aus roten Haaren, das zwischen ihren Schenkeln lockte.

In den vergangenen achtzehn Monaten hatte er praktisch wöchentlich mit Magnolia geschlafen, die eine aufregende und leidenschaftliche Geliebte war und sehr gut wußte, wie man einen Mann glücklich machen konnte.

Er kam zu ihr, und seine Füße machten kein Geräusch auf dem Teppich. Travis legte ihr den Arm um die Taille und drückte sie eng an sich. Dann legte sich sein Mund auf ihren, hungrig und wild, ohne Zeit mit Zärtlichkeiten oder Sanftheit zu verschwenden, wie Liebende es sonst tun. Magnolia hatte nie Zärtlichkeit gewollt oder erwartet, als wenn sie genau wüßte, daß er ihr das nicht geben konnte. Seine Zunge glitt in ihren Mund, eroberte jeden Winkel, ehe sie sich in einem leidenschaftlichen Duell mit ihrer traf.

Magnolia umschlang ihn mit den Armen und grub ihre Finger in seine Schultern. Eng drückte sie sich an ihn und bewegte provozierend ihre Hüften. Er gehörte ihr mit Leib und Seele, und sie würde alles tun, um ihn zu behalten. Sie spürte seine Härte, die sich an ihren Bauch preßte, und schob ihn von sich.

»Ah, mein Tiger ist heute besonders hungrig«, sagte sie atemlos und lachte. Sie ergriff seine Hand und führte ihn zum Bett. Er hatte sein Hemd bereits aufgeknöpft, weil er gerade zu Bett hatte gehen wollen, als sie hereingekommen war. Magnolia schob die Hände unter sein Hemd und fuhr ihm mit ihren scharfen Nägeln über die Haut.

Ein Schauer der Lust überlief Travis bei ihrer Berührung. Magnolias Hände glitten weiter zu seinen Oberarmen, und während sie ihm sacht das Hemd auszog, fuhren ihre Lippen liebkosend über seine Brust. Ihr Mund bewegte sich zu seinen Brustspitzen, und zärtlich begann sie, an einer zu nagen.

Travis stöhnte auf, als das Verlangen ihn durchschoß, blieb aber ruhig stehen.

Sein Körper zitterte vor Verlangen, und er genoß voller Erregung die Vorfreude der Lust. Ihre Lippen bewegten sich langsam über ihn, quälten ihn raffiniert und gekonnt und fachten seine Lust mit jeder Berührung weiter an.

In dem Moment, als er dachte, er könnte mehr nicht ertragen, zogen sich Magnolias Lippen zurück. Sie erhob sich, drängte ihren nackten Körper an ihn und drückte ihn aufs Bett hinunter.

Seine Arme schlossen sich fest um sie, und sein Mund legte sich gierig auf ihren, forderte von ihr alles, was sie zu geben hatte, und drohte ihr mit Überwältigung, wenn sie es ihm verweigern sollte.

Travis hob sich über sie und legte sich dann auf sie.

»Ja, ja«, rief Magnolia stöhnend, »mehr, mehr.«

»Suzanne«, stöhnte er unwillkürlich an ihrem Ohr.

Magnolia erstarrte. Wut trat an Stelle der Leidenschaft. Sie legte ihm die Hände auf die Brust und schob ihn heftig von sich, während sie gleichzeitig versuchte, sich unter ihm hervorzuwinden.

Das riß Travis aus seiner Leidenschaft, und er sah Magnolia verwirrt an.

»Geh runter von mir«, fauchte sie mit vor Wut blitzenden Augen. »Geh runter.«

»Aber ich ...« Verwirrt blickte er auf sie hinab.

»Geh runter von mir, Travis, ehe ich dich umbringe.« Magnolia dachte nicht mehr daran, daß sie ihre Beziehung hatte retten wollen, seit er in der Verwirrung der Lust Suzannes Namen gemurmelt hatte. In dem Moment waren ihre Liebe und Leidenschaft für ihn, ihre Pläne und Träume für sie beide gestorben, ermordet durch das Wort Suzanne. Alles, was Magnolia jetzt noch empfand, war Haß.

Travis rollte sich von ihr herunter. Er sah sie an, als seine Leidenschaft erlosch, und runzelte die Brauen. In seinem Bett lag Maggie, nicht Suzanne. Maggies Hände hatten ihn gestreichelt, ihre Zunge hatte seine berührt, ihr Körper war seinem entgegengekommen, nicht Suzannes.

Er fuhr sich mit der Hand über die Augen. Schuldgefühle überkamen ihn. Noch nie in seinem Leben hatte er mit einer Frau geschlafen und dabei an eine andere gedacht. »Maggie, es tut mir leid ...«

Maggie funkelte ihn wütend an. »Leid? Es tut dir leid?«

Sie lachte sardonisch. »Ich denke, es wird dir noch wirklich leid tun, Travis Bragette.« Sie bückte sich, um ihr Cape aufzuheben, ehe sie sich ihm wieder mit geballten Fäusten zuwandte, die sie in die Hüften stemmte. »Ich hätte dir alles gegeben, Travis«, sagte sie. »Alles. Ich hätte alles für dich getan. Und was kann sie dir geben? Was will sie dir geben? Wenn überhaupt?«

»Maggie, ich ...«

Sie warf sich das Cape um die Schultern. »Lebwohl, Travis.« Ohne sich noch einmal umzudrehen, riß Maggie die Tür auf, stürmte hinaus und schlug sie mit hallender Endgültigkeit wieder hinter sich zu.

Travis saß noch lange da und starrte auf die Tür. Seine Welt steuerte langsam auf eine Katastrophe zu.

22

Travis hob den Blick zu dem schwarzen Nachthimmel und war dankbar dafür, daß es wenigstens genug Mondlicht gab, um die Landschaft einigermaßen erkennen zu können, auch wenn ein bißchen Wärme ihn noch dankbarer gemacht hätte. Er bewegte sich und fluchte wieder, als ein Stück Felsen sich in seinen Rücken bohrte. Er saß jetzt seit über drei Stunden in einer kleinen Senke auf dem Sun Mountain, die er mit Buschwerk getarnt hatte, und wartete darauf, daß etwas passierte. Bis jetzt umsonst. Keine Männer, keine Wagen und keine Maultiere waren in dem kleinen Canyon aufgetaucht, wo er vor einigen Tagen Sabots Männer überrascht hatte. Soweit er wußte, waren die einzigen Lebewesen hier draußen die Klapperschlangen, Skorpione und Taranteln, die in Nevada zu Hause waren, ganz zu schweigen von den Coyoten, Wölfen, Wildkatzen und Bären.

Er legte sich die Hände vors Gesicht und blies hinein, dann rieb er sie gegeneinander. Es mochte bald Sommer sein, aber dem Nachtwetter auf dem Berg merkte man das nicht an. Der Schnee schmolz tagsüber in der Sonne und blieb nur an wenigen Stellen noch liegen. Aber nachts war es noch immer bitterkalt.

Dieses war die dritte Nacht, in der sie den Ort überwachten, an dem sie den Erzdiebstahl beobachtet hatten. Hank, Pete und er wechselten sich jede Nacht alle drei Stunden ab, während Jed das *Mountain Queen* weiter führte. Langsam begann Travis sich zu fragen, ob der

Diebstahl vielleicht nur eine einmalige Aktion gewesen war, auch wenn es ihm schwerfiel, das zu glauben, da sich Morgan und Lonchet immer noch in Virginia City aufhielten. Das konnte bedeuten, daß sie noch nicht fertig waren. Oder hatten sie sich noch etwas anderes überlegt?

Er blickte durch das Buschwerk in den Canyon. Seine Schicht war erst zur Hälfte vorüber. In eineinhalb Stunden würde Pete ihn ablösen. Travis wollte gerade aufstehen und die Beine ausstrecken, als ein leises Geräusch ihn erstarren ließ. Das Geräusch schwer beladener Wagen, die über den unebenen Boden des Canyons rollten, war unverwechselbar. Travis hockte sich hin und beobachtete, wie zwei Wagen um die Felsen bogen. Fünf Minuten später ritten zwei Männer zu Pferd so nahe an ihm vorbei, daß er den Atem anhielt aus Furcht, sonst gehört zu werden. Jeder führte ein paar Packesel an der Leine. Travis erkannte sie sofort als Minenarbeiter, die Anhänger von Richter Terry waren, also Mitglieder der Ritter. Noch fünf weitere Männer, drei zu Fuß und zwei zu Pferd, erschienen aus der Dunkelheit auf der anderen Seite.

In der nächsten Stunde wurde Travis Zeuge, wie die Männer das Erz von den Wagen auf die Packesel umluden, und er fragte sich zum wiederholten Mal, wer hinter der ganzen Aktion steckte. Er wußte, daß Suzanne in irgendeiner Weise in die Sache verwickelt war, aber was konnte er tun, um sie zu beschützen? Falls er zum Sheriff ging, wie konnte er die Geschichte dann so erzählen, daß sie nicht beteiligt war? Konnte er das überhaupt? War es nicht schon zu spät, um sie zu beschützen?

Das hier war ganz offenbar eine Aktion, die unter Anleitung der Ritter vor sich ging, und es war auch ganz eindeutig, daß das Rohsilber den Konföderierten dienen sollte. Aber steckte Richter Terry dahinter oder jemand anderer?

Und wie war Suzanne darin verwickelt? War sie nur ein Kurier oder mehr? Ein Schauer der Furcht überlief ihn. Wie hatte eine Frau, die er kaum kannte, die er vor sieben Jahren planmäßig hatte heiraten sollen und sitzengelassen hatte, die jetzt aber wieder in sein Leben getreten war – wie hatte so eine Frau es nur geschafft, innerhalb weniger Tage sein ganzes Leben auf den Kopf zu stellen? Verdammt, sie ließ ihn Dinge fühlen, die er nicht fühlen wollte. Leidenschaft war gut, aber alles, was darüber hinausging, war nicht zu akzeptieren. Er hatte sich in Virginia City ein behagliches Leben eingerichtet, ein gutes Leben, und er verspürte kein Verlangen, das zu ändern.

Wie immer, wenn Travis an Suzanne dachte, regte sich sein Verlangen.

Einer der Männer, die das Rohsilber umluden, ließ ein Stück fallen, als er es vom Wagen heben wollte. Mit Gepolter fiel es auf den Holzboden des Wagens, und der Lärm holte Travis zurück in die Gegenwart. Er sah zu, wie einer der Männer aufsaß und die Führungsleine der Packesel ergriff. Er trieb sein Pferd an und ritt mit den Eseln los. Bald waren sie in der Dunkelheit verschwunden. Ein zweiter Mann stieg auf und ritt hinter dem letzten Esel her. Zehn Minuten später folgten noch zwei Männer seinem Beispiel.

Sabot händigte den verbleibenden Männern je einen Umschlag aus. Zwei kletterten wieder auf die Wagen und fuhren weg. Die anderen drei machten sich auf den Rückweg zur Stadt.

Travis blieb in seinem Versteck und beobachtete Sabot. Der Mann hatte sich auf einen Felsen gesetzt, steckte sich eine Zigarre an und holte etwas aus seiner Jacke. Es war eine Menge Banknoten, die Sabot jetzt zu zählen begann. Travis wurde wütend. Nicht nur aus Loyalität für die Sache unterstützte Sabot die Ritter und den Süden.

Plötzlich erhob sich Sabot, warf die Zigarre weg und steckte sein Geld ein.

Travis spannte die Muskeln an.

Der Minenaufseher wandte sich ab, wartete noch einen Moment und ging dann in Richtung Chollar Mine davon.

»Oh, nein, das wirst du nicht«, flüsterte Travis. John Sabot würde ihm genau erklären, was hier vorging und wer hinter der Sache steckte. Aber erst mußte Travis sicher sein, daß nur sie beide hier draußen waren und nicht irgendwo ein Hinterhalt lauerte.

Travis kroch über den Berghang, eine Hand an der Waffe, und immer auf einer Höhe mit Sabot. Als sie nur noch eine Meile von der Mine entfernt waren und Travis sich ziemlich sicher war, daß niemand sonst in der Nähe lauerte, lief er den Hang hinunter und holte auf.

»Warten Sie, John«, rief Travis hart. Er packte Sabot an der Schulter und preßte ihm die Mündung seiner Pistole in den Rücken. »Wir müssen uns ein bißchen unterhalten.«

Sabot hob die Hände. »Ich ... ich will keinen Ärger.«

»Gut, dann sind wir schon zwei.« Er stieß Sabot vorwärts.

»Sie können das Geld haben, nur tun Sie mir nicht weh.«

»Das habe ich nicht vor«, erwiderte Travis. »Und das Geld will ich nicht. Drehen Sie sich jetzt um.«

Sabot wandte sich um, immer noch mit erhobenen Händen.

»Nehmen Sie die Hände runter«, knurrte Travis, ohne Anstalten zu machen, die Waffe zu senken, die auf Sabots Bauch zielte.

John Sabot ließ die Arme fallen. Er sah Travis an, und seine Augen waren groß vor Furcht.

»Was, zum Teufel, geht hier vor, Sabot?« verlangte Travis streng zu wissen.

»Vorgehen? Ich weiß nicht, was Sie meinen. Ich … ich bin nur eine rauchen gegangen, das ist alles, und jetzt will ich wieder zur Arbeit.«

Travis warf einen bezeichnenden Blick auf seine Pistole. »Ich glaube, Sie wissen sehr gut, was ich meine, Sabot. Sie haben geraucht, aber das war nicht alles, was Sie dahinten gemacht haben.«

»Doch. Doch, das ist alles. Ich …«

»Sie haben Männer, Sabot, die das Silbererz in den Canyon fahren, und andere Männer, die es auf Packesel laden und dann wegbringen. Ich will wissen, wo sie es hinbringen und wer hinter dem Ganzen steckt.«

Sabot schüttelte heftig den Kopf. »Ich weiß nicht, wovon Sie reden, Bragette. Ich weiß es nicht. Nein, Sir, ich wollte nur eine rauchen.«

Travis stieß dem Mann die Mündung seiner Pistole in den Bauch. »Ich will die Wahrheit hören, Sabot, es sei denn, Sie wollen ein Loch im Bauch haben.«

Wieder hob der Mann die Arme und blickte auf die Pistole hinunter. »Das … das würden Sie nicht wagen.«

Nur um sicherzugehen, daß Sabot ihm glaubte, fuhr er fort: »Ich habe zwei Barkeeper, einen Saloonmanager und zwei Kellnerinnen, die schwören werden, daß ich das *Mountain Queen* heute nacht nicht verlassen habe.« Sein Lächeln wurde strahlend. »Also ja, Sabot, ich würde es wagen.«

Der Mann wurde fast so weiß wie der Schnee auf dem Berghang, und er begann, heftig zu zittern. »In Ordnung, schon gut … Ich habe zwei Erzwagen in den Canyon bringen lassen und die Ladung mit Packeseln über die Berge geschickt.«

»Auf wessen Befehl?«

Er zuckte die Achseln. »Ich weiß es nicht.«

Travis' Augen wurden dunkel. »Was zum Teufel soll das heißen, Sie wissen es nicht? Jemand gibt Ihnen doch

Befehle, Sabot. Sie sind nicht klug genug, so was alleine zu machen. Und nicht mutig genug. Reden Sie!« Travis stieß die Waffe tiefer.

»Es ist diese Sängerin, die Sie in die Stadt geholt haben. diese Georgette Lindsay. Sie ist der Boß.«

»Georgette Lindsay?« Travis stieß erneut zu. »Sie lügen.«

»Ich lüge nicht. Es war sie, ich sage es Ihnen, es war diese Georgette Lindsay.«

Travis schüttelte den Kopf. »Sie hat Sie bezahlt, Sabot, aber sie hat Ihnen nicht die Befehle gegeben, was zu tun ist. Jetzt noch mal: Wer hat Ihnen gesagt, was Sie tun sollen?«

»Sie war es, Bragette, ich schwöre es. Sie hat mir das Geld und die Befehle gegeben.«

»Wie?«

»Als sie mir das Geld gegeben hat. Es war ein Zettel dabei. In dem Umschlag. Darauf stand, ich solle mir ein paar Männer suchen, denen man trauen kann, und die Wagen herbringen. Nur Männer anheuern, Wagen füllen und hierherbringen.«

»Aber was hat Sie so weit gebracht, Sabot?« Travis' Ärger verriet sich in seinem harten Tonfall. »Wer hat Ihnen erstmals das Angebot gemacht?«

»Ich weiß es nicht, ehrlich, ich weiß es nicht.«

»Wie können Sie nicht wissen, wer Sie angeheuert hat, Sabot?« Travis entsicherte die Waffe.

»Es war eine Nachricht«, wimmerte Sabot. »Ich schwöre es. Ich schwöre es. Ich habe eine Nachricht bekommen. Sie lag im Hotel unter meinem Kissen. Sie trug das Siegel der Ritter, und darin stand, wenn ich leicht etwas Geld verdienen und der Sache dienen wolle, sollte ich an der Ecke stehen. Und«, er zuckte die Achseln, »da habe ich gestanden.«

»Und das war es?«

»Ja. Ich ging zu der Ecke wie angekündigt, und da stand diese Georgette Lindsay und gab mir den Umschlag.«

»Und«, drängte Travis.

»Ich fragte, was ich mit dem Umschlag tun solle, aber sie erwiderte, es stünde alles darin.«

»Was stand darin?«

»Daß ich Geld bekäme, wenn ich zwei Erzwagen in den Canyon brächte. Und daß ich darüber schweigen sollte.«

»Und die anderen Männer?«

Sabot zuckte die Achseln. »Ich habe die Fahrer angeheuert, wie mir gesagt wurde. Über die mit den Packeseln weiß ich nichts. Ich habe sie noch nie gesehen. Sie sind vielleicht nicht von hier. Ich nehme an, Miss Lindsay hat die auch angeheuert.«

Travis hätte den Mann am liebsten erwürgt. Es war Zeitverschwendung gewesen, ihn zu überwachen. Jetzt wußten sie auch nicht mehr als vorher, außer daß alle Schuld bei Suzanne zu liegen schien.

»Wenn ich entdecken sollte, daß Sie mich angelogen haben, Sabot«, sagte Travis und bedrohte ihn noch einmal mit der Waffe, »dann werde ich mehr tun, als Ihnen nur die Waffe in den Bauch zu drücken.«

Sabot nickte. »Ich lüge nicht, Bragette, wirklich nicht. Ihre Sängerin hat mir das Geld und die Befehle übergeben, und woher die erste Nachricht kam, weiß ich nicht. Vielleicht auch von ihr, aber ich bin nicht sicher. Das ist die Wahrheit, Bragette. Ich lüge nicht.«

»Wenn ich Sie wäre, würde ich diese kleine Unterhaltung für mich behalten. Sie hat gar nicht stattgefunden, verstanden?«

»Ja, ja, alles, was Sie wollen.«

»Wann rauben sie das nächste Mal die Minenbesitzer aus?«

»Nächste Woche. Erst nächste Woche. Am Mittwoch.«

»Woher wissen Sie das?«

»Es stand auf dem Zettel. Darauf waren Daten, einmal die Woche, aber an wechselnden Tagen.«

»Okay. Dann erledigen Sie das und vergessen Sie unsere kleine Unterredung.«

»Sie wollen, daß ich weiter die Chollar Mine bestehle?«

»Ja.«

»Aber ...«

»Kein Aber, Sabot. Machen Sie einfach weiter und sagen Sie niemandem, daß Sie mit mir gesprochen haben, sonst war das Ihre letzte Unterhaltung.« Travis steckte die Waffe ein und winkte Sabot aus dem Weg.

Der Mann brauchte keine zweite Aufforderung. Sobald er begriff, daß es vorbei war, war er auch schon verschwunden, ohne noch einen Blick zurückzuwerfen.

Travis ging langsam in die Stadt zurück. Die ganze Strecke über war er auf der Hut und ließ die Hand an der Waffe. Sabot hatte erschüttert gewirkt, aber vielleicht hatte er sich verstellt, und Travis hatte keine Lust, jetzt noch eine Kugel in den Rücken zu bekommen.

Fünfzehn Minuten später erreichte er die Stadt. Er ging am *Union Belle* und am *Mountain Queen* vorbei zur Union Street. Licht fiel aus dem Büro des Sheriffs. Travis stieß die Tür auf, trat ein und schloß sie wieder hinter sich. Hinter dem Schreibtisch saß Hilfssheriff Liam Dibbet. Er lehnte sich in einem Stuhl zurück und hatte die Füße auf den Schreibtisch gelegt. Er sah auf, als Travis eintrat, erhob sich aber nicht.

»Kann ich Ihnen helfen, Bragette?« fragte er arrogant, faltete die Hände auf dem Bauch und sah unter seinem Hut hervor zu Travis auf. Da der Sheriff keinen Hehl daraus machte, daß er Travis nicht mochte, nahm Liam die gleiche Haltung ein.

»Wo ist Morrow?« fragte Travis.

»Schläft hinten.«

»Holen Sie ihn.«

Liam schüttelte den Kopf. »Kann ich nicht. Der Sheriff hat gesagt, er will nicht gestört werden, es sei denn, es gehe um Leben und Tod.«

»Geht es«, knurrte Travis.

Liams Augen wurden groß. »Ja? Um wessen?«

»Um Ihres, wenn Sie nicht sofort Morrow holen«, drohte Travis. Er hatte keine Lust zu Spielereien. Etwas ging in Virginia City vor, und er wußte genau, wenn er dem keinen Riegel vorschob, würde Suzanne Ärger bekommen – und er höchstwahrscheinlich auch.

Liam stand auf und verschwand durch eine Tür, die zu den Zellen führte.

Travis blickte durch das Fenster auf die Straße hinaus. Er glaubte jetzt zu wissen, warum der Richter in den letzten fünf Monaten versucht hatte, ihn zu den Treffen zu holen, und warum er ihm öffentlich die Führung angeboten hatte, obwohl er genau wußte, daß Travis ablehnen würde. Das hatte alles zu seinem Plan gehört, die Raubzüge zu organisieren und an das Geld zu kommen.

Mittlerweile war ihm alles klar.

Clarence Lonchet hatte den Kontakt zu ihm aufgenommen, damit Georgette Lindsay im *Mountain Queen* singen konnte. Natürlich gab es eine Verbindung zwischen Lonchet, dem Richter und Morgan. Einer von ihnen, wahrscheinlich der Richter, hatte die Idee mit den Raubzügen ausgeheckt, und die anderen beiden waren seine Partner und organisierten die Ausführung.

Travis verfluchte den Tag, an dem er den Rittern beigetreten war. Es war eine dumme Entscheidung gewesen, was er schnell gemerkt hatte. Er war nicht mehr zu den Treffen gegangen, aber da hatten ihn die Ritter schon als vollwertiges Mitglied betrachtet. Einige taten es sicher noch, während andere in ihm einen unwürdigen Verräter sahen.

Sheriff Morrow kam aus dem hinteren Teil des Gefängnisses geschlurft.

Als Travis sich zu ihm umdrehte, sah der Sheriff ihn wütend an. »Hoffentlich haben Sie was Wichtiges, Bragette«, knurrte er und rieb sich die Augen. »Ich mag es nicht, wenn man mich für nichts weckt.«

»Wie wäre es mit Raub, Sheriff? Ist das genügend Grund, Ihren Schlaf zu stören?« fragte Travis.

Morrow sah zu Liam und dann wieder zu Travis. »Raub? Was für ein Raub? Ist etwas passiert, was wir noch nicht wissen?« Er griff nach seinem Pistolengurt, der an der Wand hing.

»Gerade sind zwei Erzwagen leergeräumt worden.«

»Jemand verletzt?«

»Nein. Lassen Sie die Waffe und entspannen Sie sich. Wir gehen nirgendwo hin.« Travis nahm sich einen Stuhl und setzte sich vor Liams Schreibtisch.

»Wir gehen nirgendwo hin?« Der Sheriff fuhr fort, sich trotz Travis' Worte sein Holster umzuschnallen. »Was zum Teufel meinen Sie damit, Bragette? Wollen Sie mir wieder vorschreiben, wie ich meinen Job machen soll?«

Travis lächelte. »Nein, aber wenn Sie auf mich hören, helfe ich Ihnen, die Raubüberfälle aufzuklären.«

»Wann haben die stattgefunden? Und wo?« Er band die Pistole an seinen Oberschenkel. »Wie kommt es, daß ich davon nichts gehört habe? Und wer wurde ausgeraubt?«

»Die Chollar Mine, aber da weiß es noch keiner.«

»Weiß es noch keiner? Was reden Sie da, Bragette? Wie wollen Sie wissen, daß die Chollar Mine beraubt wurde, wenn die Minenverwalter das noch gar nicht wissen? Es sei denn …« Er musterte Travis mißtrauisch und hob dann erfreut die Brauen. »Es sei denn, Sie sind es selber gewesen.«

Travis lachte leise und schüttelte den Kopf. »Tut mir leid, daß ich Sie enttäuschen muß, Sheriff. Ich weiß, daß Sie nichts lieber täten, als mich zu verhaften und in eine Ihrer Zellen zu werfen, um dann den Schlüssel zu verlieren, aber ich bin nicht Ihr Dieb. John Sabot, der Nachtaufseher der Mine, ist einer von ihnen. Hanson Jones, der Vormann von der Savage ist ein zweiter … Und es gibt noch mehr. Sie haben Erzwagen aus der Mine geschmuggelt und in einen Canyon vor der Stadt gebracht. Etwa ein halbes Dutzend anderer Männer mischt noch mit. Sie laden das Silber auf Packesel und bringen es so über die Berge. Die Erzwagen kehren in die Minen zurück, und niemand weiß, daß etwas weggekommen ist. Außer denen, die beteiligt sind, natürlich.«

»Die Vormänner? Kommen Sie, Bragette«, höhnte der Sheriff. »Erwarten Sie wirklich, daß ich das glaube? Wofür halten Sie mich?«

»Das möchte ich lieber nicht sagen, Sheriff«, erwiderte Travis. »Aber wenn Sie diese Spur nicht verfolgen, und die Raubzüge werden entdeckt und es stellt sich heraus, daß ich Ihnen einen Tip gegeben habe, wie würden Sie dann dastehen?«

»Was ist, wenn ich Sie für den Drahtzieher halte? Sie wissen schließlich genau, wie es abläuft.«

Der Sheriff lächelte verschlagen. »Vielleicht sind Sie ein Komplize von Sabot, und er hat Sie übers Ohr gehauen – ist es so, Bragette? Er hat sie betrogen, und jetzt wollen Sie die Schuld auf ihn abwälzen?«

»Sie können das so drehen, Sheriff, aber es ist falsch. Da in ein paar Wochen die Wahlen anstehen und die Bürger durch den Krieg emotional aufgewühlt sind, würde ich sagen, daß Ihnen ein bißchen Hilfe bei der Stimmenjagd gut tun würde. Denken Sie nicht auch?«

»Ja, und?«

»Sie haben nichts gegen Sabot oder Jones in der Hand. Ich habe Sabot bei der Übergabe beobachtet, nicht Sie. Helfen Sie mir, den Ort zu umstellen, und wir ertappen einen, wenn nicht beide auf frischer Tat – und vielleicht ihre Komplizen dazu.«

»Ja? Wer sind sie?«

»Das weiß ich noch nicht, deshalb brauche ich Ihre Hilfe.«

Der Sheriff sah Travis lange an. Endlich sprach er aus, was er so lange überlegt hatte. »Woher weiß ich, daß ich Ihnen trauen kann, Bragette? Wollen Sie mich hier reinlegen?«

»Dafür habe ich keinen Grund, Sheriff.«

»Sie sind einer von den Rittern.«

»Ich bin ein Südstaatler«, korrigierte ihn Travis. »Das ist alles. Nicht alle Südstaatler sind Mitglieder des Goldenen Kreises.«

»Ja, mag sein«, knurrte der Sheriff. »Aber Sie waren ein guter Freund des Richters.«

»Das habe ich auch gedacht«, stimmte Travis zu, »aber das waren Julia, Tom Lowry, Fairmount und die halbe Stadt auch. Das bedeutet noch lange nicht, daß wir alle Mitglieder der Ritter wären.«

»Also gut, machen wir es erst einmal so, wie Sie wollen.« Er lehnte sich an die Schreibtischkante und schob seinen Hut aus dem Gesicht. »Was glauben Sie, wer dahinter steckt? Wer die Befehle gibt?«

»Ich denke, der Richter hat sich die ganze Sache ausgedacht, auch wenn wir das nie werden beweisen können, weil er die Stadt verlassen hat. Aber ich glaube, ich weiß, wem er die Sache übergeben hat.«

»Ja? Wem?«

»Clarence Lonchet.«

»Dem kleinen Kerl, der Ihren Singvogel managt?«

Travis nickte.

»Und sie? Steckt sie mit drin?« Der Sheriff grinste. »Vielleicht verführt sie die Männer, damit sie tun, was Lonchet will, wenn sie erst nicht wollen?«

»Nein.« Travis' Antwort klang hart.

Morrow feuerte zurück. »Sie sind sich Ihrer Sache wohl sehr sicher, Bragette, was?«

23

Travis stellte sich hinter einen der leeren Frachtwagen, die neben dem Eingang der Savage Mine abgestellt waren. Anscheinend hatte ihn niemand kommen sehen, und unbemerkt wollte er auch bleiben. Travis zog sich den Hut ins Gesicht, prüfte zum xtenmal seine Pistole, indem er die Hand auf den Griff legte, und hockte sich nieder, um auf Hanson Jones zu warten, der gleich aus der Mine kommen müßte. Der Mann hatte Essenspause, und Travis hoffte, daß er mehr tat als nur zu essen.

Eine halbe Stunde später erschien Hanson Jones im Mineneingang. Er unterhielt sich mit mehreren Männern, und in einem erkannte Travis den Assistenten des Vormannes. Ein paar Minuten schienen sie über etwas zu streiten, dann nickte Jones und wandte sich Richtung Stadt.

Travis folgte ihm in großem Abstand, um den Mann nicht auf sich aufmerksam zu machen, aber auch nur so weit entfernt, daß er ihn nicht aus den Augen verlieren konnte.

Aber wenn er gehofft hatte, daß Jones sofort in eine Senke gehen würde, wo vollbeladene Erzwagen und eine Karawane von Packeseln auf ihn warteten, dann sah er seine Hoffnungen getäuscht.

Travis fluchte leise. Er lehnte sich an eine Mauer und beobachtete, wie Jones in Cabor's Restaurant verschwand. Was sollte er jetzt tun? »Nun, eines ist sicher«, murmelte er vor sich hin, »es ist zu kalt, um hier draußen rumzustehen.«

Travis warf das Streichholz, mit dem er gespielt hatte, zu Boden, überquerte die Straße und betrat das Lokal. Er setzte sich zu drei anderen Minenarbeitern an den Tisch. Die Männer unterhielten sich, und Travis winkte der Kellnerin. »Kaffee«, bestellte er, als sie kam.

Dreißig Minuten später war Jones wieder unterwegs und Travis auf seinen Fersen. Aber auch über Jones' zweites Ziel war er nicht viel glücklicher als über Cabor's. Und diesmal konnte er dem Mann nicht folgen.

Travis wartete im Schatten eines gegenüberliegenden Hauses, während Jones im Eingang eines bekannten Bordells verschwand. Er wußte nicht, wem es gehörte, dachte sich aber, daß das Haus nicht allzugut lief, denn das Gemäuer sah aus, als wollte es bald zusammenbrechen. Über Löcher im Mauerwerk waren an verschiedenen Stellen einfach Bretter genagelt worden, und es sah aus, als könnte der Wind ungehindert hineinblasen. Die Hälfte der Dachziegel fehlte und auch die halbe Dachrinne. Ein Fenster am Eingang war mit Tuch verhängt, weil das Glas fehlte.

Travis dachte sich, daß Jones wohl recht geizig war. Er verdiente in der Savage Mine viel Geld, suchte sich aber die billigste Hure der Stadt. Staunend beobachtete er, wie eine der Wände zu zittern begann. Offenbar stand daran das Bett, und Hanson Jones war sehr aktiv. Travis grinste, als er sich vorstellte, wie der schäbige Vormann und eine noch schäbigere Hure miteinander schliefen.

Dann wurde ihm bewußt, daß er mitten in der Nacht allein an einer Straßenecke stand. Sein Lachen schwand. Gerade als er dachte, daß Jones wohl den Rest seiner Pause bei der Hure verbringen würde, trat der Mann auf die Straße und knöpfte sich die Hose zu.

Jones ging die Straße entlang, und Travis folgte ihm, bis sie sich wieder dem Stadtzentrum näherten. Der Sheriff hatte angeboten, daß Liam Jones folgen solle, aber Travis hatte darauf bestanden, es selbst zu tun. Er wollte nicht das Risiko eingehen, daß Suzanne den Mann vielleicht noch einmal traf und dann vom Hilfssheriff dabei gesehen wurde. Liam folgte dafür Sabot. Travis dachte sich, daß Suzanne, wenn sie einen der Männer noch einmal traf, Jones treffen würde. Offenbar aber hatte Jones heute nichts vor.

Zu seiner Überraschung ging der Vormann direkt ins *Mountain Queen*.

»Verdammt«, murmelte Travis. »Ich friere mir die halbe Nacht den Hintern ab, und er führt mich nach Hause.« Er trat durch die Schwingtüren in den Saloon und ging zur Bar. »Jed, geben Sie mir einen Bourbon«, rief er dem Barkeeper zu. »Oder nein, geben Sie mir gleich die ganze Flasche.«

»Was ist los, Boß?« fragte Jed, stellte ein Glas vor ihn hin und füllte es aus seiner speziellen Flasche.

Travis trank aus und knallte das Glas auf den Tresen. »Wo ist Hank?« knurrte er, ohne die Frage des Barkeepers zu beantworten.

Jed nickte in den Raum und füllte Travis' Glas erneut. »Hat ein Auge auf den Berufsspieler, der gestern in die Stadt gekommen ist. Ein paar Jungs haben gegen ihn nur verloren und glauben, daß er beim Kartenspiel betrügt.«

Travis ergriff sein Glas und stellte sich neben Hank. Der Manager lehnte an der Wand neben dem Spieltisch und beobachtete das Kartenspiel.

»Betrügt er?« fragte Travis leise.

Hank zuckte die Achseln. »Bisher habe ich ihn nicht erwischt. Boß, aber wenn er nicht Karten im Ärmel hat oder untermischt, hat er verdammt viel Glück. Er hat in der letzten Stunde nur ein Spiel verloren.«

Travis hob sein Glas und trank aus. »Nun, behalte ihn

im Auge, Hank, ich will hier drin keinen Ärger. Die Jungs haben beim letztenmal genug Glas und Möbel zertrümmert, und die neuen kommen nicht vor nächster Woche aus San Francisco. Von meinem Spiegel ganz zu schweigen.«

»Klar, Boß.«

»Wenn du siehst, daß er betrügt, hältst du ihm die Waffe an den Hinterkopf und bringst ihn ins Gefängnis.«

Hank nickte. »Hattest du Glück, Boß?«

Travis deutete mit dem Kopf auf Hanson Jones, der an einem anderen Tisch Faro spielte.

An einem weiteren Tisch lehnte Sheriff Morrow sich zurück und sah sich im Saloon um. Er beobachtete Ben Morgan, ein anderer Hilfssheriff Clarence Lonchet. Travis trat heran.

»Bei ihm tut sich auch nichts, nehme ich an?« fragte er den Sheriff.

»Nein. Sind Sie sich Ihrer Sache auch sicher, Bragette?« Der Sheriff sah ihn scharf an. »Sie legen mich doch nicht rein und spielen heimlich woanders?«

Travis seufzte. Zwischen Morrow und ihm gab es wirklich keinerlei Sympathien. »Nein, Sheriff, ich habe Ihnen die Wahrheit gesagt.«

»Wenn das nicht stimmt, Bragette, werden Sie es bereuen.«

»Wo ist Lonchet?«

»Hab' einen Mann an ihm dran, keine Sorge. Ist vor einer Weile gegangen.«

Travis nickte und ging zurück zur Bar. Suzanne trat auf die Bühne und begann zu singen. Travis betrachtete sie mit hungrigen Augen. Wo hatte sie sich da nur hineingebracht?

Die Zeit verging, und Travis fragte sich, was los war. Statt in die Mine zurückzukehren, blieb Hanson Jones im

Queen und jubelte Suzanne zu, trank viel und spielte noch mehr. Er lachte, jubelte und redete laut, zog aller Aufmerksamkeit auf sich und schien sich darum nicht zu kümmern.

Gegen zwei Uhr früh gab Travis auf. Er wandte sich an Jed. »Ich gehe ins Bett. Ich glaube nicht, daß noch irgendwas passiert, dafür hat sich Jones hier zu sehr niedergelassen. Sagen Sie Hank, daß er dann abschließt?«

»Sind Sie sicher, daß Sie hochgehen wollen, Boß?« fragte Jed. Er nickte in Richtung Hanson Jones.

Endlich war der Mann aufgestanden und auf dem Weg zur Tür.

»Verdammt«, murmelte Travis. Er ergriff seinen Hut, den er früher am Abend auf die Bar gelegt hatte, und schlenderte auf die Straße hinaus. Hanson Jones schwankte die Straße hinunter in Richtung der Minen. Travis folgte ihm und fragte sich, ob das jetzt noch Sinn machte. Der Mann ging wahrscheinlich nur noch in seine Unterkunft. Sie kamen an die Washington Street. Mit einer Mischung aus Unglauben und Mißtrauen beobachtete Travis den Mann. Er konnte doch nicht wirklich zu seiner Schicht in der Mine zurückkehren? Der Mann war so betrunken, daß er kaum noch geradeaus gucken konnte.

Jones überquerte die Flowery Street. Der Lärm aus den Minen hallte in der Nachtluft, als Jones und Travis näher kamen. Plötzlich richtete Jones sich auf und ging straff voran. Der schwankende Gang eines Betrunkenen war wie weggeblasen.

»Ich will verdammt sein«, murmelte Travis. Jones war gar nicht betrunken.

Aber statt in die Mine abzubiegen, wanderte der Vormann weiter ... aus der Stadt hinaus. Ehe er die erste Kurve auf der Straße nach Gold Hill erreichte, bog Jones in einen Seitenweg ab, der zu einem kleinen Canyon führte.

Travis folgte ihm vorsichtig. Im Tal war es vollkommen dunkel, nur am Ende leuchtete ein kleines Licht, das weit weg schien. Travis hoffte, daß Jones weitergegangen war und ihn nicht entdeckt hatte und ihm jetzt auflauerte. Vorsichtshalber spannte Travis den Hahn seiner Pistole und betrat den Canyon. Je näher er an das Licht kam, desto mehr Geräusche hörte er: Männerstimmen, das Scharren von Pferdehufen und Hanson Jones, der Befehle gab. Travis kletterte den Hang hinauf. Als er den Kamm erreicht und sich an den Rand vorgerobbt hatte, sah er genau das, was er erwartet hatte. Ein halbes Dutzend Männer lud Silbererz von zwei Wagen und packte es auf Lastesel um.

Wie Sabot in der Nacht zuvor, blieb auch Hanson Jones zurück, als vier Männer die Reihe von Lasttieren über den Südhang davonführten und die Fahrer der Wagen diese leer zur Mine zurückbrachten. Jones hockte sich neben eine Öllampe am Boden und zog eine Zigarre hervor.

»Meinen Sie nicht, daß Sie in die Mine zurückgehen sollten, um Ihre Schicht zu überwachen?« fragte Travis.

Hanson Jones fuhr erschrocken herum, seine Beine gaben nach, und er fiel zu Boden. Er sah zu Travis auf. »Verdammt, Bragette«, fluchte er. »Sie haben mich zu Tode erschreckt.«

Travis stellte sich lässig hin, hielt aber die Hand über den Revolverknauf. »Das Letzte, was ich im Moment will, ist Ihr Tod, Jones.« Er hockte sich vor den Mann, zog ein Schwefelholz hervor, zündete es an und gab Hanson Jones Feuer.

Der Mann starrte auf das Flämmchen und hob dann den Blick zu Travis.

»Kommen Sie. Jones, ich gebe Ihnen Feuer.«

Jones steckte seine Zigarre in den Mund, beugte sich vor und nahm sich Feuer.

Travis löschte das Streichholz und warf es weg. »So,

Jones, wenn Sie es sich jetzt gemütlich gemacht haben, können wir uns ja ein bißchen unterhalten.«

»Worüber?« grollte Jones und starrte Travis mißtrauisch an.

»Oh«, Travis lächelte, »über die Frachtwagen, die Sie mit Ihren Männern entladen haben, und über die Lastesel, die das Erz nach ...« Er zuckte die Achseln, »wohin auch immer bringen.«

»Ich weiß nicht, wovon Sie sprechen.«

»Wirklich? Habe ich mir das alles nur eingebildet?«

Jones sog den Qualm seiner Zigarre ein und blies ihn langsam wieder aus. »Müssen Sie wohl«, erwiderte er kühl.

Travis nickte. Dann ergriff er mit einer blitzschnellen Bewegung den Mann am Kragen und riß ihn in eine kniende Position. Seine Zigarre fiel zu Boden.

»Ich bilde mir nichts ein, Jones«, zischte Travis nur wenige Zentimeter vor dem Gesicht des Mannes. »Ich habe Ihre Männer gesehen, und ich habe beobachtet, wie Sie das Erz gestohlen haben. Sagen Sie mir, was hier vorgeht, Jones. Sagen Sie mir, wer hinter all dem steckt, oder ich bringe Sie auf der Stelle zum Sheriff. Und wir wissen beide, daß er einen Mann zum Reden bringen kann.«

Sheriff Morrow hatte den Ruf, jeden Mann zu einem Geständnis bewegen zu können, ob er nun schuldig war oder nicht.

»Das Erz dient der Sache, Bragette, was Ihnen doch kein Kopfzerbrechen machen dürfte«, höhnte Jones. »Mehr weiß ich nicht.«

»Wer steckt dahinter? Terry?«

»Ich weiß nicht.«

Travis hatte das dumme Gefühl, daß er dieselbe Geschichte hören würde wie gestern von Sabot. »Was soll das heißen?« brüllte er.

»Nur, was ich gesagt habe. Daß ich nichts weiß. Ich

habe meine Befehle von dieser verdammten Sängerin in Ihrem Haus bekommen, deshalb habe ich gedacht, Sie beide steckten dahinter.«

Travis ließ ihn los, und Jones zog seinen Kragen zurecht und suchte auf dem Boden nach der Zigarre.

»Georgette Lindsay hat Ihnen Ihre Befehle gebracht?«

»Das habe ich doch gesagt, oder?«

»Und Ihr Geld?«

»Auch.«

»Aber wer hat den Kontakt hergestellt, um zu sehen, ob Sie interessiert sind?« beharrte Travis.

»Weiß nicht. Eines Nachts lag ein Zettel auf meinem Bett. Darin stand, wenn ich etwas Geld verdienen und der Sache dienen wollte, sollte ich um Mitternacht zur St.-Paul's-Kirche kommen. Ist ein paar Tage her. Ich war interessiert, also war ich dort.«

»Und Georgette Lindsay hat Sie dort getroffen?« Es war nicht wirklich eine Frage, denn Travis kannte ja die Antwort. Er war ihr gefolgt und wußte es, aber er wollte es von Jones hören.

»Ja.«

»Und wer hat die Wagenführer angeheuert?«

»Ich.«

»Und die Eselsführer?«

»Weiß nicht.«

»Viel wissen Sie nicht, was, Jones?« bemerkte Travis.

»Vielleicht nicht, aber so viel weiß ich, daß Sie ein toter Mann sind, Bragette. Wenn Sie nicht der Drahtzieher sind, stecken Sie hier Ihre Nase sicher in etwas hinein, das Sie umbringen wird.«

»Ich glaube nicht.« Travis hatte plötzlich eine blendende Idee. »Hören Sie, Jones, ich bin Brigadegeneral bei den Rittern. Sie sind Mitglied und wissen daher, was das bedeutet.«

Hanson Jones Augen wurden groß, als er Travis überrascht ansah. »Brigadegeneral? Sie?«

»Ja.«

»Dann sind Sie …« Er schluckte. »Dann gehören Sie zur Spitze, sind höher als Terry.«

»Ja.«

»Aber ich dachte, Terry steht dem hier vor.«

»Das tat er. Aber wir haben entdeckt, daß das ein Fehler war.«

»Ja? Was hat er getan?«

»Jones, ich habe jetzt nicht die Zeit für all diese Fragen. Wenn Sie mit mir zusammenarbeiten wollen«, fuhr Travis fort und tat so, als verliere er die Geduld, was er tatsächlich langsam tat, »ist es gut, ansonsten gebe ich Ihren Namen als nicht mehr vertrauenswürdig an.«

»Zum Teufel, Bragette, ich habe das über Sie nicht gewußt. Was immer Ihr wollt …« Plötzlich wurden seine Augen schmal und sein Ton skeptisch. »He, warten Sie mal, wenn Sie wirklich ganz oben sind, warum haben Sie mir dann eben all die Fragen gestellt? Warum wissen Sie dann nicht, was hier vorgeht?«

»Weil einige von uns, sagen wir mal, die Ritter für ihre eigene Sache benutzt haben.«

»Ja? Wer?«

»Ich denke nicht, daß Sie das wissen müssen, Jones.« Travis erhob sich und rückte seinen Pistolengurt zurecht, um so die Autorität zu stützen, die er gerade angegeben hatte, und Jones ein wenig nervös zu machen. Der Vormann mühte sich auf die Füße.

»Wir haben Georgette Lindsay beobachtet.«

»Ja, ich auch«, höhnte Jones und zwinkerte Travis anzüglich zu.

»Aber sicher nicht in der Art, die ich meine.«

Sofort wurde Jones ernst.

»Wir glauben, daß Georgette Lindsay, der Richter und Clarence Lonchet alle Mitglieder der Ritter sind. Leider sieht es so aus, als ginge das Silber, das Sie aus der Savage Mine schmuggeln, nicht in die Sache, wie man Ihnen gesagt hat, sondern in ihre Taschen.«

»Diese Schweine«, fluchte Jones.

»Genau«, bestätigte Travis. »Auch wenn wir glauben, daß Miss Lindsay gezwungen wird, mit ihnen zusammenzuarbeiten. Wie auch immer, ich brauche Ihre Mitarbeit, oder um für die Ritter zu sprechen: Wir brauchen Sie.«

»Zum Teufel, Bragette. Sie können auf mich zählen«, sagte Jones. »Ich mag ja hier in Nevada leben, aber ich stamme aus Virginia und bin stolz darauf.«

»Das höre ich gerne, Jones«, lobte Travis. Er stellte sich locker hin und senkte die Stimme zu einem verschwörerischen Flüstern. »Und Folgendes sollen Sie für mich tun …«

24

Am nächsten Tag kam Suzanne gleich nach ihrer ersten Vorstellung zu Travis. Lonchet saß mit Morgan an dessen Seitentisch, so daß Travis nicht überrascht war: Sie spielte noch immer ihr kleines Spielchen.

»Gibst du mir einen Drink aus?« fragte sie kokett und schmiegte sich an ihn.

»Du trinkst doch nicht«, sagte Travis und lächelte.

»Kauf mir einen Sarsaparilla.«

Travis bestellte bei Jed, was sie wollte. Dann sah er auf sie hinunter, als sie das dunkle Sodawasser nippte. »Ich nehme an, Suzanne, daß du, sobald Lonchet geht, um wer weiß wen zu treffen, meine Aufmerksamkeiten nicht mehr brauchst.«

Suzanne fuhr überrascht herum. Sie faßte sich aber schnell wieder und lächelte ihn an. »Oh, Travis, aus welchem Grund du das auch denken magst«, sagte sie mit dunkler Stimme, »deine Aufmerksamkeiten sind mir immer willkommen.«

»Ja. Wie die einer Klapperschlange.«

Sie lachte auf. »Nun, jetzt, wo du es erwähnst, sehe ich auch die Ähnlichkeit.« Um ihren Worten die Spitze zu nehmen, legte sie ihre Hand auf seine und begann, seine Finger zu liebkosen.

Travis sah sich um, um sicherzugehen, daß niemand sie hören konnte, und entzog ihr seine Hand. Ihre Berührung hatte sofort Begehren in ihm geweckt, und das konnte er nicht brauchen, nicht, wenn er herausfinden wollte, was vorging und welche Rolle sie bei dem Ganzen spielte. Wenn sie zu tief mit drinsteckte, konnte es gut sein, daß er sie nicht mehr schützen konnte.

»Suzanne, laß uns nicht mehr Theater spielen.« Er mußte aufpassen, was er sagte, falls er sich irrte und sie viel tiefer darin verwickelt war, als er sich vorstellte. Was immer sie gegen Suzanne in der Hand hatten, bedeutete ihr mehr als ein Menschenleben ... vor allem seins. »Ich weiß nicht genau, was du vorhast, aber ich weiß, daß die Ritter damit zu tun haben, und das bedeutet, daß du bis über beide Ohren mit drinsteckst.«

Sie sah ihn an und wußte nicht, was sie sagen sollte. Ihre Gedanken rasten, als sie panisch nach einer Antwort suchte. Aber ihr fielen nur jede Menge Fragen ein. Wenn er wußte, daß sie mit den Rittern zu tun hatte, was wußte er dann noch? Wußte er von Brett? Der Drang, ihn zu fragen, war fast unwiderstehlich, aber sie kämpfte dagegen an. Sie konnte ihm die Sache mit Brett nicht erklären. Sie konnte ihm gar nichts erklären. Falls sie das tat und dann erfuhr, daß Travis nichts wußte, was ihr half, und wenn dann noch Clarence herausfand, was sie getan hatte, konnte das Brett das Leben kosten. Und ihres und das von Travis wahrscheinlich dazu.

»Suzanne?« drängte Travis leise.

Sie warf einen Blick zu Clarence, der sie nicht aus den Augen ließ. Dann zwang sie sich zu einem Lächeln. »Nun, Travis«, sagte sie laut und voll falscher Fröhlichkeit, »worüber sprichst du nur?« Sie lachte und schob ihren Arm in seinen. »Laß uns tanzen.«

Er widerstand ihrem Versuch, ihn mit sich zu ziehen, hatte aber Clarence' Blick gesehen und die Furcht in ihrer Stimme gehört und lächelte.

»Nein«, bat er, »ich spüre viel lieber, wie du deinen Körper an meinen preßt.« Er sagte sich, daß sie nur eine schöne Frau aus seiner Vergangenheit war, die er noch einmal in seinem Bett haben wollte, und stählte sich damit gegen ihre Anziehungskraft, gegen die Gefühle, die sie in ihm weckte und die ihn heiß wie eine Flamme verbrannten.

Sie schmiegte sich in seine Arme, als gehörte sie dorthin. »Wir passen zusammen, Travis«, sagte sie leise und anzüglich.

»So gut wie du und Lonchet?« fragte er leise.

Sie versteifte sich, blieb aber in seinen Armen.

Aus den Augenwinkeln sah Travis, wie Clarence sich erhob. Anscheinend war er überzeugt davon, daß Suzanne tat, was sie tun sollte. Er grüßte Morgan und die anderen an seinem Tisch und verließ den Saloon.

Und wie erwartet zog Suzanne sich zurück, sobald Clarence gegangen war. Als sie den Kopf hob, sah er für einen Sekundenbruchteil das Verlangen in ihren Augen funkeln. Und dann war es wieder durch kalte Gleichgültigkeit ersetzt. Oder Abneigung, er war sich nicht sicher. »Nun«, sagte sie kühl, »ich gehe besser in die Garderobe und lege Puder auf, ehe die nächste Vorstellung beginnt.«

Er berührte ihren Arm, als sie sich abwenden wollte.

»Suzanne, stimmt etwas nicht? Hast du Probleme irgendwelcher Art?« fragte er so leise, daß nur sie ihn hören konnte. »Sag es mir. Vertrau mir, und ich verspreche dir, daß ich dir helfe.«

Erstaunen flackerte in den blauen Augen auf, verschwand aber so schnell, wie es gekommen war. Sie lächelte. »Natürlich habe ich keine Probleme, Travis. Mir geht es gut. Wirklich.« Damit hob Suzanne den Saum ihres Kleides aus mitternachtsblauer Seide, die leise raschelte, wenn sie sich bewegte, und verschwand in Richtung ihrer Garderobe.

Zum erstenmal war Travis froh, daß eine schöne Frau

ihn verließ. Wenn er noch länger so nahe neben ihr gestanden hätte, hätte ihn jede Selbstbeherrschung verlassen. Krampfhaft hatte er seine Blicke von ihrem tiefen Ausschnitt abgewendet, in dem lockend der Ansatz ihrer Brüste zu sehen war. Noch eine Sekunde länger, und er hätte jede Zurückhaltung verloren, sie an sich gezogen und ihr gesagt, daß sie die nächste Vorstellung ausfallen lassen solle.

Vor dem Vorhang zur Garderobe blieb Suzanne stehen und drehte sich noch einmal um. Zu ihrem Unbehagen bemerkte sie, daß Ben Morgan sie beobachtete. Sie sah zu Travis zurück, lächelte strahlend und warf ihm eine flüchtige Kußhand zu.

Er lächelte zurück und hatte im Spiegel längst gesehen, daß Morgan sie beobachtete. Offenbar hatte er Lonchet abgelöst.

In den nächsten fünfzehn Minuten genoß Travis Suzannes Vorstellung. Es gab sonst nichts zu tun. Hank beobachtete Hanson Jones, um sicherzustellen, daß er nichts unternahm, und Liam beschattete Sabot. Travis bezweifelte nicht, daß Lonchet bei einer Hure war, denn Julia hatte ihm erzählt, daß der kleine Mann jede Nacht ein Bordell besuchte. Und Julia mußte es wissen, da sie selbst eine Prostituierte war und viele der Mädchen kannte.

Ben Morgan saß an seinem üblichen Tisch im *Mountain Queen*.

Travis ging an die Bar und gab Jed ein Zeichen. Jed goß einem Spieler, der erst vor zwei Stunden in die Stadt gekommen war, das Glas voll und schlenderte dann zu Travis. Er wischte sich die Hände an dem weißen Tuch um seine Mitte ab und griff nach Travis' Lieblingsflasche.

»Ja, Boß, was gibt's?«

Travis winkte den Drink ab. »Nichts. Miss Lindsays Auftritt ist gleich vorbei, Jed. Ich muß oben etwas nachsehen, aber wenn sie gehen will, sagen Sie ihr dann bitte, daß ich sie zum Hotel begleite?«

»Natürlich, Boß.«

Travis stieg die Treppe hoch zu seinem Zimmer. Dort nahm er den Pistolengurt von der Wand und schnallte ihn sich um. Dann stellte er den Fuß auf einen Stuhl und band das Holster an seinem Oberschenkel fest. Danach richtete er sich auf und goß Wasser in eine Schüssel, um sich mit einem nassen Tuch das Gesicht abzuwaschen. Die erfrischende Kühle vertrieb seine Müdigkeit sofort. Wasser tropfte auf die Kommode, aber er achtete nicht darauf. Er fuhr sich mit dem Kamm durch die Haare, nahm seinen Hut, trat aus dem Zimmer und zog die Tür hinter sich zu.

Ben Morgan lehnte sich zurück, als Suzanne hinter dem Durchgang hervorkam. Sein Blick wich nicht von ihr, als sie durch den Saloon schritt. Er sah, wie sie stehenblieb, als der Barkeeper ihr etwas zurief, wie sie ablehnend den Kopf schüttelte und dann durch die Schwingtüren nach draußen trat. Das Brennen in seinen Lenden nahm noch zu. Er schlief mit Huren, seit er in diese gottverlassene Stadt gekommen war, und er hatte sie satt. In San Francisco war die Auswahl wenigstens größer. Lonchet hatte ihm versprochen, daß er die Lindsay haben konnte, wenn sie sie nicht mehr brauchten, aber er hatte keine Lust mehr zu warten. Er wußte ohnehin nicht, ob er Lonchet trauen konnte.

Er trank seine zweite Flasche Whisky an diesem Abend leer und knallte das Glas auf den Tisch. Rotgut servierten sie hier. Rotgut. Damit wurde man nicht betrunken, selbst wenn man es darauf anlegte. Morgan erhob sich, schwankte leicht und machte sich auf den Weg zur Tür.

Suzanne hielt ihr Cape fest und stemmte sich gegen den Wind. Sie hätte ihre Kapuze festbinden sollen, aber jetzt war es zu spät. Um das zu tun, müßte sie stehenbleiben, und das wollte sie nicht. Ihre Finger faßten das Cape fester. Sie war bereits bis in die Knochen durchgefroren, dabei war sie erst zwei Minuten unterwegs.

Plötzlich hatte sie das Gefühl, daß ihr jemand folgte. Sie blickte über die Schulter, nahm sich aber zusammen. Wahrscheinlich war es Travis. Er hatte sie ins Hotel zurückbringen wollen und sogar dem Barkeeper gesagt, er solle sie bitten zu warten. Vermutlich versuchte er, sie jetzt einzuholen, wütend, weil sie ihm nicht gehorcht hatte. Sie zog ihr Cape enger um sich und ging schneller. Es würde nichts bringen, wenn sie ihren Gefühlen für Travis nachgab, auch wenn sie sich verzweifelt wünschte, genau das tun zu können. Sie würde Clarence' Spiel mitspielen, mit Travis flirten, wenn Clarence dabei war, aber mehr nicht. Es war kein schweres Spiel, weil sie nicht spielen mußte, aber weiter durfte sie es nicht gehen lassen. Das hielt ihr Herz nicht aus. Sie konnte sich Clarence' Befehlen nicht widersetzen, aber sie konnte versuchen, sich selbst zu schützen, indem sie Travis auf Armlänge von sich fern hielt.

Sie lief schnell. Sie mußte zuerst an ihren Bruder denken, mußte herausfinden, was mit Brett passiert war und wo er war. Und die Informationen, die sie brauchte, konnte ihr nur Clarence geben. Bei dem Gedanken an ihn verkrampften sich ihre Finger. Er hatte ihr nicht gesagt, warum sie in Virginia City waren, auch wenn es nicht schwer zu erraten war, und jetzt war es zu spät, noch auszusteigen, selbst wenn sie gewollt hätte. Sie würden einen Weg finden, ihr die Schuld zu geben. Zu sagen, sie wäre an den Raubzügen und dem Mord beteiligt gewesen. Nein, sie konnte nur noch Clarence gehorchen und so gut wie möglich versuchen, Travis zu beschützen, bis Clarence ihr sagte, was sie über ihren Bruder wissen mußte.

Am Ende der Taylor Street blieb Suzanne stehen. Aus dem Maguire Opera House zu ihrer Rechten wehten Musik und Gesprächsfetzen.

Eine Windbö riß an ihren Röcken, und das Cape schlang sich um ihre Beine. Suzanne zitterte. Sie faßte stützend nach einer Säule und stieg vom Bürgersteig, um die Straße zu überqueren. Plötzlich griff jemand von hinten nach ihr und riß sie schmerzhaft auf den Bürgersteig zurück.

»He, Suzie, warum hast du es denn so eilig?« fragte Ben Morgan. Der Whisky verwischte seine Worte.

Suzanne versteifte sich, als der große Mann sie an seine Brust zog und festhielt. Sie versuchte, sich freizukämpfen, aber umsonst. »Lassen Sie mich los, Morgan«, fauchte sie.

Er lachte und senkte den Kopf. Sofort wußte sie, daß er sie küssen wollte. Angeekelt wandte Suzanne das Gesicht ab. Seine Lippen preßten sich auf ihren Hals gerade unterhalb des Ohres. Ekel und Wut stiegen in ihr auf. »Laß mich los, du großer Ochse.« Sie holte aus und trat ihm mit der Spitze ihres Schuhs ans Schienbein.

Morgan zuckte zusammen, als ihr Fuß seinen Stiefel traf. Er fluchte, ließ sie aber nicht los. »Ruhig Blut, Missy«, warnte er jetzt. »Du zeigst diesen Männern die Hälfte von dem, was du zu zeigen hast, stellst dich zur Schau, also spiel jetzt nicht die Unschuldige bei mir. Ich werde sowieso kriegen, was ich haben will.« Sein Griff wurde noch fester.

Suzanne wand sich, war aber hilflos gefangen. »Du bekommst gar nichts, du Schuft«, erwiderte sie keuchend, ihr Herz klopfte heftig, und sie verspürte Wut und Panik. »Laß mich sofort los.«

Morgan lachte nur und unternahm einen zweiten Versuch, sie auf den Mund zu küssen. Wieder landete er daneben und traf nur ihre Wange.

Suzanne spürte seinen Bart an Wange und Kinn, roch den Gestank nach schalem Whisky, und ihr wurde übel.

»Komm schon, Suzie«, lockte Morgan. »Du bist zu allen nett, selbst zu dem Taugenichts, der dich hat sitzenlassen, jetzt sei auch freundlich zu mir.«

Suzanne sah ihn erschrocken an. Er wußte über Travis Bescheid?

Wieder spürte sie seine Lippen auf ihrer Haut und würgte. Eine Hand glitt unter ihr Cape. Erst wollte sie sich ihm entziehen, aber dann fiel ihr etwas ein. Der Mann war körperlich zu stark für sie, aber sie hatte noch ihre Stimmkraft. Sie zwang sich dazu, sich zu entspannen, und legte eine verführerische Note in ihre Stimme.

Travis kam aus seinem Zimmer, als Suzanne gerade durch die Schwingtüren nach draußen trat.

Wut und Enttäuschung packten ihn, als er erkannte, daß Suzanne sein Angebot, sie ins Hotel zu bringen, erneut abgelehnt hatte. Im nächsten Moment trat Erschrecken an ihre Stelle, als er sah, wie ein sichtlich betrunkener Ben Morgan sich erhob und Suzanne nach draußen folgte.

Travis stieg immer zwei Stufen auf einmal die Treppe hinunter. Er wußte nicht, ob Morgan tatsächlich Suzanne gefolgt war oder ob es ein Zufall war, daß der Mann gleich nach ihr aufgebrochen war, aber er wollte lieber sichergehen. Er blieb an der Bar stehen, und Jed eilte herbei.

»Ich habe es ihr gesagt«, erklärte der Barkeeper, »aber sie hat nur ihre hübsche kleine Nase in die Luft gesteckt und mich gebeten, Ihnen zu sagen, daß sie keine Begleitung brauche.«

»Danke, Jed. Ich bin gleich wieder da.«

Der Barkeeper nickte, und seine Glatze glänzte in dem Kerzenleuchter über der Bar.

Travis trat durch die Schwingtüren und prallte fast mit einem Gast zusammen, der gerade hereinkam. Travis entschuldigte sich bei dem Fremden und trat an den Rand des Gehsteigs. Bis auf das Licht aus den Fenstern war es draußen dunkel.

Und Suzanne, dachte er, trug ein mitternachtsblaues Kleid und ein schwarzes Cape.

Er spähte angestrengt in die Dunkelheit, aber alles, was er ausmachen konnte, waren ein paar betrunkene Minenarbeiter. Eine Hure aus Maggies Saloon ging den Gehsteig entlang und verschwand in einer Tür. Vorher winkte sie ihm zu. Er winkte zurück und ging in Richtung des *Union Belle*. An der Ecke hörte Travis etwas wie ein Scharren, gefolgt vom Protest einer Frau. Er blieb stehen und lauschte. Gleich darauf hörte er Suzannes Stimme.

»Nun, ich kann nicht freundlich zu dir sein, Benny«, sagte sie, »wenn du nicht deine Umarmung lockerst, nicht wahr? Ich meine, du bist so stark, Benny.«

Morgan lachte und lockerte seinen Griff. »So, jetzt gib mir einen Kuß«, verlangte er.

Travis lugte um die Ecke und hatte Mühe, sich das Lachen zu verbeißen.

»Ich werde dir etwas geben«, versprach Suzanne mit plötzlicher wütender Stimme, »aber keinen Kuß, du Ochse.«

Morgan, dessen Hirn vom Whisky vernebelt war, reagierte nur langsam. Ehe er wußte, was sie meinte, trat Suzanne ihm mit aller Wucht zwischen die Beine.

Morgan entwich der Atem, seine Augen wurden groß, und sein Gesicht färbte sich dunkelrot. Dann sackte er stöhnend zu Boden und hielt sich die Mitte. Er wiegte sich vor und zurück, Tränen strömten ihm über die Wangen, und er fluchte vor sich hin.

»Das nächste Mal, Mr. Morgan«, sagte Suzanne, »suchen Sie sich jemanden in Ihrer eigenen Größe. Oder jemanden, der Ihre Aufmerksamkeiten begrüßt. Ich tue es nicht!« Damit fuhr Suzanne herum und setzte ihren Weg zum Hotel fort.

Travis, der im Schatten stand, lächelte. Suzanne Forteaux wußte, wie sie ihre Ehre verteidigen mußte.

25

Am nächsten Morgen wollte Travis Suzanne im Hotel besuchen, aber Mavis Beale sagte ihm, daß sie vor einiger Zeit mit ihrem Mädchen Addie Hays das Hotel verlassen habe und erst am späten Nachmittag zurück sein wollte. Wo sie hingegangen waren, wußte sie nicht. Travis lächelte und bedankte sich. Wenn es zu ihren Aufgaben gehörte, ihn im Kreis laufen zu lassen, erfüllte sie die perfekt. Er machte sich nicht nur Sorgen um ihre Beziehung zu den Rittern, sondern fing auch an, darüber nachzudenken, wie es sein würde, wenn sie Virginia City wieder verlassen hatte. Ihm gefiel das Gefühl der Leere nicht, das sich bei dem Gedanken einstellte.

»Mir geht es gut«, grollte er, als er die Straße entlangstampfte. »Mir geht es gut.« Er mußte sie nur noch vergessen. Er würde sein Bestes tun, um sie aus der Schußlinie zu halten, wenn die Sache mit den Rittern hochging, und dann würde er ihr helfen, nach New Orleans zurückzukehren. Und irgendwann würde er sie vergessen.

Morgen war laut Vertrag ihr letzter Abend im *Mountain Queen*. Wenn Lonchet und Morgan noch etwas darüber hinaus planten, mußten sie sich beeilen, es sei denn, sie dachten, daß sie genug riskiert hatten. Aber irgendwie bezweifelte er das.

Suzanne war auf irgendeine Weise in den Silberschmuggel verwickelt, und sei es nur als Kurier für Geld und Nachrichten, aber er mußte mit ihr reden, ehe jemand anderer genausoviel herausfand. Darüber hinaus hatte der Tod von Duncan Clyde das Ganze von Raub zu Mord verschoben, und sie steckte bis zum Hals mit drin.

Travis ballte die Fäuste. Sie spielte ein gefährliches und tödliches Spiel, und er wollte wissen, warum. Was war für Suzanne so wichtig, daß sie ihr eigenes Leben dafür aufs Spiel setzte? Noch dazu mit Erlaubnis ihres Vaters. Travis lehnte sich an eine Säule vor dem *Mountain Queen* und zündete sich eine Zigarre an. Rauchend überlegte er weiter.

Vor sieben Jahren war Suzanne kein bißchen unabhängig gewesen. Sie war fast noch ein Kind gewesen, das alles gemacht hatte, was der Vater sagte, ohne Feuer und ohne Leidenschaft. Deshalb war er weggelaufen, und weil er eine andere liebte. Und wegen seines Vaters. Thomas Bragette war an allem schuld. Er hatte das Gerücht von Suzannes Schwangerschaft in die Welt gesetzt, ihn damit von der Frau getrennt, die er liebte, und schließlich seine Flucht verursacht, auch vor einem Vater, der seine Macht dazu mißbrauchte, Frau und Kinder zu manipulieren. Er war ein Mann gewesen, der seine Söhne lieber zerstörte, als sie ihr eigenes Leben führen zu lassen. Da hatte Travis schließlich begriffen, warum Traxton von zu Hause weggegangen war. Er wußte, daß er dasselbe tun mußte, wenn er überleben wollte. Wenn er geblieben wäre, hätte Thomas Bragette ihn zu dem gemacht, was er sich vorstellte, und er hätte jede Minute davon genossen.

Andere Erinnerungen an seinen Vater kamen zurück. Der Mann war ermordet worden, wenn nicht von Henry Sorbonte, dann von einem anderen hochrangigen Mitglied der Ritter. Travis war sich dessen ziemlich sicher. Wahrscheinlich hatte sein Vater jemanden hereingelegt oder verraten. Aber es war ihm egal. Es sei denn, Clarence Lonchet steckte dahinter, was Travis langsam vermutete.

Er sah die Straße entlang. Der Schichtwechsel war

schon lange vorbei, und die meisten Arbeiter waren nach Hause gegangen. Vereinzelt fuhren noch Wagen durch die Straßen, und einer voller Gewürze fuhr gerade an ihm vorbei. Er kannte ein paar der Vorübergehenden, aber für die meisten war es noch zu früh und zu kalt, um in der Stadt unterwegs zu sein. Wenigstens hatte der Wind sich gelegt, und die Sonne schien.

Magnolia stand hinter den Fenstern des *Silver Lady*, im Schatten des überhängenden Daches verborgen, und beobachtete Travis.

Sie zog die elfenbeinfarbene Seide ihres Morgenrocks enger um sich. Anders als das *Mountain Queen*, das vierundzwanzig Stunden geöffnet hatte, schloß Magnolia das *Silver Lady* jeden Morgen um vier Uhr und machte es erst nachmittags wieder auf, weil sie behauptete, bei dem Lärm der Minenarbeiter sonst nicht schlafen zu können.

Ihr Blick glitt von Travis' Weste zu seinem Gesicht. Er hatte über ein Jahr lang ihr gehört und kein anderes Mädchen in der Stadt angesehen, nicht einmal Miss High oder die mächtige Julia Bullette. Magnolia verzog höhnisch den Mund. Julia Bullette, die Königin der Huren von Virginia City. Alle Männer liebten Julia, auch wenn Magnolia nicht verstand, warum. Die Frau war nicht einmal hübsch. Magnolia spürte Verlangen in sich aufsteigen, als sie sah, wie die Sonne auf Travis' dunklem Haar glänzte. Julia mochte vielleicht jeden anderen Mann in der Stadt zu ihren Kunden zählen, aber Travis nicht. Der Gedanke gab Magnolia eine gewisse Zufriedenheit – bis ihr einfiel, daß Travis in letzter Zeit auch nicht mehr bei ihr gewesen war. Nicht, seit Suzanne Forteaux in die Stadt gekommen war und Travis plötzlich keine Zeit mehr für Magnolia gehabt hatte. Eifersucht brannte in ihr.

Aber in ein paar Tagen würde sie sich um Suzanne keine Gedanken mehr zu machen brauchen. Magnolia lächelte und spürte Vorfreude und Befriedigung. Schon bald würde es keine Suzanne Forteaux mehr geben.

Während Suzanne die Auswahl in Sarah Janeen's Damenmodengeschäft betrachtete und Hüte und Bänder anprobierte, entschuldigte Addie sich unter dem Vorwand, Hank gesehen zu haben und kurz mit ihm sprechen zu wollen. Es war eine Lüge, noch dazu eine offensichtliche, wenn Suzanne nur aus dem Fenster sehen würde, aber Suzanne hörte nicht einmal richtig zu, so daß Addie sich sicher fühlte. Addie lief über die Straße, überzeugte sich mit einem Blick, daß Suzanne ihr nicht nachsah, und verschwand im Telegrafenamt.

Zu viel geschah auf einmal, und sie brauchte Hilfe. Sie konnte nicht allen zugleich folgen. Sie hatte gesehen, wie Suzanne einen Umschlag an Hanson Jones von der Savage-Minengesellschaft übergeben hatte, aber sie hatte auch gesehen, daß Travis Bragette Suzanne aus der Ferne beobachtet hatte. Dann hatte sie gesehen, daß Suzanne John Sabot von der Chollar Mine etwas gegeben hatte, und wieder hatte Travis zugesehen, gleichzeitig aber auch Clarence Lonchet. Sie hatte ihre eigenen Gedanken zu Lonchet, aber welche Rolle spielte Travis? Wollte er sichergehen, daß Suzanne tat, was sie sollte? Oder spionierte er ihr nach? Wenn ja, für welche Seite, die Union oder die Konföderierten?

Addie wußte, daß Travis aus Louisiana stammte und alle seine Brüder bei den Konföderierten dienten, aber es hatten schon öfter Bruder gegen Bruder gestanden, einer in Blau und einer in Grau.

Dann hatte sie letzte Nacht gesehen, wie Ben Morgan

Suzanne angegriffen hatte. Aber war das echt gewesen, oder hatte er Papiere dabei übergeben? Oder Informationen?

Und dann war da natürlich noch dieses Wiesel von Clarence. Sie hatte ihn bei nichts Verbotenem ertappt, aber sie war sich sicher, daß er der Drahtzieher hinter allem war. Er hatte anscheinend etwas gegen Suzanne in der Hand und konnte sie zwingen zu tun, was er wollte. Er sprach eher drohend als freundlich mit ihr. Und er ging oft in Magnolia Rochelles *Silver Lady*, wenn auch immer erst spät. Manchmal erst kurz bevor ihr Manager die Türen abschloß. Und noch häufiger kam er danach gar nicht ins Hotel zurück. Das allein war nicht verdächtig, jeder Mann ging dann und wann gerne zu einer Hure, nur daß Magnolia Rochelle keine Hure war. Sie war eine Frau, auf deren Kopf zweitausend Dollar ausgesetzt waren, weil sie in Missouri Freigelassene gekidnappt und als Sklaven in Mississippi verkauft hatte.

Abram Lyle sah auf, als Addie in sein Büro trat und einen Schwall frische Morgenluft mit hereinbrachte.

»Guten Morgen«, grüßte sie freundlich. »Ich muß ein Telegramm abschicken.«

»Ja, Ma'am«, erwiderte Lyle und trat zu ihr. »Dann sind Sie hier richtig.« Er lachte leise und schob ihr Papier und einen Stift zu. »Schreiben Sie es einfach hier auf, und ich sende es ab.«

Addie nahm das Papier, schrieb die Adresse auf und notierte:

Lincoln Hays
Philadelphia, Pennsylvania
Lieber Linc, – bald – SF in Ordnung, denke ich – gibt's was zur Familie? – Was macht David? – Könnte Gesellschaft gebrauchen – kannst du bald kommen? – Addie

Abram starrte auf den Zettel und sah dann Addie an. »Kurz und süß, was?«

»Ja«, erwiderte sie und wünschte, er würde es einfach kommentarlos abschicken. Wenn sie es nicht so eilig gehabt hätte, hätte sie bis heute abend warten und ins Telegrafenamt einbrechen können, um das verdammte Ding selber abzuschicken.

»Brief an Ihre Familie? Die sollen wissen, daß hier alles in Ordnung ist, was?«

»Ja.« Sie lächelte süß. »Sie machen sich Sorgen, wissen Sie, mit dem Krieg und allem.«

Abram nickte und lächelte. »Kann ihnen keinen Vorwurf daraus machen.«

Addie wünschte nur, er würde den Mund halten und ihre Nachricht wegschicken.

»Ein Krieg kann die Leute schon verrückt machen, denke ich, selbst hier oben.«

»Können Sie das Telegramm wegschicken, Mr. Lyle«, sagte Addie schließlich und hoffte, daß sie nicht zu ärgerlich klang. »Ich hoffe auf eine sofortige Antwort und habe es eilig.«

»Ja, sicher, aber ich weiß nicht, ob sofort Antwort kommt. Sie müssen es drüben ja erst zustellen. Das kann etwas dauern.« Er trat an seinen Schreibtisch und griff nach dem Telegrafenmelder.

»Mein Bruder erwartet heute Nachricht von mir«, sagte Addie und war froh, daß sie vorausgedacht und sich das mit der sofortigen Antwort schon überlegt hatte, denn ihre Nachricht ging direkt ins Hauptquartier.

Abram nickte nur und begann zu tippen. Sekunden nachdem er fertig war, kam die Antwort.

Addie hielt den Atem an und hoffte, daß Lyle nicht mißtrauisch wurde. Er schrieb mit, erhob sich und reichte sie ihr.

»Nehme an, Ihre Familie ist in Ordnung, wie? Jemand besucht Sie in Virginia City.«

Schnell überflog Addie das Blatt.

Liebe Addie – Familie okay, gibt aber Komplikationen –
David ist im Süden und hat Fuß gefaßt –
Bruder trifft morgen mit Postkutsche aus San Francisco in Virginia City ein – bleib gesund –
Linc.

Beim letzten Satz atmete Addie erleichtert auf. Der Mord an Duncan Clyde hatte sie nervös gemacht, und Suzannes Verwicklungen mit Morgan, Lonchet und den beiden Minenvormännern hatten sie zusätzlich verwirrt. Sie wußte, daß Suzanne durch Erpressung zu dem gezwungen wurde, was sie tat. Zumindest glaubte sie das, Beweise hatte sie keine. Sie konnte Suzanne auch nicht fragen, ohne ihr ihre wahre Identität zu enthüllen.

Addie war erleichtert, als sie die Nachricht erneut durchlas. Jetzt würde sie endlich Hilfe bekommen. Morgen traf ein zweiter Agent ein. Sie hatte Angst gehabt, daß es losgehen und sie die einzige vor Ort sein würde, die es stoppen sollte. Sie hatte keinen Zweifel, daß es bald losgehen würde ... bald.

Addie steckte das Telegramm ein, zahlte und eilte zurück in das Wäschegeschäft. Erleichtert sah sie, daß Suzanne immer noch Hüte und Handschuhe anprobierte.

»Oh, Addie«, freute sich Suzanne, »schön, daß du zurück bist. Hilf mir doch bitte, eine Haube auszusuchen.«

»Mir gefällt diese«, sagte Addie und zeigte auf einen Hut neben Suzanne. Er war aus dunkelblauem Samt und mit weißen Bändern und Federn geschmückt. »Die Farbe betont deine Augen.«

»Meinst du?« Suzanne trat vor einen Spiegel und setzte den Hut auf. Sie betrachtete sich einen Moment und wandte sich dann zu Addie um. »Hast du Hank noch eingeholt und mit ihm reden können?«

Addie spürte einen nervösen Schauer über den Rücken laufen. Warum hatte sie das Gefühl, daß Suzanne genau wußte, was sie gerade getan hatte?

Hank Davis bog um die Ecke, als Addie Hays aus dem Telegrafenamt trat. Er wollte sie schon ansprechen, hielt aber inne. Was hatte sie da gemacht? Er runzelte die Stirn. Es gab keinen Grund, ihr zu mißtrauen, aber Travis hatte gesagt, er solle jedem mißtrauen, der mit Georgette Lindsay zu tun hatte. Der Gedanke, Addie zu mißtrauen, gefiel ihm nur nicht. Er mochte sie.

Hank zog sich den Hut ins Gesicht und wartete, bis Addie im Wäschegeschäft verschwunden war, dann betrat er das Telegrafenamt.

»Abram, haben sie eben ein Telegramm weggeschickt?« fragte er.

Verwirrt sah der junge Mann auf. »Ja, warum? Das ist mein Beruf.«

»Für Addie Hays?« fragte Hank weiter.

»Nun, ja.«

»Lassen Sie es mich sehen.«

Abram schüttelte den Kopf. »Das kann ich nicht machen, Hank. Ist gegen die Regeln, verstehen Sie?«

»Die Regeln sind mir verdammt egal, Abram«, zischte Hank. »Zeigen Sie mir das Telegramm.«

Abram schüttelte wieder den Kopf. »Ich habe es Ihnen doch gesagt, Hank, ich …«

Hank brach durch die Schwingtür ins Büro und trat an den Schreibtisch. »Abram, niemand braucht zu erfahren, daß Sie mir die Nachricht gezeigt haben. Kommen Sie, es geht um Leben und Tod. Zeigen Sie sie mir.«

»Leben und Tod?« echote Abram. Er ging einen Stapel Papiere auf seinem Schreibtisch durch. »Es sah mir nicht so aus. Ein einfacher Text. Aber warum haben Sie das nicht gleich gesagt, Hank. Vielleicht ist es ja codiert.« Er fand Addies Notiz und reichte sie Hank.

Hank las und sah Abram an. »Hat sie eine Antwort bekommen?«

»Ja.« Wieder wühlte Abram in den Papieren und reichte Hank die Antwort. »Kam gleich danach. Sie sagte, ihr Bruder hätte auf ihr Telegramm gewartet.«

Hank las und steckte dann beide Zettel in die Tasche.

»He, die können Sie nicht mitnehmen.«

»Sie bekommen sie zurück«, versicherte Hank. »Später.«

Er verließ das Telegrafenamt und ließ Abram schimpfend zurück, während er ins *Mountain Queen* zurückeilte.

Travis half Pete, die Stühle aufzustellen, die auf dem Tisch gestanden hatten, damit der Barkeeper den Boden hatte wischen können.

»He, Boß«, rief Hank. »Hier habe ich was, was du dir besser mal anschaust.«

Travis kam herbei. Hank legte die beiden Nachrichten auf den Tisch.

»Die habe ich von Lyle. Miss Lindsays Mädchen, Addie Hays, hat das abgeschickt.« Hank zeigte auf den Zettel. »Und das ist die Antwort. Sie kam sofort danach.«

Travis las die Telegramme und sah Hank an. »Ich bin nicht sicher, ob ich sie verstehe, Hank. Warum telegrafiert sie jemandem in Pennsylvania, wenn sie mir erzählt hat, sie käme aus Virginia?«

Hank zuckte die Achseln.

Wieder sah Travis auf die Zettel. »Wer ist die Familie?« überlegte er. »David ist in den Süden gegangen. Bruder trifft morgen aus San Francisco ein.« Travis sah Hank wieder an. »Wessen Bruder? Hat Addie einen Bruder?«

Hank zuckte die Achseln.

»Und wenn. Warum telegrafiert sie jemandem in Pennsylvania, wenn er in San Francisco ist?«

»Weiß nicht, Boß«, erwiderte Hank, »wir haben nie über ihre Familie gesprochen.«

»Hank, ich glaube, an Miss Addie Hays ist mehr, als wir ahnen. Du hast sie immer mal getroffen, nicht?«

Hank nickte. »Sozusagen.«

»Wozu braucht sie Hilfe?«

Wieder zuckte Hank die Achseln.

»Versuche, es herauszufinden, Hank. Finde über Addie heraus, was du kannst. Durchsuch ihr Zimmer.« Travis lächelte. »Sieh dir ihre Sachen an. Vielleicht findest du etwas, was uns verrät, was die kleine Miss Hays im Schilde führt.«

26

Am Abend sang Suzanne auf der Bühne. Hank war mit Addie in Cabor's Restaurant, um sie auszuhorchen, und Travis trat an den Tisch, an dem Clarence Lonchet und Ben Morgan saßen. Travis hatte bisher nicht privat mit Suzanne sprechen können, aber er hatte Jed Anweisungen hinterlassen, daß der Barkeeper nicht zulassen sollte, daß sie den Saloon verließ. Wenn nötig, müssen Sie sie fesseln, hatte Travis gesagt.

Travis sah zwischen Morgan und Clarence hin und her und wunderte sich einmal mehr, wie gegensätzlich die beiden Männer waren. Während bei Lonchet alles verkleinert erschien, war Morgan ein untersetzter Riese. Lonchet war stets tadellos in weiße, gebügelte Hemden und maßgeschneiderte Anzüge gekleidet, während Morgan so aussah, als hätte er die letzten Wochen in billigen Kleidern geschlafen. Travis zog sich einen Stuhl heran. »Was dagegen, wenn ich mich zu Ihnen setze, Gentlemen?«

Die beiden Männer schauten überrascht und mißtrauisch auf. Lonchet und Morgan wechselten einen Blick, und dann wandten sich beide, als wäre eine geheime Botschaft zwischen ihnen übermittelt worden, wieder Travis zu. Beide Männer begannen, breit zu lächeln.

»Aber nein, natürlich nicht, Bragette«, stimmte Morgan etwas zu jovial zu. Er deutete auf den Stuhl, den Travis geholt hatte. »Setzen Sie sich doch und trinken Sie etwas mit uns.« Er hielt sein Glas hoch und bedeutete einer Kellnerin, für Travis auch eins zu bringen. »Das ist ohnehin schon lange überfällig, wenn ich Ihren Tisch schon jeden Tag mit Beschlag belege. Kommen Sie, setzen Sie sich.«

Travis rührte sich nicht. Statt dessen sah er Clarence an. »Mr. Lonchet?«

»Oh, aber natürlich«, beeilte sich Clarence zuzustimmen, setzte seine Brille ab und polierte rasch die Gläser. »Natürlich, Mr. Bragette, ich hatte nur gedacht, daß Sie auf … ah, Miss Lindsay warten.« Er sah zu Suzanne hinüber, die gerade von der Bühne stieg. Sie schien für einen Minenarbeiter allein zu singen. »Ein schönes Mädchen. Schön.« Clarence sah Travis wieder an. »Ich weiß, daß sie nicht will, daß ich Ihnen das sage, aber sie hat Sie sehr gerne, Mr. Bragette.«

»Gut, ich sie nämlich auch.« Er grinste. Clarence wollte, daß er sich von Suzanne verführen ließ, also würde er das mitspielen, damit der Mann glaubte, daß Suzanne das tat, was er von ihr verlangte. Er hatte Angst, daß es sonst für Suzanne gefährlich werden könnte. »Schöne Frauen mag ich immer. Besonders eine …« Er sah wieder zu Suzanne hin und lächelte, »eine so leidenschaftliche.«

Travis setzte sich auf und wurde ernst. »Aber ich bin nicht hergekommen, um mit Ihnen über Miss Lindsay zu sprechen, meine Herren. Ich habe ein kleines Geschäft, über das ich nachdenken muß, ehe ich mich amüsanteren Themen zuwende …« wieder blickte er zu Suzanne hinüber. Der rote Satin ihres Kleides spiegelte im Licht des Kronleuchters. Begehren erfaßte ihn, und er kämpfte es schnell nieder. »Ich bin sicher, Sie verstehen das.«

Beide schwiegen, durch das Wort Geschäft sofort aufmerksam und auf der Hut.

Travis ergriff die Flasche, die auf dem Tisch stand, und goß sich ein halbes Glas Whisky ein. Er wollte eine Stimmung von Kameradschaft am Tisch erzeugen, und dazu gehörte ein gemeinsamer Drink.

»Morgan«, begann er so leise, daß es über Suzannes Lied und das Piano kaum zu hören war, so daß sie auch an den umliegenden Tischen keiner verstehen konnte. »Da wir uns schon einmal unterhalten haben, denke ich, daß wir offen reden können. Ich weiß, daß Sie ein Ritter sind, und Sie wissen, daß ich auch Mitglied bin.«

Morgan nickte und nahm einen Schluck Whisky.

Clarence' Kopf fuhr herum, und er warf Ben Morgan einen scharfen Blick zu. »Das haben Sie zugegeben?« fragte er in einem Ton, als spräche er mit einem ungehorsamen Kind. »Sie haben das zugegeben?« Er umklammerte die Armlehne seines Stuhls und wurde hochrot, als bekäme er gleich einen Wutanfall. »Sie haben einfach so zugegeben, daß sie ein Ritter sind?«

»Ja, und?« sagte Morgan herausfordernd und zuckte die Achseln. »Ich denke, wir haben genug um den heißen Brei herumgeredet.«

Travis erwartete, daß Clarence Lonchet angesichts der Herausforderung einen Rückzieher machen würde, wurde aber überrascht. »Narren«, murmelte Clarence. »Dieses Land besteht aus Narren.«

»Und Sie, mein Freund«, er stieß Morgan den Zeigefinger vor die Brust, »sind ihr König.« Er schüttelte den Kopf und wandte sich ab. »Narren«, murmelte er noch einmal. Wut verzerrte sein Gesicht.

Travis war unwillkürlich beeindruckt. »Mr. Lonchet, ich war mir bei Ihnen nicht sicher, aber da Sie so viel mit Mr. Morgan zusammen sind, ebenso mit Miss Lindsay, bin ich mir ziemlich sicher, daß auch Sie Mitglied sind, was bedeutet, daß ich Ihnen vertrauen kann.«

Clarence sah ihn nur an und weigerte sich, auf die eine oder andere Weise auf die Feststellung zu reagieren.

»Nun, wie Sie wollen, Lonchet«, fuhr Travis fort. Er lachte leise und lehnte sich dann in einer Pose der Zuversicht in seinem Stuhl zurück. »Ich will gleich zum Geschäft kommen«, verriet er und zuckte die Achseln, »wenn Sie sich dann besser fühlen.« Er sah Clarence lange an, ehe er fortfuhr. »Schließ ...« sagte er, nachdem er beschlossen hatte, den Code der Ritter zu benutzen, mit dem ein Ritter sich dem anderen zu erkennen gab. So würde er Lonchet und Morgan davon überzeugen, daß er es ernst meinte, ehe er ihnen seinen Plan offenlegte. Er hoffte nur, daß der Code noch galt.

Clarence sah ihn aus schmalen Augen an. »Die ...« ergänzte er.

»Tür ...«, fuhr Travis fort und war sehr erleichtert.

»Vor ...«, sagte Clarence kurz.

»Unions ...«, fuhr Travis fort.

»Tyrannei«, schloß Lonchet.

Travis lächelte und streckte Clarence die Hand hin. »Ich denke, dann können wir einander jetzt vertrauen.« Clarence nickte und gab ihm die Hand.

»Morgan?« fragte Travis und wandte sich an den großen blonden Mann. »Was ist mit Ihnen?«

»Teufel, Bragette, ich habe nie ein Problem mit Ihnen gehabt. Der Richter meinte, daß Sie okay sind, also ersparen Sie sich ein weiteres Gedicht.«

Travis spürte ein erwartungsvolles Prickeln auf der Haut. Wenn der Richter gesagt hatte, daß er in Ordnung sei, dann wollte er seinen Hut essen. Morgan log. So wie er Richter Terry kannte, hatte er wahrscheinlich genau das Gegenteil gesagt.

»Also, Mr. Bragette, über was für ein Geschäft wollen Sie mit uns reden?« fragte Clarence.

»Nun, ich komme am besten gleich zur Sache. Ich weiß, was Sie beide vorhaben«, begann Travis ruhig und zuversichtlich und wartete dann erst einmal ab, wie die beiden reagieren würden.

Zwei Paar Augenbrauen hoben sich und senkten sich dann rasch wieder. Die Männer bemühten sich sichtlich, einander nicht anzusehen. Lonchet spielte wieder an seiner Brille herum, und Morgan trank noch einen Whisky.

Beide gäben keine guten Pokerspieler ab, dachte Travis. Er behielt eine ausdruckslose Miene bei und schwieg weiterhin. Er sah seinen Whisky an, griff aber nicht danach.

»Wirklich?« sagte Clarence schließlich. »Sie wissen, was wir vorhaben. Und was soll das sein, Mr. Bragette, bitte?«

»Sie schmuggeln Silber aus den Minen und verschiffen es nach Süden, Lonchet. Für die Sache. Sie haben die Nachtaufseher von der Chollar und der Savage Mine bestochen, damit sie die Wagen rausfahren und das Silber auf Packesel umladen, um es dann in die Berge zu bringen. Ich nehme an, nach Kalifornien und dann weiter nach Süden. Entweder auf Wagen oder per Schiff. Habe ich recht?« Er lächelte strahlend.

»Sagen wir mal, ja«, sagte Clarence glatt und setzte seine Brille wieder auf. »Und?«

»Gut, gehen wir mal davon aus, daß ich recht habe.« Travis lächelte. »Ich könnte Sie beide dem Sheriff übergeben, der, falls Sie das noch nicht wissen, ein leidenschaftlicher Anhänger der Union ist. Ich bin sicher, wenn Sheriff Morrow erst mal weiß, was Sie beide hier treiben – Mord mit eingeschlossen, denn wir wissen alle, daß Clyde sich nicht selbst umgebracht hat –, dann würde er einige Männer auf die Beine bringen, die nur zu gerne ein Seil um einen Konföderierten-Hals legen würden. Besonders um einen, der zu einem Erzhändlermörder gehört. Unser Sheriff würde natürlich sein Bestes geben, um das zu verhindern, aber er hätte keinen Erfolg.«

Clarence schluckte und berührte die Seidenkrawatte um seinen Hals.

»Oder ich könnte Ihnen beiden einen Weg anbieten,

reich zu werden.« Zufrieden sah Travis die Gier in den Augen der Männer aufblitzen. »Ohne größeres Risiko, als Sie jetzt schon eingehen.«

Beide richteten sich auf und beugten sich vor.

»Reich?« wiederholte Morgan.

»Wie?« fragte Clarence.

Travis hob die Hand. »Sind Sie dabei?«

»Wozu brauchen Sie uns?« fragte Clarence statt einer Antwort. »Warum fragen Sie nicht einen von Ihren Freunden aus der Stadt?«

Travis lächelte kalt. »Zum einen, Lonchet, weil ein kluger Mann solche Art Sachen nicht mit einem Freund zusammen macht. Wenn es schiefgeht, ist es viel einfacher, einen Fremden zu töten als einen Freund.«

Clarence zuckte zusammen, und seine Augen wurden groß.

»Zweitens«, fuhr Travis fort, »sind die Ritter in Virginia City sehr loyal der Sache gegenüber. Wenn Silber verschwindet, dann an die Sache, aber ich will es in der eigenen Tasche sehen. Ich bekomme das Leben in den Bergen satt, verstehen Sie. Und es gibt noch einen Grund, warum ich denke, daß wir uns zusammentun sollten.«

»Ja«, sagte Clarence, »und der wäre?«

»Ich denke mir, da Sie noch hier sind, daß Sie noch nicht fertig sind. Ich denke mir auch, daß sie wahrscheinlich noch eine Wagenladung wegholen wollen.«

Lonchet und Morgan wechselten einen Blick.

»Und wenn das stimmt, haben wir ein Problem, oder besser gesagt: Sie haben dann ein Problem.«

»Wir?« wollte Clarence wissen. »Wie soll das aussehen?«

»Nun, wenn Sie für morgen noch einen Diebstahl planen, kommen Sie meinen Plänen ins Gehege, und das würde mir gar nicht gefallen. Wahrscheinlich müßte ich Sie töten.«

»Wir haben keinen weiteren Raub geplant«, fiel Morgan ein.

Clarence funkelte ihn wütend an und wandte sich wieder an Travis. »Falls wir überhaupt Silber rauben«, schränkte er ein. Sein Blick ging zu den anderen Tischen, um sicherzugehen, daß ihnen auch niemand zuhörte.

»Gut. Also machen Sie mit?« fragte Travis und glaubte Suzannes Manager kein Wort.

»Wenn es ein vernünftiger Plan ist«, sagte Clarence, »werden wir es in Betracht ziehen. Aber woher sollen wir wissen, daß es keine Falle ist, Bragette? Woher wissen wir, daß Sie kein Agent für die Union sind? Oder ein Spion für die Ritter?«

Morgan nickte.

»Sie wissen es nicht«, stimmte Travis lächelnd zu. »Aber ich denke, meine Familie wäre über diese Anschuldigungen nicht allzu erfreut. Wir waren immer stolz darauf, Südstaatler zu sein, und sind es noch. Außerdem, Lonchet, sollen die Ritter nicht einander vertrauen?«

Clarence sah ihn nur an.

»Ja, gut«, sagte Morgan. »Also vertrauen wir einander und lassen den ganzen Mist über Vertrauen, Loyalität und so weg, okay? Was haben sie vor, Bragette?«

»Die ›Gold and Curry Company‹ will morgen eine doppelte Ladung per Schiff an die Unionsregierung liefern, und zwar am Gate vorbei.«

»Beim Teufel«, murmelte Clarence.

»Und die Ritter aus Virginia City haben vor, das Silber für die Konföderierten zu rauben. Aber nur wenige Mitglieder wissen davon. Weniger als eine Handvoll, um genau zu sein.«

»Und wie soll das Geld in meine Taschen kommen?« wollte Morgan wissen.

»Ich bin ihr Anführer, Morgan«, erklärte Travis geduldig. »Wir überfallen die Frachtwagen und bringen das Silber weg, so wie Sie.« Er grinste. »Ihr Stil gefällt uns. Wie auch immer, danach kommen meine Männer in die Stadt zurück. Später wird das Silber weitertransportiert, aber nicht alles in dieselbe Richtung. Die Hälfte geht an die Konföderierten, und die andere Hälfte teilen wir uns.«

»Wieviel ist es?« fragte Morgan. »Für jeden.«

Travis zuckte die Achseln. »Vielleicht eine Million Dollar für jeden, vielleicht mehr.«

»Warum?« fragte Clarence und verengte die Augen zu schmalen Schlitzen.

»Warum?« wiederholte Travis.

»Ja. Warum wollen Sie uns dabeihaben, Bragette? Sie haben doch die Ritter, wozu brauchen Sie dann uns?«

Travis seufzte ungeduldig. »Das habe ich Ihnen doch erklärt, Lonchet. Die Ritter tun es für die Sache. Wir nicht. Zumindest nicht nur.« Travis blickte zu Suzanne hinüber, die wieder auf der Bühne stand, und lächelte dann Clarence an. »Ich sollte Ihnen gratulieren, Lonchet. Ich hätte nie geglaubt, daß Suzanne Forteaux einen Raum voller Minenarbeiter in ihren Bann schlagen könnte. Als ich sie zuletzt gesehen habe, war sie eher dünn. Und scheu.« Er lächelte und ließ das einsinken. »Aber zurück zum Geschäft. Ich weiß, daß sie in ein paar Tagen weg sind, so daß ich nicht auf der Hut vor einer Kugel in den Rücken sein muß.«

»Einer von uns könnte zurückkommen«, warf Clarence lauernd ein.

»Das könnten Sie«, stimmte Travis zu, »wenn Sie sterben wollen.«

Clarence sah Travis lange an. »Gut, wir machen es und trennen uns im Frieden.«

Travis nickte.

»Dann haben wir uns verstanden.«

»Gut«, Travis nickte.

»Gut«, sagte auch Morgan.

»Wir treffen uns morgen nacht.« Travis stand vom Tisch auf. »Schlag Mitternacht.«

»Wo?« fragte Clarence.

»Hier«, erwiderte Travis »im *Queen.*«

Clarence schüttelte den Kopf. »Nein. Olmer's Laden im Süden der Stadt, da treffen wir uns.«

Travis zuckte die Achseln. Es spielte keine Rolle, wo sie sich trafen. »Wie Sie wollen, Lonchet.« Travis wandte sich ab und ging zurück zur Bar. Sein Whiskyglas blieb unberührt stehen.

Ben Morgan goß sich noch ein Glas ein.

Clarence Lonchet verließ rasch den Saloon.

Travis sah zum Sheriff hinüber, der sich langsam erhob und Clarence nach draußen folgte.

Travis trat in Suzannes Garderobe und setzte sich in einen Sessel an der Wand. Abwesend strich er über die rauhe Brokatbordüre. Er hörte, wie Suzanne ihr letztes Lied sang, und seufzte tief. Er hatte die ganze Nacht an sie gedacht, als er nicht schlafen konnte.

Travis hob den Kopf und sah an die Decke. Er fluchte und ärgerte sich über seine mangelnde Selbstbeherrschung. Irgendwann hatte er begonnen, ohne es zu merken, Suzanne Forteaux mehr als nur zu mögen, und das bereitete ihm höllische Angst.

Er wollte das nicht. Er wollte für keine Frau mehr als ein Freund sein. Er hatte es einmal anders probiert, und das hatte nicht geklappt. Liebe bedeutete Vertrauen, und im Endeffekt hatte Lisa ihm nicht vertraut, sondern den Gerüchten geglaubt.

Und Suzanne vertraute ihm ganz sicher nicht, das hatte

sie schon dadurch bewiesen, daß sie ihm nicht die Wahrheit sagte. Nein, Liebe kam für ihn nicht mehr in Frage.

Aber er konnte sich auch nicht einfach von ihr abwenden. Sie war mit Lonchet, Morgan und den Rittern im Bunde, und das bedeutete Gefahr. Er wollte gerne glauben, daß sie ein unschuldiges Opfer in ihren Plänen war. Aber war sie wirklich unschuldig? Diese Frage quälte ihn. War sie unschuldig oder eine willige Komplizin? Travis konnte das kaum glauben, mußte den Gedanken aber mit in Betracht ziehen.

Er seufzte. In den letzten Tagen hatte er versucht, an Suzanne nur im Zusammenhang mit den Rittern zu denken, und hatte sich auf Morgan, Lonchet und die Silberdiebstähle konzentriert. Die Stadt war noch immer in zwei Parteien gespalten, und die Unionsanhänger hielten an ihrer Auffassung fest, daß Travis der Anführer der Ritter wäre. Das hatte ihm jetzt geholfen, als er die Vormänner von seiner Aufgabe überzeugt hatte. Jetzt konnte er nur hoffen, daß sein Plan auch bei Lonchet und Morgan wirkte.

Plötzlich merkte er, daß Suzannes Lied zu Ende war und die Musik aufgehört hatte. Gleich darauf brach Beifall los. Sie bettelten um eine Zugabe, und schließlich gab sie nach und sang »Die gelbe Rose von Texas«.

Travis dachte, gleich würde das Haus einstürzen, so groß war die Begeisterung. Die Männer stampften, klatschten, schlugen mit ihren Gläsern auf die Tische und sangen aus voller Kehle mit, ehe sie wieder in lauten Jubel ausbrachen.

Diesmal gab sie keine Zugabe mehr. Travis hörte ihre Schritte auf dem Gang, und dann erreichte sie die Garderobentür. Er setzte sich auf. Die Tür wurde geöffnet, und Suzanne trat ein. Travis erhob sich, und Suzanne wäre ihm fast in die Arme gelaufen.

»Suzanne«, sagte er weich. Seine Hände schlossen sich

um ihre Arme, und sofort erwachte wieder das Verlangen in ihm und drängte danach, sie hier und auf der Stelle zu nehmen.

Suzanne wich zurück und trat an ihm vorbei zum Spiegel. Sie nahm den Haarschmuck aus roten und schwarzen Federn ab. »Es tut mir leid, Travis«, sagte sie, »ich wußte nicht, daß du hier bist.«

Seine Hände auf ihren Armen hatten ihren Herzschlag beschleunigt. Sie wünschte sich so verzweifelt, in seinen Armen zu liegen und seine Lippen auf ihren zu spüren, aber es durfte nicht sein. Vielleicht konnte sie später zurückkommen, wenn sie wußte, wo Brett war, und wenn sie selbst endlich Clarence' Einfluß entkommen war.

»Suzanne, ich möchte, daß du im *Mountain Queen* bleibst«, sagte Travis. Er wollte sie am liebsten in die Arme nehmen. »Verlängere deinen Vertrag bis morgen.«

Sie wollte nichts mehr als dem zustimmen, schwieg aber und verfluchte den Umstand, daß ihre Finger so zitterten. Sie betrachtete ihr Spiegelbild. Was dachte sie da? Bleiben? Das kam nicht in Frage. Zurückkommen? Warum? Er wollte sie nicht wirklich, nicht auf Dauer, außer vielleicht als Sängerin in seinem Saloon. Und vielleicht, um einen Körper in seinem Bett zu haben. Hatte er das nicht gerade gesagt? Sie war nur ein Magnet, der Kunden in den Saloon holte. Profit war das, was er wirklich wollte. Nicht sie. Das hatte er vor sieben Jahren klargemacht, und falls sie es vergessen haben sollte, hatte er es eben noch einmal getan.

Am liebsten hätte Suzanne auf den Spiegel eingeschlagen. Sie war heute nicht klüger als vor sieben Jahren, zumindest, was Travis Bragette betraf. Er hatte ihr nicht einmal gesagt, daß sie ihm etwas bedeutete, und dennoch war sie willig in sein Bett gefallen, und auch da hatte er nicht von Gefühlen gesprochen. Und jetzt besaß er die

Kühnheit, sie zu bitten, noch einmal im Saloon aufzutreten. Sie war wegen Brett und wegen ihrer Rachegelüste hierhergekommen, und jetzt wußte sie noch immer nichts über Brett und hatte sich erneut in Travis verliebt. Ärgerlich fuhr sie herum.

»Bleiben?« fragte sie mit kühlem Lächeln.

»Ja, ich möchte, daß du bleibst. Hier im *Mountain Queen*.« Er hatte es so nicht sagen wollen. Seine Worte klangen kalt und unpersönlich.

»Hier im Saloon bleiben?« echote sie. »Als Georgette Lindsay?«

Er vermasselte alles, das merkte er, aber er brachte die Worte, die sie hören wollte, nicht heraus. »Suzanne, ich ...«

»Danke, Travis«, sagte Suzanne kalt, »aber ich denke, ich werde wie geplant übermorgen mit der Postkutsche abreisen.«

»Wohin?«

Suzanne sah ihn an, verwirrt wegen der kurzen Frage. Sie wußte es nicht, weil Clarence ihr noch nicht gesagt hatte, wo sie Brett finden würde.

Überraschend griff Travis nach ihr und zog sie in die Arme. »Suzanne, ich weiß, daß du in die Sache mit den Rittern verwickelt bist.«

Sie erstarrte und wandte das Gesicht ab.

»Suzanne«, sagte Travis eindringlich und schüttelte sie leicht, »sprich mit mir.«

»Ich habe nichts getan.« Sie versuchte, sich loszureißen. »Laß mich los.«

»Ich weiß, daß du als Kurier mitgemacht hast. Du hast Probleme, und ich will dir helfen.«

Schockiert über seine Worte bog sie sich ein Stück zurück, blieb aber in seiner Umarmung. »Woher ... woher weißt du das?«

»Ich bin dir gefolgt. Das erste Mal war Zufall. Ich habe

gesehen, daß du Sabot und Jones getroffen hast, und ich habe später mit den Männern gesprochen.«

»Aber ich habe nur die Umschläge übergeben. Das ist alles. Mehr habe ich nicht getan.«

»Mag sein, aber beide Männer schwören, daß sie immer nur mit dir gesprochen haben. Sie haben Silber aus den Minen gestohlen, Suzanne.« Er sah sie intensiv an. »Weißt du denn nicht, wie gefährlich das für dich ist? Du bist die Person, die ihnen ihre Anweisungen und das Geld gegeben hat. Du bist die, die die Ritter absichtlich als Auftraggeberin aufgebaut haben, und du bist die, die angeklagt werden wird, wenn es dazu kommen sollte.«

Suzanne erschauerte vor Furcht. »Aber ich habe mit den Diebstählen nichts zu tun.«

»Und Mord«, ergänzte Travis.

Suzanne keuchte auf. »Nein.«

»Suzanne …«

»Ich habe nur die Umschläge übergeben.« Tränen stiegen ihr in die Augen. »Nur die Umschläge, Travis, das ist alles. Ich schwöre es. Ich wußte doch gar nicht, was darin ist.«

»Wer hat sie dir gegeben?«

»Clarence.«

»Hat das jemand gesehen? Addie vielleicht? War sie bei einer Übergabe dabei?«

Suzanne schüttelte den Kopf. »Nein, Clarence war immer vorsichtig und achtete darauf, daß wir alleine waren.«

Travis seufzte und ließ sie los. »Die Ritter stecken hinter den Diebstählen, Suzanne, und hinter dem Mord an Duncan Clyde.«

Sie nickte langsam. »Ich habe es auch schon vermutet, aber …« Sie zuckte die Schultern. »Es gab nichts, was ich tun konnte.«

»Du bist die Angeklagte, wenn es auffliegt.«

Suzanne schüttelte den Kopf. »Ich habe doch nur die Umschläge übergeben. Alles andere haben sie gemacht, ich wußte nicht einmal, was sie vorhatten.«

»Ich habe den Verdacht, daß Lonchet und Morgan schnell verschwinden, wenn etwas schiefgeht, und dich für die Behörden zurücklassen.«

»Aber ich kann den Behörden von ihnen erzählen, von Clarence, daß er ein Ritter ist und mir die Umschläge gegeben hat.«

»Hast du das auch noch in anderen Städten gemacht, Suzanne?«

»Ja, in mehreren.«

»Und Addie hat nichts gesehen?«

»Nein, ich sagte doch, daß Clarence immer vorsichtig war.«

»Und Morgan?«

»Er kam immer erst ein paar Tage später in die Stadt. Ich weiß nicht, wer er ist, vielleicht Clarence' Partner oder Leibwächter.«

»Ben Morgan ist nicht sein echter Name«, bemerkte Travis.

Suzanne sah ihn verwirrt an.

»Er heißt Ben Mordaine.«

Ihre Augen wurden groß. »Von den Mordaines aus New Orleans?«

Travis nickte.

»Der ältere Sohn, der wegen Mordes gesucht wird?«

»Ja.« Plötzlich fiel ihm etwas ein. Ben Mordaine war ein guter Freund von Jay Peychaud gewesen, der mit Travis' Schwester Teresa verheiratet war und in der Hochzeitsnacht verschwand. Auch jetzt, nach zwei Jahren, war er noch verschwunden. Ob es da einen Zusammenhang gab?

Suzanne sah ihn voller Angst an.

Travis zog sie an sich. »Sag mir, was sie gegen dich in der Hand haben, Suzanne, damit ich dir helfen kann. Was ist es?«

27

Tränen stiegen Suzanne in die Augen. »Ich kann es dir nicht sagen«, flüsterte sie, und die Tränen flossen ihr über die Wangen. Sie schluchzte auf und schüttelte den Kopf. »Ich kann es nicht. Ich kann es nicht.«

»Verdammt, Suzanne«, knurrte er.

Er sah sie an, und Vergangenheit, Gegenwart und Zukunft verschmolzen zu einem Moment der Ewigkeit. Travis spürte das vertraute Verlangen, das ihn immer in Suzannes Gegenwart überwältigte, spürte den überwältigenden Drang, sie in die Arme zu reißen und ihren Mund mit seinem zu bedecken. Er hatte sich an sie verloren, das wußte er, aber er hatte es sich nicht eingestehen wollen. Er hatte dagegen ankämpfen wollen, aber es war ihm nicht gelungen.

Er umschlang ihre Taille und zog sie an sich. Sein Mund senkte sich auf ihren, und seine Zunge eroberte ihren Mund und zwang sie, auf jede Berührung, auf jeden Kitzel der Sinne mit der gleichen Glut und Leidenschaft zu antworten, wie er sie empfand.

Wenn sie einander gegenüberstanden, konnte Suzanne ihn zurückweisen, sich kühl gebärden und daran denken, daß sie in zwei Tagen abreisen würde, aber nicht, wenn sie in seinen Armen lag und seine Berührungen auf ihrer Haut brannten.

Travis wußte, daß das falsch war, was er tat. Aber die Nöte seines Körpers brachten die Vernunft zum Schweigen. Er wußte, daß Suzanne sich ein normales Leben wünschte. Sie wollte und verdiente ein Haus als Heim, einen soliden Ehemann mit einem respektablen Beruf, der jeden Abend zum Essen nach Hause kam, und Kinder. Sie sollte in einer hübschen Stadt mit vielen Geschäften und gesellschaftlichem Leben wohnen.

Er zog sie noch enger an sich, voller Angst, sie zu verlieren.

Früher einmal hätte er ihr das alles bieten können, wenn er sie vor sieben Jahren in New Orleans geheiratet hätte. Aber jetzt konnte er ihr nichts von alledem geben, weil es nicht das war, was er sich wünschte.

Travis überlegte. Er besaß und führte einen Saloon in einer der rauhesten Bergstädte westlich des Mississippi. Er war selber ein Spieler und ein Mann, der in ein paar Zimmern über dem Saloon lebte, jeden Freitag mit derselben Hure ins Bett ging, etwas zu viel trank und immer dieselben Zigarren rauchte, und er konnte sehr gut schießen. Er war nicht mehr der Mann, den Suzanne vor sieben Jahren gekannt hatte, war nicht mehr der Junge, den sie hatte heiraten wollen. Er konnte ihr das, was sie sich wünschte, nicht bieten, aber er konnte es sich auch nicht versagen, ein letztes Mal diese Leidenschaft zu kosten, die sie beide verzehrte.

Seine Lippen strichen über ihren Hals nach unten und fuhren sanft über die Schwellung ihrer Brüste, die der tiefe Ausschnitt ihres Kleides frei ließ. Alle Logik verschwand, und es blieb nur noch die Leidenschaft für Suzanne, der Wunsch, zu lieben und geliebt zu werden, und sei es nur für den Moment.

Ihre Arme legten sich um seinen Hals, als sie ihn genauso verzweifelt und glühend küßte wie er sie. Sie war nach Virginia City und zu Travis gekommen, um sich zu rächen, aber ihr Herz hatte sie verraten. Er war alles, was sie immer gewollt hatte.

Suzanne spürte, wie sich seine Hände unter ihr Kleid schoben, ihr die Ärmel von den Schultern streiften und die Bänder in der Taille lösten. Bald darauf glitt ihr Kleid wie eine Wolke Seide über ihre Hüften und bauschte sich zu ihren Füßen.

Wieder nahm er sie in die Arme. Eng an sie gepreßt drängte Travis sie auf den Teppich hinunter. Trotz seiner gierigen Lust nahm er sich Zeit, sie zu liebkosen und zärtlich zu streicheln, während er ihr die feine, spitzenbesetzte Unterwäsche auszog. Dann stütze er sich auf und betrachtete ihren schlanken Körper, der unter ihm lag. Ihre Brüste waren voll und rund, und die Brustspitzen hatten sich hart vor Erregung aufgerichtet. In sanften Kurven schwang sich ihr Körper von Taille und Hüften zu langen, schlanken Beinen, zwischen denen als Verheißung eines Schatzes das dunkle Dreieck lockte.

Er spürte, wie er vor Verlangen hart wurde. Er beugte sich über sie und umschloß ihre Brustspitze mit den Lippen. Sanft begann er zu saugen, während seine Hand über ihre Hüfte zur Innenseite ihrer Schenkel glitt. Seine Finger berührten die dunklen Haare und öffneten das entzückende Dreieck.

Suzanne keuchte auf und klammerte sich an ihn, während ihr Körper sich im entgegenbog und stumm um die Fortsetzung der süßen Qualen bat und ihn anflehte, sie so zu nehmen wie schon einmal.

Travis spürte, wie Wärme ihn durchflutete, ein Gefühl des Angekommenseins, wie er es noch nie erlebt hatte. Travis vergaß jede andere Frau, auch Magnolia Rochelle, als er Suzanne küßte. Keine hatte ihn je so tief innerlich berührt wie sie, keine hatte ihn je so erregt. Er hob sich auf sie und schob ihr die Hand zwischen die Schenkel.

Travis ging neben Suzanne her zum Hotel. Beide schwiegen und waren mit ihren eigenen Gedanken beschäftigt. Er hielt ihre Hand, als sie die Straße überquerten und sicher den Hoteleingang erreichten. Vor der Treppe blieb er stehen. Suzanne, die sein Zögern spürte, wandte sich um.

»Ich muß etwas erledigen«, sagte Travis. Seine Hand glitt unter ihr Cape. »Wollen wir zusammen frühstücken?«

»Ja«, flüsterte sie und strich mit den Lippen über seine.

Er ließ sie los, ehe das Verlangen nach ihr ihn erneut überwältigte. Er hatte gedacht, daß sein Hunger nach ihr durch die zweite Liebesnacht gestillt sein könnte, aber dem war nicht so. Er begehrte sie immer noch genauso heftig wie immer. Travis sah zu, wie sie um die Ecke verschwand. Es spielte keine Rolle, was er empfand. Nichts konnte die Tatsache ändern, daß er sich nicht dieselben Dinge vom Leben wünschte wie Suzanne. Er war nicht die Art von Mann, aus der man Ehemänner und Väter machte.

Ein Blick auf die Uhr verriet ihm, daß es später war, als er angenommen hatte. Morrow war wahrscheinlich noch nicht in seinem Büro, und wenn doch, schlief er sicher. Travis lächelte. Wenn der gute Sheriff sich schon zurückgezogen hatte, konnte er verdammt noch mal wieder aufstehen.

Travis verließ das Hotel und ging die paar Meter zum Sheriffbüro und Gefängnis. Ohne zu klopfen, trat er ein. Seine Stiefel hallten in dem Büro wieder. Er blieb stehen, hakte die Daumen in seinen Pistolengurt und sah auf Liam hinunter. »Wo ist Morrow?« fragte er kurz.

»Schläft«, erwiderte der junge Hilfssheriff, ohne sich zu bewegen.

»Holen Sie ihn«, befahl Travis kurz.

Liam versteifte sich plötzlich. Er schob den Hut zurück,

schluckte laut und sagte: »Tut mir leid, Mr. Bragette, ich wußte nicht, daß Sie es sind.«

Der Hilfssheriff sprang auf, und sein Stuhl schwang zurück. Liam eilte zur Tür, die hinten zu den Zellen führte. »He, Sheriff«, rief er in den dunklen Flur. »Mr. Bragette will Sie wieder sprechen.«

Nach einiger Zeit, in der man Grummeln und das Geräusch einer Zellentür hören konnte, erschien der Sheriff und sah aus, als wäre er von einer Kutsche überfahren worden. Seine Haut war zerknittert, das wenige Haar zerzaust und seine Kleidung völlig in Unordnung. Mit blutunterlaufenen Augen sah er Travis an. »Ist etwas passiert?« fragte Sheriff Morrow verschlafen.

»Ich dachte, Sie wollten Lonchet und Morgan überwachen«, fuhr Travis ihn an.

»Lonchet ist im *Silver Lady* geblieben. Er ist um drei reingegangen und nicht mehr rausgekommen. Jetzt hat Maggie geschlossen, so daß ich mir denke, daß er bis morgen früh drinbleiben wird, aber einer meiner Männer beobachtet für alle Fälle das Haus.«

»Und Sabot?«

»Er ist auf Schicht. Ein anderer Mann beobachtet ihn.«

»Gut.«

»Also?« wollte der Sheriff wissen. »Ist etwas passiert?«

»Noch nicht«, gab Travis leichthin zurück. Er wußte nicht, ob er lachen oder fluchen sollte. Der Mann hatte so wenig Begabung zur Verbrecherjagd wie kein anderer. »Aber bald wird etwas geschehen, und wenn Sie nicht zu beschäftigt sind, denke ich, sollten wir das besprechen und einen Plan machen. Vielleicht erwischen wir die Herren dann auf frischer Tat.«

Der Sheriff wandte sich an seinen Hilfssheriff. »Liam, lauf runter zu Cabor's und hol uns einen Becher Kaffee. Und sag Dolly, daß er schön stark sein soll, verstanden?

Das Zeug vom letzten Mal hat eher nach Abwaschwasser als nach Kaffee geschmeckt.«

Liam eilte zur Tür. »Natürlich, Sheriff. Ich gehe sofort.«

»Sie haben ihn gut dressiert«, bemerkte Travis und setzte sich an den Schreibtisch dem Sheriff gegenüber.

»Er will meinen Job haben und denkt, wenn er meinen Lakaien spielt, kriegt er ihn auch«, sagte Morrow. »Narr. Hat nicht mehr Hirn als ein Maultier.« Er zog seinen Stuhl heran.

Travis hätte gerne erwidert, daß das auch für den Sheriff galt, besann sich aber anders. Der Sheriff mochte schlampig und recht lax sein, was seine Pflichten betraf, und er hatte auch schon mal jemanden laufen lassen, aber dumm war er nicht. Faul, aber nicht dumm.

»Also, Bragette, was soll passieren, und wann?«

»Die Chollar bringt morgen die doppelte Menge Silber raus.«

»Seit wann denn das?«

»Seit ich sie darum gebeten habe«, erwiderte Travis.

»Ja? Warum?«

»Ich habe gedacht, daß wir ihnen eine kleine Falle stellen.«

Morrow lächelte. »Gute Idee, was wird also passieren?«

Travis zündete sich ein Zigarillo an. »Nun«, sagte er und nahm ein paar Züge. »Die Wagen werden überfallen werden.«

»Scheiße.«

Travis lachte leise. »Aber, aber, Sheriff, regen Sie sich nicht auf. Sie werden da sein, um es zu verhindern.«

Der Sheriff wirkte erfreut. »Ja?«

»Ja. Ich treffe mich mit Clarence Lonchet, Ben Morgan und ein paar Leuten von ihnen. Morgen um Mitternacht bei Olmer's.«

»Lonchet? Der Manager Ihrer Sängerin?«

»Ja.«

»Und Morgan, der Kerl von der Zeitung?«

Travis nickte.

»Sind Sie sich auch sicher, daß sie hinter der Sache stecken? Und Duncans Mörder sind?«

»Ja, aber ich kann es nicht beweisen, und wir kriegen sie nur, wenn wir sie auf frischer Tat ertappen.«

Morrow nickte.

»Also stellen wir ihnen eine Falle.«

Der Sheriff lächelte. »Klingt gut.«

»Gut. Dann hören Sie zu. Die Ladung geht bei ›Gold and Curry‹ kurz nach Mitternacht raus. Lonchet und Morgan denken, daß wir uns mit ein paar Rittern aus Virginia City treffen, um das Silber zu rauben und dann aufzuteilen.«

»Aber das tun Sie nicht?« fragte der Sheriff mißtrauisch.

»Natürlich nicht, denn Sie und ein paar Ihrer Leute werden sich am Devil's Gate verstecken und auf uns warten. Bleiben Sie weit zurück, damit wir unseren Hinterhalt da legen können. Wenn die Wagen kommen, springen wir hervor und sagen den Fahrern, daß sie sich hinlegen sollen. Sie wissen Bescheid und werden nicht schießen. Wenn die Fahrer aus dem Weg sind, kommen Sie mit Ihren Jungs und verhaften die Bande.«

»Es könnte zu einer Schießerei kommen«, wandte der Sheriff ein.

»Möglich«, stimmte Travis zu. »Deshalb sollen Sie warten, bis die Fahrer aus dem Weg sind. Und wenn es zu einer Schießerei kommt«, fügte er drohend hinzu, »dann sorgen Sie dafür, daß die Bande das Ziel ist und nicht ich.«

Morrow lächelte.

»Falls Sie überlegen, ob sie vor Aufregung danebenzielen, Sheriff, lassen Sie sich eins sagen …« Travis' Blick wurde hart. »Ich habe Vorkehrungen getroffen und ein paar Leute wissen lassen, was passieren soll. Daß ich erschossen werde, gehört nicht dazu. Haben Sie verstanden?«

Der Sheriff sagte nichts, aber in seinen Augen glomm Haß.

28

Travis ging in den Raum neben seinem Schlafzimmer, der gleichzeitig als Büro diente. Er trat ans Fenster, sah auf die Straße hinunter und paßte auf, daß ihn von unten niemand sehen konnte. Jeden Moment mußte jetzt die Postkutsche eintreffen, und mit ihr jemand, der Addie Hays treffen wollte, und er wollte sehen, wer das war.

Da hörte er bereits das unmißverständliche Rumpeln der Postkutsche nahen. Erst jetzt merkte Travis, daß er zwar die Postkutsche sehen konnte, nicht aber die Passagiere, die ihr entstiegen, weil sie durch das überhängende Dach seinen Blicken entzogen wurden. Schnell rannte er hinunter und stellte sich im Saloon an eines der vorderen Fenster.

Addie war nirgends zu sehen.

Zwei Passagiere stiegen aus. Den ersten erkannte er als einen Händler, der alle drei oder vier Monate nach Virginia City kam. In einer Hand hielt er seinen Musterkoffer. Den anderen Mann hatte Travis noch nie gesehen. Er war groß und sehr schlank. Sein Anzug stammte von der Stange und war ihm an Ärmeln und Hosenbeinen ein bißchen zu kurz. Travis betrachtete ihn genau. Der Mann hatte das Gesicht einer Ziege mit einer dicken Brille und einer Melone auf dem Kopf.

»Wenn das ein Agent der Regierung ist, bin ich Abraham Lincoln«, murmelte Travis. Vielleicht war der Mann doch Addie Hays' Bruder.

Auf der anderen Straßenseite beobachtete Magnolia Rochelle ebenfalls ungesehen die Ankunft der Postkutsche. Aber anders als Travis erkannte sie den großen Mann, der ihr entstieg.

»Zachary Kittle«, murmelte sie und schlug mit der Faust an die Wand. »Verdammt.« Wieder schlug sie zu. »Verdammt, verdammt, verdammt. Das hat uns noch gefehlt, ein Agent der Konförderierten.«

Zu Suzannes letztem Auftritt im *Mountain Queen* kamen alle Minenarbeiter, die sie schon gesehen hatten, und ein paar, die sie noch nicht kannten. Sie freuten sich auf ihren Auftritt, murrten aber, weil sie die hübscheste Sängerin, die je in Virginia City gewesen war, schon wieder verlieren sollten.

Travis stand wie üblich an der Bar. Er fühlte dasselbe wie die Männer, nur schlimmer, und er wußte nicht, was er dagegen tun sollte. Sein Angebot, den Vertrag zu verlängern, hatte sie bereits abgelehnt. Er hatte beim Frühstück noch mal versucht, sie zu überreden, aber sie hatte nein gesagt, und etwas Dauerhaftes konnte er ihr nicht anbieten.

Er trank einen Schluck Bourbon und ermahnte sich, sich zusammenzureißen. Er mußte sich heute um andere Dinge kümmern und sich darauf konzentrieren, sonst mußte er am Ende nur noch überlegen, was er Petrus am Himmelstor sagen sollte. Falls er in die Richtung kam. Travis hätte fast gelacht. Bei seinem Lebenswandel war die andere Richtung wahrscheinlicher.

Vor einer halben Stunde hatten sich Lonchet und Morgan an ihren Ecktisch gesetzt. Travis sah zu ihnen hinüber, aber der Saloon war so voll, daß er nicht viel von den beiden Männern erkennen konnte.

Zu Applaus und Jubelrufen trat Suzanne auf die Bühne. Travis hob den Blick zur Decke, wo der Kronleuchter in dem Tumult leise klirrte. Travis hoffte nur, die Männer würden aufhören, ehe der Leuchter von der Decke kam.

Hank schob sich durch die Menge zu Travis. »Hallo, Boß!« rief er.

»Ja?« Travis sah sich um, bis er Hank sah. »Stimmt etwas nicht?«

»Doch«, beruhigte ihn Hank. »Ich will nur kurz raus. Ich habe Addie versprochen, mit ihr essen zu gehen, wenn das in Ordnung ist. Du brauchst mich ja erst später, oder?«

Travis nickte. »Sei nur pünktlich wieder da. Mitternacht.«

»Klar, Boß, du kannst auf mich zählen.« Hank wollte gehen, aber Travis rief ihn noch mal zurück.

»Gibt's was zu Addie, Hank?«

»Nein, Boß, ich glaube nicht, daß sie etwas anderes ist als ein Dienstmädchen. Sie hat mir erzählt, daß sie in Virginia aufgewachsen ist. Ihre Eltern sind kleine Farmpächter, und sie hat vor sechs Monaten angefangen, für Miss Lindsay zu arbeiten. Davor hat sie für eine Familie in Virginia namens Dulcet gearbeitet. Hast du von denen schon mal gehört?«

»Nein, aber ich weiß über die Gesellschaftskreise im Süden auch nicht mehr Bescheid. Was ist mit dem Mann, der heute mit der Postkutsche kam?«

Hank zuckte die Achseln. »Er hat sich ein Zimmer im *Union Belle* genommen. Eingeschrieben hat er sich als Zachary Kittle.«

»Dann ist er nicht Addies Bruder?«

»Nein. Zumindest hat es nicht den Anschein, aber ich kann sie auch nicht fragen. Mavis sagt, Kittle suche nach einem Ort, wo er sein Geschäft aufmachen kann. Sagt, er sei Zahnarzt.«

Travis nickte. »Gut.« Er schlug Hank auf die Schulter. »Bis später, und laß mich wissen, ob du noch was rauskriegst. Besonders über diesen Kittle.«

Magnolia Rochelle betrat das *Mountain Queen*, als Hank es gerade verließ. Sie drängte sich durch die Menge zu Travis.

»Heute stiehlst du mir alle Gäste«, beschwerte sie sich. Sie drängte sich neben Travis und beugte sich so weit vor, daß sie ihm großzügig Einblick in ihr tief ausgeschnittenes Kleid gewährte.

Travis lächelte und legte ihr den Finger unter das Kinn. »Ah, Maggie, du schmollst und flirtest gleichzeitig?«

Sie verzog den Mund. »Vielleicht, aber nicht aus Geschäftsinteresse.«

Er sah zur Bühne und war sich ihrer Eifersucht wohl bewußt. »In ein paar Tagen läuft alles wieder wie immer, Mag.«

Sie folgte seinem Blick. Ja, dachte sie, in ein paar Tagen werden die Dinge ganz bestimmt wieder wie immer sein, nur nicht für Miss Suzanne Forteaux. Ihre Welt wird ganz anders aussehen. Magnolia lächelte, als ihr kalter Blick Suzanne streifte. Ganz, ganz anders. Sie wandte sich wieder Travis zu. »Warum kommst du nicht später ins *Lady* rüber? Es ist so lange her!«

Travis seufzte. Er wollte, daß die Dinge wieder so einfach lagen wie zuvor, ohne Versprechungen und Verpflichtungen. So wünschte er sich sein Leben. Er sah zwischen Magnolia und Suzanne hin und her. Er befürchtete, daß er nicht einfach dahin zurückgehen konnte, wo er vorher aufgehört hatte. Er verspürte kein Verlangen nach Magnolia oder einer anderen Frau, nur nach Suzanne.

Fast hätte er laut geflucht. Wenn Suzanne erst einmal abgereist war, würde er sie schon vergessen, und dann würde diese Lust auf sie und das Verlangen, sie zu spüren und zu küssen, auch verschwinden. Dann wäre alles wieder normal, es mußte so werden. Er würde dafür sorgen.

Plötzlich spürte Travis, wie Magnolias Hand verführerisch und liebkosend über seine Brust strich. Unter dichten Wimpern sah sie zu ihm auf. Travis umfaßte ihre Finger und zog sie von seiner Brust. »Es ist zu lange her, Maggie«, bestätigte er leise, »aber ich muß heute noch etwas erledigen.«

»Etwas?«

»Etwas«, bestätigte er. Er bückte sich und küßte sie leicht auf die Wange. Sie konnte nichts dafür, daß sich die Dinge zwischen ihnen geändert hatten. »Vielleicht morgen abend, Maggie. Wir sehen uns.«

Suzanne lächelte von der Bühne hinunter, aber ihr Blick hing an Travis. Sie sah, wie er die Frau vor sich küßte, und ein Stich der Eifersucht durchfuhr ihr Herz. Schnell konzentrierte sie sich auf ihr Lied und die Bühne. Sie lächelte und wünschte sich, Travis würde mit ihr flirten. Dann sah sie wieder zur Bar hin, aber sowohl Travis als auch die Frau waren verschwunden.

Suzanne machte weiter, weil sie mußte, aber innerlich packte sie schwärzeste Verzweiflung. Immer wieder gingen ihre Blicke zur Bar, wo Travis sonst immer stand. Aber nie war er da, und ihre Traurigkeit wuchs. Als sie automatisch die Worte sang und die Hüften bewegte, mußte sie einsehen, daß sie sich einmal mehr wegen Travis Bragette zum Narren gemacht hatte.

Als sie fertig war, jubelten und klatschten die Männer, aber Suzanne eilte von der Bühne, damit sie ihre Tränen nicht sahen. Schnell trat sie in die Garderobe und schloß die Tür hinter sich.

Plötzlich flog ihr etwas ins Gesicht, es wurde dunkel, und Panik ergriff sie. Sie schrie laut auf, riß sich das Etwas vom Gesicht und warf es beiseite.

»Schnell, zieh dein Reitkleid an«, befahl Clarence. Er saß im Sessel und sah sie mißmutig an. »Na los«, drängte er, als sie still stehenblieb, damit ihr wilder Herzschlag sich beruhigte. »Beeil dich.«

Benommen blickte Suzanne auf das Kleid, das sie gerade zu Boden geworfen hatte. Es war ihr braunes Reitkleid, und daneben lag eine weiße Bluse. Ihre Stiefel standen neben dem Sessel, die Handschuhe lagen auf dem Tisch. Sie wandte sich an Clarence. »Wovon sprichst du? Ich kann nicht wegreiten, ich habe in einer Stunde noch einen Auftritt.«

Clarence' Augen funkelten böse. »Zieh dein Reitkleid an, verdammt«, wiederholte er. »Und zwar jetzt.«

Sie regte sich nicht. »Warum?«

Er schoß aus dem Sessel und packte ihren Arm so fest, daß seine Finger sich in ihr Fleisch bohrten.

Sie zuckte zusammen und wollte zurückweichen, als seine Nägel in ihre Haut kniffen.

Er hielt sie weiter fest. »Umziehen!« verlangte er. »Sonst tue ich es für dich.«

Suzanne starrte ihn wütend an. »Versuch es, und du bist ein toter Mann.«

Ihre Drohung hing zwischen ihnen. Endlich setzte Clarence sich hin. »Na gut, zieh dich nicht um. Arbeite nicht mit. Es ist deine Sache. Aber ich dachte, du magst deinen Bruder.«

Bei seinen Worten verging aller Widerstand, und Suzanne resignierte. »Wo reiten wir hin?«

»Das brauchst du nicht zu wissen.« Sein Verhalten war schlimmer denn je, und Suzanne spürte Furcht in sich aufsteigen.

Zehn Minuten später drängte Clarence sie aus der Hintertür des *Mountain Queen*. Sie liefen schnell um das Haus zur Taylor Street, aber bogen dann nicht zum Hotel ab, sondern in Richtung Berg und dann nach Süden.

»Wo gehen wir hin?« fragte Suzanne wieder.

Clarence hielt sie weiterhin fest. »Zu einem Last-Minute-Geschäft.«

Suzannes Furcht wuchs. Sollte sie noch tiefer in seine Intrige verwickelt werden? »Was für ein Geschäft?«

»Egal. Tu einfach nur, was man dir sagt, Suzanne. Und falls du den Drang verspürst, es nicht zu tun, dann denk an unser kleines Abkommen.«

Sie sah ihn vernichtend an und stolperte fast über ein Stück Holz. »Wo ist Brett?« fragte sie.

»Alles zu seiner Zeit, meine Liebe«, gab Clarence zurück. Er führte sie zu einem Laden für Kurzwaren. Suzanne sah sich verwirrt um. An der Theke unterhielt sich Ben Morgan mit einem Mann, der entweder der Eigentümer oder ein Verkäufer war. Hank Davis saß auf einem Stuhl am Ofen. Er lehnte sich gemütlich zurück und hatte einen Fuß auf einen Haufen Kartoffeln gestützt. Sie spürte die Hitze, die von dem kleinen Ofen ausging. In einer Ecke standen zwei Männer, die sie nicht kannte, an einer Apfelkiste, ein dritter, den sie schon mal gesehen hatte, stand am Fenster und überblickte die Straße. Suzanne drehte sich zu Clarence um. »Was geht hier vor?«

»Kümmere dich nicht darum, Suzanne. Alles, was du wissen mußt, ist, daß du tust, was ich sage, wenn du deinen Bruder finden willst.« Er schob sie in den Laden und ließ sie los. »Wo ist Bragette?« fragte Clarence Hank.

Der Manager blieb sitzen und schwieg, nur die Zigarre wanderte vom einen Mundwinkel in den anderen.

»Hier«, sagte Travis direkt hinter Clarence.

Suzanne und Clarence fuhren herum, beide aus unterschiedlichen Gründen erschrocken: Suzanne wegen Travis' unerwarteten Auftauchens und Clarence, weil es ihm nicht gefiel, wenn der Feind sich ungehört von hinten heranschlich.

Travis stand in der Tür, die Dunkelheit im Rücken, den Lampenschein auf dem Gesicht. Suzanne verschlang ihn mit den Blicken. Er war von Kopf bis Fuß in Schwarz gekleidet – Stiefel, Hose, Jacke, Hut –, nur sein Hemd war wie immer schneeweiß. Seine Hose war von Lederschnüren gehalten und betonte seine langen, muskulösen Schenkel.

Suzanne dachte daran, wie sich seine Beine an ihren anfühlten, und bebte.

Die Jacke schmiegte sich um seine breiten Schultern, und den Pistolengurt trug er so, daß er die Waffe leicht ziehen konnte.

Travis trat ein, und sein Blick ruhte auf ihr. Die Luft knisterte förmlich vor Spannung.

»Sind alle da?« fragte Clarence.

Travis blieb vor Suzanne stehen. Seine Augen schimmerten schwarz und hart, und sein Gesicht war vor Wut dunkel geworden.

»Was versuchen Sie hier, Lonchet?« wollte er von Clarence wissen, ohne den Blick von Suzanne abzuwenden. »Was tut sie hier?« Seine Stimme klang herausfordernd.

»Sie ist ein Ritter«, sagte Morgan vom anderen Ende des Raums, »und unsere Partnerin.«

Suzanne sah das überraschte Aufflackern in Travis' Augen, aber sonst niemand. Es war natürlich eine Lüge. Weder war sie ein Ritter noch die Partnerin von Morgan und Clarence, aber das konnte sie jetzt nicht erklären. Sie wandte den Blick ab. Was spielte es auch für eine Rolle, ob sie es Travis erklärte oder nicht. Zwischen ihnen hatte sich nichts geändert, außer daß sie mit ihm geschlafen hatte ... zweimal. Vor sieben Jahren war er der erste Mann, der sie geküßt hatte, und nun war er der erste Mann, der sie verführt hatte. Und er war der einzige Mann, den sie je lieben würde.

»Seit wann darf ein weiblicher Ritter zu so einer Sache mit?« fragte Travis. »Frauen sind als Kurier und zum Spionieren da, nicht, um an Raubüberfällen teilzunehmen.«

Travis' chauvinistische Einstellung hätte sie zu jeder anderen Zeit wütend gemacht, aber nicht jetzt. Jetzt wäre Suzanne nur zu glücklich gewesen, wenn man sie wegen ihres Geschlechts nicht hätte mitmachen lassen. Sie hielt den Atem an und wartete auf Clarence' Antwort.

»Seit ich es sage«, erwiderte Clarence.

»Frauen verderben immer nur alles«, wandte Travis ein. Er sah Clarence an.

»Tut mir leid, Bragette, aber ich muß darauf bestehen, falls wir es durchziehen wollen. Suzanne ist mein Partner, und natürlich Morgans. Sie gehört dazu. Das ist alles. Wenn sie nicht mitgeht, gehen wir auch nicht.«

Am liebsten hätte Travis sich den Mann gegriffen und ihm den Hals umgedreht. Aber Clarence entging diesem Schicksal, als Travis' Aufmerksamkeit dadurch abgelenkt wurde, daß Jed hereinkam.

»Pete macht im *Queen* weiter«, sagte er. Sein Blick ging zu Suzanne und dann zu Travis, und er fluchte leise. »Wenn Miss Lindsay nicht ihren letzten Auftritt absolviert, kriegen wir Ärger, Boß. Die Jungs wollen sie das letzte Mal hören.«

Travis warf Clarence einen drohenden Blick zu.

Der Mann nahm die Brille ab und wandte sich ab.

»Olmer«, sprach Travis den Mann am Tresen an. »Gehen Sie ins *Queen* und sagen Sie Pete, daß er Lottie singen lassen soll.« Er wandte sich wieder Lonchet zu. »Wenn mir die Jungs aus Enttäuschung das Haus auseinandernehmen, tragen Sie die Kosten.«

»Gut«, bellte Morgan herüber, »dann lassen Sie uns gehen.«

»Ja, ich habe nicht die ganze Nacht Zeit«, meldete sich ein anderer zu Wort.

Travis sah Charlie Mellroy an und hätte auch ihn am liebsten erwürgt.

»Was haben Sie vor?« fragte Clarence Travis und holte ihn in die Gegenwart zurück.

»Wir reiten zum Devil's Gate. Gegen eins müßten die Wagen da vorbeikommen. Wir verstecken uns am Paß und warten, bis sie da sind, ehe wir vorkommen. Suzanne«, er sah sie an, »kann auf die Pferde aufpassen.«

»Haben Sie Lastesel organisiert?« fragte Clarence.

»Was Besseres«, erwiderte Travis. »In Gold Hill warten ein paar Wagen und in Silver City die Postkutsche. Wir laden in Gold Hill um, und dann können Sie drei ...« Er sah von Suzanne zu Morgan und Lonchet, »... Ihre Anteile dort ausladen und die Postkutsche nehmen, wohin immer Sie wollen. Ich nehme an, daß einer von Ihnen kutschieren kann?«

»Ich«, sagte Morgan.

»Gut, dann ist das klar.«

»Und wo sind Ihre Männer?« fragte Clarence. »Wenn Morgan und ich am Grund des Passes sind.«

»Oben, um Ihnen Feuerschutz zu geben. Nur für den Fall, daß einer der Fahrer sich nicht von seinem Wagen trennen will.«

»Und Sie?« fragte Clarence eindeutig mißtrauisch.

»Gleich neben Ihnen«, erwiderte Travis und lächelte. »Gleich neben Ihnen.«

»Sie wissen, daß wir nicht wegkommen, falls Schüsse fallen.«

»Es werden keine Schüsse fallen, Lonchet. Zumindest nicht von meinen Jungs«, entgegnete Travis. Er wandte sich an Hank. »Zeig es ihm.«

Hank erhob sich langsam und zog dabei aus dem rechten Stiefel ein Messer. Die polierte Klinge glänzte gefährlich im Lampenlicht. Hank bog den Arm und warf das Messer. Es flog pfeilschnell durch den Raum und blieb in einem hölzernen Bilderrahmen hinter dem Tresen stecken, nur zwei Millimeter von Morgans Arm entfernt.

Er sprang zur Seite, die Augen aufgerissen, und sah Hank an. »Sie hätten mich töten können«, beschuldigte er ihn.

Hank lächelte und trat an das Bild, um das Messer zurückzuholen. »Ja, Morgan, wenn ich gewollt hätte.«

»Wenn einer der Fahrer für Wirbel sorgt«, unterbrach Travis das Duell der Blicke zwischen Hank und Morgan, »dann können Hank und Jed dem lautlos ein Ende machen.«

»Ist er auch so gut mit dem Messer?« fragte Morgan mit einer Kopfbewegung zu Jed.

Jed bewegte sich, und eine Messerklinge fuhr zitternd neben Morgans Hüfte in den Tresen. Morgen sprang zur Seite und fluchte laut.

»Frage beantwortet?« fragte Travis lächelnd.

29

»Was glauben Sie, was sie vorhaben?« flüsterte Addie.

Zachary Kittle ließ das kleine Fernglas sinken und schüttelte den Kopf. »Nun, Miss Hayley, ich würde sagen, daß sie etwas vorhaben, aber ich kann nicht viel sehen. Es ist zu dunkel.«

»Wie viele sind da drin?«

»Nun, da ist Ihr Freund, Miss Lindsay und ihr Manager und Mr. Bragette. Und der Barkeeper.« Er hob wieder das Glas. »Es scheinen noch vier oder fünf andere mit dabei zu sein.« Er wollte das Glas absetzen, hielt dann aber inne. »Ich glaube, sie nehmen den Hinterausgang aus dem Geschäft.«

»Unsere Pferde stehen um die Ecke«, sagte Addie. »Kommen Sie, wir müssen uns beeilen.«

»Nein, warten Sie«, erwiderte Zachary. »Wir müssen sichergehen, daß sie nicht merken, daß wir sie verfolgen. Lassen Sie sie erst einmal losreiten. Sie können in der Dunkelheit nicht allzu schnell vorankommen.« Er sah zum Mond, der heute kaum Licht spendete.

Addie musterte Kittle angewidert. Da bekam sie einen der wichtigsten Aufträge ihrer Karriere, und wen schickten sie ihr zur Unterstützung? Zachary Kittle! Sie war wütend. Er war der Beste, den sie ihr anbieten konnten. Der Beste! Wenn das hier aufflog, würde niemand wissen, daß sie den Fall quasi gelöst hatte. Alle würden nur wissen, daß Zachary Kittle dabei gewesen war. Er würde der strahlende Held sein.

»Gut, kommen Sie«, unterbrach Kittle ihre Überlegungen. »Wir folgen ihnen und beobachten sie, aber mehr können wir heute nacht nicht machen.«

Addie war schockiert. »Beobachten?« Sie sah zu Zachary auf, der sich schon erhoben hatte. »Sie rauben die Silberwagen aus, und Sie wollen lediglich zugucken?« zischte sie.

Er betrachtete sie wie ein kleines Kind, das nichts verstand. »Ja«, sagte er nur.

Addie rappelte sich auf. »Warum? Wenn sie wirklich die Silberwagen überfallen, warum verhaften wir sie dann nicht? Oder noch besser: während sie es tun. Sind wir nicht deswegen hier, um weitere Raubüberfälle zu verhindern? Damit die Konföderierten nicht noch mehr Geld und Silber bekommen?«

Zachary seufzte. Offenbar war er es nicht gewöhnt, seine Handlungen erklären zu müssen. »Ich will heute nacht nicht getötet werden, Miss Hayley, wenn Sie damit einverstanden sind.« Er blickte zu dem jetzt leeren Geschäft hinüber. »Da sind mindestens sechs Männer dabei und Ihre Miss Lindsay. Wir dagegen sind nur zu zweit. Das gefällt mir daran nicht.«

Addie schnaufte. »Nun, mir gefällt es nicht besonders, bei einem Verbrechen tatenlos zuzusehen.«

»Miss Hayley …«, begann Zachary.

»Nennen Sie mich nicht so. Hier heiße ich Hays«, fauchte Addie.

»Gut, dann Miss Hays. Wenn Sie bitte …«

»Mr. Kittle«, unterbrach ihn Addie. »Ich weiß nicht, welchen Auftrag Sie haben, aber ich soll nicht nur auf Miss Forteaux aufpassen, sondern auch etwas über Morgan und Lonchet herausbekommen. Sie stehen im Verdacht, zu den Rittern zu gehören und gefährlich zu sein. Falls Sie das nicht wissen«, höhnte sie, »stehen die beiden im Verdacht, für mehrere Fälle von Sabotage gegen unsere Regierung verantwortlich zu sein, bei denen es zahllose Tote gegeben hat. Von den Gold- und Silberdiebstählen in einigen Minenstädten ganz zu schweigen. Außerdem haben sie zweimal Informationen weitergegeben, durch die die Union zwei Schlachten verloren hat, möchte ich hinzufügen. Und auch da hat es viele Verluste gegeben.«

»Das weiß ich, Miss Hays.«

»Und dann wollen Sie nur zugucken, wenn sie einen weiteren Raubzug unternehmen?«

»So lauten meine Befehle.«

»Gut, aber meine nicht.« Addie drehte sich um und marschierte zu ihrem Pferd.

»Doch«, sagte Zachary und folgte ihr.

Addie fuhr herum. »Sagt wer?«

Zachary zog ein Papier aus der Tasche und reichte es ihr. »Mr. Lincoln.«

Addie starrte ihn sprachlos an.

»Nun, Miss Hays«, sagte er schließlich und ging zu seinem Pferd. »Kommen Sie mit?«

»Wozu? Bis wir da sind, sind sie fertig, und wenn wir sowieso nichts unternehmen, warum sollen wir dann hinreiten? Dann gehe ich lieber nach Hause in mein warmes Bett.«

»Mein Befehl lautet, zu verifizieren, wer an den Überfällen beteiligt ist, Miss Hays. Wer. Und das kann ich schlecht, wenn ich hier stehe und mich mit Ihnen zanke.«

»Ich zanke nicht.« Ohhh, sie hatte Zachary Kittle sofort nicht gemocht.

Er war aufgestiegen und sah zu ihr hinunter. »Wenn Sie lieber nicht mitkommen wollen, Miss Hays, ist das in Ordnung. Ich nehme in meinen Bericht auf, daß Sie sich lieber für die Nacht zurückgezogen haben, statt mich zu begleiten.«

Addie ergriff die Zügel ihres Pferdes und stieg auf. »Ich wette, das würde Ihnen Spaß machen. Mr. Kittle, nicht wahr?« Gut, daß es dunkel war. So sah niemand, daß eine »Lady« im Herrensitz ritt. »Ihr Männer seid alle gleich«, knurrte sie. »Könnt es nicht leiden, wenn eine Frau euren Job genauso gut macht.«

»Ganz im Gegensatz zu dem, was Sie zu glauben scheinen, Miss Hays, möchte ich Sie nur ungern negativ in meinem Bericht erwähnen. Sie scheinen eine vielversprechende Agentin zu sein.«

Sie fuhr zu ihm herum. »Vielversprechend? Nun, Sie arroganter, überschätzter ...« Sie brach ab, ehe sie zu fluchen begann.

»Bitte, Miss Hays, lassen Sie uns gehen«, sagte Zachary, »sonst sind sie fertig, und wir haben gar nichts gesehen.« Er trieb sein Pferd an.

Addie starrte wütend auf die Kruppe seines Pferdes. Wenn sie etwas gehabt hätte, um es dem Pferd über die Kruppe zu ziehen, hätte sie so hart zugeschlagen, wie sie konnte, um Pferd und Reiter zurück nach Washington zu schicken.

Kittle sah sich um. »Miss Hays?«

Sie lächelte lieblich. »Ich komme, Mr. Kittle.«

Travis ritt neben Suzanne und fragte: »Was zum Teufel suchst du hier, Suzanne?« Ärger schwang in seinen Worten. Sie sollte im *Mountain Queen* auftreten und nicht bei einem Raubüberfall mitmachen.

»Das frage ich dich auch«, erwiderte sie. »Ich muß sagen, Travis, fast hättest du mich getäuscht mit deinem Gerede über die Ritter. Und die ganze Zeit warst du ihr Anführer in Virginia City! Ha! Und dann arbeitest du auch noch mit Morgan und Lonchet zusammen.« Sie schüttelte den Kopf. »Himmel, bin ich eine Närrin.«

»Suzanne, hör auf damit«, zischte Travis. »So ist es nicht, aber ich kann dir das jetzt nicht erklären. Wende dein Pferd und reite zurück in die Stadt.«

»Das kann ich nicht.«

»Was heißt das, du kannst nicht? Tu es einfach.«

»Suzanne«, sagte Clarence und ritt neben sie, wobei er das erstemal vor Travis ihren echten Namen benutzte, »wenn wir zum Pass kommen, bleibst du bei mir.«

»Sie bleibt bei mir, Lonchet«, knurrte Travis und sah Clarence drohend an.

»Nun, ich denke nicht, daß das unter den Umständen eine gute Idee ist, Mr. Bragette.«

»Sie bleibt bei mir«, wiederholte Travis.

»Oh? Nun, natürlich«, sagte Clarence und lächelte. »Wenn Sie wollen.«

Travis gefiel nicht, was er da hörte. Warum war Clarence plötzlich so nachgiebig? Und warum wollte er, daß Travis und Suzanne einander nahe waren? Die Antwort war klar, der Mann führte etwas im Schilde. Etwas, was keine Zeugen erlaubte.

Travis legte langsam die Hand auf seine Waffe. Er entsicherte sie.

»Ich dachte nur«, fuhr Clarence fort, »daß es gefährlich werden könnte, und ich wollte nicht, daß Sie abgelenkt sind, weil Sie Suzanne beschützen wollen.«

»Sie wären überrascht, wie viele Dinge ich gleichzeitig schaffe, Lonchet«, gab Travis zurück. »Passen Sie nur auf, daß Sie Ihren Teil richtig erledigen.«

»Aber sicher, aber sicher«, sagte Clarence. Er griff hinüber und tätschelte Suzanne die Hand. »Bleib nur hinten, meine Liebe, wo man dich nicht sieht, und alles wird gutgehen.«

»Warum hast du mich mitgenommen, Clarence?« fragte Suzanne und ignorierte seine falsche Sorge.

»Ja, Lonchet«, fiel Travis ärgerlich ein. »Warum? Hatten Sie Lust auf ein Lied?«

Clarence schwieg eine Weile, ehe er antwortete. »Weil ich es für notwendig gehalten habe«, sagte er schließlich. Dann ritt er davon.

»Das gefällt mir nicht«, sagte Travis.

»Dann sind wir schon zwei«, stimmte Suzanne zu.

»Bleib nur nahe bei mir, ganz nahe. Kannst du das Pferd zügeln, falls es durchgeht?«

»Travis, was –«

»Kannst du?« unterbrach er sie.

»Ja.«

»Gut. Dann bleib nahe bei mir und halte dich bereit.«

»Wofür?«

Kaum hatte Suzanne die Frage gestellt, ragte auch schon Devil's Gate vor ihnen auf. Die hohen Felsen bildeten ein steinernes Tor, durch das die Straße führte. Es war die beste Stelle für einen Hinterhalt, die Travis je gesehen hatte, und war genau zu dem Zweck schon oft genutzt worden. Travis staunte, daß die Fahrer immer wieder diese Route wählten, aber sie hatten keine Wahl. Es war die einzige Straße, die nach Golden Hill führte und dann weiter nach Silver City und Carson City. Als Alternative hätten sie einen weiten Bogen um die Berge fahren müssen, und auch da waren die Straßen kurvig und steil.

Travis schaute sich verstohlen um. Falls Morrow und seine Leute da waren, hatten sie sich gut versteckt. Falls sie nicht da waren, würde Travis den Sheriff für ewig in eine seiner eigenen Zellen einschließen, wenn er nach Virginia City zurückkehrte. Er sah sich nach Hank um.

Der Manager nickte, daß er bereit war.

Travis blickte zu Jed hinüber, der auf Suzannes anderer Seite ritt.

Jed neigte leicht den Kopf. Auch er war bereit.

Travis gab seinem Pferd die Sporen.

Suzanne folgte.

Sie hielten neben Clarence. »Gut, nehmen Sie Ihre Männer und positionieren Sie sich dort drüben und da.« Travis zeigte in den Schatten, wo sie nicht zu sehen waren, bis die Wagen auf gleicher Höhe wären. »Wenn sie kommen, reiten Sie los, bis sie anhalten.«

»Und wo sind Sie?« wollte Clarence wissen.

Er deutete auf ein Gebiet, durch das sie gerade durchgeritten waren. »Meine Jungs und ich verstecken uns dort drüben. Wenn die Wagen vorbei sind, sind wir hinter ihnen. So sind sie eingekesselt. Sie vorne, wir hinten.«

»Nein.«

Travis sah Lonchet an. »Nein?«

»Nein. Ich will, daß Sie und Suzanne bei mir sind.«

»Hören Sie, Lonchet, wenn Sie mit dem Plan ein Problem haben, hätten Sie –«

»Ich hätte auch«, unterbrach ihn Clarence, »wenn Sie mir die Einzelheiten Ihres Plans vorher gesagt hätten. Sie beide bleiben bei mir im Schatten, oder die Sache platzt. Dann reiten meine Männer, Suzanne und ich zurück.«

Travis seufzte. Das kam ihm ungelegen, aber wenn er nicht alles abblasen wollte, mußte er nachgeben und darauf hoffen, daß der Sheriff den Unterschied zwischen Lonchet und ihm und Suzanne erkannte, falls es zu einer Schießerei kam. »In Ordnung, wir bleiben bei Ihnen.«

Clarence lächelte. »Gut.« Er riß sein Pferd herum und ritt zu der Stelle, die Travis ihm gezeigt hatte.

»Travis«, flüsterte Suzanne und beugte sich zu ihm. »Hast du einen Plan, wie wir hier rauskommen?«

»Ich hoffe es. Aber ich wüßte noch immer gerne, was zum Teufel du hier suchst.«

Suzanne schloß die Augen, holte tief Luft und wandte sich zu Travis. »Als der Krieg ausbrach, ist mein Bruder zur Armee gegangen.«

»Suzanne«, rief Clarence. »Komm her.«

Sie sah rasch zu Clarence und dann wieder zu Travis. »Er ist vor einem Jahr von der Armee zu den Rittern gegangen. Eine Weile hat er vor Ort gearbeitet, aber vor zehn Monaten ist er auf eine geheime Mission geschickt worden, und seitdem haben wir nichts mehr von ihm gehört. Nichts, nicht mal einen Brief. Clarence hat gesagt, wenn ich nicht –«

»Boß«, sagte Hank und unterbrach sie. »Ich höre die Wagen kommen.«

Travis drückte Suzannes Hand. »Bleib immer bei mir.«

Sie nickte.

»Nehmt eure Plätze ein«, flüsterte Travis den anderen zu. »Die Wagen kommen.«

Alle eilten davon.

Travis schob Suzanne zwischen sich und die Felsen, aber sie blieben auf den Pferden.

Clarence zog eine kleine Pistole aus seiner Weste.

Der Mond spendete nur wenig Licht, aber es reichte aus, um zu erkennen, wie die Erzwagen sich um die Kurve schoben. Der Fahrer des ersten Wagens hatte auf Travis' Geheiß eine brennende Zigarre im Mund. Die Glut zeigte ihnen den Weg.

»Denken Sie daran, Lonchet«, flüsterte Travis. »Nicht schießen, wenn sie nicht das Feuer eröffnen.«

»Anhalten!« rief Clarence laut. Er ritt auf den Pfad und verstellte den Wagen den Weg. Olmer Clancy ritt neben ihn.

»Haltet die Wagen an!« bellte Ben Morgan. Er kam mit

Charlie Mellroy aus dem Schatten auf der anderen Seite des Passes.

Der Fahrer des ersten Wagens zog die Zügel an, und die Esel blieben stehen. »Ist das ein Überfall?« fragte er und warf seine Zigarre auf den Boden. Das war das Zeichen für Morrow. Schnell sprangen die Fahrer ab und gingen unter ihren Wagen in Deckung.

»Gut, Lonchet, Morgan!« rief der Sheriff von hoch oben. »Werft die Waffen weg, ihr seid verhaftet!«

Eine Sekunde lang bewegte sich niemand. Es war totenstill, und die Spannung ließ die Luft förmlich knistern. Dann fuhr Lonchet mit einem gezischten Fluch zu Travis und Suzanne herum. »Das waren Sie«, beschuldigte er Travis. »Sie haben mich reingelegt.« Er zielte auf Travis' Herz.

»Nein!« schrie Suzanne und warf sich nach vorne.

Clarence drückte ab.

30

Travis ergriff Suzannes Arm, riß sie an sich und drückte sie zu Boden. Sie spürte, wie ihre Schulter heftig an den Sattelknauf prallte, ehe sie an seine Brust sank. Sie merkte den Schmerz kaum, aber sie hörte die Kugel, die an ihr vorbeizischte und dicht hinter ihnen in den Felsen schlug.

Sie schrie.

Plötzlich gingen rundum die Waffen los.

Travis zog seinen Revolver, aber als er sich umsah, war Clarence Lonchet nirgends zu sehen. Er wandte sich an Suzanne. »Wir müssen hier raus!« schrie er. »Reite in Deckung!«

Suzanne nickte, weil sie vor Angst nicht sprechen konnte.

Travis ergriff die Zügel ihres Pferdes, schlug ihm kräftig mit der Hand auf die Kruppe, und es preschte davon.

Clarence erhob sich hinter dem großen Felsen, wo er gelauert hatte. Als Travis und Suzanne vorüberritten, hob er das Gewehr in seinen Armen, zielte auf Suzannes Rücken und richtete die Mündung schließlich voller Haß auf Travis.

Eine Kugel schlug hinter ihm in den Felsen und überschüttete ihn mit Steinsplittern, aber Clarence achtete nicht darauf.

»Duck dich, Suzanne!« befahl Travis.

Sofort kauerte Suzanne sich auf dem Sattel zusammen.

»Suzanne! Beeil dich«, rief Addie, zog eine Waffe unter dem Rock hervor und zielte.

Zachary Kittle, der den Ruf hatte, auch in der größten Schießerei ruhig und besonnen zu bleiben, sah Addie in sprachloser Verblüffung an. »Ein Savage .36 Marinerevolver mit Schulterstütze und Zielfernrohr«, murmelte er fassungslos.

Addie drückte ab, und der Schuß hallte laut, als auch Clarence und Kittle den Abzug drückten.

Plötzlich prallte etwas auf Clarence' Brust. Seine Finger drückten den Abzug des Gewehrs, aber die Waffe zuckte in seiner Hand, und der Schuß ging in die Luft, ehe ihm das Gewehr aus der Hand flog. Er fiel gegen den Felsen hinter ihm. Alles verzehrender Schmerz erfüllte seine Brust, seine Arme, seinen ganzen Körper. Er griff sich an sein Hemd und spürte die Nässe, kippte nach vorne und fiel auf den Felsen, hinter dem er sich verborgen hatte, wobei seine rechte Wange über die rauhe Oberfläche glitt. Der Schmerz ließ nach und wurde langsam durch ein Kältegefühl abgelöst, das seinen Körper taub werden ließ. Dann kroch die Schwärze heran und ergriff Besitz von seinem Bewußtsein.

»Verdammt sollst du sein, Travis Bragette«, flüsterte Clarence keuchend, als er spürte, wie ihn das Leben verließ.

Innerhalb weniger Minuten hatten der Sheriff und seine Männer gemeinsam mit Jed und Hank auch Morgan, Charlie Mellroy und die beiden anderen Männer überwältigt, die Charlie mitgebracht hatte. Über dem Devil's Gate wurde es wieder still.

»Ist das okay, wenn wir jetzt weiterfahren, Sheriff?« fragte der Fahrer des ersten Erzwagens. Er war wieder unter dem Wagen hervorgekommen, als die Schießerei vorbei war.

»Klar, fahrt los«, erwiderte der Sheriff. »Ein paar von meinen Hilfssheriffs begleiten euch nach Carson, aber heute nacht dürfte es keinen Ärger mehr geben.«

»Schätze ich auch«, erwiderte der Fahrer. Er kletterte auf den Bock und winkte den anderen Wagen, ihm zu folgen.

»Okay, laßt uns die Jungs in die Stadt bringen und in eine Zelle sperren«, sagte der Sheriff. Er warf einen Blick auf Clarence' Leiche. »Und der kann in eine Kiste.«

»Na, das ist ja großartig«, sagte Zachary Kittle kurz und schaute auf Addie hinunter. »Sie haben gerade den einzigen Mann getötet, von dem wir genug Informationen hätten bekommen können, um uns in die Ritter einzuschleusen.«

Addie erwiderte seinen Blick ärgerlich. »Was hätte ich denn sonst tun sollen, Kittle? Zusehen, wie er Suzanne Forteaux oder Travis Bragette in den Rücken schießt?« Sie erhob sich und sah auf Kittle hinab, der noch am Boden kauerte.

»Ich versuche seit zwei Jahren, eine Möglichkeit zu finden, mich in den Kreis der Ritter zu schleusen, und ich hatte gedacht, das hier wäre unser Durchbruch.«

»Sie haben immer noch Ben Morgan.«

Zachary schüttelte den Kopf. »Morgan hatte die Muskeln, nicht das Hirn.«

Addie musterte ihn. Der Mann war häßlicher als ein Truthahn, und seine Taktiken entsprachen sicher nicht ihren, aber er war ein guter Agent, seinem Ruf nach der beste, und sicher nicht ein so schlechter Mensch, wie sie angenommen hatte. Auch wenn sie darauf noch nicht wetten würde.

Dann dachte sie an Hank. Ihr Blick irrte über die Straße, und sie strengte sich an, in der Dunkelheit etwas zu erkennen, bis sie schließlich erleichtert aufatmete, als sie ihn unverletzt unten auf der Straße stehen sah. Sie eilte den Berghang hinunter zu ihm.

»Addie?« fragte Hank erschrocken, als er sie hier sah. Dann entdeckte er die Waffe, die sie immer noch umklammert hielt.

Ihr Blick folgte seinem, und sie merkte, daß sie noch die Pistole in der Hand hielt.

»Was zum Teufel ist das für ein Ding?« fragte Hank. »Und wer sind Sie eigentlich?«

Addie lächelte unsicher.

»Antworten Sie nicht«, wies Zachary sie an und trat neben sie.

»Und wer, zum Teufel, sind Sie?« grollte Hank.

Addie legte schnell ihren Arm in seinen und führte ihn an den Straßenrand. »Hank«, sagte sie leise, »ich glaube, wir müssen miteinander reden.«

»Geht es dir gut?« fragte Travis besorgt, als er Suzanne vor dem *Mountain Queen* vom Pferd half. »Bist du verletzt?« Er war voller Sorge, seit er in Olmers Laden gekommen war und sie dort hatte stehen sehen. Er hatte Angst gehabt, sie könnte während der Schießerei verletzt werden. Aber mittlerweile hatte er den Verdacht, daß das genau das war, was Clarence Lonchet geplant hatte. Sein Blick glitt über sie hin, prüfte sie auf Wunden oder Außergewöhnliches wie zerrissenen Stoff oder Blutspuren.

»Mir geht es gut«, versicherte Suzanne und glitt aus dem Sattel.

Als Travis begriff, daß sie wirklich unversehrt war, ergriff ihn Erleichterung und dann Wut darüber, daß sie mitgekommen war. »Gut«, sagte er und stemmte die Fäuste in die Hüften, wobei er sie wütend anfunkelte. »Dann erklärst du mir bitte mal, was du dir gedacht hast, mit dem verdammten Clarence Lonchet mitzukommen!«

Pete trat durch die Schwingtüren des *Mountain Queen.* »Alles in Ordnung, Boß?«

»Ja«, schnappte Travis. Er sah weiterhin Suzanne an, ohne Pete zu beachten.

»Na, dann ist es ja gut«, murmelte der Barkeeper und sah unsicher zwischen ihnen hin und her. »Denke ich.« Er drehte sich um und verschwand wieder im Saloon.

»Ich habe dir dieselbe Frage gestellt, wenn du dich vielleicht erinnern möchtest«, erwiderte Suzanne, die so aufgewühlt war, daß sie weder Dankbarkeit noch sonst etwas empfand. »Und ich erinnere mich nicht, daß du mir geantwortet hättest.«

Er sah sie lange an und riß sie dann überraschend in seine Arme. »Du kleine Närrin«, flüsterte er dicht an ihrem Ohr. »Weißt du eigentlich, was ich für Angst um dich ausgestanden habe? Daß du verletzt werden könntest?«

Suzanne klammerte sich an ihn und wünschte sich nichts mehr, als den Rest ihres Lebens in seinen Armen liegen zu können. »Oh, Himmel, Travis, ich hatte solche Angst.«

Er schob sie ein Stück von sich weg und betrachtete sie zärtlich. Er wollte nicht reden. Er wollte sie küssen und in den Armen halten und lieben, aber die Sache war noch nicht vorbei, nicht, solange er die Wahrheit nicht kannte. »Verdammt, Suzanne, wir hätten beide tot sein können, weil du mit Lonchet gegangen bist.«

»Aber Clarence –«

»Suzanne«, unterbrach sie Travis und zwang sich zur Geduld. »Sag mir, was hier vorgeht. Sag mir, warum du wirklich nach Virginia City gekommen bist, warum du mit Clarence Lonchet zusammengearbeitet hast und warum du in Saloons auftrittst. Ich möchte dir helfen, aber dafür mußt du mir alles sagen, von Anfang an.«

Sie schüttelte den Kopf, und Tränen stiegen ihr in die Augen. »Ich kann nicht. Wenn ich das tue …«

»Clarence ist tot, Suzanne. Er kann dir nichts mehr tun.«

»Aber es gibt andere. Da ist …«

»Vertrau mir, Suzanne«, bat er weich und strich ihr über die Wange. »Sag es mir, und wir werden es zusammen schaffen, ich verspreche es dir.«

Plötzlich vergaß sie ihre Angst, ihren Schmerz, die Erniedrigung der vergangenen sieben Jahre, und sie sah nur noch den Mann, den sie wirklich liebte und immer lieben würde. Sie hatte so sehr versucht, ihn zu vergessen, ihn zu hassen, aber es war ihr nie richtig gelungen.

Sie nickte. »Also gut.«

Travis ergriff ihre Hand und führte sie ein Stück beiseite. Mit verschränkten Fingern setzten sie sich auf die Stufen vor dem Saloon.

»Fang an«, sagte Travis. »Erzähle mir alles.«

Suzanne holte tief Luft. »Bei Kriegsausbruch ist mein Bruder in die Armee gegangen, aber nicht lange. Mein Vater hat ihn dazu gebracht, in den Kreis der Ritter einzutreten. Mein Vater ist selber Mitglied und meinte, da könne er mehr Gutes für die Konföderierten tun als in der Schlacht. Ich glaube, er hatte einfach Angst, mein Bruder könnte fallen.«

Travis nickte. Solche Gedanken waren ihm nicht unbekannt. Thomas Bragette war bei Kriegsausbruch schon tot gewesen, aber auch er hätte gegenüber seinen Söhnen so argumentiert.

Bei den Hochzeiten seiner Brüder hatte er deren Freunde ähnlich logisch überlegen hören. Vielleicht stimmte es ja sogar, daß in einigen Fällen die Ritter mehr halfen als der Soldat in der Armee, aber das konnte man sicher nicht verallgemeinern. Viele Mitglieder der Ritter waren aufrechte Männer, aber es gab auch viele wie Thomas Bragette, die in den Rittern eine Möglichkeit sahen, ihren Willen durchzusetzen.

»Ich kenne diese Begründung«, sagte er zu Suzanne.

»Brett trat also den Rittern bei, und mein Vater dachte, daß er erst einmal einfache Aufgaben rund um New Orleans bekäme.«

»Aber so war es nicht«, sagte er.

»Nein. Ich meine, ja, wir sind nicht sicher.« Suzanne schwieg einen Moment und fuhr dann fort. »Er übernahm ein paar Aufgaben in der Nähe, sagte aber nicht, was. Wenn er einen Auftrag hatte, war er jedesmal nur eine Nacht weg, und das beunruhigte uns nicht.«

»Und dann blieb er weg?« erriet Travis.

»Ja.«

Sie atmete rauh ein, und er wußte, daß sie gegen die Tränen kämpfte.

»Eines Tages kam er sehr aufgeregt nach Hause und sagte, er habe einen großen Auftrag bekommen und werde eine Weile weg sein. Vater wollte mehr wissen, aber Brett schwor, daß sein Auftrag höchst geheim sei.«

»Wie lange ist das her?«

»Zehn Monate.«

»Und seitdem habt ihr nichts von ihm gehört?«

»Nein. Wir dachten, er würde ein paar Wochen weg sein. Als er dann nicht wiederkam, meinte Vater, daß der Auftrag wohl sehr wichtig sei und noch mehr Zeit brauchte. Aber auch nach mehreren Monaten kam er nicht zurück.« Suzanne drehte sich zu Travis um. »Er hat auch nicht geschrieben, Travis, nicht einen Brief, so daß wir nicht einmal wissen, ob er überhaupt noch lebt.« Nervös drehte sie ihren Rubinring.

»Gibt es dafür noch andere Indizien, außer daß ihr nichts von ihm gehört habt?« fragte Travis.

»Nein, aber wenn er nicht mal schreibt ... Das sieht Brett nicht ähnlich.« Eine Träne lief ihr über die Wange.

»Und du versuchst, ihn zu finden?«

»Ja. Meine Eltern sind außer sich. Mein Vater hat sogar ...« Ihre Stimme brach. »Oh, Travis, ich weiß, daß du ihn haßt, weil er mit deinem Vater zusammen eine Ehe erzwingen wollte, aber ...«

Travis drückte ihr die Hand. »Das ist lange her«, sagte er. »Erzähl weiter.«

Sie holte tief Luft. »Vater wurde krank. Er ist überzeugt, daß er die Schuld an Bretts Tod trägt. Er ist völlig am Ende.«

»Dein Vater?« rief Travis ungläubig aus. Landon Forteaux war immer ein Mann der Kraft an Leib und Seele gewesen. Travis konnte ihn sich kaum als gebrochenen Mann vorstellen.

»Ja. Ich habe ihn jetzt ein paar Monate nicht gesehen, aber Mutter sagt, daß er immer dünner wird.« Ihre Augen baten um Verständnis. »Er ist so voller Sorge, daß er kaum ißt. Nachts läuft er durchs Haus, und tagsüber starrt er in die Luft.« Sie schüttelte den Kopf. »Er war überall, bei hochrangigen Mitgliedern der Ritter, aber niemand konnte ihm etwas sagen. Da war er dann sicher, daß Brett tot ist. Er hat die Plantage dem Aufseher übergeben, und Mutter macht das Büro, weil er sich um nichts mehr kümmert.«

»Das klingt nicht wie dein Vater.«

»Eigentlich nicht, aber er ist krank vor Sorge und gibt sich die Schuld.« Suzanne wischte sich die Tränen ab. »Ich mußte etwas tun. Ich konnte einfach nicht zusehen, wie er verfällt. Oder daß mein Bruder spurlos verschwindet.«

Travis ergriff ihre Hände fester. »Und wie bist du mit Lonchet zusammengekommen?«

Sie seufzte. »Ich kannte ein paar Männer in New Orleans, die Mitglieder der Ritter sind. Sie konnten mir nicht helfen. Dann nahm Clarence Kontakt zu mir auf. Ich kannte ihn nicht, aber er sagte, die Ritter hätten die Sache besprochen, und wenn ich ein paar Dinge für sie tun würde, würden sie über die Regeln hinwegsehen und mir sagen, was mit meinem Bruder passiert ist.«

»Und was waren die paar Dinge?«

Suzanne zuckte die Achseln. »In Saloons singen. Umschläge übergeben.«

»Das war alles?«

»Das war alles.«

»Außer daß sie dafür gesorgt haben, daß dich die Schuld trifft, falls sie ertappt werden sollten.«

Suzanne schwieg.

»Ist Ben Morgan früher auch schon aufgetaucht?« wollte Travis wissen.

»Ja, ein paarmal, und wenn nicht er, dann ein anderer. Clarence hat sich immer mit jemandem getroffen.«

»Und in jeder Stadt hast du gesungen und Informationen weitergegeben?«

»Ja.«

»Waren das immer Minenstädte?«

»Ja«, sagte Suzanne wieder.

»Und in der Zeit kam es zu Überfällen auf Erzwagen?«

»Ja«, sagte sie leise. »Ich hatte einen Verdacht, was Clarence tat. Nein, ich wußte es, aber ich wollte es nicht wahrhaben.« Sie schüttelte den Kopf. »Alles, was ich wollte, waren Informationen über meinen Bruder. Aber immer, wenn ich Clarence darum bat, erwiderte er, wir wären noch nicht fertig.«

Travis nickte.

»Ich konnte mich nicht weigern, Travis, nicht, solange ich nichts über Brett wußte.«

»Und heute?« fragte Travis. »Warum warst du heute dabei?«

»Clarence kam in meine Garderobe und sagte, ich müßte mitkommen. Aber er wollte mir nicht sagen, wohin. Als ich mich weigerte, drohte er, mir nichts über Brett zu erzählen.«

Travis seufzte. Die Wahrscheinlichkeit war groß, daß Brett tot war und Clarence Suzannes Verzweiflung benutzt hatte, um seine eigenen Ziele zu verfolgen. Aber das konnte er Suzanne nicht sagen, solange er nicht sicher war.

Suzanne starrte in den Nachthimmel. »Ich war so eine Närrin«, sagte sie und sah dann ihn an. »Es tut mir leid, Travis.«

Er erwiderte ihren Blick und konnte nicht gleich antworten. Seit Tagen hatte er verleugnet, was sein Herz ihm sagte. Er hatte sich einmal von der Liebe abgewandt, aber das Schicksal gab ihm eine zweite Chance mit Suzanne. Sie war seine Welt und sein Zuhause. Und wenn er das früher nicht erkannt hatte, so wußte er es jetzt mit größerer Sicherheit als irgend etwas sonst.

»Nein, ich war der Narr«, sagte er weich, seine Stimme warm wie eine Liebkosung. Er zog sie an sich. »Weil ich nicht eher begriffen habe, was du mir bedeutest.«

In ihrem Gesicht spiegelte sich der Widerstreit von Gefühlen, die sie empfand. Angst um ihren Bruder lag in ihren Tränen, und gleichzeitig schimmerte die Hoffnung auf Liebe in ihren Augen.

Er küßte ihr die Tränen von den Wangen und strich ihr dann mit dem Mund sacht über die Lippen.

»Ich hätte nie gedacht, daß mir das passiert, Suzanne«, sagte er heiser.

Sie schwieg, merkte, daß es Zeit zum Zuhören, nicht zum Sprechen war.

»Ich liebe dich, Suzanne, mehr als alles auf der Welt. Ich hätte dich nie verlassen dürfen, aber ich war jung und wütend auf meinen Vater und wollte nur weg.« Wieder streiften seine Lippen ihre. »Vergib mir, Suzanne.«

Als sie seine Worte hörte, kam es Suzanne so vor, als würden alle Sorgen von ihren Schultern gehoben. Ihr Herz sang, und sie wollte lachen, weinen und in seinen Armen liegen und da für immer bleiben ... Aber sie konnte nicht. So oft hatte sie sich gewünscht und davon geträumt, diese Worte von ihm zu hören ... Tränen stiegen ihr in die Augen.

»Ich möchte, daß du bei mir bleibst«, fuhr Travis fort. »Ich möchte dich heiraten und hier in Virginia City mit dir leben.« Erst als er es aussprach, merkte er, wie verzweifelt er sich genau das wünschte. »Ich weiß, daß es nicht mit New Orleans vergleichbar ist, Suzanne ...«

»Ich ... ich kann nicht, Travis«, flüsterte sie da mit brechender Stimme.

Travis zog sich ein Stück zurück, sah sie an und runzelte die Stirn. »Kannst nicht?«

Neue Tränen stiegen ihr in die Augen. »Ich liebe dich, Travis«, sagte sie weich, »ich habe dich immer geliebt, aber ich kann nicht hier bleiben.« Sie löste sich von ihm und stand auf. »Ich bin auf der Suche nach meinem Bruder hergekommen.« Sie hob die Hand an den Mund und unterdrückte ein Schluchzen, ehe sie fortfuhr. »Ich kann ihn nicht seinem Schicksal überlassen, Travis, ich muß weitermachen. Bis ich es weiß ...« Sie schluchzte. »So oder so.«

Travis trat zu ihr und zog sie in die Arme, und so blieben sie lange vor dem *Mountain Queen* stehen, jeder in seinen Gedanken und Gefühlen gefangen, ohne zu wissen, daß sie eins waren.

Travis schloß die Augen gegen das Mondlicht, die Realität und die Tränen, die ihm über die Wangen zu laufen drohten. Vor sieben Jahren hatte er Suzanne zurückgewiesen und war fortgegangen, und jetzt hatte sie sich als die eine Frau erwiesen, die er wirklich lieben konnte. Er hatte eine zweite Chance bei ihr bekommen, und verdammt wollte er sein, wenn er die aufgab.

Magnolia stand hinter dem Vorhang in ihrem Schlafzimmer und sah auf Travis und Suzanne hinunter. Sie beobachtete ihren Kuß und ihre Umarmung und ballte die Fäuste. Wut und Eifersucht verzerrten ihre Züge.

Ihr Blick bohrte sich in Travis, als wollte sie ihn zwingen, sich umzudrehen und zu ihr hochzusehen, aber er tat es nicht.

Er hatte alles ruiniert. Alles! Sie beide hätten alles haben können, aber er hatte sie wegen Suzanne Forteaux zurückgewiesen. Haß glitzerte in ihren Augen. Es war ein Fehler gewesen, Clarence mit seinem kleinen Singvogel herzuholen. Das sah sie jetzt ein, aber woher hätte sie ahnen können, daß die Kleine, statt sich an ihm zu rächen, sich in ihn verlieben würde? Magnolia schäumte. Ihr Plan war perfekt gewesen, bis auf diese kleine Tatsache. Das Mädchen hatte Travis nur ablenken sollen, denn er war immerhin Südstaatler und sollte den Rittern nur nicht in die Quere kommen. Das war alles. Magnolia hatte Suzanne gewählt, weil sie wußte, was zwischen ihnen gewesen war und weil sie sicher gewesen war, daß sie ihr Travis nicht ausspannen würde. Sie sollte mit ihm spielen, nicht sich in ihn verlieben.

Am liebsten hätte Magnolia beide getötet. Sie betrachtete die Pistole auf ihrem Nachttisch. Daneben lag ihre Visitenkarte mit dem Zeichen der Ritter. Ja, sie könnte es tun, sie würden einen Weg finden, sie zu beschützen.

Sie lächelte. Wenn sie Suzanne tötete, würde Travis zu

ihr zurückkommen. Sie wandte sich wieder dem Fenster zu, aber die beiden waren verschwunden.

Magnolia ging im Zimmer auf und ab. Als ihr Plan, sich Suzannes zu entledigen, fest stand, kehrten ihre Gedanken zu den anderen Ereignissen der Nacht zurück. Alles hatte so gut begonnen – warum war dann am Schluß alles schief gelaufen? Duncan Clyde hatte sie erkannt, als sie ihn überfallen hatten. Er hatte zu ihr hingesehen, und trotz der Dunkelheit wußte sie, daß er sie erkannt hatte. Also hatte sie ihn töten lassen und gedacht, damit wäre die Sache erledigt. Sie hatten ihr Vorgehen geändert, aber dann war Clarence gierig geworden. Dieser Narr! Sie mochte Travis lieben, aber zum Glück traute sie ihm nicht. Sie war den Männern des Sheriffs auf dem Pass nur knapp entkommen, aber Lonchet war tot, und er war der Einzige, der sie mit den Überfällen hätte in Verbindung bringen können. Nur er wußte, daß sie zu den Rittern gehörte und ihm die Befehle gegeben hatte.

Magnolia lächelte. Es würde noch alles gut werden.

31

Die Sonne war noch kaum aufgegangen, als Travis in das Büro des Sheriffs trat. Eine völlig erschöpfte Suzanne hatte er schlafend im Hotel zurückgelassen.

»Mrs. Beale sagt, daß Liam die Zimmer von Lonchet und Morgan ausgeräumt hat.«

»Das stimmt«, sagte Sheriff Morgan und sah von seinem Schreibtisch auf.

»Ich würde gerne Lonchets Sachen durchsehen.«

»Hab' ich schon. Da ist nichts bei, was Verwandte interessieren würde. Ein paar Kleidungsstücke, eine Uhr und die Brille.«

»Wo ist es?«

»Suchen Sie was Bestimmtes?« fragte Morrow mißtrauisch. »Vielleicht etwas, was Sie mit Lonchet verbindet und was ich nicht sehen soll?«

Travis seufzte erschöpft. »Sheriff, kennen Sie den Ausdruck: ›So nützlich wie ein unvollständiges Kartenspiel‹?«

»Ich bin kein Spieler.«

»Nun, denken Sie mal darüber nach, ob das auf Sie paßt«, sagte Travis. Er war müde und verzweifelt und hatte keine Geduld mehr für Sheriff Morrow. »Und nun, verdammt«, knurrte er, »wo sind die Sachen?«

»Da drüben.« Der Sheriff wies auf einen Tisch an der Wand.

Travis trat hinüber und sah die Sachen durch. Satteltaschen, aber die waren leer. Ein kleines Päckchen, in dem Lonchets Manschettenknöpfe, seine Uhr und die Brille lagen. Ein größeres Paket mit vier Hemden, einem Anzug, Krawatten und einem Paar polierter Schuhe. Aber eine Innentasche brachte etwas zu Tage. Er zog eine Brieftasche hervor und öffnete sie.

»Gut, gut, gut«, murmelte Travis.

Sheriff Morrow wurde aufmerksam und kam herbei. »Haben Sie etwas gefunden?«

Travis hielt eine Karte hoch, die in der Brieftasche gesteckt hatte. Sie war weiß mit einem kleinen goldenen Kreis in der Mitte. Sonst stand nichts darauf. »Kennen Sie die, Sheriff?« fragte er.

Morrow betrachtete die Karte und furchte die Stirn. »Sollte ich das?«

Wieder sah Travis auf die Karte und lächelte. »Lust zu raten?« fragte er.

»Was zum Teufel ist das, Bragette?« donnerte Morrow und verlor den Rest seiner Geduld.

»Es ist die Karte eines Ritters.«

»Vom KGG?«

»Ja. Aber nicht irgendeines Ritters, sondern von einem Offizier.«

Travis zog noch weitere Karten hervor, sah sie an und warf sie auf den Tisch. Endlich fand er ein dünnes Notizheft. »Aha, was haben wir denn da«, murmelte er.

Travis blätterte das Büchlein durch. Es war fast unleserlich und scheinbar in großer Eile in einer kleinen Handschrift vollgekritzelt worden. Außerdem war es verschlüsselt. Travis wandte sich an den Sheriff. »Haben Sie Papier und einen Bleistift für mich?«

»Ja, in der Schreibtischschublade. Warum? Was haben Sie vor?«

»Ich will mir nur ein paar Dinge aufschreiben«, erklärte Travis. Er setzte sich hin und begann zu lesen. Der Code war nicht schwierig, denn Travis erkannte ihn aus der Zeit seiner Mitgliedschaft bei den Rittern wieder. Jetzt mußte er die Sachen nur noch umschreiben. Zehn Minuten später lehnte Travis sich zurück. Lonchet hatte eine Art Tagebuch seiner Aufträge verfaßt. Wenigstens konnte er Suzanne jetzt sagen, wo ihr Bruder war. Das hob seine Stimmung und seine Hoffnungen, aber ein Eintrag am Schluß verstörte ihn. Travis stand auf und ging zum Sheriff.

»Haben Sie vor, Ihre Pflicht zu tun und die Sache zu Ende zu bringen?«

Der Sheriff sah ihn verwirrt an. »Zu Ende? Ich dachte, die Sache wäre vorbei?«

Travis schüttelte den Kopf. »Da gibt es noch jemanden, der hinter Gitter gehört.«

»Ja? Steht das in dem kleinen Buch?«

»Ja.«

»Wer?«

»Derjenige, der alles geleitet hat und in Wahrheit die Führung der Ritter übernommen hat, als der Richter gegangen ist.«

»Nicht Sie?«

Travis seufzte. »Nein. Tut mir leid, Sie wieder zu enttäuschen.«

»Wer dann?«

Travis ging zur Tür. »Magnolia Rochelle«, sagte er über die Schulter.

Travis durchquerte die Halle des *Union Belle Hotel*, rief Mavis einen Gruß zu und stieg immer zwei Stufen auf einmal nehmend die Treppe hoch. Vor Suzannes Zimmer blieb er stehen, klopfte und wartete mit angehaltenem Atem darauf, ob sie noch da war.

Fast sofort ging die Tür auf, und Suzanne stand im Reisekostüm vor ihm.

Er sah über ihre Schulter, wo ihr Gepäck bereits für die Postkutsche bereit stand.

»Travis, ich wollte …« Sie brach ab.

»Abreisen«, ergänzte er.

Sie nickte.

»Um weiter nach Brett zu suchen?«

Tränen glitzerten in ihren Augen. »Ich muß.«

Er packte ihre Schultern, schob sie sanft ins Zimmer zurück und schloß die Tür mit dem Fuß. »Suzanne, es war eine der dümmsten Entscheidungen meines Lebens, daß ich dich damals verlassen habe, und ich werde es mein Leben lang bereuen. Ich wußte nicht, wie sehr ich dich lieben kann.«

»Travis, bitte«, sagte Suzanne, »das nützt jetzt nichts. Ich muß –«

»Nein, Suzanne, hör mir zu, und wenn du dann immer noch gehen willst, dann halte ich dich nicht auf.«

Sie nickte, obwohl es ihr das Herz zerriß, ihm zuzuhören. Sie wollte nichts lieber tun, als bei ihm zu bleiben und sein Leben zu teilen. Sie wollte seine Frau werden, seine Kinder bekommen, mit ihm alt werden und bis zum Tod bei ihm bleiben. Aber sie konnte nicht hierbleiben. Sie hatte ihren Eltern und sich selbst versprochen, daß sie alles tun würde, was in ihrer Macht stand, um Brett zu finden, und dieses Versprechen mußte sie halten.

»Suzanne, ich liebe dich. Nichts bedeutet mir noch etwas, wenn ich es nicht mit dir teilen kann. Mein Herz gehört dir, und vielleicht habe ich mich nach New Orleans deshalb in keine andere mehr verliebt. Aber ich weiß jetzt, daß ich dich liebe, Suzanne. Ich liebe dich, und ich möchte, daß du mich heiratest.«

»Oh, Travis.«

Er brachte sie zum Schweigen, indem er ihr sanft einen Finger auf die Lippen preßte.

»Ich habe gesagt, daß ich dich nicht aufhalte.« Er lächelte. »Das war gelogen.« Er zog das Notizbuch hervor. »Das befand sich in einer der Taschen von Clarence Lonchet.«

Suzanne runzelte verständnislos die Stirn.

»Es ist ein Tagebuch seiner Aktionen für die Ritter.«

Er schlug den 20. April 1861 auf und drehte das Buch so, daß Suzanne hineinsehen konnte. Sie seufzte.

»Ich weiß, daß du es nicht lesen kannst, Suzanne, weil es verschlüsselt ist, aber ich kann es.«

Sie sah auf die Kritzeleien, plötzlich voller Angst. »Was steht da?« fragte sie leise.

»Da steht, daß Clarence am 20. April Brett Forteaux in San Francisco getroffen hat. Und daß er Brett einen Umschlag gegeben hat, den er selber von einem höhergestellten Ritter hatte. Brett sollte ihn in die Konföderierten-Botschaft nach England bringen.«

»Brett ist in England?« fragte Suzanne und sog überrascht die Luft ein. Sie sah Travis voller Hoffnung an.

»Sieht ganz so aus.«

»Oh.« Suzanne warf Travis die Arme um den Hals, drückte ihn an sich und trat dann zurück. Sie lächelte strahlend. »Frag mich noch mal, Travis«, sagte sie. »Bitte.«

»Heirate mich, Suzanne«, wiederholte Travis und ergriff ihre Hand. »Heirate mich, und ich schwöre dir, daß ich dir helfe, Brett zu finden und ihn in Sicherheit zu bringen.«

Suzanne schmiegte sich in seine Arme. »Ich liebe dich, Travis Bragette«, flüsterte sie und blickte in seine dunkelgrauen Augen. »Ich habe dich immer geliebt, und ja, ich will dich heiraten.« Sie hob sich auf die Zehenspitzen und küßte ihn. »Aber diesmal erscheinst du besser vor dem Altar.«

ENDE

Vier Jahre lang hatte Teresa Braggette Proschaud ihren Mann nicht mehr gesehen, nichts von Jay gehört. Nach der Hochzeitsnacht war er einfach verschwunden. Längst hatte Teresas Liebe sich in Bitterkeit gewandelt.
Doch nun hält sie plötzlich einen Brief von Jay in den Händen: Will sie das Leben ihres Bruders retten, dann muß sie schnellstens zu Jay nach Richmond kommen. Für Jay allein hätte Teresa keinen Finger gerührt, doch für ihren Bruder nimmt sie die gefährliche Reise auf sich, denn es herrscht Bürgerkrieg, und die Yankees stehen schon vor Richmond.
Aber schon beim ersten Versuch, sich durch die feind-lichen Reihen zu schleichen, wird Teresa erwischt – und Lieutnant Brett Forteaux entwickelt ein stärkeres Interesse an ihr, als ihr lieb ist …

Band 18 191

BASTEI
LÜBBE

Kurz vor Ausbruch des amerikanischen Bürgerkrieges wird die junge Royal Bradford nach England zurückgeschickt, um ihre Schulbildung zu beenden. Doch Tag und Nacht sehnt sie sich nach Damon Routhland, ihrem gutaussehenden Vormund – bis sie einen draufgängerischen englischen Edelmann kennenlernt.
Royals Herz ist zerrissen. Sie kann nicht nach Amerika zurück, denn inzwischen herrscht Krieg, und zudem wird sie in eine Verschwörung hineingezogen, die alles bedroht, was sie liebt …

ISBN 3-304-18231-6

BASTEI LÜBBE